U0075510

現代日本口語文法

王　瑜著
蘇正志譯

鴻儒堂出版社發行

序　文

有人說日本語是世界上難學的語言之一，但一般認為其難學不在於日本語的發音，而是在於日本語的表現，也就是說由於日本語的文法之艱難所致。譬如說，動詞．助動詞等有活用的，其語形變化非常複雜，其接續．應用相當困難；又，助詞．人稱代名詞等沒有活用的，其差異之微妙，分別使用之正確性，以及日本語的敬語表現之多樣化等等，就是連我們日本人也似乎時常會有誤用或亂用的情形，對外國人那就更不用說了。

因此，想要能夠適切、正確精通日本語，當然需要相當的努力，但是，我們認為更重要的是需要有一本書能夠把日本語的難學之處加以分析，有系統地、容易懂地闡明、說明。

本書的著者從昭和二十九年（西元一九五四年）開始在亞細亞大學教授外國人留學生日本語，特別注重這些問題點，以科學的方法加以研究。最近，基於多年的教學經驗和研究的成果，出版了為外國人的現代日本口語文法，真是一大喜事。

可以說「文化交流是從語言開始」。不論把日本介紹給海外，或是外國人研究日本，我們認為語言比什麼都重要、直接的。在意義上，相信本書做為其基礎的媒介工具，對日本語的學習．修得．以及日本的國際的文化交流，一定會有很大的作用，和很大的貢獻，而且是值得期待的。

在本書出版之際，本人正在亞細亞大學的校長任內，並且與著者有多年交往的關係，對著者的學識、人格都有深入的了解，所以很有信心特別推薦本書，也很高興為本書寫這一篇簡短的序文。

太田耕造

前　言

一、本書是基於著者從事十五年外國人留學生的日本語教育的教學經驗，把日本話口語文法加以分析，而為外國人所編寫的有系統又實用的文法學習書。

二、本書用簡單易懂的現代日本口語文編寫，不論做為「教科書」或是做為「參考書」，為了對初學的人甚至學有相當基礎的人都很有幫助而規劃所寫成的。

而且，就是做為自修用，只要初學的人（短期間的基礎學習）具有基礎的實力，就能夠利用辭典來自修。

三、本書為了便於外國人容易理解，把日本的代表性的標準文法（不是理論性研究的，而是一般規範性的文法）加以詳細解說。

下面各點是本書的特色，特別值得注意。

(1)　句型和文法的結合——日本語表現上的基本句型當然勿須贅言，就是其他重要的句型都融合於文法之中，把二者結合起來詳加說明。

(2)　重點置於活用語的用法——活用語其語尾變化很複雜，而且用法也很多，是外國人在日本語學習上的難關之一。本書並不是僅僅解釋概括性的活用形，而是基於各活用形的具體的用法，把動詞、形容詞、形容動詞和助動詞、助詞、慣用語等的用法結合起來分析，加以綜合性的、有系統的解說。

(3) 動詞用法的徹底研究——動詞有「依活用形的用法」，譬如說：未然形有否定法、使役法、被動法等七種；連用形有連用法、時態法、敬讓法等十種；終止形有終止法、傳達法等五種；連體形有連體法、比況法等四種是形態的用法。有「依表現法的用法」，譬如說：推量表現、前提表現、並列表現等是日本語的主要的表現用法，把動詞的用法做徹底的研究。

(4) 敬語表現的體系化——敬語的用法有尊敬、謙讓、鄭重之別，其分別使用，特別是主述關係、相互關係、表現的場面等的一致原則很困難，所以特別把「敬語表現」做有系統的解說。

(5) 命令表現的系統化——命令的用法要使用得當很難，分為直線的命令法和曲線的命令法，加以有系統的分析。

(6) 時態表現的體系化——動作的「時」和「態」的表現初學的人常常感到困難，特別分為「時階」和「動作態」，對「時態表現」做有體系的說明。

(7) 沒活用語的重點分析——把外國人容易錯誤的，重點式的提出來，和類似語做識別、比較。

(8) 代名詞的群體系化——為了防止代名詞的誤用，除和こそあど系列的共通點之外，分為「敬讓關係」「對等關係」「尊卑關係」ABC群，說明其對應的用法。

(9) 助詞的比較・分析的說明——日本語的學習對初學的人而言，最難的就是助詞。對日本語有關特有的助詞，外國人常有的問題點，譬如說：「が」和「は」，「に」和「へ」，「から」和「ので」，「が」「けれども」和「のに」「くせに」等的意思上、語感上，用法上的差異加以比較，分析解說，探明其微妙的不同。

(10) 文章語和說話語的結合——本書使用現代語的口語體來說明，本文使用文章語，例句使用說話語，俾使能掌握口語體的全貌。

(11) 使用簡明的表解加以說明——本書不但使用文章來說明，而且使用很多的表解，以便讓讀者能夠一目瞭然。

(12) 例句有假名注音標示——舉很多的例句做為說明的應用和例證，例句到第十章為止，全部有假名注音標示，以便於自修的人的自修和初學的人的學習。

四、在編寫本書的過程中，首先承蒙前亞細亞大學留學生部教授柳內滋老師以及其他各位老師的激勵和指導，並且參考了手中在日本出版的全部文法相關連的著書和論文。謹在此向諸位老師以及各位著者，深表感謝之意。

再者，在本書出版之際，承蒙清瀨博士信次郎教授鼎力協助，也謹在此深深表示感激。

一九六八年三月十二日

王　瑜　謹識

於日本國東京都武藏野市境五－二四－一〇

亞細亞大學留學生別科

譯者的話

本書是著者王瑜教授自西元一九五四年起，在日本亞細亞大學從事外國人留學生的日本語教育至今，基於多年的教學經驗與研究經歷，專以外國人留學生為對象，所編寫的現代日本口語文法學習用書。

本書雖然早在一九六八年出版，但至今仍然非常暢銷，受到日本語初學的人所愛用，在中國大陸也有中國語翻譯本二種，銷路也相當良好。主要是因為本書內容豐富、編纂有系統，重點分析明確，用例多而且注重實用，說明簡單容易懂，日本語學習的人在學習上常遭遇的問題點，都能夠詳加比較，分析其意義上，語感上、用法上之異同，深入解說。

本書正如著者所述，並不是理論的研究，而是一般性的規範文法，也就是所謂的學校文法，注重形態的分析說明，專供日本語初學的人學習用的。

本書是日本亞細亞大學留學生別科的日本語文法教科書，該科的留學生大多數是來自台灣、韓國、中國大陸、以及東南亞各國，可以說是最適合中國人使用。譯者受委託把它翻譯成中國語，在台灣出版，以提供日本語初學的人參考使用。

本書在台灣完成中國語翻譯本，承蒙鴻儒堂出版社黃董事長成業先生的全力協助出版，謹在此深表感謝之意。

一九九三年六月二十四日　端午節

蘇　正志　謹識
於國立台中商業專科學校
應用外語學科

現代日本口語文法

目次

第一編 基礎篇
第一章 日本語的根源
第一節 文字……一
(一) 假名和五十音圖……一
(二) 漢字……三
(三) 羅馬字拼音……四
第二節 語音……六
(一) 清音……六
(二) 濁音……八
(三) 半濁音……九
(四) 撥音……一〇
(五) 促音……一一
(六) 長音……一一
(七) 拗音……一三
(八) 拗長音……一四
(九) 轉呼音……一六
(十) 音便……一八
第三節 語言……一九
(一) 語源……一九
(二) 方言和標準語……一九
(三) 文語和口語……二十
(四) 常體和敬體……二十
第二章 現代假名用法和當用漢字
第一節 現代假名用法……二二

㈠ 現代假名用法和歷史的假名用法……二二
㈡ 現代假名用法的要領……二二
㈢ 新舊假名用法對照表……二九
第二節 當用漢字……三〇
㈠ 當用漢字……三〇
㈡ 教育用漢字和人名用漢字……三一
㈢ 新 字……三一
㈣ 漢字的讀法……三一
第三章 日本語的構成
第一節 句．句節．單語……三三
㈠ 句的定義……三三
㈡ 句的特質……三三
㈢ 句節的定義……三四
㈣ 句節的特質……三四
㈤ 單語的定義……三五
㈥ 單語的特質……三五
㈦ 句和句節和單語……三六
第二節 單語的分類和合成……三七
㈠ 以形態來分類……三七
㈡ 以內容來分類……三八
㈢ 以表現來分類法……三八
㈣ 活用語和無活用語……三九
㈤ 接頭語和接尾語……四〇
㈥ 單語的合成……四二
第三節 品詞概說……四三
㈠ 品詞的定義……四三
㈡ 品詞的種類……四三
㈢ 品詞概說……四四
第四節 基本句型和句的成分……五八
㈠ 基本句型……五八

㈡ 句的成分……五九
(1) 主語和述語……五九
(2) 修飾語……五九
(3) 獨立語……六一
第五節 句的構造……六一
㈠ 主述關係……六一
㈡ 修飾關係……六二
㈢ 對等關係……六二
㈣ 補助關係……六二
㈤ 獨立關係……六三
㈥ 句的解剖……六三
第六節 句的種類……六七
㈠ 構造上的分類……六七
㈡ 意義上的分類……六八
第二編 品詞篇
序說 品詞的體系……七〇
一、形態上的分類……七〇
二、職能上的分類……七〇
三、意義上的分類……七一
第四章 名詞
第一節 序說……七三
〔一〕 名詞的定義……七三
〔二〕 名詞的特質……七三
〔三〕 名詞的種類……七三
第二節 固有名詞和普通名詞……七四
〔一〕 固有名詞……七四
〔二〕 普通名詞……七四
第三節 形式名詞……七五
〔一〕 形式名詞的意義……七五
〔二〕 常用的形式名詞……七五

第五章 數 詞
第一節 序 說……七七
[一]數詞的定義……七七
[二]數詞的特質……七七
[三]數詞的種類……七七
第二節 數量數詞……七八
[一]本數詞……七八
[二]助數詞……七八
[三]主要的數量表示法……七八
第三節 順序數詞和不定數詞……八五
[一]順序數詞……八五
[二]不定數詞……八五
第六章 代名詞
第一節 序 說……八七
[一]代名詞的定義……八七
[二]代名詞的特質……八七
[三]代名詞的種類……八七
[四]こそあど體系和共通點……八七
第二節 人稱代名詞……八八
[一]人稱代名詞的分類……八八
[二]人稱代名詞體系表……八九
[三]人稱代名詞的用例……九一
第三節 指示代名詞……九二
[一]指示代名詞的分類……九二
[二]指示代名詞體系表……九二
[三]指示代名詞的用例……九三
第七章 動 詞
第一節 序 說……九五
[一]動詞的定義……九五
[二]動詞的特質……九五

〔三〕 動詞的語幹語尾和活用……九五
〔四〕 動詞的活用形和用法……九六
第二節　動詞的用法
〔一〕 活用形的用法……九六
(1) 未然形……九七
(2) 連用形……九八
(3) 終止形……一〇四
(4) 連體形……一〇五
(5) 假定形……一〇八
(6) 命令形……一〇八
〔二〕 表現法上的用法……一〇八
㈠ 敬語表現……一〇九
㈡ 推量表現……一一六
㈢ 前提表現……一一八
㈣ 並列表現……一二二
㈤ 命令表現……一二三
第三節　五段活用……一二六
〔一〕 五段活用的定義……一二六
〔二〕 五段活用的特質……一二六
〔三〕 五段動詞活用表……一二七
〔四〕 五段活用動詞的用例……一二九
〔五〕 五段活用動詞的音便……一三六
第四節　上一段活用……一四一
〔一〕 上一段活用的定義……一四一
〔二〕 上一段活用的特質……一四一
〔三〕 上一段動詞活用表……一四一
〔四〕 上一段活用動詞的用例……一四四
第五節　下一段活用……一五二
〔一〕 下一段活用的定義……一五二
〔二〕 下一段活用的特質……一五二

[三] 下一段動詞活用表……………………一五二
[四] 下一段活用動詞的用例……………一五五
[五] 可能動詞……………………………一六二
第六節 カ行變格活用……………………一六四
[一] カ行變格活用的定義………………一六四
[二] カ行變格活用的特質………………一六四
[三] カ行變格動詞活用表………………一六五
[四] カ行變格活用動詞的用例…………一六五
第七節 サ行變格活用……………………一七三
[一] サ行變格活用的定義………………一七三
[二] サ行變格活用的特質………………一七三
[三] サ行變格動詞活用表………………一七四
[四] サ行變格複合動詞…………………一七四
[五] サ行變格活用動詞的用例…………一七六
第八節 自動詞和他動詞…………………一八五
[一] 自動詞和他動詞的區分……………一八五
[二] 自動詞和他動詞的類別與比較·一八六
第九節 形式動詞和合成動詞……………一九八
[一] 形式動詞……………………………一九八
[二] 合成動詞……………………………二〇〇
第十節 敬語動詞…………………………二〇二
[一] 敬語動詞的意義和類別……………二〇二
[二] 主要敬語動詞表……………………二〇三
[三] 敬語動詞的用例……………………二〇四
第八章 形容詞
第一節 序 說……………………………二一一
[一] 形容詞的定義………………………二一一
[二] 形容詞的特質………………………二一一
第二節 形容詞的活用……………………二一一
[一] 形容詞的活用和活用形……………二一一

〔二〕形容詞活用表……………………………二一二
〔三〕形容詞的用法…………………………二一三
〔四〕形容詞的用例…………………………二一五
第三節　形容詞的音便………………………二二一
〔一〕ウ音便…………………………………二二二
〔二〕促音便…………………………………二二二
第四節　形式形容詞和合成形容詞…………二二二
〔一〕形式形容詞……………………………二二二
〔二〕合成形容詞……………………………二二五
第九章　形容動詞
第一節　序　說………………………………二二七
〔一〕形容動詞的定義………………………二二七
〔二〕形容動詞的特質………………………二二七
第二節　形容動詞的活用……………………二二七
〔一〕形容動詞的活用種類…………………二二七
〔二〕形容動詞活用表………………………二二八
〔三〕形容動詞的用法………………………二三〇
〔四〕形容動詞的用例………………………二三二
第三節　特別活用的形容動詞和合成的形容動詞……………………………………………二三九
〔一〕特別活用的形容動詞…………………二三九
〔二〕合成的形容動詞………………………二四二
第十章　連體詞
〔一〕連體詞的定義…………………………二四七
〔二〕連體詞的特質…………………………二四七
〔三〕連體詞的種類…………………………二四七
第十一章　副　詞
第一節　序　說………………………………二五〇
〔一〕副詞的定義……………………………二五〇
〔二〕副詞的特質……………………………二五〇

[三]　副詞的種類……………………二五〇
第二節　情態副詞……………………二五一
[一]　擬聲・擬態的副詞………………二五一
[二]　動作情態的時間的副詞…………二五四
[三]　其他情態的副詞…………………二五九
第三節　程度的副詞……………………二六一
第四節　敘述的副詞……………………二六四
[一]　表示肯定意思……………………二六四
[二]　表示否定意思……………………二六四
[三]　表示肯定的推量意思……………二六五
[四]　表示否定的推量意思……………二六六
[五]　表示假設意思……………………二六七
[六]　表示疑問、原因等意思…………二六八
[七]　表示比較意思……………………二六九
[八]　表示希望意思……………………二六九
[九]　表示意外意思……………………二七一
[十]　關於其他敘述的副詞……………二七二
第十二章　接續詞
第一節　序　說…………………………二七四
[一]　接續詞的定義……………………二七四
[二]　接續詞的特質……………………二七四
[三]　接續詞的種類……………………二七四
第二節　主要接續詞……………………二七五
[一]　表示並列…………………………二七五
[二]　表示累加…………………………二七六
[三]　表示選擇…………………………二七七
[四]　表示理由…………………………二七七
[五]　表示順序…………………………二七九
[六]　表示逆說…………………………二八〇
第十三章　感動詞

[一] 感動詞的定義……二八三
[二] 感動詞的特質……二八三
[三] 感動詞的種類……二八三

第十四章 助動詞

第一節 序說……二八六
[一] 助動詞的定義……二八六
[二] 助動詞的特質……二八六
[三] 助動詞的分類……二八六
[四] 助動詞的用法……二八九

第二節 使役助動詞 せる させる……二九〇
[一] 意義……二九〇
[二] 活用表……二九一
[三] 接續法……二九二
[四] 使役助動詞的用例……二九二

第三節 被動助動詞 れる られる……三〇一
[一] 意義……三〇一
[二] 活用表……三〇一
[三] 接續法……三〇二
[四] 被動助動詞的用例……三〇三

第四節 可能助動詞 れる られる……三一〇
[一] 意義……三一〇
[二] 活用表……三一〇
[三] 接續法……三一一
[四] 可能助動詞的用例……三一二
[五] 可能表現……三二〇

第五節 敬讓助動詞 れる られる ます……三二一
[一] 意義……三二一
[二] 活用表……三二一
[三] 接續法……三二二
[四] 敬讓助動詞的用例……三二三

第六節　否定助動詞 ない ぬ(ん)……三三四
[一]　意義……三三四
[二]　活用表……三三四
[三]　接續法……三三五
[四]　否定助動詞的用例……三三七
第七節　希望助動詞 たい たがる……三四六
[一]　意義……三四六
[二]　活用表……三四六
[三]　接續法……三四八
[四]　希望助動詞的用例……三四九
[五]　希望表現……三五九
第八節　推量助動詞 らしい う よう まい……三六一
A　らしい……三六一
[一]　意義……三六一
[二]　活用表……三六一
[三]　接續法……三六二
[四]　らしい的用例……三六三
B　う・よう……三六九
[一]　意義……三六九
[二]　活用表……三六九
[三]　接續法……三七〇
[四]　う・よう的用例……三七一
C　まい……三七四
[一]　意義……三七四
[二]　活用表……三七四
[三]　接續法……三七五
[四]　まい的用例……三七五
第九節　過去完了的助動詞　た……三七七
[一]　意義……三七七
[二]　活用表……三七八

〔三〕接續法……………………三七八
〔四〕過去完了助動詞「た」的用例…三八〇
〔五〕時態表現—「時階」和「動作態」…三八三
第十節　斷定助動詞だ です……………三九一
〔一〕意義……………………………三九一
〔二〕活用表…………………………三九一
〔三〕接續法…………………………三九二
〔四〕斷定助動詞的用例……………三九六
〔五〕斷定表現………………………四〇一
第十一節　樣態助動詞そうだ そうです…………四〇五
〔一〕意義……………………………四〇五
〔二〕活用表…………………………四〇五
〔三〕接續法…………………………四〇六
〔四〕樣態助動詞的用例……………四〇七
第十二節　傳達助動詞そうだ そうです…………四一二
〔一〕意義……………………………四一二
〔二〕活用表…………………………四一二
〔三〕接續法…………………………四一三
〔四〕傳達助動詞的用例……………四一四
〔五〕傳達表現………………………四一五
第十三節　比況助動詞ようだ ようです みたいだ みたいです…四一八
〔一〕意義……………………………四一八
〔二〕活用表…………………………四一九
〔三〕接續法…………………………四二〇
〔四〕比況助動詞的用例……………四二一
第十五章　助　詞
第一節　序　說…………………………四二七
〔一〕助詞的定義……………………四二七
〔二〕助詞的特質……………………四二七
〔三〕助詞的分類……………………四二八

第二節　格助詞……四二九
[一]　格助詞的特質……四二九
[二]　格助詞……四二九
[三]「が」……四二九
[四]「の」……四三三
[五]「を」……四三六
[六]「に」……四三七
[七]「へ」……四四二
[八]「と」……四四三
[九]「から」……四四六
[十]「より」……四四七
[十一]「で」……四四九
第三節　接續助詞……四五二
[一]　接續助詞的特質……四五二
[二]　接續助詞……四五二
[三]「ば」……四五二
[四]「と」……四五四
[五]「ては」……四五六
[六]「ても」……四五七
[七]「けれども」……四五九
[八]「が」……四六〇
[九]「のに」……四六一
[十]「から」……四六二
[十一]「ので」……四六三
[十二]「て」……四六四
[十三]「ながら」……四六七
[十四]「たり」……四六九
[十五]「し」……四六九
[十六]「たって」……四七〇
[十七]「ところが」……四七二

〔十八〕「ところで」……四七二
〔十九〕「くせに」……四七三
〔二十〕「ものを」……四七四
〔二一〕「ものの」……四七四
〔二二〕「ものなら」……四七五
〔二三〕「ものだから」……四七五
第四節　副助詞……四七六
〔一〕副助詞的特質……四七六
〔二〕副助詞……四七六
〔三〕「は」……四七七
〔四〕「も」……四八四
〔五〕「こそ」……四八六
〔六〕「さえ」……四八七
〔七〕「でも」……四八八
〔八〕「だって」……四九〇
〔九〕「しか」……四九〇
〔十〕「まで」……四九一
〔十一〕「ばかり」……四九三
〔十二〕「だけ」……四九四
〔十三〕「きり」……四九五
〔十四〕「ほど」……四九六
〔十五〕「くらい」……四九七
〔十六〕「どころ」……四九八
〔十七〕「ずつ」……四九九
〔十八〕「など」……四九九
〔十九〕「なり」（並列）……五〇〇
〔二十〕「なり」（静止）……五〇一
〔二一〕「や」……五〇二
〔二二〕「やら」……五〇二
〔二三〕「か」……五〇三

[二四]「の」……五〇四
[二五]「だの」……五〇五
[二六]「として」……五〇五
第五節　終助詞……五〇六
[一]終助詞的特質……五〇六
[二]終助詞……五〇六
[三]「か」……五〇七
[四]「な」（禁止）……五〇八
[五]「な」（命令）……五〇九
[六]「ぞ」……五〇九
[七]「ぜ」……五一〇
[八]「の」……五一〇
[九]「もの」……五一一
[十]「とも」……五一三
[十一]「かしら」……五一三
[十二]「こと」……五一四
[十三]「ね」……五一五
[十四]「よ」……五一六
[十五]「さ」……五一七
[十六]「わ」……五一八
[十七]「っけ」……五一八
[十八]「けど」……五一九
[十九]「のに」……五二〇
[二十]「え」「い」……五二〇
[二一]「って」……五二一
附錄
一、動詞活用表……五二五
二、形容詞活用表……五三三
三、形容動詞活用表……五三四

四、助動詞活用表……五三六
五、假名標示新基準的內容……五三八
六、假名標示法……五四四
七、基礎學習語彙表……五五三

第一編　基礎編

第一章　日本語的根源

第一節　文字

用來表達日本語的文字，有漢字和假名二種。漢字是從中國傳來的，而假名是日本本來的文字。

㈠　假名和五十音圖　現在，日本所使用的假名有下面二種。

(1)　片假名

アイウエオ
カキクケコ
サシスセソ
タチツテト
ナニヌネノ
ハヒフヘホ

(2)　平假名

あいうえお
かきくけこ
さしすせそ
たちつてと
なにぬねの
はひふへほ

マミムメモ　　　　まみむめも
ヤイユエヨ　　　　やいゆえよ
ラリルレロ　　　　らりるれろ
ワ(ヰ)ウ(ヱ)ヲ　　　　わ(ゐ)う(ゑ)を
ン　　　　ん

片假名主要用於下面的場合

(1) 外國的人名、地名。例如：

リンカーン（林肯）　コロンブス（哥倫布）
ヨーロッパ（歐洲）　ロンドン（倫敦）

(2) 外來語。例如：

ラジオ（收音機）　レコード（唱片）
バス（公共汽車）　インキ（墨水）

(3) 物體的聲音，動物的叫聲。例如：

ゴトン（咕咚）　バタバタ（吧嗒吧嗒）
ニャーオ（猫叫聲）　ワンワン（狗叫聲）

(4) 動物的名稱，植物的名稱。例如：

オオカミ（狼）　ニレ（楡樹）

(5) 電報文。例如：

ブジ　ツイタ（平安到達。）

(6) 在文章裏，特別提出來和其他區別表示的部分，或注音假名。

除以上的場合以外使用平假名。

日本語主要是用平假名來書寫。

○ 五十音圖　按照以上所書寫出來的假名，叫做「五十音圖」。

○ 「行」和「段」　五十音圖縦的假名，叫做「行」。「ア・イ・ウ・エ・オ」叫做ア行「カ・キ・ク・ケ・コ」叫做カ行。五十音圖橫的假名，叫做「段」或「列」。例如，「ア・カ・サ・タ・ナ・ハ・マ・ヤ・ラ・ワ」叫做ア段或ア列「イ・キ・シ・チ・ニ・ヒ・ミ・イ・リ・ヰ」叫做イ段。

(二) 漢字　漢字也可分成下面二種。

(1) 中國的漢字　是中國本來的文字。

例如：「山」「水」「国」「家」等。

(2) 和製的漢字　是日本自己創造的漢字。

例如：「峠」（山頂）「辷」（滑動）「辻」（十字路口）「凪」（風平浪靜）等。

(三) 羅馬字拼音　使用羅馬字書寫日本語，其拼寫方法，是依照一九五四年（昭和二九年）十二月九日頒佈的內閣訓令第一號的規定。

內閣告示第一號

用以書寫國語（日本語）的羅馬字的拼寫方法，規定如下：

昭和二十九年十二月九日

內閣総理大臣　吉田　茂

羅馬字的拼寫方法

前言

1 一般，書寫國語（日本語）的時候，按照第1表所記載的拼寫方法。

2 因國際關係或其他以往的慣例，一時不易改變的情形下，不妨按照第2表所記載的拼寫方法。

3 前二項中任何一種情形，大體上都可適用附言。

附言

除前表所規定之外，其他按照下面各項規定。

1　撥音「ン」，全部寫成n。

2　表示撥音的n，和其後接的母音字或ン必要分開時，在n的後面加上「，」。

3　促音以重複其後面音節的第一個子音，表示之。

4　長音在母音字上面，加以「^」表示之。或者，在大寫字母的場合，也可把母音字加以並列，表示之。

5　特殊音的書寫方法，可以自由選擇。

6　句子的開始，以及固有名詞，其第一個字母要大寫。還有，固有名詞以外的名詞，其第一個字母也可以大寫。

現在，政府機關的公文，日本國語教科書使用第1表，英語的教科書使用第2表的部分取代第1表的各相當部分的拼寫方法。

註　從第1表所記載的拼寫方法，叫做「訓令式」，第2表中的上五段，即自sha至jo為止，叫做「標準式」，或叫做「修正ヘボン式」，下四段即自di至wo為止，叫做「日本式」。還有，wo只限於助詞才使用。

第二節 語音

日本語的發音，依照習慣可以分類如下：

㈠清音（せいおん） 五十音圖的各音節（以及與其相當的各拗音音節），全部是清音，其發音按照下面的羅馬字拼音。

第１表〔（ ）は重出を示す〕

a	i	u	e	o			
ka	ki	ku	ke	ko	kya	kyu	kyo
sa	si	su	se	so	sya	syu	syo
ta	ti	tu	te	to	tya	tyu	tyo
na	ni	nu	ne	no	nya	nyu	nyo
ha	hi	hu	he	ho	hya	hyu	hyo
ma	mi	mu	me	mo	mya	myu	myo
ya	(i)	yu	(e)	yo			
ra	ri	ru	re	ro	rya	ryu	ryo
wa	(i)	(u)	(e)	(o)			
ga	gi	gu	ge	go	gya	gyu	gyo
za	zi	zu	ze	zo	zya	zyu	zyo
da	(zi)	(zu)	de	do	(zya)	(zyu)	(zyo)
ba	bi	bu	be	bo	bya	byu	byo
pa	pi	pu	pe	po	pya	pyu	pyo

第２表

sha		shi	shu	sho
			tsu	
cha		chi	chu	cho
			fu	
ja		ji	ju	jo
di	du	dya	dyu	dyo
kwa				
Gwa				
				wo

五十音圖

段	表記	ア行	カ行	サ行	タ行	ナ行	ハ行	マ行	ヤ行	ラ行	ワ行
ア段	片仮名	ア	カ	サ	タ	ナ	ハ	マ	ヤ	ラ	ワ
	平仮名	あ	か	さ	た	な	は	ま	や	ら	わ
	ローマ字つづり	a	ka	sa	ta	na	ha	ma	ya	ra	wa
イ段	片仮名	イ	キ	シ	チ	ニ	ヒ	ミ	イ	リ	ヰ
	平仮名	い	き	し	ち	に	ひ	み	い	り	(ゐ)
	ローマ字つづり	i	ki	si [shi]	ti [chi]	ni	hi	mi	(i)	ri	(i)
ウ段	片仮名	ウ	ク	ス	ツ	ヌ	フ	ム	ユ	ル	ウ
	平仮名	う	く	す	つ	ぬ	ふ	む	ゆ	る	う
	ローマ字つづり	u	ku	su	tu [tsu]	nu	hu [fu]	mu	yu	ru	(u)
エ段	片仮名	エ	ケ	セ	テ	ネ	ヘ	メ	エ	レ	(ヱ)
	平仮名	え	け	せ	て	ね	へ	め	え	れ	(ゑ)
	ローマ字つづり	e	ke	se	te	ne	he	me	(e)	re	(e)
オ段	片仮名	オ	コ	ソ	ト	ノ	ホ	モ	ヨ	ロ	ヲ
	平仮名	お	こ	そ	と	の	ほ	も	よ	ろ	を
	ローマ字つづり	o	ko	so	to	no	ho	mo	yo	ro	(o) [wo]

註 〔 〕依照第2表。( )表示重複。以下同様。

練習一

アサ（朝）　イエ（家）　ウチ（内）　エリ（襟）　オカ（丘）

カミ（紙）　キタ（北）　クチ（口）　ケサ（今朝）　コト（琴）

サケ（酒）　シチ（七）　スミ（墨）　セキ（咳）　ソコ（底）

タイ（鯛）　チエ（知慧）　ツノ（角）　テキ（敵）　トシ（年）

なわ（縄）　にし（西）　ぬの（布）　ねこ（猫）　のり（海苔）

はな（花）　ひふ（皮膚）　へや（部屋）　ほね（骨）　まつ（松）

みなみ（南）　むかし（昔）　めくら（盲）　やすみ（休）　よみち（夜道）

らくらい（落雷）ゆみおと（弓音）ものおき（物置）りきせつ（力説）るいすい（類推）

㈡ 濁音（だくおん） 濁音僅發生在「カ」「サ」「タ」「ハ」四行（以及與其相當的各拗音音節），其表記法是在各假名的右上角加上濁點「゛」。

濁音的發音比清音要沉重，而且濁。其寫法和發音如下：

ガ行	ガ	が	ga	ギ	ぎ	gi	グ	ぐ	gu	ゲ	げ	ge	ゴ	ご	go
ザ行	ザ	ざ	za	ジ	じ	zi [ji]	ズ	ず	zu	ゼ	ぜ	ze	ゾ	ぞ	zo
ダ行	ダ	だ	da	ヂ	ぢ	zi [ji]	ヅ	づ	(zu) [du]	デ	で	de	ド	ど	do
バ行	バ	ば	ba	ビ	び	bi	ブ	ぶ	bu	ベ	べ	be	ボ	ぼ	bo

在右表中，「ジ」和「ヂ」、「ズ」和「ヅ」的発音相同。

練習二

がか（画家）　ぎむ（義務）　ぐち（愚痴）　げか（外科）　ごみ（塵）

ござ（蓙）　きじ（生地）　すず（鈴）　かぜ（風）　みぞ（溝）

だそく（蛇足）　じなぞ（字謎）　ずしき（図式）　でかた（出方）　どなた（何方）

ばくち（博打）　びぞく（美俗）　ぶたい（部隊）　べにいろ（紅色）　ぼくめつ（撲滅）

(三) 半濁音（はんだくおん）　半濁音僅發生在「ハ行」，在各假名的右上角加上半濁點「゜」。半濁音的發音，介於清音和濁音之間，也叫做「次清音」。其寫法和發音如下：

パ行	パ	ぱ	pa	ピ	ぴ	pi	プ	ぷ	pu	ペ	ぺ	pe	ポ	ぽ	po

練習三

パイプ(pipe)　ピアノ(piano)　プラス(plus)　ペスト(pest)　ポリス(police)

(四) 撥音(はつおん)　撥音僅有「ン」一字，通常接在其他假名下面來使用。它的發音和英語的「N」相似，是由鼻腔發出來的音，所以也叫做「鼻音」。其寫法如下：

片假名「ン」　平假名「ん」

羅馬字拼音，用「n」表示如下。

にんげん【人間】（人類）ningen　オンナ【女】（女人）onna

但是，出現在母音或ヤ行音的前面時，就必須用「，」（或「・」抑或「、」）和下面的音節明確加以正別。

せんえき【戦役】（戰爭）Sen’eki或sen・eki或Sen’eki

こんやく【婚約】（訂婚）kon’yaku或kon・yaku或kon’yaku

再者，從來的「ヘボン式」，凡在b m p前面的音，不使用「n」，而使用「m」，如下面所示。例如：

トンボ（蜻蛉—蜻蜓）tombo　あんま（按摩）amma　たんぱ（短波）tampa

練習四

サンポ（散歩）　ギロン（議論）　ジンルイ（人類）　ガクモン（学問）

エンピツ（鉛筆）　しんぽ（進歩）　かんじ（漢字）　こんにち（今日）

こくばん（黒板）　あんしん（安心）

㈤ 促音（そくおん）　促音是急促地稍微停頓一下，然後再發出來的音。普通是用小寫的「ッ」加在右下方，表示之。例如：

ニッキ（日記）　ザッシ（雑誌）　ハッタツ（発達）　ジッコウ（実行）

羅馬字拼音，在發促音的部分，以重複下面的音節的子音表示之。

こっか（国家）kokka　あっぱく（圧迫）appaku

但是，只有「チ」(chi)音不能重複，其前面的促音，普通是以「t」來表示的。例如：

ひっち（筆致）hitchi　そっち（其方）sotchi

練習五

コッキ（国旗）　キッテ（切手—郵票）　トップ（top—最高層）　ヒッキ（筆記）

マッチ（match—火柴）　ニッポン（日本）　がっこう（学校）

けっせき（欠席—缺席）　ねっしん（熱心）　じっさい（実際）

㈥ 長音（ちょうおん）　長音就是把假名拉長發出來的音。即是，在「ア・イ・ウ・エ・オ」各段的假名下面，分別接上「ア」「イ」「ウ」「エ」「ウ」所發出來的音。其表記法和發音如下：

第一表記法					第二表記法				
アア	イイ	ウウ	エエ	オウ	アー	イー	ウー	エー	オー
カア	キイ	クウ	ケエ	コウ	カー	キー	クー	ケー	コー
サア	シイ	スウ	セエ	ソウ	サー	シー	スー	セー	ソー
タア	チイ	ツウ	テエ	トウ	ター	チー	ツー	テー	トー
（以下省略）					（以下省略）				

羅馬拼音，在其母音字上面加上「ˆ」（或「¯」）的符號，表示如下：

でんとう（電灯）dentô 或 dentō　こうすい（香水）kôsui 或 kōsui

練習六

しんぼう（辛抱）　たいどう（胎動）　しっそう（失踪）
しんぼ（親母）　たいど（態度）　しっそ（質素）

けいろう（敬老）　さんよう（算用）　たいこう（対抗）
けいろ（経路）　さんよ（参与）　たいこ（太鼓）

ほうし（奉仕）　　こうさく（工作）　　くつう（苦痛）
ほし（星）　　　　こさく（小作）　　　くつ（靴）

がくふう（学風）
がくふ（学府）

㈦ 拗音（ようおん）　拗音是在五十音圖的イ段的假名下面，連接「ヤ」「ユ」「ヨ」三個音同時發出來的音。通常，用「ャ」「ュ」「ョ」小寫在右下方，表示補助性的發音。

拗音的寫法和羅馬拼音如下：

キャ kya	キュ kyu	キョ kyo
シャ sya [sha]	シュ syu [shu]	ショ syo [sho]
チャ tya [cha]	チュ tyu [chu]	チョ tyo [cho]
ニャ nya	ニュ nyu	ニョ nyo
ヒャ hya	ヒュ hyu	ヒョ hyo
ミャ mya	ミュ myu	ミョ myo
リャ rya	リュ ryu	リョ ryo

ギャ gya	ギュ gyu	ギョ gyo
ジャ zya [ja]	ジュ zyu [ju]	ジョ zyo [jo]
(ヂャ) dya [ja]	(ヂュ) dyu (ju)	(ヂョ) dyo (jo)
ビャ bya	ビュ byu	ビョ byo
ピャ pya	ピュ pyu	ピョ pyo

此外，「ヂャ」「ヂュ」「ヂョ」的發音和「ジャ」「ジュ」「ジョ」相同，所以，在現代假名用法中，除了特殊的單語（二個單語相結合或同音連讀所形成的單語，例如，（茶飲み茶碗(ちゃのみぢゃわん)，提灯提灯(ちょうちんぢょうちん)））以外，通常已不使用。

練習七

ひゃく（百）　しゃく（杓・尺）　しゃくせん（借銭）
ひやく（飛躍）　しやく（試薬）　ひゃくせん（百銭）

きゃく（客）　りょく（緑）　しょうこう（職工）
きやく（規約）　りよく（利慾）　ちょっこう（直航）

きょくせつ（曲折）　みゃくせき（脈石）　りょそう（旅装）　しゅよう（主要）
ちょくせつ（直接）　りゃくしき（略式）　にょそう（女相）　じゅよう（需要）

(八)　拗長音(ようちょうおん)　拗長音是指把拗音拉長發出來的長音。其表記法和發音如下：

第一表記法

キャア　キュウ　キョウ　　ギャア　ギュウ　ギョウ
シャア　シュウ　ショウ　　ジャア　ジュウ　ジョウ
チャア　チュウ　チョウ　　ヂ(ャ)ア　ヂ(ュ)ウ　ヂ(ョ)ウ

ニャア　ニュウ　ニョウ　ビャア　ビュウ　ビョウ
ヒャア　ヒュウ　ヒョウ　ピャア　ピュウ　ピョウ
ミャア　ミュウ　ミョウ
リャア　リュウ　リョウ

第二表記法

キャー　キュー　キョー　ギャー　ギュー　ギョー
シャー　シュー　ショー　ジャー　ジュー　ジョー
チャー　チュー　チョー　ヂ(ャ)ー　ヂ(ュ)ー　ヂ(ョ)ー
ニャー　ニュー　ニョー　ビャー　ビュー　ビョー
ヒャー　ヒュー　ヒョー　ピャー　ピュー　ピョー
ミャー　ミュー　ミョー
リャー　リュー　リョー

羅馬字拼音時，與長音的情形相同，在拗音的母音字上方加上「＾」或「－」表示之。

きゅうよ（給与）kyûyo 或 kyūyo

しょうれい（奨励）shôrei 或 shōrei

練習八

びょういん（病院）　ちょうしょ（長所）　きょうねん（凶年）
びよういん（美容院）　ちょしょ（著書）　きょねん（去年）

りょうこう（良好）　じゅうしょう（重傷）　ごしょう（後生）
りょこう（旅行）　じゅうしょ（住所）　ごしょ（御所）

きゅうぎょう（休業）　りゅうしょう（隆昌）　ひょう（雹）
きゅうきょう（旧教）　りゆうしょ（理由書）　ひよう（費用）

ぎゅう（牛）
ぎゆう（義牛）

(九) 転呼音(てんこおん)　不發假名本來的音，而轉發為其他的音，叫做轉呼音。這就是歷史的假名用法，亦即由假名用法。轉呼音大體上可分成下面四種類。

(1) ハ行転呼音　ハ行的「ハ」「ヒ」「フ」「ヘ」「ホ」為語中音或語尾音時，其發音各自轉成「ワ」「イ」「ウ」「エ」「オ」的音。但只有「フ」為語中音時，轉成「オ」的音。例如：

縄(ナハ)→縄(ナワ)　病(ヤマヒ)→病(ヤマイ)　習(ナラ)フ→習(ナラ)ウ　教(オシ)ヘル→教(オシ)エル　通(トホリ)→通(トオリ)　仰(アフ)グ→仰(アオ)グ

(2) ア段転呼音　ア段的假名下面連接「ウ」或「オ」時，ア段的音全部各自轉成「オ段」的音。

也可說是轉成長音。例如：

陶器（タウキ）→陶器（トウキ）　扇（アフギ）→扇（オウギ）　雑巾（ザツキン）→雑巾（ゾウキン）　法律（ハフリツ）→法律（ホウリツ）　養育（ヤウイク）→養育（ヨウイク）

(3) イ段転呼音　イ段的假名下面連接「ウ」或「フ」時，轉成「イ段」與「ユ」的拗長音。例如：

休憩（キウケイ）→休憩（キュウケイ）　集結（シフケツ）→集結（シュウケツ）　昼夜（チウヤ）→昼夜（チュウヤ）　入国（ニフコク）→入国（ニュウコク）　謬見（ビウケン）→謬見（ビュウケン）

友愛（イウアイ）→友愛（ユウアイ）　（例外）

(4) エ段転呼音　エ段的假名下面連接「ウ」或「フ」時，轉成「イ段」與「ヨ」的拗長音。例如：

協商（ケフシャウ）→協商（キョウショウ）　紹介（セウカイ）→紹介（ショウカイ）　彫刻（テウコク）→彫刻（チョウコク）　尿素（ネウソ）→尿素（ニョウソ）　表示（ヘウシ）→表示（ヒョウシ）　要点（エウテン）→要点（ヨウテン）

（例外）

此外，通常「クワ」讀成「カ」，「グワ」讀成「ガ」。

例如火事（クワジ）→火事（かじ）（火災）　外交（グワイカウ）→外交（がいこう）　教化（ケウクワ）→教化（キョウカ）

○**注意**　(1) 以上所述転呼音在現代假名用法中僅保留「ハ」和「ヘ」做為助詞使用。這時必須發成「ワ」和「エ」的音。（參閱第二章）例如私ハ(ワ)学校ヘ(エ)行く。

○**注意**　(2) 日本的報紙、雜誌、書刊都是採用現代假名用法，但是，引用古書中的文章時，仍按照原文，採用歷史的假名用法。

㈩ 音便　為了發音上方便，將某一原音轉化成其他的音，叫做音便。轉呼音沒必要改寫假名，但是，音便就必須改寫成轉化音的假名。（詳細內容可參閱第七章第三節〔五〕五段活用動詞音便和第八章第三節形容詞音便。）例如：

(1) イ音便

咲キテ→咲イテ　書キテ→書イテ　研ギタ→研イダ

(2) 促音便

打チテ→打ッテ　争イタ→争ッタ　帰リタ→帰ッタ

(3) 撥音便

死ニテ→死ンデ　遊ビタ→遊ンダ　飲ミタ→飲ンダ

(4) ウ音便

沿イテ→沿ウテ　逢イタ→逢ウタ

宜シクゴザイマス→宜シュウゴザイマス

第三節　語　言

㈠　語源　日本語從語源上來看，其單語大體上可分類如下：

(1)　和語　是日本本來的語言。

ウエ（上）　シタ（下）　ヤマ（山）　カワ（川）等

(2)　漢語　是由中國傳來的語言。

思想　運動　失敗　勝利　等

(3)　洋語　是從西洋傳來的語言，也叫做「外來語」。

タバコ（tobacco 葡）香煙　アイアンセ（fiancee法）未婚妻　ミイラ（mirra 葡）木乃伊

カルテ（karte 德）病歷卡 等

㈡　方言和標準語　日本語依其使用的區域可區分如下：

(1)　方言　指僅限於某一地方所使用的語言而言。

譬如說，東部方言、西部方言、九州方言等等都各不相同，和中國有福建話、廣東話、上海話的情形是一樣的。

(2)　標準語　指在日本全國各區域都通用的語言而言。也可以叫做共通語，但是，無論是在語音上或是在語法上，都比共通語更正確，標準的，也就是說具有日本代表性的語言。一般來說，是把東京中層社會有教養的人所使用的語言，看做標準語。這和在中國把北京話看做國語的情形相同。

㈢ 文語和口語　日本語從歷史的觀點，可分類如下：

(1) 文語　是古代的語言，在現代僅限用於文章上，而不用於談話，是一種文章語言。用它寫成的文章叫做「文語文」。

(2) 口語　是現代日本人日常使用的談話語言。用它寫成的文章，叫做「口語文」。

㈣ 常體和敬體　口語文的文體，可依照它的表現方式分成下面二種：

(1) 常體　是通常的文體，主要是用於一般不特定的人，而以文章語言寫成的文章。在文章表現上，使用「だ」的，叫做「だ体」；使用「である」的，叫做「である体」。大都用於論文、小說、新聞報導。例如：

これは　本だ。（だ体）（這是書。）

これは　本である。（である体）（這是書。）

(2) 敬體　是鄭重的文體、主要是用於特定的人，而以敬語特別是用鄭重語的談話語言寫成的文章。在文章表現上，使用「です」的，叫做「です体」；使用「であります」的，叫做「であります体」；使用「でございます」的，叫做「でございます体」。此外，在「です体」（包括「であります体」・「でございます体」）的場合，其動詞大都是使用在連用形下面連接「ます」的形式，因此，叫做「です・ます体」。在書信，童話、演說用得最多。例如：

これは　本です。（です体）

これは　本であります。（であります体）

これは　本でございます。（でございます体）

第二章 現代假名用法和當用漢字

第一節 現代假名用法

(一) 現代假名用法和歷史的假名用法 「現代假名用法」，是一九四六年（昭和二十一年）十一月十六日內閣訓令第八號，該告示第三十三號所公布的日本語在表記上之新假名用法。這種假名用法，大體上是基於現代語音，用假名把現代語書寫出來，主要是適用於現代文的口語體。也可說是表音的假名用法。

「歷史的假名用法」是以往的假名用法，可以說是舊假名用法。主要是用於文語文。

(二) 現代假名用法的要領（日本文部省編）

「現代假名用法」前言

一、這種假名用法，是現代語大體上基於現代語音，用假名書寫的準則。

一、這種假名用法，主要是適用於現代文中的口語體的文章。

一、有必要依照原文的假名用法，或變更有困難的，不適用。

原 則

第一類

1. 舊假名用法的「ゐ」「ゑ」「を」，今後寫成「い」「え」「お」。

但是，助詞「を」照舊使用。

あい（藍〔アヰ〕）　いる（居〔ヰ〕る）　すいどう（水道〔スヰダウ〕）　こえ（声〔コヱ〕）　うえる（植ゑる）

こうえん（公園〔コウヱン〕）　とお（十〔トヲ〕）　あおい（青〔アヲ〕い）　おんど（温度〔ヲンド〕）

△ 本を読む　字を書く

2. 舊假名用法的「くゎ」「ぐゎ」今後寫成「か」「が」。

例 かがく（科学〔クヮガク〕）　かし（菓子〔クヮシ〕）　ゆかい（愉快〔ユクヮイ〕）　がいこく（外国〔グヮイコク〕）

いちがつ（一月〔イチグヮツ〕）

3. 舊假名用法的「ぢ」「づ」，今後寫成「じ」「ず」。

但是，(1)因二語連結所產生的「ぢ」「づ」(2)因同音連讀所產生的「ぢ」「づ」維持原來不變。

例 ふじ（藤〔フヂ〕）　はじる（恥ぢる）　じ（痔〔ヂ〕）　じしん（地震〔ヂシン〕）　じょせい（女性〔ヂョセイ〕）

みず（水〔ミヅ〕）　ゆずる（譲〔ユヅ〕る）　まず（先〔マ〕づ）　ずつ（宛〔ヅツ〕）　なかんずく（就中〔ナカンヅク〕）

さかずき（杯〔サカヅキ〕）　きずく（築〔キヅ〕く）　だいず（大豆〔ダイヅ〕）　ずが（図画〔ヅグヮ〕）

△（1. はなぢ（鼻血〔ハナヂ〕）　もらいぢち（もらい乳〔ヂチ〕）　ひぢりめん（緋縮緬〔ヒヂリメン〕）　ちかぢか（近々〔チカヂカ〕）

いれぢえ（入知恵）　ちゃのみぢゃわん（茶飲茶碗）　みそづけ（味噌漬）
みかづき（三日月）　ひきづな（引綱）　つねづね（常々）
―ぢから（力）　―ぢょうちん（提灯）　―ぢょうし（調子）
―づえ（杖）　―づか（塚・束・柄）　―づかい（使）
―づかえ（仕）　―づかみ（摑み）　―づかれ（疲）
―づき（付・搗）　―づく（付く）　―づくえ（机）
―づくり（作・造）　―づくし（尽し）　―づけ（付）
―づた（蔦）　―づたい（伝い）　―づち（槌）
―づつ（筒）　―づて（伝手）　―づつみ（包）
―づつみ（鼓）　―づとめ（勤）　―づま（妻・褄）
―づまる（詰まる）　―づみ（積）　―づめ（爪・詰）
―づよい（強い）　―づら（面）　―づらい（辛い）
―づり（釣）　―づる（鶴・弦・蔓）　―づれ（連）

△（2.）ちぢむ（縮む）　ちぢらす（縮らす）　つづみ（鼓）　つづら（葛籠）
つづく（続く）　つづる（綴る）

4. 舊假名用法的「は」「ひ」「ふ」「へ」「ほ」，其發音為「ワ」「イ」「ウ」「エ」「オ」，今後寫成「わ」「い」「う」「え」「お」。但是，助詞「は」「へ」維持原來不變。

例　かわ（川《カハ》）、あらわない（洗《アラ》はない）、すなわち（即《スナハ》ち）、たい（鯛《タヒ》）、おもいます（思《オモ》ひます）、ついに（遂《ツヒ》に）、いう（言《イ》ふ）、あやうい（危《アヤフ》い）、まえ（前《マヘ》）、すくえ（救《スク》へ）、さえ（さへ）、かお（顔《カホ》）、なお（尚《ナホ》、猶《ナホ》）、こおり（氷《コホリ》）、とおる（通《トホ》る）、おおい（多《オホ》い）、おおきい（大《オホ》きい）、とおい（遠《トホ》い）、おおう（覆《オホ》ふ）、おおかみ（狼《オホカミ》）、とどこおる（滞《トドコホ》る）、おおむね（概《オホム》ね）。

△　わたくしは　では　には　とは　のは　からは　よりは　のでは　こそは　までは　ばかりは　だけは　ほどは　ぐらいは　などは　あるいはもしくは　おそらくは　ねがわくは　おしむらくは　または　さては　いずれは　ついては

△　京都へ帰る。……さんへ

5. 發音「オ」的「ふ」今後寫成「お」。

例　あおい（葵《アフヒ》）　あおぐ（仰《アフ》ぐ）　あおる（煽《アフ》る）　たおす（倒《タフ》す）

第二類

1.「ユ」的長音，寫成「ゆう」。

例　ゆうがた（夕方）　ゆうじん（友人）　りゆう（理由）

（參考）「言ふ」寫成「いう」，不寫成「ゆう」。

2.エ段的長音，在エ段假名之下，寫上「エ」

例　ええ（応答の語）　ねえさん（姉さん）

3.オ段的長音，原則上，如「おう」「こう」「そう」「とう」，在オ段假名之下，寫上「う」。

例　おうじ（王子）　おうぎ（扇）　おうみ（近江）　かおう（買はう）　こうべ（神戸）

こう（斯う）　なごう（長う）　いちごう（一合）　はなそう（話さう）　そう（然う）

そうろう（候ふ）　ぞうきん（雑巾）　とうげ（峠）　たとう（立たう）　とう（塔）

きのう（昨日）　ほうき（箒）　ほうび（褒美）　りっぽう（立法）　あそぼう（遊ばう）

もうす（申す）　ようやく（漸く）　たいよう（太陽）　かえろう（帰らう）　ろうそく（蠟燭）

（備考）如「多い」　「大きい」　「氷る」　「通る」　「遠い」等等，寫成「おおい」「おおきい」　「こおる」　「とおる」　「とおい」，而不寫成「おうい」　「おうきい」　「こうる」　「とうる」　「とうい」。

第三類

ウ段拗音的長音，如「きゅう」「しゅう」「にゅう」，在ウ段拗音的假名之下，寫上「ウ」。

例　おおきゅう（大きう）　きゅうよ（給与）　あたらしゅう（新しう）　きゅうり（胡瓜）　ひゅうが（日向）

きゅうしゅう（九州）　じゅう（十）　うちゅう（宇宙）　にゅうがく（入学）

ごびゅう（誤謬）　りゅうこう（流行）

第四類

オ段拗音的長音，原則上，如「きょう」「しょう」「ちょう」「にょう」，在オ段拗音的假名之下，寫上「う」。

例　とうきょう（東京）　きょう（今日）　こんぎょう（今暁）　しょうねん（少年）　まいりましょう（参りませう）　よいでしょう（よいでせう）　じょうず（上手）　ちょう（蝶）

にょう（尿）　ひょう（豹）　びょう（鋲）　みょうにち（明日）　みょうじ（苗字）　りょうり（料理）　りょう（猟）

（**注意**）

1. 凡是把「クワ・カ」「グワ・ガ」以及「ヂ・ジ」「ヅ・ズ」分開讀的地方，把它分開寫也無妨。

2. 表示拗音的「ゃ」「ゅ」「ょ」儘可能小寫於右下方。

3. 表示促音的「っ」儘可能小寫於右下方。

(三)新舊假名用法對照表

A

舊假名用法	發音	新假名用法
ヰ(ゐ)	イ	イ(い)
ヱ(ゑ)	エ	エ(え)
ヲ(を)	オ	オ(お)
クヮ(くゎ)	カ	カ(か)
グヮ(ぐゎ)	ガ	ガ(が)
ヂ(ぢ)	ジ	ジ(じ)
ヅ(づ)	ズ	ズ(ず)
ハ(は)	ワ	ワ(わ)
ヒ(ひ)	イ	イ(い)
フ(ふ)	ウ	ウ(う)
フ(ふ)	オ	オ(お)
ヘ(へ)	エ	エ(え)
ホ(ほ)	オ	オ(お)

B

舊假名用法	發音	新假名用法
イウ・イフ・ユウ・	ユウ	ユウ (但言フ寫成イウ)
アウ・ワウ・アフ・ハウ	オオ	オウ
カウ・クヮウ・カフ・コフ	コオ	コウ
ガウ・グヮウ・ガフ・ゴフ	ゴオ	ゴウ
サウ・サフ	ソオ	ソウ
ザウ・ザフ	ゾオ	ゾウ
タウ・タフ	トオ	トウ
ダウ	ドオ	ドウ
ナウ・ナフ・ノフ	ノオ	ノウ
ハウ・ハフ・ホフ	ホオ	ホウ
パウ	ポオ	ポウ
バウ・バフ・ボフ	ボオ	ボウ
マウ	モオ	モウ
ヤウ・ヱウ・エフ	ヨオ	ヨウ
ラウ・ラフ	ロオ	ロウ

C

舊假名用法	發音	新假名用法
キウ・キフ	キュウ	キュウ
ギウ	ギュウ	ギュウ
シウ・シフ	シュウ	シュウ
ジウ・ジフ・ヂュウ	ジュウ	ジュウ
チウ	チュウ	チュウ
ニウ・ニフ	ニュウ	ニュウ
ヒウ	ヒュウ	ヒュウ
ビウ	ビュウ	ビュウ
リウ・リフ	リュウ	リュウ

D

舊假名用法	發音	新假名用法
キャウ・ケウ・ケフ	キョオ	キョウ
ギャウ・ゲウ・ゲフ	ギョオ	ギョウ
シャウ・セウ・セフ	ショオ	ショウ
ジャウ・ヂャウ・ゼウ	ジョオ	ジョウ
デウ・デフ	ジョオ	ジョウ
チャウ・テウ・テフ	チョオ	チョウ
ネフ	ニョオ	ニョウ
ヒャウ・ヘウ	ヒョオ	ヒョウ
ビャウ・ベウ	ビョオ	ビョウ
ミャウ・メウ	ミョオ	ミョウ
リャウ・レウ・レフ	リョオ	リョウ

第二節 當用漢字

㈠ 當用漢字 在修改新假名用法的同時，對漢字的使用也限制於一千八百五十字，這些漢字叫做當用漢字。所謂「當用」，可能釋為「在日常生活上當前所需要的」或「當前使用的」。

㈡ 教育用漢字和人名用漢字　從當用漢字裏，選出八百八十一字做為義務教育用，叫做普通教育漢字，除當用漢字之外，僅限用於人名的漢字有九十二字，叫做人名用漢字。

㈢ 新字（簡體字）　是日本創造的簡體漢字。例如：

仮（假）　仂（働）　伝（傳）　畂（畝）　円（圓）　囲（圍）　壱（壹）　広（廣）　応（應）　気（氣）

拠（據）　滝（瀧）　麦（麥）　昼（晝）　励（勵）　粋（粹）　駅（驛）　弁（辯・辨・辦）等

㈣ 漢字的讀法　漢字的讀法，如下所示，有音讀和訓讀。

(1) 訓讀　用日本固有的音來讀的。例如：

食物（たべもの）　生物（なまもの）　市場（いちば）　見物（みもの・みせもの）　鬼神（おにがみ）　黄色（きいろ）　預金（あずかりきん）　賃貸（ちんがし）

(2) 音讀　用漢字本來的音來讀的。例如：

食物（しょくもつ）　生物（せいぶつ）　市場（しじょう）　見物（けんぶつ）　鬼神（きしん）　黄色（こうしょく）　預金（よきん）　賃貸（ちんたい）

註　音讀更可分成下面三種類。

① 呉音　是中國南方的音，平安時代初期傳入日本，大都是用於古代的事物名稱，官職名稱，書名，法令格式以及佛教經典。

京都（キョウト）　平等（ビョウドウ）　行幸（ギョウコウ）　清浄（ショウジョウ）　明日（ミョウニチ）

② 漢音　中國西北部的音，是從隋唐時代開始傳入日本的，廣泛被使用為漢字的正音，特別是

，多半用於學術用語。

京師（ケイシ）　平和（ヘイワ）　品行（ヒンコウ）　清潔（セイケツ）　明白（メイハク）

③唐音　在中國宋代以後，傳入日本的，用得很少，也叫做宋音。

南京（ナンキン）　安平（アンピン）　行宮（アングウ）　清朝（シンチョウ）　明朝（ミンチョウ）

第三章　日本語的構成

第一節　句・句節・單語

㈠句的定義　句是用以表達一個完整的思想，具有完結的一連續的語言。

A　花(はな)が咲(さ)いた。（花開了。）

B　私(わたくし)の故郷(こきょう)は広東(かんとん)です。（我的故鄉是廣東。）

㈡句的特質　句有如下的特質。

(1)在內容上的特質　句從其內容來看，是用以表達一個完整的，統一的思想。

(2)在形態上的特質　句從其外形上來看，是具有完結性的。

①以聲音表達的場合　發音在句的終止部分要中斷。

②以文字表達的場合　在句的終止部分，加上句點「。」。

○**注意**　一般所謂的「文章」或「句」與在文法學上的各種「句」不相同。也就是說，從其形態來看，文章是由句所組成的；從其內容來看，文章比句要複雜，但是，就全體說起來，還是統一的。

㈢ 句節的定義　句節是在不破壞其所要表達的意思的程度上，把句分解為最小的一個段落。也叫做「句素」。

把前面例句A、B分解後，就成為如下：

A　花が　咲いた。（花開了。）

B　私の　故郷は、広東です。（我的故郷是廣東。）

在實際上的語言裏，如上面例句的分解，説起來並不會感覺不自然，但是，不能再做更細小的分解。因此，例句的「花が」「咲いた」「私の」「故郷は」「広東です」各為一個句節。

㈣ 句節的特質　句節具有如下的特質。

(1) 在內容上的特質　句節各自表示一定的意思。並且，大致上相同的句節具有相同的意思。例如：

① 日本語を習うには文法が大切だ。（學習日本語，文法是重要的。）

② 運動は身体の健康に大切だ。（運動對身體的健康是重要的。）

上例的「大切だ」這個句節，雖然在不相同的句中，但是其意思相同。

○**注意**　下面二例句的「もたれる」這個句節，各自表示不同的意思。那是因為「もたれる」這個單語自身具有二個意思。

(イ) 彼は椅子にもたれる。（他倚靠在椅子上。）

(ロ) 胃腸が悪いと食物がもたれる。（胃腸一不好的話，吃的東西就不消化。）

(2) 在形態上的特質　句節從其外形來看，具有下面的特質。

① 以聲音表達的場合　句節的發音是連續不斷的。但是在長句中，句節與句節之間，可以稍微停頓呼氣。

先生の講義を聞きながら欠伸をするのは、甚だ無礼です。（一邊聽著老師講課，一邊打呵欠，是非常不禮貌。）普通，在上例中有「、」的地方，可暫時停頓呼氣。

② 以文字表達的場合　在呼氣的地方，即是在句節與句節之間可以加上讀點「、」。

(五) 單語的定義　單語是表示某一意思的最小的語言單位。也就是說，在可能的範圍，把句節再分解而所形成的最小的語言的一部分。

A 私は中国の留学生です。（我是中國的留學生。）

B あそこの水は冷たい。（那裡的水是冰冷的。）

在上面A例中的「私」「は」「中国」「の」「留学生」「です」，B例中的「あそこ」「の」「水」「は」「冷たい」都是單語。

(六) 單語的特質　單語有如下的特質。

(1) 在內容上的特質　具有一定的意思。例如「やま(山)」這個單語不論在什麼地方，都表示相同的一定的意思。但是，假使把它分開成「や」和「ま」就會失去它的意思。

(2) 在形態上的特質　常常是連續發音的。發音的高低也是一定的。例如「くさ(草)」，「く」和「さ」不能分開來發音。「箸（筷子）」發音如「はし」，把「は」發高音；「橋」發音如「はし」，把「し」發高音。

(七) **句和句節和單語**　句是由句節形成的，句節是由單語形成的。換言之，把單語組合起來，形成句節；把句節組合起來，形成句。例如：

(A) **句和句節**

いらっしゃい。（請來。）　はい。（是的。）　（由一句節構成一句）
休め。（休息吧！）

風が吹く。（風吹。）　私も行く。（我也去。）　（由二句節構成一句。）
本がある。（有書。）

桜の花が咲いた。（櫻花開了。）
あそこに池がある。（在那裡有水池。）　（由三句節構成一句）
そんなことはありません。（沒有那種事。）

(B) **句節和單語**

止せ。（停止吧！）　危ない！（危險！）　（一單語構成一句節）
有り難う。（謝謝。）
苦しいか。（痛苦嗎？）　行った。（去了。）　（二單語構一句節）
火事だ。（失火了。）
来るだろう。（會來吧。）　ほめられたい。（希望受表揚。）　（三單語構成一句節）
行きましょう。（走吧！）

第二節　單語的分類和合成

㈠　以形態來分類　依照單語的形式上的用法來分類。

(1)　自立語　單語中，其自身可以單獨構成一個句節，而且可用在句的開始。也叫做「詞」。

(2)　附屬語　單語中，其自身不能單獨構成一個句節，常接在自立語下面使用的。也叫做「辞」。

雷さんは明日京都へ行くらしい。（雷先生好像明天去京都。）

公園の花はもうすっかり咲きました。（公園的花已經全開了。）

上例中有傍線「―」的，是自立語，有黑點「・」的是附屬語。

註一、上述的分類法，是依照單語能否構成句節來區別的，日本文部省中等文法就是採用此分類法。

此外，以形態為中心的文法論的代表橋本進吉博士，把自立語叫做「獨立的語」或「詞」，把附屬語叫做「附屬的語」或「辞」。

(二) 以內容來分類　依照單語內容的意思來分類。

(1) 觀念語　指具有具體觀念的單語，有時一個單語也可以表達一個思想。

(2) 關係語　指只具有抽象的，不明確的觀念的單語，接在觀念語下面，以使其在使用時所發生的關係能夠明確。

張君(ちょうくん)が楊君(ようくん)になぐられた。（張君被楊君毆打。）

これは私(わたし)の辞典(じてん)です。（這是我的辭典。）

上例中，有傍線「—」的是觀念語，有黑點「・」的是關係語。

註二、上述的分類法，是依照單語的意思來區別的，這是以內容為中心的文法論代表山田孝雄博士的分類法。

(三) 以表現來分類法　依照單語的意思是否客體化來分類。

(1) 詞　經過概念化的過程所表現出來的單語。

(2) 辭　沒經過概念化的過程所表現出來的單語。

(A)　驚き（驚訝）　甘える（撒嬌）　嬉しい（高興）　あっ（哎呀！）　ねえ（喂）
　　まあ（喲）

(B)　沈君は行くまい。（沈君大概不去吧。）　母が子を負う。（母親背孩子。）

上例中，有傍線「―」的是詞，有黑點「・」的是辭。

註三、上述的分類法，是依照單語所表達的內容做為與「說話者」相對立的客體概念來表達，或做為「說話者」的主觀立場來表達而分類的，也就是說，依照單語的表達過程的分類法。這是以時枝誠記博士為代表的所謂以表現為中心的文法論的分類法，是文法上的新學說。

在此，所謂「詞」「辭」的用語，與上述的橋本博士所用的「詞」「辭」在意思上其有不同的性質。

(四)　活用語和無活用語　單語中，有的有活用，有的沒有活用，有活用的單語叫做「活用語」，沒有活用的單語叫做「無活用語」。例如：

国家　一つ　あちら　すっかり　それから

等，是沒有活用的，都是無活用語。

「書く」：「書か（ない）　書き（たい）　書く　書く（とき）　書け（ば）　書こ（う）」

「高い」：「高かろ（う）　高かっ（た）　高く（ない）　高い（やま）　高けれ（ば）」

「静かだ」：「積　だろ（う）　静かだっ（た）　静かだ　静かな（ところ）　静かなら（ば）」

等，是有活用的，都是活用語。

活用語有不變化的部分與變化的部分。不變化的部分（例句中有傍線—的部分）叫做「語幹」或「語根」，變化的部分（例句中有・的部分）叫做「語尾」。

活用語的語尾變化就叫做活用。

依照活用語的用法和語尾的活用形式所形成的語形，叫做「活用形」。如上述的「書か・書き……」「高かろ・高かっ……」「静かだろ・静だっ……」等，都是活用形。

活用語的活用形大致上有下面六種類：

(1) **未然形** 主要是與表示未來推量・自己的意志的助動詞連接的活用形。動詞也與表示否定意思的助動詞連接。

(2) **連用形** 主要是連接用言或其他活用語的活用形。

(3) **終止形** 主要是用於表示終止的活用形，是活用形的基本形。

(4) **連體形** 主要是連接體言的活用形。

(5) **假定形** 主要是連接「ば」，表示假定條件的活用形。

(6) **命令形** 表示命令或願望的活用形。

㈤ 接頭語和接尾語

接頭語是加在單語的上面，添加意義。例如：

素顏（本來面貌）　御はし（筷子）　御飯（飯）　片手（一手）

有傍線—的是接頭語。

接尾語是加在單語的下面，添加意義。例如：

君達（你們）　讀み方（讀法）　高さ（高度）　淋しがる（覺得寂寞）

有傍線—的是接尾語。

註四　接頭語和接尾語具有下面的特質。

(1)　在內容上的特質　各具有一定的意思。例如「素顏」的「素(す)」具有表示未加修飾而單純樸素的意思，「君達」的「達」具有表示複數的意思。

(2)　在形態上的特質　不能單獨使用，必須接在某些少數的單語。例如「素顏」的「素」，「君達」的「達」不能單獨使用，也不能任意連接任何的單語。

註五　接頭語和接尾語不同於助詞和助動詞，並不能當作單語。

其理由為是：

第一、接頭語或接尾語和某一單語相結合，就成為一個單語，在文法上屬於某一品詞（譬如「片手」是名詞，「淋しがる」是動詞），但是，助詞或助動詞和某一單語相結合，也不能成為一

個單語，當然也不屬於品詞。（譬如「本を」「本の」「本は」「本だ」等，並不是一個單語，也不屬於任何品詞。再如「読ませる」（使讀）「だまされる」（受騙），是動詞連接助動詞，整體做為和動詞相同來使用之故，現在也有學者把它認為是動詞，但並不普遍，一般還是把它分為動詞和助動詞。）

其次，接頭語和接尾語所結合的單語，只限於向來慣用上的，不過，助動詞和助詞依接續法而能夠有規則地自由連接任何單語。

(六) 單語的合成　就單語的構成來看，除單純的單語外，還有下面幾種。

(1) 複合語　二個以上的單語結合在一起，表示一個意思的單語。
湯呑（茶杯）　筆入（筆筒）　平和運動（和平運動）　待ち遠しい（盼望）　見送る（送行）

(2) 疊語　相同的單語重疊，表示一個意思的單語。
人人（大家）　山山（群山）　我我（我們）　時時（時常）　国国（各國）

(3) 有接頭語的　連接接頭語的單語，也看做一個單語。
素足（赤腳）　お寺（寺廟）　真先（最先）　か弱い（柔弱的）　ごゆっくり（慢慢）

(4) 有接尾語的　連接接尾語的單語，也看做一個單語。
張さん（張先生）　君達（你們）　重さ（重量）　利口ぶる（裝做聰明）

嬉しがる（感覺高興）

第三節　品詞概說

㈠　品詞的定義　單語依照它文法上的性質所做的分類，叫做品詞。換言之，就是依照它的文法上的意義、形態、職能來分類的。

㈡　品詞的種類　品詞大體上可分成下面十二種類。

名詞　數詞　代名詞　動詞　形容詞　形容動詞　連體詞　副詞　接續詞　感動詞　助動詞　助詞

註六　品詞的分類因學者各有所不同。

山田孝雄的分類（十種品詞）

名詞　數詞　代名詞　動詞　形容詞　助動詞　副詞　接續詞　感動詞　助詞

橋本進吉的分類（十一種品詞）

名詞　代名詞　數詞　動詞　形容詞　副詞　連體詞　接續詞　感動詞　助動詞　助詞

時枝誠記的分類（十一種品詞）

名詞　代名詞　動詞　形容詞　形容動詞　連體詞　副詞　接續詞　助動詞　助詞　感動詞

文部省中等文法的分類（十種品詞）

名詞　動詞　形容詞　形容動詞　連體詞　副詞　接續詞　感動詞　助動詞　助詞

本枝增一的分類（十二種品詞）和本書的分類相同。

㈢ 品詞概說

名　詞

表示事物的名稱。

東京は日本の首都です。（東京是日本的首都。）

人の体の外を包んでいるものは皮膚です。（包在人體外表的是皮膚。）

自由と平等がほしい。（希望自由和平等。）

例中有傍線—的都是名詞。

數　詞

表示事物的數量或順序。

參考書が二冊あります。（參考書有二冊。）

武蔵境から東京まで四十五分掛ります。（從武蔵境到東京需花四十五分鐘。）

今度は一番を取るだろう。（這次會拿到第一吧。）

例中有傍線—的是數詞。

代名詞

用以代替名詞

私(わたくし)は李文忠(りぶんちゅう)と申(もう)します。（我叫做李文忠。）

ここは食堂(しょくどう)です。（這裡是食堂。）

郵便局(ゆうびんきょく)はそっちです。（郵局在那邊。）

あれは何(なん)でしょう。（那個是什麼呢？）

例中有傍線—的是代名詞。

動詞

用以敘述事物的動作、作用、存在等。

字(じ)を書(か)く。（寫字。）

六時(ろくじ)に起(お)きる。（六時起床。）

御飯(ごはん)を食(た)べる。（吃飯。）

僕(ぼく)も来(く)る。（我也來。）

仕事(しごと)をする。（做工作。）

例中有傍線—的是動詞。

動詞依照語尾變化的不同，分為下面五種類。

(1) 五段活用　(2)上一段活用　(3)下一段活用　(4) カ行変格活用　(5) サ行変格活用

動詞語尾的活用如下表：

動詞語尾活用表

活用種類	基本形	語幹	語尾活用形						語例
			未然形	連用形	終止形	連體形	假定形	命令形	
五段	書く	書	か こ	き	く	く	け	け	読む 買う 売る
上一段	起きる	起	き	き	きる	きる	きれ	きろ きよ	落ちる (見る) (居る)
下一段	食べる	食	べ	べ	べる	べる	べれ	べろ べよ	(寝る) 上げる 始める
カ行変格	来る	○	こ	き	くる	くる	くれ	こい	僅有一語
サ行変格	する	○	せ し	し	する	する	すれ	しろ せよ	僅有一語

各活用形的主要用法如下：

未然形　主要連接否定助動詞「ない」「ぬ(ん)」、被動的「れる」「られる」、使役的「せる」「させる」、推量・意志的「う」（接五段的オ段音）「よう」(接五段以外)，表示種種意思。

本を読まない。（不讀書。）

あの本はみんなに読まれる。（那本書為大家所讀。）

学生に本を読ませる。（使學生讀書。）

本を読もう。（讀書吧。）

連用形　主要連接表示鄭重意思的「ます」、過去完了的「た」、希望的「たい」以及其他的活用語和助詞，表示種種的意思。

本を読みます。（讀書。）

本を読んだ。（読みた）（讀了書。）

本が読みたい。（想讀書。）

本を読みながら筆記をする。（一面讀書，一面做筆記。）

終止形　是動詞的基本形，表示終止。

本を読む。（讀書。）

連體形　連接「時」「こと」等體言。

本を読む時にはあれこれと考えてはいけない。（讀書的時候，不可東想西想。）

假定形　主要連接助詞「ば」，表示假定條件。

あの本を読めば分(わか)ります。（讀那本書的話，就會懂。）

命令形　主要表示命令，願望。

本を読め。（讀書！）

形容詞

用以敘述事物的性質、狀態。

西瓜(すいか)は甘(あま)い。（西瓜甜。）

富士山(ふじさん)は美(うつく)しい。（富士山美麗。）

例中有傍線—的都是形容詞。

形容詞的語尾活用如下表：

形容詞語尾活用表

基本形	語幹	語尾活用形						語例
		未然形	連用形	終止形	連體形	假定形	命令形	
甘い 美しい	甘 美し	かろ	かつ く	い	い	けれ	○	白い　低い　嬉しい　優しい

形容詞沒有命令形。

各活用形的主要用法如下：

未然形　連接助動詞「う」，表示推量。

西瓜は甘かろう。（西瓜甜吧。）

連用形　主要在「かっ」下面連接助動詞「た」，表示過去完了；「—く」表示中止，或接續其他單語。

西瓜は甘かった。（西瓜甜。）

西瓜は甘く、夏(なつ)みかんはすっぱい。（西瓜甜，柚子酸。）

あの西瓜は甘くない。（那個西瓜不甜。）

終止形　是形容詞的基本形，表示終止。

西瓜は甘い。（西瓜甜。）

連體形　連接體言。

甘い西瓜が食べたい。（想吃甜的西瓜。）

假定形　連接助詞「ば」，主要表示假定條件。

あの西瓜は甘ければ買(か)います。（那個西瓜甜的話，就買。）

形容動詞

在意義上與形容詞相同，敘述事物的性質、狀態；在形態上具有如動詞一樣的活用。

山奥（やまおく）は静かだ（静かです）（深山裏安靜。）

口（くち）は下手（へた）だ（下手です）（口才不好。）

例中有傍線―的都是形容動詞。

形容動詞有「ダ活用」和「デス活用」二種。「ダ活用」是一般的說法，「デス活用」是鄭重的說法。

形容動詞的詞尾活用如下表：

形容動詞語尾活用表

活用種類	基本形	語幹	語尾活用形 未然形	連用形	終止形	連體形	假定形	命令形	語例
ダ活用（常體）	静かだ	静か	だろ	だっ で に	だ	な	なら	○	賑かだ（です）上手だ（です）
デス活用（敬體）	静かです		でしょ	でし	です	○	○	○	結構だ（です）立派だ（です）

各活用形的主要用法如下：

未然形　連接助動詞「う」，表示推量。

山奥は静かだろう。(静かでしょう。)（深山裏安靜吧。）

連用形　主要在「―だっ」「―でし」下面連接「た」表示過去完了；「―で」表示中止或接續其他的單語；「―に」用做副詞。

あそこは静かだった。(静かでした)（那裡安靜。）

あそこは静かでない。（那裡不安靜。）

静かに勉強しなさい。（請靜靜地用功。）

終止形　是形容動詞的基本形，用以表示終止。

あそこは静かだ(静かです)。（那裡安靜。）

連體形　連接體言。

静かなところで勉強(べんきょう)したい。（想在安靜的地方用功。）

假定形　連接助詞「ば」，或單獨表示假定條件。

あそこが静かなら(ば)あそこへ行(い)きましょう。（那裡安靜的話，就去那裡吧。）

註七　名詞、數詞、代名詞叫做體言；動詞、形容詞、形容動詞叫做用言。

此外，有的學者不承認數詞、代名詞，而把它們包含在名詞裏，因此，體言就是名詞。

連體詞

僅用於修飾體言。

この時計は私のです。（這個錶是我的。）

大きな事をいうな。（不要說大話。）

例中有傍線—的是連體詞。

副詞

單獨可以修飾用言。

ゆっくりお読みなさい。（請慢慢讀。）

今日は少し涼しい。（今天有點涼快。）

例中有傍線—的是副詞。

接續詞

主要是用以承受前文接續後文的。

吉村および藤山の二氏が当選した。（吉村和藤山二位當選了。）

手紙または電報でお知らせします。（用信函或電報通知。）

映画を見てそれから動物園へ行った。（看電影，然後去了動物園。）

彼は人はいい。しかし勇気がない。（他的人好，但是沒有勇氣。）

昨日は病気だった。それで出席しなかった。（昨天生病了，因此，沒有出席。）

感動詞

表示感動，呼喚，應答的意思。

ああ、うれしい。（哎呀，太高興了。）

もしもし鳩山さんのお宅ですか。（喂喂，是鳩山先生的府上嗎？）

はい、そうでございます。（是，是那樣的。）

例中有傍線—的是感動詞。

助動詞

主要是接在動詞下面，添加種種的意思。

弟に新聞を読ませる。（使弟弟讀報紙。）

人に怨まれる。（招人抱怨。）

お湯はまだ沸かない。（開水還沒有開。）

あの映画が見たい。（想看那部電影。）

余さんも行くらしい。（好像余先生也去。）

雨が降りそうだ。（好像要下雨。）

試合は十時に始まるそうだ。（聽說比賽十點開始。）

一寸見ると本物のようだ。（稍微一看，像真貨。）

これはぼくの万年筆だ。（這是我的鋼筆。）

私は亜細亜大学の学生です。（我是亞細亞大學的學生。）

散歩に行きます。（去散步。）

昨日は金曜日でした。（昨天是星期五。）

もう遅いから寝よう。（已經很晚了，睡覺吧。）

明日雨は降るまい。（明天大概不會下雨吧。）

左邊有傍線—的都是助動詞。

助動詞的種類．意義和活用如下表。

助動詞活用表

基本形	意義	未然形	連用形	終止形	連體形	假定形	命令形	接續
せる	使役	せ	せ	せる	せる	せれ	せ よろ	未然形（五段）
させる		させ	させ	させる	させる	させれ	させ よろ	未然形（五段以外）
れる	被動	れ	れ	れる	れる	れれ	れ よろ	未然形（五段）
られる		られ	られ	られる	られる	られれ	られ よろ	未然形（五段以外）
れる	可能 自發 敬語	れ	れ	れる	れる	れれ	○	未然形（五段）
られる		られ	られ	られる	られる	られれ	○	未然形（五段以外）
ない	打消	なかろ	なかっ なく	ない	ない	なけれ	○	未然形
ぬ（ん）		○	ず	ぬ（ん）	ぬ（ん）	ね	○	
たい	希望	たかろ	たかっ たく	たい	たい	たけれ	○	連用形
たがる		たがら たがろ	たがり たがつ	たがる	たがる	たがげ	○	
らしい	推量	○	らしかっ らしく	らしい	らしい	○	○	終止形

そうだ	樣態	そうだろ	そうだっ そうで そうに	そうだ	そうな	そうなら	○	連用形
そうです		そうでしょ	そうでし	そうです				
そうだ	傳達	○	そうで	そうだ	○	○	○	終止形
そうです			そうでし	そうです				
ようだ	比況	ようだろ	ようだっ ようで ように	ようだ	ような	ようなら	○	連體形・助詞「の」
ようです		ようでしょ	ようでし	ようです				
みたいだ		みたいだろ	みたいだっ みたいで みたいに	みたいだ	みたいな	みたいなら	○	體言
みたいです		みたいでしょ	みたいでし	みたいです				
だ	斷定	だろ	だっ で	だ	(な)	なら	○	體言・助詞「の」
です	鄭重斷定	でしょ	でし	です	○	○	○	體言・助詞「の」
ます	鄭重	ませ ましょ	まし	ます	ます	ますれ	ませ まし	連用形

た	過去 完了	たろ	○	た	た	たら	○	連用形
う	推量	○	○	う	（う）	○	○	未然形（五段）
よう	意志	○	○	よう	（よう）			未然形（五段以外）
まい	否定推量 否定意志	○	○	まい	（まい）	○	○	終止形（五段） 未然形（五段以外）

助詞

附在單語下面，決定單語和單語之間的關係或添加某種意義。

庭（にわ）の中（なか）に池があります。（庭院裏有水池。）

姉（あね）が妹（いもうと）に歌（うた）を歌（うた）わせる。（姊姊叫妹妹唱歌。）

私は弟と校長（こうちょう）先生の家（うち）へ参（まい）ります。（我和弟弟去校長先生的家。）

生徒達は運動場（うんどうじょう）で遊（あそ）んでいます。（學生們在運動場玩。）

妹は紙（かみ）で人形（にんぎょう）をこしらえました。（妹妹用紙做玩偶。）

私は水泳（すいえい）より登山（とざん）が好（す）きだ。（與其游泳，我喜歡登山。）

スポークスマンから声明（せいめい）を発表（はっぴょう）した。（由發言人發表聲明。）

喉が乾いたからお茶でもほしいね。（喉嚨渴了，想喝茶呢。）

創立当時は会員は僅か八人だけしかいなかった。（創立當時，會員僅有八人而已。）

今日は昨日までほど暑くないようだ。（今天好像沒有昨日那様熱。）

左邊有傍線—的都是助詞。

第四節 基本句型和句的成分

㈠ 基本句型 句的形式整理起來，大體上可分為下面四種基本句型。

(1) 何が—何である。（什麼是什麼。）……陳述關於判斷。

これは机だ。（這個是書桌。）

(2) 何が—どんなである。（什麼是什麼樣。）……陳述關於性狀。

富士山は美しい。（富士山美麗。）

(3) 何が—どうする。（什麼是如何做。）……陳述關於動作。

子供が泣いた。（孩子哭了。）

(4) 何が—ある。（有什麼。）……陳述關於存在。

犬がいる。（有狗。）

○注意　也有人不將句型⑷的類型成為一單獨的基本句型，而將之包括在句型⑶中。另外，各句型中各自有否定形、疑問形。

㈡　句的成分　句有如下的成分。

⑴　**主語**和**述語**　基本句型中相當於「何が」的部分，即是可成為句的主題的部分，叫做主語；基本句型中相當於「何である」「どんなである」「どうする」「ある」的部分，即是敘述主語的部分，叫做述語。

述語也叫做「說明語」。

前例中，「これは」「富士山は」「子供が」都是主語；「机だ」「美しい」「泣いた」「いる」都是述語。

通常，主語位於句的前面，述語位於句的後面。

主語和述語是句的主要成分。

⑵　**修飾語**　用以詳細敘述主語或述語的部分，也就是說，修飾、補充或限定主語或述語的意思的部分，叫做修飾語。例如：

夏の富士山はとても美しい。（夏天的富士山很美。）

そんな犬は絶対（ぜったい）にいない。（那樣的狗絕對沒有。）

例中有傍線的是修飾語。

修飾語依照它所修飾的部分，可再分為二種。

① 連體修飾語　修飾語中，特別用以修飾體言的，叫做連體修飾語，也叫做「形容詞的修飾語」。

② 連用修飾語　修飾語中，特別用以修飾用言的，叫做連用修飾語，也叫做「副詞的修飾語」。

前例的「夏の」「そんな」是連體修飾語；「とても」「絶対に」是連用修飾語。

通常，修飾語位於被修飾語的前面。

註八　連用修飾語中，用以表示動作目的的，即是相當於他動詞的目的語，叫做「客語」或「目的語」，補充動作的意思不足的，即是補充不完全自動詞的意思的，叫做「補語」，也有學者特意把它從修飾語分離，做為句的主要成文來處理。

丁（てい）君が絵（え）を画（か）く。（丁君畫畫。）

学生達が文法（ぶんぽう）を習（なら）う。（學生學習文法。）

水（みず）が氷（こおり）になる。（水變成冰。）

私は田中と申します。（我叫做田中。）

右例的「絵を」「文法を」是客語，「氷に」「田中と」是補語。

(3) **獨立語** 在句中，不屬於主語，述語或修飾語的部分，換言之，構成句的其他部分不具有和主語・述語的關係或修飾被修飾的關係的，叫做獨立語。

はい、分りました。（是的，知道了。）

先生、この字はどう読みますか。（老師這個字怎麼讀。）

鎌倉、ここにはいろいろの史蹟があります。（鎌倉，這裡有各種各樣的史蹟。）

私も行きたいが、しかしひまがない。（我也想去，但是沒有空。）

右例中有傍線—的是獨立語。

第五節　句的構造

句的構造　從其構成要素句節的相互關係來看，可分成下面五種關係。

(一) 主述關係　在一句中，二個句節是處於主語述語關係。

私は学生です。（我是學生。）

人生は短かい。（人生短暫。）

㈡　修飾關係　在一句中，二個句節是處於修飾被修飾關係。修飾關係依其被修飾句節的性質，可再分成二種。

①　連用修飾關係　指修飾用言的場合，其修飾句節叫做連用修飾句節。

すぐ参(まい)ります。（馬上去。）

あひるが静かに泳(およ)いでいます。（鴨子靜靜地游水。）

②　連體修飾關係　指修飾體言的場合，其修飾句節叫做連體修飾句節。

赤(あか)い花が咲いた。（紅的花開了。）

文法の本があります。（有文法的書。）

㈢　對等關係　在一句中，二個句節以相同資格處於對等的關係。在這種場合，有時也加用接續詞。在對等關係的二個句節中，位於前面的叫做對等句節。

この靴下(くつした)は強(つよ)くて安い。（這雙襪子耐用、便宜。）

中村(なかむら)さんは政治家(せいじか)で学者(がくしゃ)です。（中村先生是政治家是學者。）

京都(きょうと)並(なら)びに奈良(なら)は日本の古都(こと)です。（京都和奈良是日本的古都。）

㈣　補助關係　在一句的兩個句節中，前面的句節做為句的成分，表示主要的意思，後面的句節附屬它，添加某種意思，處於補助關係。

在補助關係的二個句節中，後面的句節叫做補助句節。

ここは教室である。（這裡是教室。）

成績は悪くない。（成績不壞。）

先生がお出になります。（老師要來。）

(五) 獨立關係　在一句中，有的句節和其他的句節沒有明顯的直接關係，而比較具有獨立的關係。這種句節叫做獨立句節。

はい、よく分りました。（是的，非常了解。）

佐藤（さとう）さん、これは何ですか。（佐藤先生，這是什麼。）

学問（がくもん）もあり、その上、経験（けいけん）もある。（有學問，而且也有經驗。）

(六) 句的分析　解明句的構造即是句節和句節的結合方式，有下面二種表示法。

(1) 關係表示法：是新的表示法。

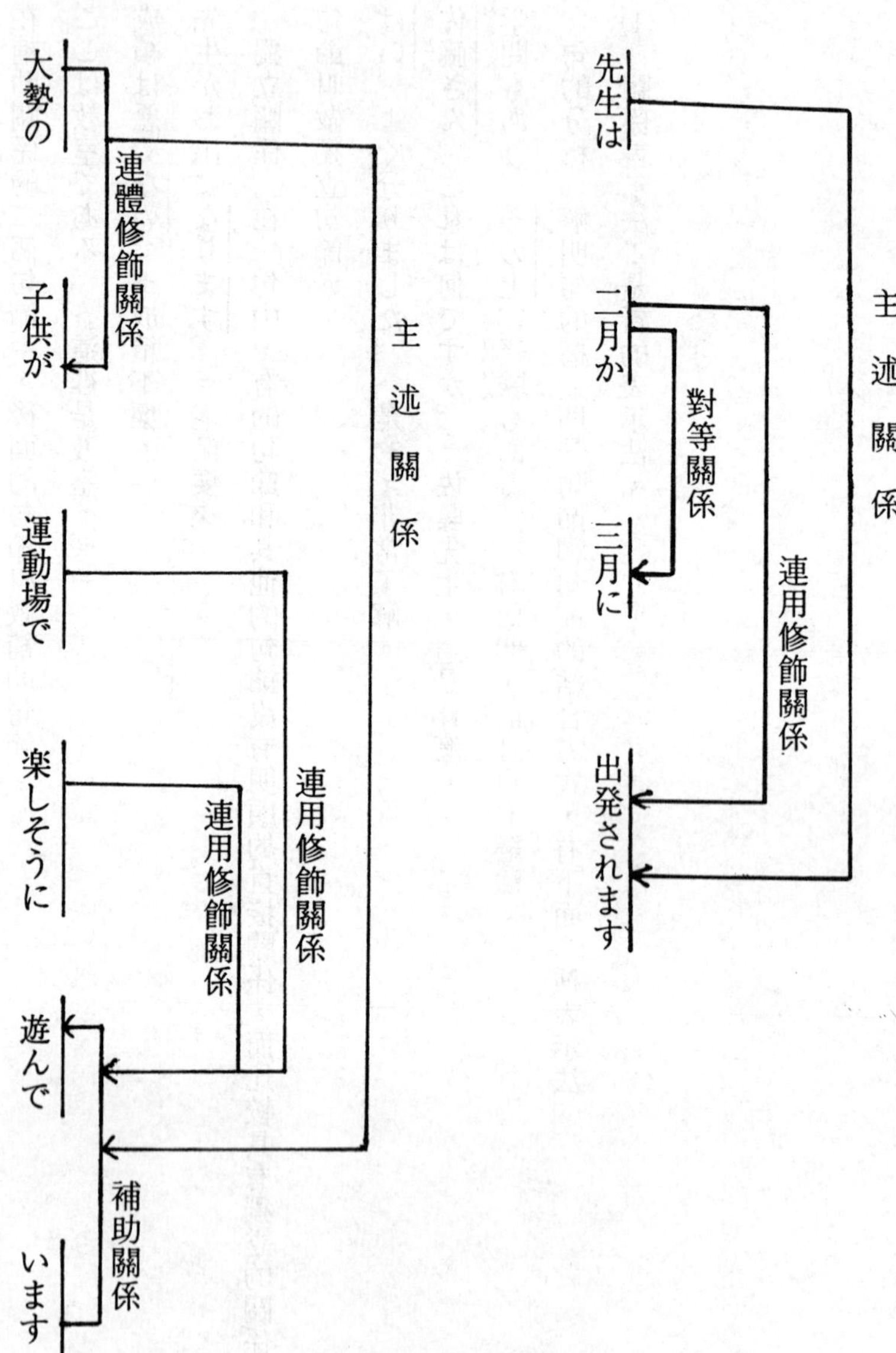
先生は
二月か
三月に
出発されます
主述關係
連用修飾關係
對等關係
大勢の
子供が
運動場で
楽しそうに
遊んで
います
連體修飾關係
主述關係
連用修飾關係
連用修飾關係
補助關係

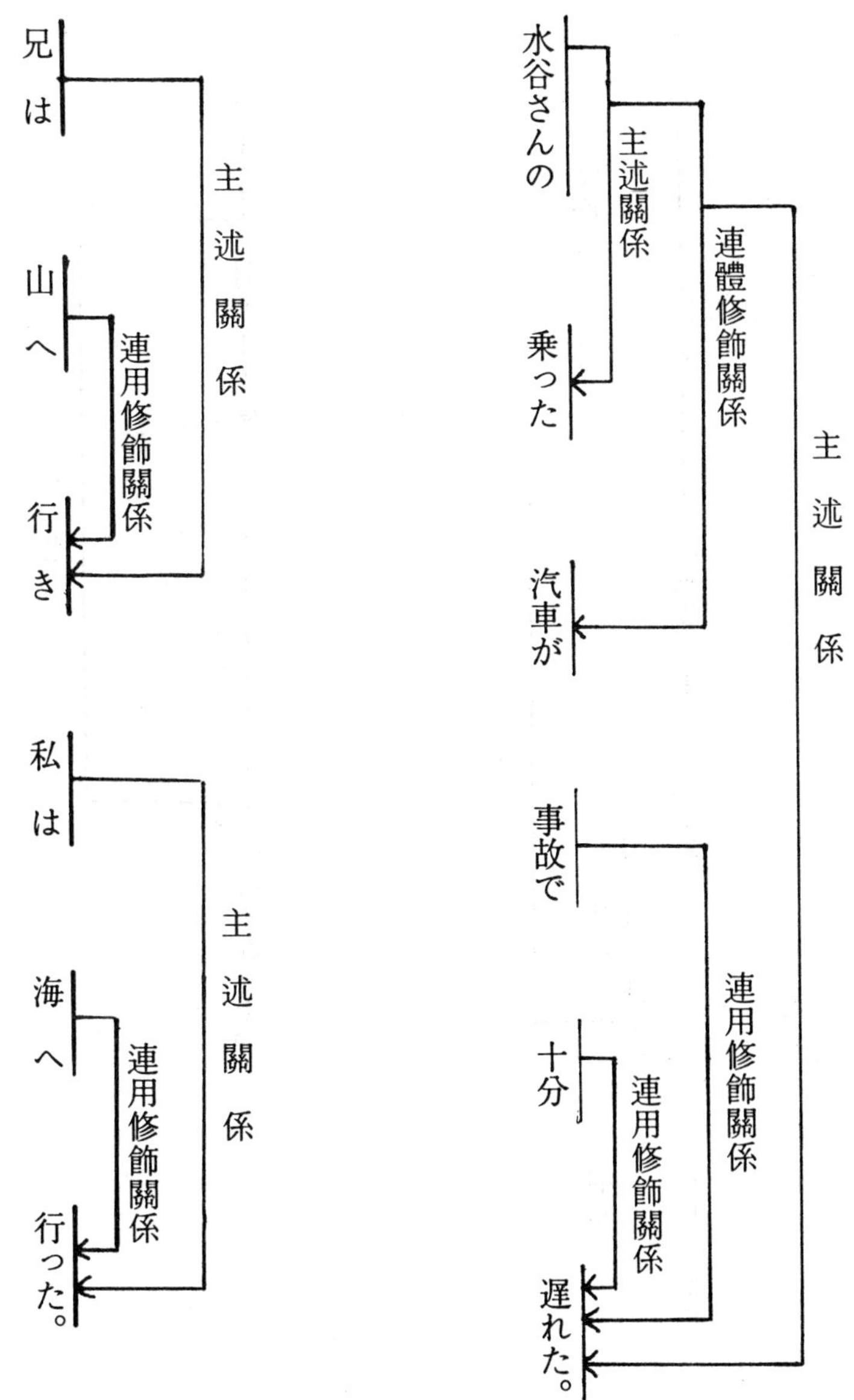
水谷さんの
主述關係
乗った
連體修飾關係
汽車が
主述關係
事故で
連用修飾關係
十分
連用修飾關係
遅れた。
兄は
主述關係
山へ
連用修飾關係
行き
私は
主述關係
海へ
連用修飾關係
行った。

(2) 要素表示法・・従来の表示である。

先生は——二月か→三月に——出発されます。

（主述）（對等）（用修）

大勢の——子供が——○運動場で——○楽しそうに——遊んで——います。

（體修）（主述）（用修）（補助）（用修）

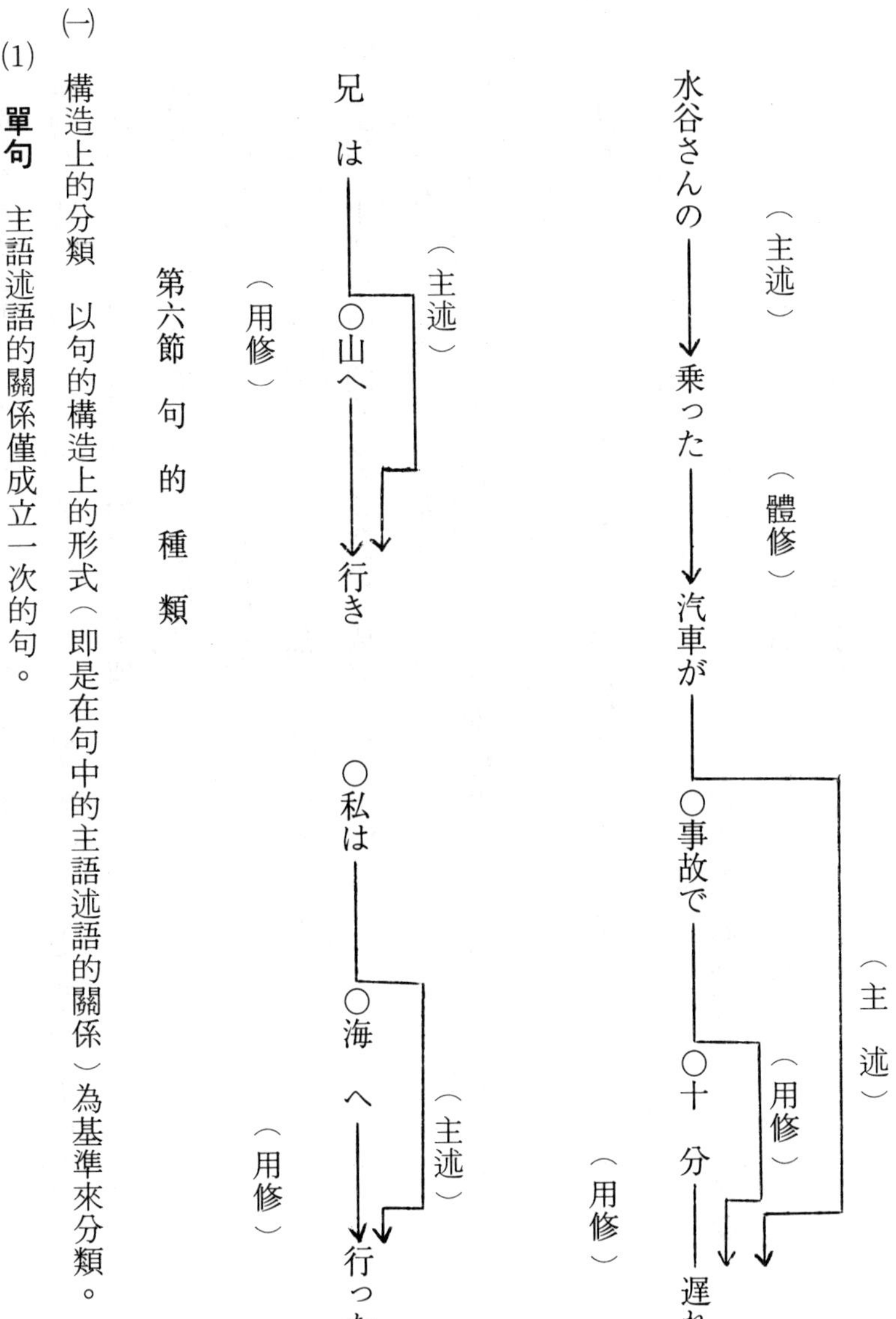

第六節　句的種類

㈠ 構造上的分類　以句的構造上的形式（即是在句中的主語述語的關係）為基準來分類。

(1) **單句**　主語述語的關係僅成立一次的句。

大勢の学生が運動場で遊んでいます。（許多學生在運動場玩。）

私は泣いたりなげいたり悲しんだりした。（我有時哭泣，有時嘆氣，有時悲傷。）

(2) **複句**　主語述語的關係並非對等關係，成立二次以上的句。

阪倉さんは近頃螢がなぜ光るかを研究している。

（阪倉先生最近在研究螢火蟲為什麼會發光。）

天気はよいけれども、少し寒い。（雖然天氣好，但是有一點冷。）

(3) **重句**　主語述語的關係以對等關係，成立二次以上的句。

面積は狭く人口は多い。（面積小，人口多。）

馬は荷物を運び、牛は乳を提供し、犬は泥棒にほえつき、ねこは鼠を捕る。

（馬運貨物，牛供應牛乳，狗向小偷吠叫，貓捉老鼠。）

○**注意**　右例「螢がなぜ光るか」「面積は狭く」等，雖具備主語述語的關係，但不是獨立的，只做為句的一部分而已，叫做「片語」或「子句」。

再者，「螢がなぜ光るか」與句中另一子句，是從屬的關係，叫做「從屬子句」「面積は狭く」與句中另一子句，是對立的關係，叫做「對立子句」。

(二) 意義上的分類　依照句的內容的意義來分類。

(1) **敘述句**　敘述斷定・推量・決意・被動・使役・比況等普通意思的句。

雨が降れば遠足を止める。（如果下雨，就停止遠足。）

風のない日は波が立ちません。（沒有風的日子，就不起浪。）

(2) **疑問句**　表示疑問或反問的意思的句。

この小説の作者は果して彼でしょうか。（這本小說的作者，果真是他嗎？）

あの人は誰ですか。（那個人是誰？）

(3) **命令句**　表示命令・禁止・要求・勸告等意思的句。

一寸お待ち下さい。（請稍待一下。）

はやくこっちへ来い。（快到這邊來。）

(4) **感動句**　表示感動的意思的句。

ああ、つまらないなあ。（哎呀！真無聊啊！）

まあ、あの人は何というわけの分らない人でしょうね。（哎呀，那個人是一個多麼不懂道理的人啊！）

第二編　品　詞　編

序說　品詞的體系

為了有系統地理解品詞起見，可依照其文法上的性質分類如下：

一、形態上的分類

(1)　活用語　有活用的品詞。

動詞　形容詞　形容動詞　助動詞

(2)　無活用語　沒有活用的品詞

名詞　數詞　代名詞　連體詞　副詞　接續詞　感動詞　助詞

二、職能上的分類

(1)　體言　可以當主語的品詞

名詞　數詞　代名詞

(2)　用言　可以當述語的品詞

動詞　形容語　形容動詞

(3) 副用言　當做修飾語的品詞

連體詞　副詞

(4) 截斷言　當做獨立語的品詞

接續詞　感動詞

(5) 助詞　附屬在其他品詞的品詞

助詞　助動詞

三、意義上的分類

(1) 表示事物概念的品詞

名詞　數詞　代名詞

(2) 表示事物屬性的品詞

動詞　形容詞　形容動詞

(3) 表示種種意義的品詞

連體詞　副詞　接續詞

(4) 表示感動的品詞

感動詞

(5) 非獨立意義的品詞

助動詞　助詞

品詞的體系表

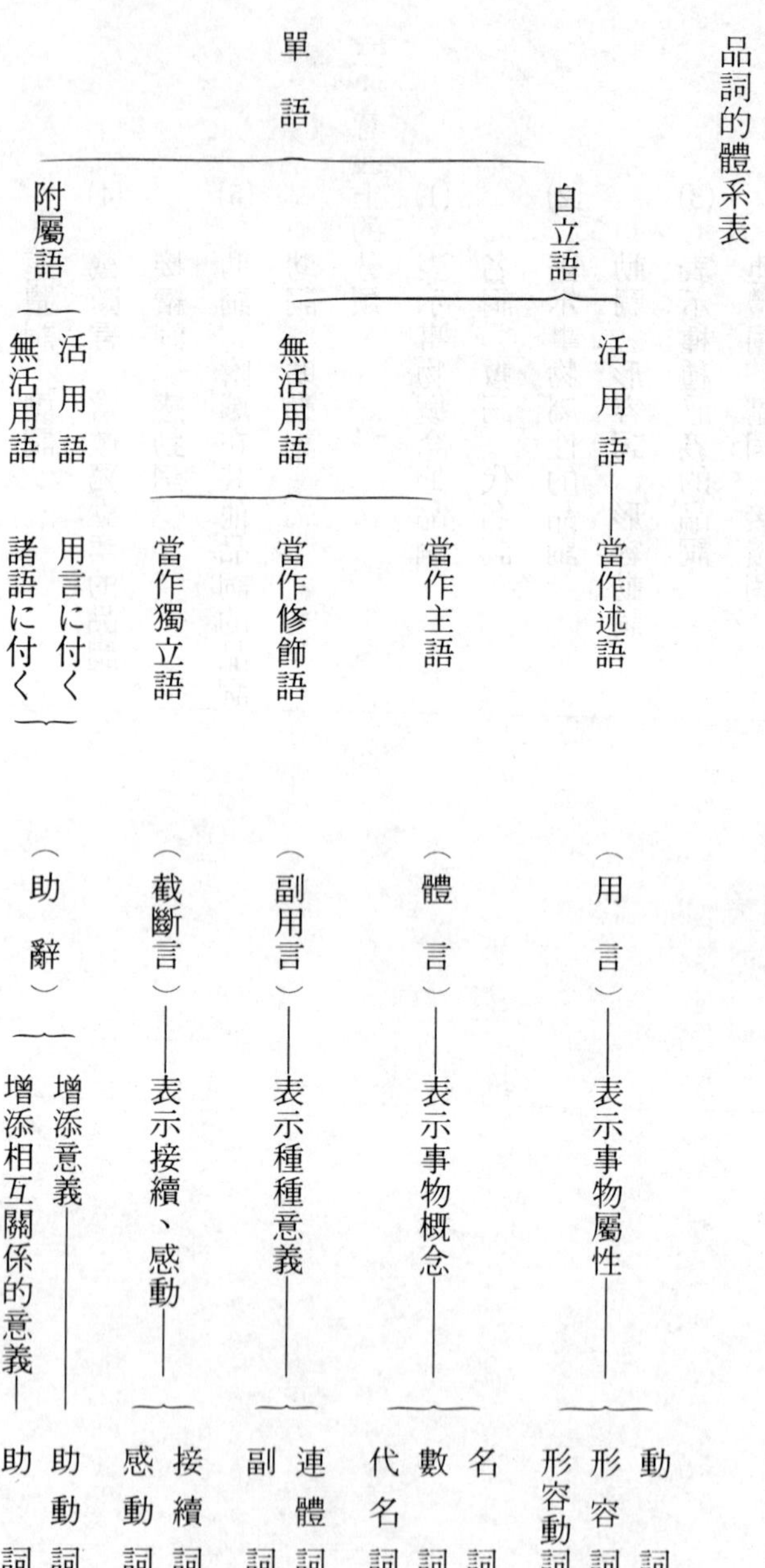

第四章　名　詞

第一節　序　説

㈠　名詞的定義　名詞是表示事物名稱的，沒有活用的自立語。
父母の恩は山よりも高く、海よりも深い。（父母之恩比山還高、比海還深。）

㈡　名詞的特質　名詞具有如下的特質。
意義　表示事物的名稱。
形態　沒有活用的自立語。
職能　可以當做主語。

㈢　名詞的種類　依照其性質可分成二種類。
(1)　固有名詞　表示某一特定的名稱。
王陽明　中国　論語　明治維新
(2)　普通名詞　表示同一種類的事物的共同名稱。
牛　寺　本　山　事件

第二節　固有名詞和普通名詞

㈠ 固有名詞

① 表示人名

神武天皇（じんむてんのう）　孔子（こうし）　キリスト（基督）

② 表示地名

英国（えいこく）　東京（とうきょう）　富士山（ふじさん）　太平洋（たいへいよう）

③ 表示書名

日本書紀（にほんしょき）　孝経（こうきょう）　中庸（ちゅうよう）

④ 表示事物的名稱

明治維新（めいじいしん）　法隆寺（ほうりゅうじ）　火星（かせい）　歌舞伎座（かぶきざ）

㈡ 普通名詞

① 有形狀的

山（やま）　椅子（いす）　銀行（ぎんこう）　自動車（じどうしゃ）

② 沒有形狀的

自由(じゆう)　学説(がくせつ)　科学(かがく)　法律(ほうりつ)

③　轉化的名詞

数(かぞ)え　行(おこ)ない　重(おも)さ　赤(あか)み

④　合成的名詞

朝日(あさひ)　秋風(あきかぜ)　入口(いりぐち)　長生(ながいき)

第三節　形式名詞

㈠　形式名詞的意義　名詞裏，有的失去其本來做為獨立名詞（自立語—可做為主語）的性質，缺乏實質的意義，只在形式上，接在限定其意思的其他語句下面，用以添加某種意義，稱之為形式名詞。

張大中(ちょうだいちゅう)という方(かた)がさっき尋(たず)ねてきました。（有位叫做張大中的人，方才來訪。）

彼は今日(きょう)来(く)るはずです。（他今天應該會來。）

何(なに)も言わないほうがいい。（什麼都不說比較好。）

㈡　常用的形式名詞

①　有關人的

人(ひと)　方(かた)　者(もの)　連中(れんちゅう)

②有關物的

もの　方(ほう)　分(ぶん)

③有關事的

こと　はなし　点(てん)　次第(しだい)　旨(むね)　趣(おもむき)　由(よし)　件(けん)　節(ふし)

④有關事態的

場合(ばあい)　始末(しまつ)　運(はこ)び　具合(ぐあい)　様子(ようす)　あんばい　はめ　調子(ちょうし)　模様(もよう)　有様(ありさま)　ふり

⑤有關場所的

ところ　あたり　辺(へん)　方(ほう)　際(きわ)

⑥有關時間的

時(とき)　内(うち)　間(あいだ)　頃(ころ)　折(おり)　時分(じぶん)　節(せつ)　最中(さいちゅう)

⑦有關事由，主意的

故(ゆえ)　所以(ゆえん)　考(かんが)え　積(つ)もり　筈(はず)　所存(しょぞん)　気(き)

第五章　數　詞

第一節　序　説

(一)　數詞的定義　數詞是表示事物的數量或順序，沒有活用的自立語。

弟は本を三冊(さんさつ)買(か)った。（弟弟買了三本書。）

期末試験(きまつしけん)に一番(いちばん)を取(と)った。（期末考試考第一名。）

(二)　數詞的特質　數詞有如下的特質。

意義　表示事物的數量，順序。

形態　沒有活用的自立語。

職能　可以做主語。

(三)　數詞的種類

①　數量數詞　表示事物的數量。

一(ひと)つ　三冊(さんさつ)　五人(ごにん)　八円(はちえん)

②　順序數詞　以數字表示事物的順序。

二番(にばん)　七つ目(ななつめ)　第六回(だいろくかい)　四番目(よんばんめ)

③不定數詞　表示不確定的數量或順序。

幾つ(いくつ)　幾ら(いくら)　何匹(なんびき)　何枚(なんまい)

第二節　數量數詞

〔一〕本數詞　表示單純的數字　即是基數。

①固有的本數詞

一つ(ひとつ)　二つ(ふたつ)　三つ(みっつ)　四つ(よっつ)　五つ(いつつ)　六つ(むっつ)　七つ(ななつ)　八つ(やっつ)　九つ(ここのつ)　十(とお)

②漢語的本數詞

一(いち)　二(に)　三(さん)　四(し)　五(ご)　六(ろく)　七(しち)　八(はち)　九(きゅう/く)　十(じゅう)　十五(じゅうご)　三十(さんじゅう)　六十七(ろくじゅうしち)　百(ひゃく)　二百(にひゃく)

三百(さんびゃく)　四百(よんひゃく)　五百(ごひゃく)　六百(ろっぴゃく)　七百(ななひゃく)　八百(はっぴゃく)　九百(きゅうひゃく)　千(せん)　二千(にせん)　三千(さんぜん)　四千(よんせん)　五千(ごせん)　六千(ろくせん)

七千(ななせん)　八千(はっせん)　九千(きゅうせん)　万(まん)　二万(にまん)　三万(さんまん)　四万(よんまん)　五万(ごまん)　六万(ろくまん)　七万(ななまん)　八万(はちまん)　九万(きゅうまん)　億(おく)　兆(ちょう)　零(れい)

〔二〕助數詞　接在本數詞下，表示數量的單位，是一種特殊的接尾語。

三枚　五冊　六人　八回

〔三〕主要的數量表示法

①　人的數法

一人（ひとり）　二人（ふたり）　三人（さんにん）　四人（よんにん／よったり／よにん）　五人（ごにん）　六人（ろくにん）　七人（しちにん）　八人（はちにん）　九人（きゅうにん）　十人（じゅうにん）　十一人（じゅういちにん）　十二人（じゅうににん）

十三人（じゅうさんにん）　十四人（じゅうよにん）　十五人（じゅうごにん）　二十人（にじゅうにん）　百人（ひゃくにん）　千人（せんにん）　万人（まんにん）

②　動物的數法

一匹（いっぴき）　二匹（にひき）　三匹（さんびき）　四匹（よんひき）　五匹（ごひき）　六匹（ろっぴき）　七匹（しちひき／ななひき）　八匹（はっぴき）　九匹（きゅうひき）　十匹（じゅっぴき）　十一匹（じゅういっぴき）　百匹（ひゃっぴき）　千匹（せんぴき）

万匹（まんびき）

③　馬、牛之類的數法

一頭（いっとう）　に頭（にとう）　三頭（さんとう）　四頭（よんとう）　五頭（ごとう）　六頭（ろくとう）　七頭（しち／ななとう）　八頭（はっ／はちとう）　九頭（きゅうとう）　十頭（じゅっとう）　十一頭（じゅういっとう）　百頭（ひゃくとう）　千頭（せんとう）

万頭（まんとう）

④　鳥類的數法

一羽（いちわ）　二羽（にわ）　三羽（さんば）　四羽（よんば）　五羽（ごわ）　六羽（ろくわ）　七羽（ななわ）　八羽（はちわ）　九羽（きゅうわ）　十羽（じゅっぱ）　十一羽（じゅういちわ）　百羽（ひゃっぱ）　千羽（せんば）

万羽（まんば）

⑤　魚類的數法

一匹　二匹　三匹　四匹　五匹　六匹　七匹　八匹　九匹　十匹　十一匹　百匹　千匹　万匹

⑥　日數的數法

一日　二日　三日　四日　五日　六日　七日　八日　九日　十日　十一日　十九日　二十日

二十一日　二十四日　三十日　三十一日　五十八日　百日

○注意　一日到三十一日有兩種意思，一個是日曆上的日期，另一個是表示天數。例如：

今日は七日です。（今天是7號）

一週間は七日あります。（一星期有七天。）

⑦　時間的數法

一時間　二時間　三時間　四時間　五時間　六時間　七時間　八時間　九時間　十時間

十一時間　十四時間

⑧　年曆上月份的數法

一月（正月）　二月　三月　四月　五月　六月　七月　八月　九月　十月　十一月　十二月

⑨　時間上的月份數法

一月(一ケ月)　二月(二ケ月)　三月(三ケ月)　四月(四ケ月)　五月(五ケ月)　六月(六ケ月)

七月(七ケ月)　八月(八ケ月)　九月(九ケ月)　十月(十ケ月)　十一ケ月　十二ケ月

⑩　年的數法

一年(一ケ年)　二年(二ケ年)　三年(三ケ年)　四年(四ケ年)　五年(五ケ年)　六年(六ケ年)

七年(しちねん)（七ケ年(しちかねん)）　八年(はちねん)（八ケ年(はっかねん)）　九年(きゅうねん)（九ケ年(きゅうかねん)）　十年(じゅうねん)（十ケ年(じゅっかねん)）　十五年(じゅうごねん)（十五ケ年(じゅうごかねん)）

百年(ひゃくねん)（百ケ年(ひゃっかねん)）　千年(せんねん)（千ケ年(せんかねん)）　万年(まんねん)（万ケ年(まんかねん)）

⑪　金錢的數法

一円(いちえん)　二円(にえん)　三円(さんえん)　四円(よえん・よん)　五円(ごえん)　六円(ろくえん)　七円(しちえん・なな)　八円(はちえん)　九円(きゅうえん)　十円(じゅうえん)　十一円(じゅういちえん)　五十円(ごじゅうえん)　百円(ひゃくえん)

千円(せんえん)　万円(まんえん)　億円(おくえん)

⑫　書籍的數法

一冊(いっさつ)　二冊(にさつ)　三冊(さんさつ)　四冊(よんさつ)　五冊(ごさつ)　六冊(ろくさつ)　七冊(ななさつ・しち)　八冊(はっさつ)　九冊(きゅうさつ)　十冊(じゅっさつ)　十一冊(じゅういっさつ)　三十冊(さんじゅっさつ)　百冊(ひゃくさつ)

千冊(せんさつ)　万冊(まんさつ)

⑬　紙之類的數法

一枚(いちまい)　二枚(にまい)　三枚(さんまい)　四枚(よんまい)　五枚(ごまい)　六枚(ろくまい)　七枚(しちまい・なな)　八枚(はちまい)　九枚(きゅうまい)　十枚(じゅうまい)　十一枚(じゅういちまい)　百枚(ひゃくまい)　千枚(せんまい)

万枚(まんまい)

⑭　筆、傘、木棒等細長物之類的數法

一本(いっぽん)　二本(にほん)　三本(さんぼん)　四本(よんほん)　五本(ごほん)　六本(ろっぽん)　七本(しちほん・なな)　八本(はっぽん)　九本(きゅうほん)　十本(じゅっぽん)　十一本(じゅういっぽん)　百本(ひゃっぽん)　千本(せんぼん)

万本(まんぼん)

⑮　信件、電報之類的數法

一通（いっつう）　二通（につう）　三通（さんつう）　四通（よんつう）　五通（ごつう）　六通（ろくつう）　七通（しち／ななつう）　八通（はちつう）　九通（きゅうつう）　十通（じゅっつう）　十一通（じゅういっつう）　百通（ひゃくつう）　千通（せんつう）
万通（まんつう）

⑯ 房屋等建築物的數法

一軒（いっけん）　二軒（にけん）　三軒（さんけん）　四軒（よんけん）　五軒（ごけん）　六軒（ろっけん）　七軒（しち／ななけん）　八軒（はっけん）　九軒（きゅうけん）　十軒（じゅっけん）　十一軒（じゅういっけん）　百軒（ひゃっけん）　千軒（せんげん）
万軒（まんげん）

⑰ 桌椅等的數法

一脚（いっきゃく）　二脚（にきゃく）　三脚（さんきゃく）　四脚（よんきゃく）　五脚（ごきゃく）　六脚（ろっきゃく）　七脚（なな／しちきゃく）　八脚（はち／はっきゃく）　九脚（きゅうきゃく）　十脚（じゅっきゃく）　十一脚（じゅういっきゃく）
百脚（ひゃくきゃく）　千脚（せんきゃく）　万脚（まんきゃく）

⑱ 鞋子、襪子之類的數法

一足（いっそく）　二足（にそく）　三足（さんぞく）　四足（よんそく）　五足（ごそく）　六足（ろっ／ろくそく）　七足（なな／しちそく）　八足（はち／はっそく）　九足（きゅうそく）　十足（じゅっそく）　十一足（じゅういっそく）　百足（ひゃくそく）　千足（せんぞく）
万足（まんぞく）

⑲ 衣服的數法

一着（いっちゃく）　二着（にちゃく）　三着（さんちゃく）　四着（よんちゃく）　五着（ごちゃく）　六着（ろくちゃく）　七着（しち／ななちゃく）　八着（はち／はっちゃく）　九着（きゅうちゃく）　十着（じっちゃく）　十一着（じゅういっちゃく）
百着（ひゃくちゃく）　千着（せんちゃく）　万着（まんちゃく）

⑳ 車輛等的數法

一台(いちだい)　二台(にだい)　三台(さんだい)　四台(よんだい)　五台(ごだい)　六台(ろくだい)　七台(しち/ななだい)　八台(はちだい)　九台(きゅうだい)　十台(じゅうだい)　十一台(じゅういちだい)　百台(ひゃくだい)　千台(せんだい)
万台(まんだい)

也可用「輛(りょう)」表示，例如

一輛(いちりょう)　二輛(にりょう)　四輛(よんりょう)　九輛(きゅうりょう)　十輛(じゅうりょう)　百輛(ひゃくりょう)　千輛(せんりょう)　万輛(まんりょう)

㉑ 船之類的數法

一艘(いっそう)　二艘(にそう)　三艘(さんそう)　四艘(よんそう)　五艘(ごそう)　六艘(ろくごう)　七艘(しち/ななそう)　八艘(はっそう)　九艘(きゅうそう)　十艘(じゅっそう)　十一艘(じゅういっそう)　百艘(ひゃくそう)　千艘(せんそう)
万艘(まんそう)

㉒ 槍砲之類的數法

一挺(いっちょう)　二挺(にちょう)　三挺(さんちょう)　四挺(よんちょう)　五挺(ごちょう)　六挺(ろくちょう)　七挺(しち/ななちょう)　八挺(はち/はっちょう)　九挺(きゅうちょう)　十挺(じゅっちょう)　十一挺(じゅういっちょう)
百挺(ひゃくちょう)　千挺(せんちょう)　万挺(まんちょう)

㉓ 筷子等成雙之類的數法

一膳(いちぜん)　二膳(にぜん)　三膳(さんぜん)　四膳(よんぜん)　五膳(ごぜん)　六膳(ろくぜん)　七膳(しち/ななぜん)　八膳(はちぜん)　九膳(きゅうぜん)　十膳(じゅうぜん)　十一膳(じゅういちぜん)　百膳(ひゃくぜん)　千膳(せんぜん)
万膳(まんぜん)

㉔ 蛋、水果、行李等的數法

一個(いっこ)　二個(にこ)　三個(さんこ)　四個(よんこ)　五個(ごこ)　六個(ろくこ)　七個(しち/ななこ)　八個(はち/はっこ)　九個(きゅうこ)　十個(じゅっこ)　十一個(じゅういっこ)　百個(ひゃっこ)　千個(せんこ)

万個（まんこ）

㉕ 捆在一起或集合一定數量的東西的數法

一組（ひとくみ）　二組（ふたくみ）　三組（みくみ）　四組（よんくみ）　五組（ごくみ）　六組（ろっくみ）　七組（しち・ななくみ）　八組（はっくみ）　九組（きゅうくみ）　十組（じゅっくみ）　十一組（じゅういっくみ）　百組（ひゃっくみ）　千組（せんくみ）
万組（まんくみ）

㉖ 刀劍等的數法

一（ひと）ふり　二（ふた）ふり　三（み）ふり　四（よん）ふり　五（いつ）ふり　六（ろく）ふり　七（しち・なな）ふり　八（はち）ふり　九（きゅう）ふり　十（とう）ふり
十一（じゅういち）ふり　百（ひゃく）ふり　千（せん）ふり　万（まん）ふり

㉗ 神佛的數法

一柱（ひとはしら）　二柱（ふたはしら）　三柱（みはしら）　四柱（よん・よはしら）　五柱（ごはしら）　六柱（ろくはしら）　七柱（しちはしら）　八柱（はちはしら）　九柱（きゅうはしら）　十柱（じゅうはしら）　十一柱（じゅういちはしら）
百柱（ひゃくはしら）　千柱（せんはしら）　万柱（まんはしら）

㉘ 分數的數法

二分（にぶん）の一（いち）　三分（さんぶん）の二（に）　九分（く・きゅうぶん）の七（しち）　十分（じゅうぶん）の三（さん）　三十五分（さんじゅうごぶん）の二十八（にじゅうはち）　百分（ひゃくぶん）の一（いち）　千分（せんぶん）の九（きゅう）
万分（まんぶん）の十七（じゅうしち）

第三節　順序數詞和不定數詞

〔一〕順序數詞

①　用接頭語表示的

第一　第三節　第五位

②　用接尾語表示的

二つ目　三等　六番目　八回目　十枚目　一番

③　接頭語和接尾語併用表示的

第三番　第五等　第二番目　第百回目

○**注意**　如下的詞雖有表示順序等級之意，但並非數詞而是名詞。

上巻　後篇　特等　丙組　初級

〔二〕不定數詞

①　連接表示不明確或疑問之意的「いく」。

いくつ　いくら　幾日　幾人　幾度

②　連接表示疑問或不明確之意的「何（なん）」。

何個　何円　何日　何人　何度

③ 連接表示概數之意的「数（すう）」「余（よ）」「余（あま）り」等。

数万人　三十余（よ）年　二三千　六七回　五十日余り。

註 因為數詞是表示事物的數量或順序的名稱，所以現在的中等文法將數詞包括在名詞裏，不另設立。

第六章　代　名　詞

第一節　序　説

㈠　代名詞的定義　代名詞不是表示事物的名稱，而是直接指示事物，沒有活用的自立語。

これは私の手袋（てぶくろ）です。（這個是我的手套。）

㈡　代名詞的特質　代名詞有如下的特質。

意義　以說話者為基準，直接指示事物。

形態　沒有活用的自立語。

職能　可以做主語。

㈢　代名詞的種類　代名詞依其所指示事物不同，普通可分為二種。

①　人稱代名詞　指示人的代名詞。也叫做人代名詞。

②　指示代名詞　指示事物、場所、方向的代名詞。也叫做物代名詞。

㈣　こそあど體系和共同點

代名詞依其指示的對象（人或事物）的位置（地理的、心理的），分為接近說話者的，接近聽話者的，對說話者與聽話者都不接近的，以及對說話者與聽話者都是不確定關係的，分別叫做「近稱」「中稱」「遠稱」與「不定稱」，「こ」表示近稱，「そ」表示中稱，「あ」表示遠稱，「ど」表示不定稱（有些類似接頭語），形成「こそあど」的體系。一方面，有其共同點，即人稱代名詞接「方」（尊敬）「人」（一般）「奴」（輕卑），指示代名詞的事物接「れ」，場所接「こ」，方向接「ち」「ちら」（有些類似接尾語）。

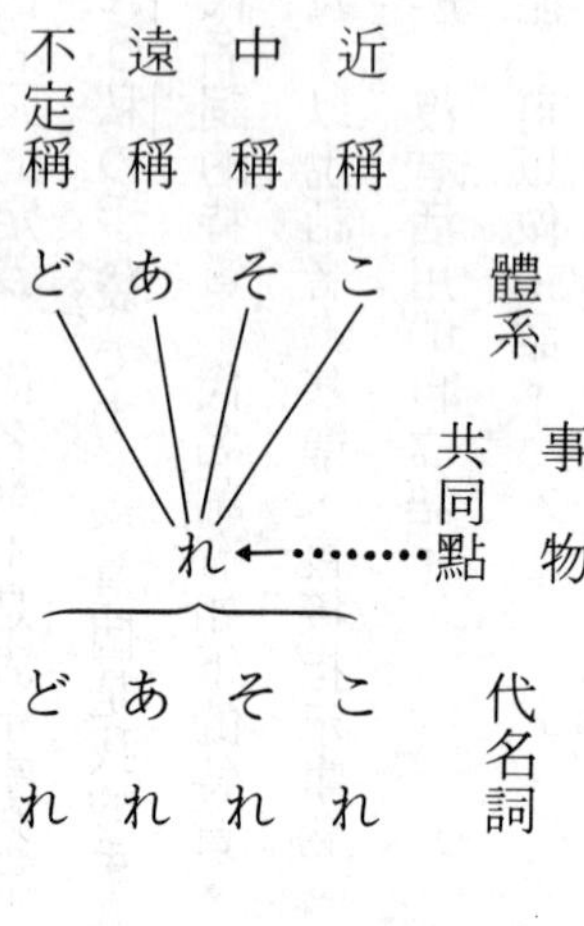

第二節　人稱代名詞

㈠　人稱代名詞的分類　人稱代名詞分為指說話者自己的，指聽話者的，以及指說話者與聽話者以外的人的，分別叫做「自稱」（或第一人稱），「對稱」（或第二人稱），「他稱」（或第三人稱）。

再者，他稱（指示代名詞也一樣）依說話者所見的指示事物的位置關係，分為「近稱」「中稱」「遠稱」「不定稱」。

(二) 人稱代名詞體系表

人稱代名詞					
群		A	B	C	系列
自稱		私(わたくし) 私(わたし) 私(あたくし)（女） 私(あたし)（女） 手前(てまえ)	僕(ぼく)	俺(おれ) 私(わし)	
對稱		貴方(あなた) 貴方(あんた)	君(きみ)	お前(まえ) 貴様(きさま)	
他稱	近稱	この方(かた)	この人(ひと)	こいつ こやつ	こ
	中稱	その方(かた)	その人(ひと)	そいつ そやつ	そ
	遠稱	あの方(かた)	あの人(ひと) 彼(かれ)	あいつ あやつ	あ
	不定稱	どの方(かた) どなた	どの人(ひと) 誰(だれ)(たれ)	どいつ どやつ	ど
共通點		方(かた)	人(ひと)	奴(いつ)(やつ)	

A群是謙讓語（居於自稱）和尊敬語（屬於對稱，他稱）；B群是對等的，一般的；C群是尊大語（屬於自稱）和輕卑語（屬於對稱，他稱）。

在各群中，屬於自稱的和屬於對稱的是對應的關係，但和屬於他稱的關係就不然。屬於他稱的可以自由與其他的組合。

「私」是社交用語，男女通用，對長輩或關係不親密的人使用，但「私」是「わたくし」的簡略，用於比較一般性的場合。然而，「あたくし」和「あたし」(あたくし的簡略)限於女性使用，「手前」過於自卑，如今不太使用。

與這些謙讓的自稱語相對應，有尊敬的對稱語「貴方(あなた)」和「貴方(あんた)」。「あんた」由「あなた」轉化而成的，敬意鮮少。

「僕(ぼく)」是男性的一般的自稱語，對同輩或關係密切的人使用，其相對應的對稱語是「君(きみ)」。但「君」男性和女性都適用。

「俺」是對同輩或晚輩使用的男性自稱，「わし」是男性老人的用語。與這些尊大的自稱語對應使用的輕卑的對稱語是「おまえ」和「きさま」。「おまえ」有時被使用於含有親愛之意，但「きさま」含有輕蔑之意，除爭論，吵架以外不使用。

再者，他稱接有「かた」是尊敬的，接有「ひと」是一般的，接有「やつ」「いつ」是謙卑的用法。

最後，「お宅」是最近常被使用的對等的對稱，漸漸普遍化。

ぼくはいいんですが、お宅(たく)はいかがですか?(我可以，您如何?)

お宅は行きませんか？（您去不去？）

㈢ 人稱代名詞的用例

私は李文章と申します。（我叫做李文章。）

貴方は中国人ですか。（您是中國人嗎？）

あの方は誰方ですか。（那一位是誰？）

僕は行きたくない。（我不想去。）

君は何処へ行くの。（你要去那裏？）

彼は新聞を読んでいる。（他在看報紙。）

誰が君と一緒に行ったのか。（誰和你一起去了？）

あいつはうそばかりを言うのだ。（那傢伙說的，全是謊話。）

此外，人稱代名詞下面接續表示複數之意的接尾語，如「達」「共」「等」「方」，成為複數。例如：

私共は、全然存じません。（我們完全不知道。）

僕等は水泳が大好きです。（我們很喜歡游泳。）

貴方がたは映画を見に行きませんか。（您們去不去看電影。）

君達(きみたち)は何(なに)を考えているのか。（你們在想什麼？）

註 再一次指示相同事物的單語，也有人叫做「反照代名詞」。反照代名詞在普通談話用「自分」，在演講，記述用「自己」「自身」「己」。例如：

私は自分(じぶん)の欠点(けってん)を知(し)っている。（我知道自己的缺點。）

君達自身(じしん)も反省(はんせい)しなければならない。（你們自己也必須反省。）

われわれは自己(じこ)の使命(しめい)を完成(かんせい)した。（我們完成了自己的使命。）

第三節　指　示　代　名　詞

㈠ 指示代名詞的分類　指示代名詞有指示事物的，指示場所的，指示方向的三種類，各種類依照說話者所見的指示事物的位置關係，可再分為「近稱」，「中稱」，「遠稱」，「不定稱」。

㈡ 指示代名詞體系表

指示代名詞				
種別	事物	場所	方向	系列
近稱	これ	ここ	こっち こちら	こ
中稱	それ	そこ	そっち そちら	そ
遠稱	あれ	あそこ あすこ	あっち あちら	あ
不定稱	どれ なに	どこ	どっち どちら	ど
	れ	こ	ち (ら)	共通點

(三) 指示代名詞的用例

(A) 事物代名詞

これは本ですか。(這是書嗎?)

いいえ、それは雑記帳(ざっきちょう)です。(不是,那是雜記本。)

あれは何ですか。(那是什麼?)

どれが君の鉛筆(えんぴつ)ですか。(哪個是你的鉛筆呢?)

君は何をしていますか。(你在做什麼?)

(B) 場所代名詞

此処（ここ）は武蔵境（むさしさかい）です。（這裡是武藏境。）

小刀（こがたな）はそこにあります。（小刀在那裡。）

あそこは寄宿舎（きしゅくしゃ）でしょう。（那裏是宿舍吧。）

お家（うち）は何処（どこ）ですか。（您家在什麼地方？）

(C) 方向代名詞

此方（こちら）は留学生部（りゅうがくせいぶ）です。（這邊是留學生部。）

其方（そちら）は事務室（じむしつ）です。（那邊是事務室。）

講堂（こうどう）はあちらですか。（禮堂在那邊嗎？）

どちらが南（みなみ）ですか。（哪邊是南邊？）

第七章　動　　詞

第一節　序　　説

〔一〕動詞的定義　動詞有活用、以ウ段音終止，主要是表示事物的動作或作用的自立語。

本を読む。（讀書。）

雨が降る。（下雨。）

〔二〕動詞的特質　動詞具有如下的特質。

意　義　主要表示事物的動作或作用。

形　態　自立語有活用，以ウ段音終止。

職　能　可以做述語。

〔三〕動詞的語幹、語尾和活用　動詞大體上上面部分沒有變化，只是下面部分發生變化。

例如：

字を書か（語幹）｜かない　｜きたい　｜く　｜けば　｜こう

如上所示的「書く」，上面部分沒有變化，下面部分發生「か・き・く・け・こ」的變化。動詞沒有變化的部分叫做「語幹」或「語根」，發生變化的部分叫做「語尾」。動詞的語尾變化叫做動詞的活用。

［四］動詞的活用形和用法　依照動詞的用法和語尾的活用形式所形成的語形，叫做動詞的活用形。動詞有六個活用形，即未然形、連用形、終止形、連體形、假定形、命令形。各活用形的用法叫做「動詞的用法」。

第二節　動詞的用法

［一］活用形的用法　就動詞的活用形和它所接續的語句（助動詞、助詞或慣用句）的關係來看，動詞

各活用形的用法，可分為如下：

未然形

(1) 否定法　連接「ない」「ぬ(ん)」，表示否定。

私は書(か)かない。(我不寫。)

(2) 當然法　連接慣用句「なければならない(ぬ)」「なければいけない(ぬ)」「ねばならない(ぬ)」「ねばいけない(ぬ)」或「なくてはならない(ぬ)」「なくてはいけない(ぬ)」，表示當然、必然、義務、強制。

君は行かなければならない。(你不得不去。)

寮生(りょうせい)は寮規(りょうき)を守(まも)らねばならぬ。(住宿生必須遵守宿舍規定。)

(3) 使役法　五段動詞連接「せる」，五段以外的動詞連接「させる」，表示使役。

郭(かく)さんに読(よ)ませる。(讓郭同學讀。)

(4) 被動法　五段動詞連接「れる」，五段以外的動詞連接「られる」，表示被動。

人(ひと)に叱(しか)られる。(被人罵。)

(5) 可能法　五段動詞連接「れる」，五段以外的動詞連接「られる」，表示可能。

この歌(うた)ならば僕(ぼく)も歌(うた)わ(え)れる。(這首歌的話，我也會唱。)

それは食べられる。（那個可以吃。）

(6) 敬讓法㈠ 五段動詞連接「れる」，五段以外動詞連接「られる」，表示尊敬。

先生が帰られる。（老師要回去。）

あの方は毎朝六時に起きられる。（他每天早上六點起來。）

(7) 推量法㈠ 五段動詞オ段音連接「う」，五段以外的動詞連接「よう」，表示未來推量，個人（自稱的場合）意志；五段以外的動詞連接「まい」，表示否定推量或否定意志（自稱的場合）。

僕も行こう。（我也要去。）

紺の洋服を着よう。（穿深藍色的西裝吧。）

これは君には出来まい。（這個你不會吧。）

連用形

(1) 連用法 連接用言，做成複合語。例如：

——える 添加可能之意。（僅用於限定的用法）

——きる 添加「終了」「完成」「用盡」「極限」之意。

——とおす
——ぬく
} 添加「繼續做到終了」「完成」之意。

——かける　添加「剛開始某動作」之意。

——だす
——はじめる｝添加「某種動作開始」之意。

——かねる　添加「難以」「不可能」之意。

——つける　添加「習慣上常常做……」「慣於……」或加強語氣之意。

——いい(よい)
——やすい｝添加「易於……」之意。

——にくい
——がたい｝添加「難以……」之意。

還有，連接有「て」的慣用語（活用連語），表示種種的意思。

——てあげる(さしあげる)（敬體）
——てやる（常體）｝表示為他人做某種動作之意。

——てくださる（敬體）
——てくれる（常體）｝表示他人為說話者做某種動作之意。

——ていただく（敬體）
——てもらう（常體）｝表示依賴他人做某種動作之意。
——てみる　表示意圖試一試某動作。
——てみせる　表示意圖做某動作給他人看。
——てしまう　表示動作的完了。
——ておく　表示預先準備做某動作之意，（在期待其效果的場合）且表示動作結果所產生的狀態置之不理之意。
——ていく（ゆく）
——てくる｝表示動作移動的方向，事態推移的趨向。
——てたまらない
——てならない｝表示強調非常肯定自己的心情之意。

そんなことはあり**え**ない。（不可能有那種事。）
話（はなし）を言い**きら**ないうちに時間（じかん）になった。（話還沒有說完，時間就到了。）
私はあくまでやり**とお**すつもりです。（我打算一直幹到底。）
最後（さいご）まで戦（たたか）い**ぬ**くんだ。（堅持戰鬥到最後。）

今丁度食べかけるところです。（現在正好開始要吃的時候。）
彼女は何も言わずに泣きだした。（她什麼也沒說，就哭起來了。）
先生はゆっくり読みはじめました。（老師慢慢地開始讀了。）
その件については同意しかねます。（關於那一件事，難以同意。）
昨日使いつけた万年筆を無くした。（昨天，用慣了的鋼筆不見了。）
あのボールペンは書きいい。（那一枝原子筆好寫。）
スミス君の発音は聞きにくい。（史密斯君的發音，不易聽懂。）
その結果は予測しがたい。（其結果難以預測。）
千円なら貸してあげます。（一千圓的話，就借給您。）
課長さんが案内してくださったのです。（是課長先生接待的。）
責任者に説明してもらう。（請負責人來說明。）
一人でやってみる。（一個人做看看。）
必ず一番を取ってみせます。（一定拿第一給你看看。）
貯金も使ってしまった。（存款用光了。）
部長に話しておきます。（先向部長說一下。）

坊やは走って行きました。（小朋友跑去了。）

僕は七時に帰ってくる。（我七點回來。）

息子のことを心配してたまりません。（為兒子的事，擔心得不得了。）

何か忘れたような気がしてなりません。（總覺得好像忘記了什麼。）

(2) 時態法　接「た」表示過去、完了，接「ている」表示繼續態；接「てある」（接在他動詞下面）表示存在態。（詳細參照第十四章第九節㈤時階與動作態。）

彼は責任を果した。（他盡了責任。）

風が吹いている。（風在吹著。）

窓が開けてある。（窗戶打開著。）

(3) 敬讓法㈡　接「ます」表示鄭重、敬讓之意。

私は本を買いに行きます。（我去買書。）

(4) 希望法　接「たい」表示自己內心的願望；接「たがる」表示希望的意識狀態；接「てほしい」、「てもらいたい」（常體）「ていただきたい」（敬體），表示要求他人做其動作。

私は文法が研究したい。（我想要研究文法。）

日本人は誰でも富士山に登りたがる。（不論哪位日本人，都希望登富士山。）

中山君に説明してほしい。（希望中山君説明。）

あなたに行ってもらいたい。（想要你去。）

(5) 様態法　接「そうだ」（常體）「そうです」（敬體）表示様態。

雨が降りそうだ。（好像要下雨。）

(6) 名詞法　連用形本身用做名詞，或以名詞和動詞二種資格來使用。

僕は泳ぎが出来ません。（我不會游泳。）

佐藤さんは映画を見に行きました。（佐藤先生去看電影了。）

(7) 中止法　用連用形或其下接「て」，表示中止，並列，或接續。

弟は歌を歌い、兄はピアノを弾く。（弟弟唱歌，哥哥彈鋼琴。）

冬が過ぎて、春が来る。（冬天去，春天來。）

(8) 前提法㈠　接「ては」表示假定或順接前提（在情況不好的場合）；接「たら」表示過去的、或者完了的假定或條件的順接前提；接「ても」「たって」表示假定或條件的逆接前提。

夜は遅く寝ては健康に悪い。（晩上晩睡的話，對健康不好。）

彼が来たらこれを渡して下さい。（他來了的話，把這個交給他。）

見ても見えない。（看也看不見。）

話したってむだです。（說了也沒有用。）

(9) 禁止法　接慣用語「てはならない」「てはいけない」，表示干涉、禁止。

教室ではげたを穿いてはならない。（在教室不可以穿木屐。）

大きな声で騒いではいけない。（不可以大聲吵鬧。）

⑽ 並列法㈠　接「ながら」表示並行，接「たり」表示並列。

ラジオの放送を聞きながら御飯を食べている。（一邊聽收音機廣播，一邊吃飯。）

言ったり笑ったりしている。（又是說，又是笑。）

終止形

(1) 終止法　以終止形表示。

机の上に本がある。（桌上有書。）

(2) 傳達法　接「そうだ」「そうです」表示傳達或傳聞。

委員長は辞職するそうです。（聽說委員長要辭職。）

(3) 推量法㈡　接「らしい」表示客觀的狀態推量；接「まい」在五段動詞下，表示否定的推量或否定的意志（自稱的場合）。

あの人は読めるらしい。（他好像會讀。）

そんな高いものはだれも買うまい。（那樣貴的東西，誰也不會買吧。）

(4) 前提法(二) 接「と」表示條件或假定的順接前提（主要是在恆常的、必然的結果的場合）；接「から」表示確定的順接前提；接「が」「けれども」(或けれど、けども)表示確定的逆接前提。

酒を飲むと顔が赤くなる。（一喝酒，就臉紅。）

ぼくが行くから君は行かなくてもいい。（我去，所以你可以不去。）

鯨は海に住むが魚ではない。（鯨魚生存於海裏，但不是魚。）

昼間は騒ぐけれども夜は静かだ。（白天吵鬧，但是夜晚寂靜。）

(5) 並列法(二) 接「し」表示列舉的並列。

彼はタバコも吸うし酒も飲む。（他又吸煙、又飲酒。）

連體形

(1) 連體法 接體言、體言相當語、或有體言的慣用句等表示種種意思。例如：

——ことができる 表示可能。

——ことにする 表示決定（做其動作。）

——ことになる 表示變化（事態的推移、論理的歸結、意見的歸納、決定事項）。

——ものだ(です) 表示當然（表示態度表明、道理的句子）。

——はずだ(です)　表示當然（事物必然之意）。
——わけだ(です)　表示肯定的判斷（説明、原因、理由、事情）。
——ほうがいい(よい)　表示加以評價的肯定的判斷或傳達的勸告表現。

テニスをやる人が少なくない。（打網球的人不少。）

走るのは好きだが跳ぶのはいやだ。（喜歡走，不喜歡跳。）

本を読むだけが彼の楽しみだ。（只有讀書是他的樂趣。）

一日中遊ぶばかりで何もしない。（整天光是玩，什麼也不做。）

水で洗うことができます。（可以用水洗。）

あの計画は当分中止することにする。（那個計劃，決定暫時停止。）

今度の会議には高橋さんが参加することになった。（決定高橋先生參加這次會議。）

子供は親の言うことを聞くものだ。（小孩應該聽從父母親的話。）

彼女も一緒に来るはずです。（她應該也一起來才對。）

一生けんめいにやったんだから成功するわけです。（拚命幹了，所以當然會成功。）

あれはタイプするほうがいい。（那個打字比較好。）

(2)　比況法　接「ようだ」「ようです」表示比況或推量。而且，接「ようだ」的場合，有時表示傳言或期待（實現的祈求）。

あの自動車はスピードが大変速くてまるで飛ぶようです。

（那部汽車速度非常快，簡直像飛的一樣。）

一両日中に返事するように彼に言って下さい。（請告訴他，在一、二天内回答。）

万事がうまく行くように。（但願萬事如意。）

(3) 前提法㈢ 接「なら」表示現在的、未來的假定或條件的順接前提（大多數帶有斷定的意思），接「ので」表示確定的順接前提，接「のに」「くせに」表示確定的逆接前提。

君が困るなら止めておきましょう。（如果你有困難，就算了。）

丁さんは用事があるので今日は行きません。（因為丁先生有事，今天不去。）

やれば出来るのにやらない。（做的話就會，但卻不做。）

はっきり見えるくせに何も見えないと言っている。（明明看得很清楚，但卻說什麼也看不見。）

(4) 推量法㈢ 接「だろう」「でしょう」表示肯定的推量或肯定的意志（自稱的場合）；接慣用語「かもしれない」「かもわからない」表示暖昧的推定。

明日はあなたも行くでしょう。（明天您也去吧。）

中村君は今度の会合に出席するかもしれない。（也許中村君要出席這次集會。）

假定形

(1) 前提法㈣ 接「ば」表示假定或條件的順接前提(大多數是預想將來發生的事態的場合和期望其實現的場合)。

少し休(やす)めば疲(つか)れが回復(かいふく)するでしょう。(稍微休息一會兒,就會恢復疲勞吧。)

(2) 並列法㈢ 接「ば」表示列舉的並列。

あの人(ひと)は学問(がくもん)もあれば金(かね)もある。(那個人既有學問,又有錢。)

命令形

○命令法 表示命令願望。

君(きみ)、早(はや)く行(い)け。(你趕快去吧。)

○**注意** 動詞的命令形普通不太常用。一般會話大體上使用比較鄭重的「敬語命令法」。(參照下面的「命令表現」)

[二] 表現法上的用法 日本語的表現,使用動詞(或附有助動詞或助詞的動詞)的場合很多。前述的各活用形的用法,以表現法為本位,可以有系統的歸納如下:

㈠　敬語表現

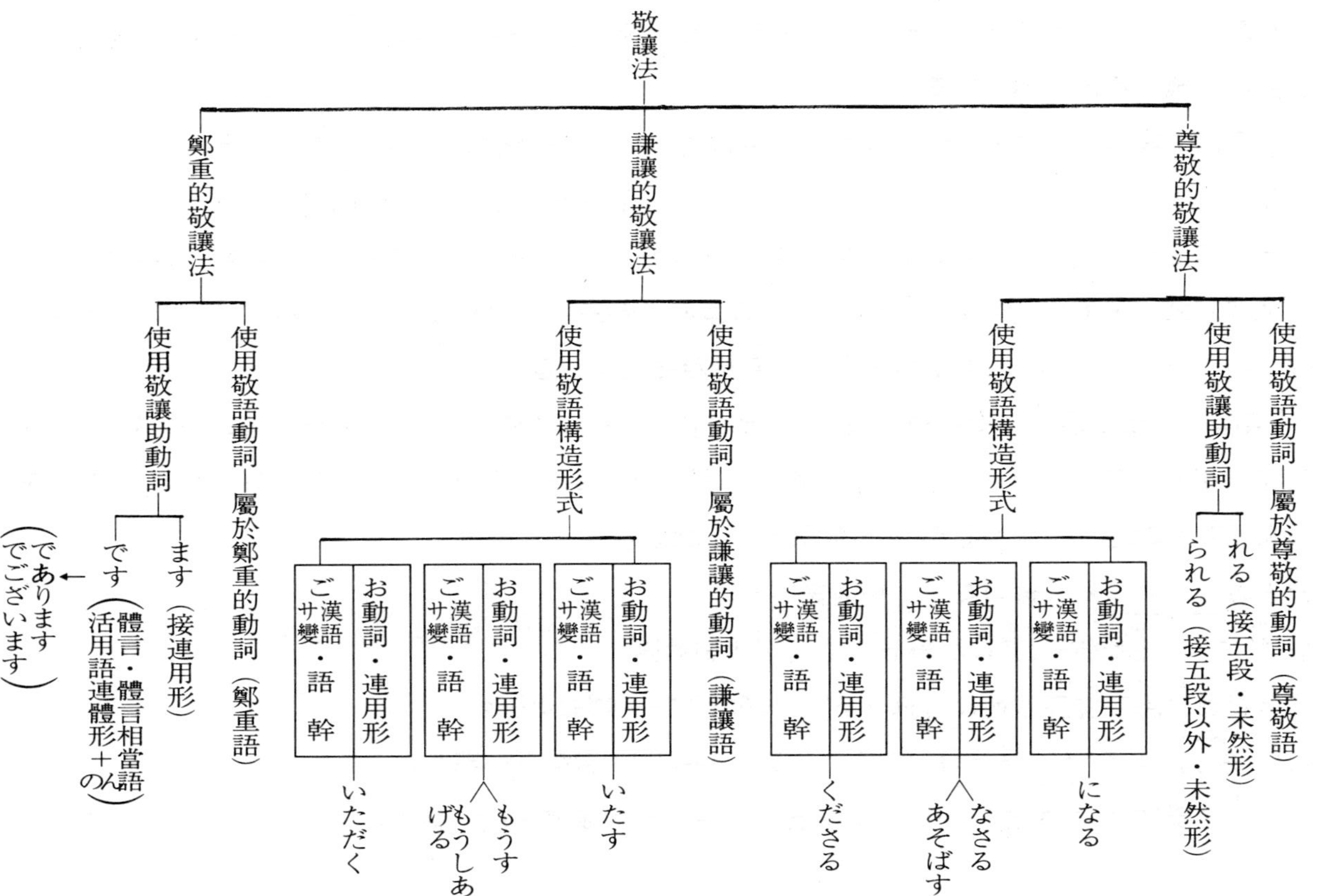

敬讓法
尊敬的敬讓法
使用敬語動詞—屬於尊敬的動詞（尊敬語）
使用敬讓助動詞
れる（接五段・未然形）
られる（接五段以外・未然形）
使用敬語構造形式
お動詞・連用形
ご漢語サ變・語幹
になる
お動詞・連用形
ご漢語サ變・語幹
なさる
あそばす
お動詞・連用形
ご漢語サ變・語幹
くださる
謙讓的敬讓法
使用敬語動詞—屬於謙讓的動詞（謙讓語）
使用敬語構造形式
お動詞・連用形
ご漢語サ變・語幹
いたす
お動詞・連用形
ご漢語サ變・語幹
もうす
もうしあげる
お動詞・連用形
ご漢語サ變・語幹
いただく
鄭重的敬讓法
使用敬語動詞—屬於鄭重的動詞（鄭重語）
使用敬讓助動詞
ます（接連用形）
です（體言・體言相當語＋の 活用語連體形）
（であります
でございます）

(1) 尊敬的敬譲法　這是說話者對尊敬的對象（聽話者或第三者）的動作、存在、性質、狀態或有關事物等，表示尊敬的敬語表現。

使用敬語動詞的場合，是使用屬於尊敬的動詞，很多場合是與「ます」「(の)です」併用的。

敬讓助動詞「れる」「られる」用於文章上　在口語上不太使用，但是很有將來性。

在敬語構造形式裏，「お動詞・連用形―になる」「ご漢語サ変・語幹―になる」的形式，是現代敬語的核心，標準的形式。相反的，「お動詞・連用形―なさる(あそばす)」「ご漢語サ変・語幹―なさる(あそばす)」的形式，現在有漸漸被淘汰的傾向。

「お動詞・連用形―くださる(或動詞・連用形―てくださる)」「ご漢語サ変・語幹―くださる(或漢語サ変・連用形―てくださる)」的形式，和前述的形式不同，是說話者處於受恩惠的立場，用以表示對恩惠的行為者之動作（授與動作）的尊敬。

先生がいらっしゃいました。（老師來了。）

社長(しゃちょう)さんは応接室(おうせつしつ)に居(お)られます。（社長在會客室。）

あなたは毎朝何時頃(まいあさなんじごろ)起(お)きられますか。（您每天早上幾點起床？）

あの小説(しょうせつ)はお読(よ)みになりましたか。（那一本小說，您看過了嗎？）

この前(まえ)の報告(ほうこく)は御諒解(ごりょうかい)になりましたか。（上一次的報告，您了解嗎？）

お客様、お出掛けなさいますか。（客官，您要出去嗎？）

どうぞお休みあそばせ。（請您休息吧。）

来月出版予定の国民百科事典は御注文なさいますか。

（預定下月出版的國民百科事典，您要訂購嗎？）

夜久先生は今何を御研究あそばしていらっしゃいますか。（夜久老師現在在研究什麼呢？）

あの辞典は明日一日だけお貸しくださるそうです。（聽說，那一本辭典只借明天一天。）

ご協力くださるようお願いいたします。（希望給予協助。）

(2) 謙譲的敬譲法　說話者關於自己或認為屬於說話者方面的事物，對要表示敬意的對象，表示謙讓的敬語表現。

在使用敬語動詞的場合，是用謙讓的動詞，但多半與「ます」「(の)です」併用。

在敬語構造形式裏，「お動詞・連用形—いたす」「ご漢語サ変・語幹—いたす」的形式，是代表的，標準的形式。「お動詞・連用形—もうす(もうしあげる)」「ご漢語サ変・語幹—もうす(もうしあげる)」的形式，具有較強的文言文的性質，在現代的敬語中，較少使用。

「お動詞・連用形—いただく」「ご漢語サ変・語幹—いただく」的形式，恰好與前述的尊敬的敬譲法「お動詞・連用形—くださる」「ご漢語サ変・語幹—くださる」，是對應的關係。在說話

者處於受恩惠的立場這一點，是相同的，但只是視點有所變動，從恩惠的行為者轉移到恩惠的受益者，而以謙讓感謝的心情，用來表達恩惠的受益之動作（接受行為）。

私がうかがいます。（我來拜訪一下。）

私たちは喜んでお待ちいたします。（我們願意等待。）

私の親友水谷君を御紹介いたします。（我來介紹我的親友水谷君。）

一寸お尋ねもうします。（請問一下。）

とあえずご通知もうします。（特此通知。）

ご連絡くださるようお願いもうしあげます。（拜託您能連絡一下。）

ここにご案内もうあげます。（現在我來招待。）

いつもお助けいただいてほんとうにありがとうございました。

（常常受到您的幫助，實在很感謝。）

そんなにご配慮いただいてたいへん恐縮でございます。（那樣受您照顧，真是不好意思。）

(3) 鄭重的敬讓法　是說話者對聽話者表示敬意，鄭重地做社交性的敘述的敬語表現。使用敬語動詞的場合，要用鄭重的動詞，多半是與「ます」「(の)です」併用。敬讓助動詞「ます」「です」是直接的敬語表現的鄭重語，為現代敬語的主體。它們是用以表示鄭重的敬語表現，但並且與尊敬語和謙讓語併用，也可用以輔助敬語的意義，不過，「ます」和「です」二者不得視為相同，因為「です」除具有鄭重的意義之外，還有表示斷定的意義。

「であります」「でございます」是「です」的變形，「であります」僅用於講演，記述而已，但現在幾乎不使用，有被淘汰的傾向，「でございます」用於表示更鄭重，客氣的場合。

その本ならどこの図書館でもございます。（那一本書的話，哪裏的圖書館都有。）

この部屋はよく日が当たります。（這房間陽光很好。）

あなたは今から行くのですか。（您現在就要去嗎？）

人間は理智的動物であります。（人是理智的動物。）

今からまいるのでございます。（我現在就來。）

以上是關於敬語表現，以表現的核心的述語部分為中心做有體系的分析說明。其相對應的主語部分的表現形式，如下所述。

A. 名詞的場合，使用接辭——接頭語……「お」「ご」（接漢語），接尾語……「さん」「さま」（代表性的標準的敬辭，「さん」是「さま」的音便，稍微輕便），「君」（對同輩或晩輩）「氏」（男性）「嬢」（對未婚女性或女藝人），「老」「翁」（對男性老人），「殿」（多半接官名下或公用）等等，也使用有接辭性的名詞——「先生」「夫人」「女史」（尊稱）「博士」（稱號）

「課長」（官職名）等等來表示。

お手紙（信件）　ご主人（主人）　お父さん（父親）

お客さま（客人）　ご隠居さま（退休老人）

山下さん（山下先生）　中村君（中村君）　戸枝氏（戸枝先生）

石井嬢（石井小姐）　高屋女史（高尾女士）

杉野博士（杉野博士）　林課長（林課長）

B. 代名詞的場合　請參照第六章第二節㈡人稱代名詞體系表。

還有，敬語表現的使用，必須注意下面三大法則。

敬語表現的三大一致法則

一、敬語表現與人稱（敬稱也一樣）一致的法則——就是說，尊敬的敬語表現要和尊敬的人稱一致，謙讓的敬語表現要和謙讓的人稱一致，二者不混淆。例如：

「田中さんはいらっしゃいます。」（田中先生來）這句可以，但

「田中君はいらっしゃいます。」（田中君來。）

「わたしはいらっしゃいます。」（我來。）　這二句都不可以。

再者，

「わたしは参ります。」（我來。）這一句可以，但是

「おれは参ります。」（我來。）

「先生は参ります。」（老師來。）

這二句不可以。

二、敬語表現相互間一致的法則——就是說，尊敬的表現（用於尊敬的對象）和謙讓的表現（說話者自身關係）相互照應須以求得一致。例如：

「あなたがおあがりになるなら、わたくしもいただきます。」（假使您要吃的話，我也要吃。）

這一句可以，但

「あなたがおあがりになるなら、おれも食べる。」（假使您要吃的話，我也要吃。）和

「お前が食べるなら、わたくしもいただきます。」（假使您要吃的話，我也要吃。）這二句不可以。

三、敬語表現與說話的場面一致的法則——就是說，說話者，聽話者和第三者之間的尊卑、優劣、親疏之關係與說話的場面相對應以求一致。對長輩，上司使用尊敬的表現是正確的，但是，對認為屬於說話者方面的人（特別是家族，親戚），即使是說話者的長輩、上司，而聽話者為應該尊敬的他人時，禮儀上不使用敬語。再者，對於自己服務單位的上司，在和他人說話時使用敬語的習慣雖然還沒有廢除，不過現在已經有慢慢改變的傾向。例如：

「おかあさま、お父さまがいらっしゃる？」（媽媽，爸爸在嗎？）（對自己家的媽媽）

「先生、父が内にいます。」（老師，我父親在家。）（對老師）這二句都可以，但是

「先生、お父さまがいらっしゃる。」（老師，我爸爸在家）這一句就不可以。

今後的敬語，在簡單易明的敬語和相互尊敬的敬語的目標下，以「ます」「です」為主體，改變以往複雜的敬語表現，漸漸建立起新體系。

(二) 推量表現

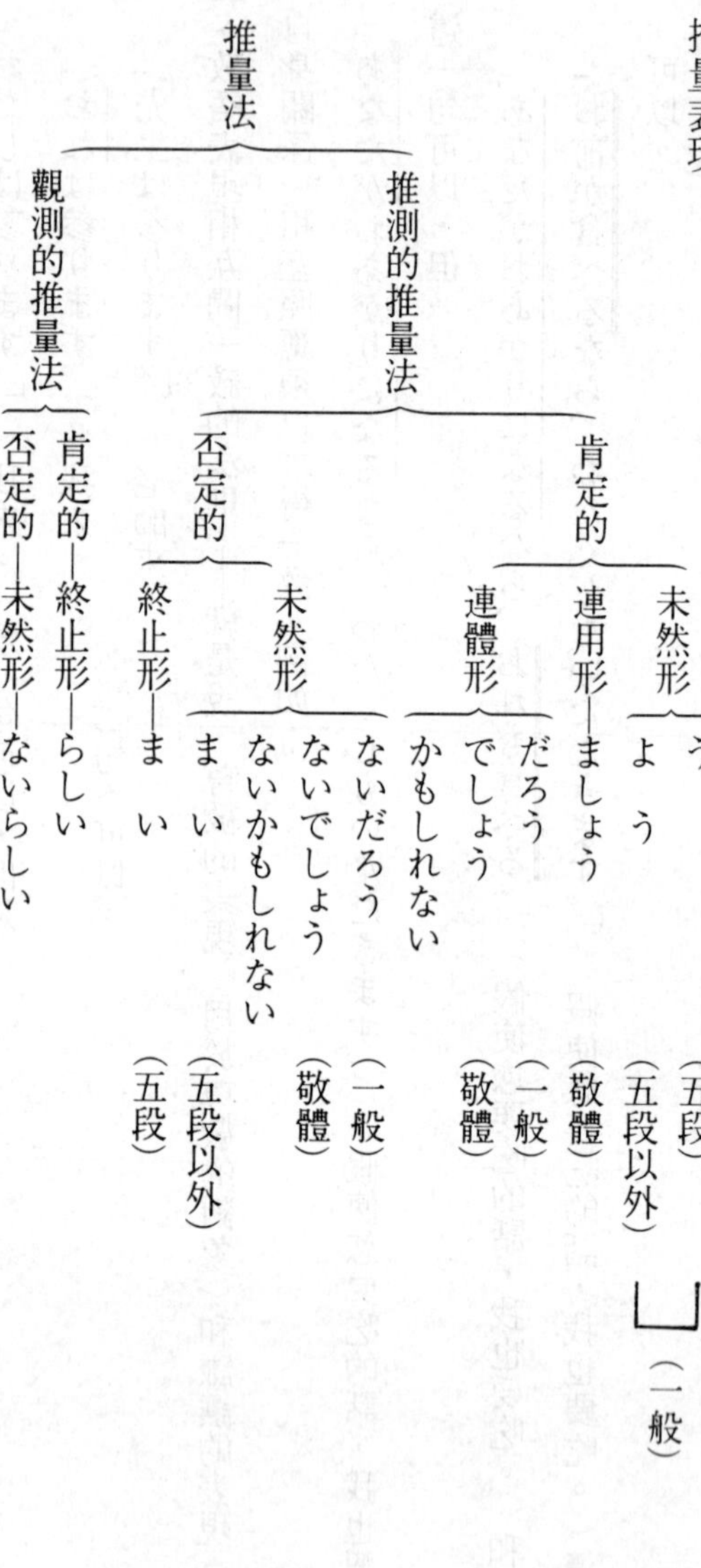

(1) 推測的肯定推量法　從主觀的感覺，肯定的推測第一個事象的表現方法。「ましょう」是「う」「よう」的敬體表現法，「でしょう」是「だろう」的敬體表現法。「う」「よう」用於文章，會話的場合一般不太使用。

還有，現代日本語的一般傾向，是「う」「よう」用以表示意志（接第一人稱），「だろう」「でしょう」用以表示推量。「かもしれない」表示暖昧的推量。

僕も一緒に行こう。（我也一起去吧。）（意志）

これから毎晩十時に寝よう。（從現在起，每晚十點睡吧。）（意志）

今すぐ出掛けましょう。（現在馬上就要出去。）（意志）

そうすれば気が済むだろう。（這麼一來，就可舒心了吧。）

あんなやさしい文章は誰でも読めるでしょう。（那樣容易的文章，誰都會讀吧。）

あの教会にはピアノがあるかもしれない。（那教會裏也許有鋼琴。）

(2) 推測的否定推量法　從主觀的感覺，否定的推測某一個事象的表現方法。「まい」是添加「う」「よう」的否定意義的，用以表示否定的推量，此外，用在第一人稱的場合，表示否定的意志。例如：

人の感情を害することは僕はしまい。（傷害人的感情的事，我是不會幹的。）（意志）

彼は承諾しないだろう。（他不會同意吧。）（推量）

そろばんが持(も)てないでしょう。（不會帶算盤吧。）（推量）

中村(なかむら)は行(い)かないかもしれない。（中村也許不去。）（推量）

(3) 觀測的肯定推量法　依據客觀情況的觀察，肯定的來推定某一個事象的表現方法

彼女(かのじょ)にまだ未練(みれん)があるらしい。（好像對她還戀戀不捨。）（推量）

(4) 觀測的否定推量法　依據客觀情況的觀察，否定的來推定某一個事象的表現方法。

近頃(ちかごろ)は不景気(ふけいき)なので売手(うりて)が多(おお)いが買手(かいて)がないらしい。

（近來因為不景氣，好像賣主多，但沒有買主。）（推量）

㈢ 前提（假定、條件）表現：

- 前提法
  - 順態前提法
    - 假定前提法
      - 連用形 ─ ては / たら
      - 終止形─と
      - 連體形─なら
      - 假定形─ば
    - 確定前提法
      - 終止形─から
      - 連體形─ので
  - 逆態前提法
    - 假定前提法─連用形 ─ ても / たって
    - 確定前提法
      - 終止形─が・けれども（けれど・けども）
      - 連體形 ─ のに / くせに

前提（假定、條件）表現，由於其前提句與主句（歸結句）的接續法不同，有「順態」和「逆態」（也有人叫做「順接」和「逆接」或者「順說」和「逆說」）的區別。所謂「逆態」，和它相反，就是說——前提句和主句的接續不是理當相順應的。

還有，前提句的條件，可分為「假定」和「確定」（也有人叫做「確說」「既定」）。假定有「某一事實從現在起成立」的假定，換言之，就是現在未來的假定，以及「某一事實現在已經成立」的假定，就是過去完了的假定，此外，也有關於自然的現象，恒常的習慣等的實在條件的假定。「確定就是指確實決定而言」，就是說——確認不改變的意思。

綜合前面所述的前提法，前提（假定、條件）表現，有下面四種。

(1) 順態假定前提法　以某一假定事實做為前提條件，下面接續敘述順應其條件的事實的表現法。主要是，以「ては」「たら」「と」「なら」「ば」等表示之。這些在「順態假定」這一點上，看起來是共通而相同的，但是實際上的意思各有所異。

「ては」從句子整體的意思來看，只用於否定的場合，受限制的場合，或困難的場合；在情況好的場合不使用。

「たら」主要用於過去完了的假定，其前提句的行為事態已經成立，因其前提條件的實現，而對後述（主句）的判斷敘述表現給予以期待。在口語中比較常用。

「と」主要用於實在條件的假定，在客觀記述具備某一條件必然發生某一結果的場合，例如，自然的現象，恆常的習慣，連動性的動作，反覆的行為等，較多使用，在文章上常常使用。

「なら」主要用於現在的未來的假定，具有斷定的意思，比起客觀的記述前提句的行為、事態來，更注意與它有關係的人的心情。就是說，用於表示「つもりなら」（如果打算……）「気があれば」（有意……的話）或「というのなら」（要是說……的話）的意思。普通，其主句（歸結句）不採用推量表現。

「ば」用於預想將來發生的事態，或發生必然的結果的前提條件，多具有期望其實現，關注其實現與否之感。

汽車で九州まで行っては日帰りが出来ない。（坐火車去九卅的話，無法當天回來。）

夏休みになったら国へ帰りたい。（一到了暑假，就想回國。）

入梅になると雨天が多い。（一到梅雨季節，就常下雨。）

読むなら貸して上げよう。（要讀的話，就借給您。）

明日雨が降れば旅行は中止するだろう。（假使明天下雨，大概就會停止旅行吧。）

(2) 順態確定前提法　以某一確定的事實做為前提條件，下面接續敘述順應其條件的事實的表現法。

「から」重點置於前提句，純粹用以表示原因，理由（依據主觀的判斷）；「ので」重點置於主句（歸結句），不僅是表示原因、理由，而且用以表示斷定前提句的事實，因之發生主句事實（當然的因果關係的結果）。「から」的用法，接續法都非常自由，但「ので」就不然。「ので」的前面很難出現「ウ・マイ」，「ので」的後面也不出現表示命令、願望、推量的意思的主句。

ぼくは用事があるからお付合いは出来ません。（我因為有事，不能奉陪。）

子供が騒ぐので勉強は出来ない。（因為小孩吵鬧，沒法用功。）

(3) 逆態假定前提法　以某一假定事實做為前提條件，下面接續敘述不順應其條件的事實的表現法。主要以「ても」「たって」表示之。「たって」比「ても」強調語氣，常用於口語。

金がかかっても止めるわけにはいかない。（即使很花錢，也不能停下來。）

彼に話したって何も役に立ちません。（雖然和他談過，但是沒什麼用。）

(4) 逆態確定前提法　以某一確定的事實做為前提條件，下面接續敘述不順應其條件的事實的表現法。主要以「が」「けれども」（或「けれど」「けども」）「のに」「くせに」等表示之。

「が」「けれども」（或「けれど」「けども」）「のに」用於表示逆態確定前提的一般表現法；「のに」「くせに」帶有失望，迷惑，不滿，責難等意思，而「が」「けれども」沒有。此外，「が」「けれども」和「から」一樣，其用法和接續法都非常自由；「のに」「くせに」和「ので」一樣，不接「ウ・マイ」，受到很多的限制。「くせに」比「のに」更口語化，更強調語氣。

学校では洋服を着るが家では着ない。（在學校穿西裝，但在家裏不穿。）

あいつは何時も生物を食べるけれども腹をこわさない。（那傢伙常常吃生的東西，但吃不壞肚子。）

夏だと言うのに暑く感じない。（雖然說是夏天，但不感覺熱。）

知っているくせにわざと知らないふりをする。（雖然知道，但卻裝著不知道的樣子。）

㈣ 並列表現：

並列法
- 並列的並列法―連用形―ながら
- 列舉的並列法
  - 連用形―たり
  - 終止形―し
  - 假定形―ば

(1) 並行的並列法　表示二個動作・作用同時進行的意味。

佐藤さんは学校へ通いながらアルバイトをしている。（佐藤同學一邊上學，一邊打工。）

(2) 列舉的並列法　表示對等敘述一個一個並列事實的意思。

お酒を飲んだり煙草を吸ったりしている。（又喝酒，又抽煙。）

上野動物園(うえのどうぶつえん)には鳥(とり)もいるし魚(さかな)もいるし獣(けだもの)もいる。（在上野公園，既有鳥，也有魚和獸類。）

大人(おとな)も居(お)れば子供(こども)も居(お)る。（也有大人，也有小孩。）

(五) 命令表現

- 命令法
  - 直線命令法
    - 普通命令法
      - 命令形
      - 命令形—よ
      - 連用形—て / てよ
    - 敬語命令法
      - 連用形—たまえ / なさい
      - お連用形—なさい
      - お連用形
  - 曲線命令法
    - 普通命令法—連用形—てくれ
      - —ごらん
      - —ちょうだい
    - 敬語命令法
      - 連用形—て—
        - —ください
        - —くださいませ
      - お連用形—ください / くださいませ
      - ご漢語サ變語幹—ください

(1)　直接命令法　以直接命令的語氣來傳達的命令法。

動詞的「命令形」除用於特定場合，諸如下命令、叫人、指示、出考試題目以外，一般不使用。但是，例外的，敬語動詞「いらっしゃる」的「いらっしゃい」、「おっしゃる」的「おっしゃい」、「くださる」的「ください」等，常被使用。

「命令形―よ」男性使用，「連用形―て」男女都使用，「連用形―てよ」主要是女性使用於親密關係的人，「連用形―たまえ」用於好朋友或晚輩，部下之間。「(お)連用形―なさい」是直接命令的鄭重說法，「お連用形」在責罵，責難時對晚輩、部下使用。

気をつけ。（立正！）

がんばれ（加油！）

あちらへいらっしゃい。（到那邊去！）

まあ飲めよ。（哎呀！喝吧！）

ちょっと待って。（等一下。）

早く話してよ。（趕快說吧。）

君、あそこで待ちたまえ。（你就在那裏等。）

すぐ行きなさい。（馬上就去。）

お休みなさい。（晚安。）　おだまり。（別多嘴。）

(2)　客氣命令法　以委婉請求的語氣來表示的命令法。

「連用形―てくれ」是一般的說法，「連用形―てちょうだい（ください・くださいませ）」「お連用形―ください（くださいませ）」「ご漢語サ変・語幹―ください」等是敬重的說法，「連用形―てごらん」是勸誘時使用的。

正直に言ってくれ。（你老實說吧！）

それを貸してちょうだい。（把那個借給我吧！）

ハンカチを洗ってください。（請洗洗手帕。）

それだけは許してくださいませ。（就只有那一點，請原諒吧。）

どうぞ、お入りください。（請進來吧。）

しばらくお待ちくださいませ。（請等一會兒。）

どうぞ大いにご活躍ください。（請大大的發揮一下。）

自分でやってごらん。（請自己做做看。）

第三節　五段活用

㈠　五段活用的定義　動詞的語尾變化，發生在五十音圖同行的「ア・イ・ウ・エ・オ」五段上面的，叫做「五段活用（ごだんかつよう）」。也有人把五段活用叫做「四段活用（よだんかつよう）」。這是因為在修改為新假名用法以前，文語裏叫做四段活用。

㈡　五段活用的特質　五段活用有下面的特質。

(1)　在「ア・イ・ウ・エ・オ」五段上面活用。

(2)　未然形有「ア段」和「オ段」二種。

(3)　終止形和連體形，假定形和命令形是相同的。

(4)　命令形不接「ろ」「よ」。

(5)　活用形有音便。

㈢　五段動詞活用表

㈢ 五段動詞活用表

行	基本形	語幹	語尾活用形 未然形	連用形	終止形	連體形	假定形	命令形	語例
カ行	書く	か（書）	か こ	き（い）	く	く	け	け	行く、聞く、開く、吹く
ガ行	泳ぐ	およ（泳）	が ご	ぎ（い）	ぐ	ぐ	げ	げ	急ぐ、騒ぐ、注ぐ、防ぐ
サ行	殺す	ころ（殺）	さ そ	し	す	す	せ	せ	起す、返す、消す、示す
タ行	打つ	う（打）	た と	ち（つ）	つ	つ	て	て	勝つ、立つ、待つ、持つ
ナ行	死ぬ	し（死）	な の	に（ん）	ぬ	ぬ	ね	ね	「死ぬ」一語
バ行	遊ぶ	あそ（遊）	ば ぼ	び（ん）	ぶ	ぶ	べ	べ	飛ぶ、選ぶ、呼ぶ、喜ぶ
マ行	読む	よ（読）	ま も	み（ん）	む	む	め	め	進む、住む、頼む、飲む
ラ行	知る	し（知）	ら ろ	り（つ）	る	る	れ	れ	売る、送る、帰る、取る
ワア行	買う	か（買）	わ お	い（つ）	う	う	え	え	洗う、争う、歌う、使う

主要用法及接續的附屬語
否定法 （ない・ぬ） 當然法 （慣用句） 使役法 （せる） 被動法 （れる） 可能法 （れる） 敬讓法 （れる） 推量法 （う）
連用法 （用言、慣用句） 時態法 （た、ている てある） 敬讓法 （ます） 希望法 （たい たがる） 樣態法 （そうだ） 名詞法 中止法 前提法 （ては、たら ても、たって） 禁止法 （てはならない） 並列法 （ながら、たり）
終止法 傳達法 （そうだ） 推量法 （らしい まい） 前提法 （と、から が、けれ ども） 並列法 （し）
連體法 （體言、體 言相當語） 比況法 （ようだ） 前提法 （なら ので のに くせに） 推量法 （だろう かもしれ ない）
前提法 （ば） 並列法 （ば）
命令法

如右表五段動詞的活用在五十音圖中的「カ・ガ・サ・タ・ナ・バ・マ・ラ・ワア(未然形在ワ行、其他在ア行)各行上面。連用形的（　）內的音是音便時的發音。

㈣ 五段活用動詞的用例

未然形

否定法

楊君は遊ばない。（楊君不要玩。）

僕は知らん。（我不知道。）

○注意 五段活用「ある」的否定是「ない」，不能說成「あらない」「あらん」。

當然法

あなたは行かなければならない。（您不去不行。）

字をきれいに書かなくてはいけない。（字必須寫得好看。）

使役法

父が子供に新聞を読ませる。（父親叫小孩讀報紙。）

兄が弟を行かせる。（哥哥叫弟弟去。）

被動法

お金を盗まれる。（錢被偷了。）

子供が暴者に打たれる。（小孩被暴徒打。）

可能法

私はあの山の頂上まで登られる。（我能登上那個山的山頂上。）

故郷が思い出される。（會想起故鄉。）

○注意 五段活用的可能法，現在幾乎都使用其約音，成為下一段活用動詞。詳細內容在第五節的(五)可能動詞來說明。

敬讓法

あなたは何処へ行かれますか。（您要去哪裏？）

社長さんは社長室に居られます。（社長在社長室。）

推量法

川の向に村があろう。（河川的對面大概有村落吧。）

来月は菊の花が咲こう。（下個月菊花大概就要開了吧。）

○注意 推量法主要是用於記述。詳細內容在推量助動詞一節再說明。

連用形

連用法

彼は思わず笑い出した。（他不由得笑起來了。）

李君はだまって出ていった。（李君不做聲出去了。）

時態法

桜の花が咲いた。（櫻花開了。）

外は雨が降っている。（外面在下雨。）

敬讓法

タオルで顔をふきます。（用毛巾擦臉。）

先生はいらっしゃいました。（老師來了。）

希望法

文法の本が読みたい。（我想讀文法的書。）

あの辞書を貸してもらいたい。（想借那一本辭典。）

樣態法

風が吹きそうだ。（好像要刮風。）

泣きそうな顔をしている。（好像要哭的臉。）

名　詞　法

僕は泳ぎが出来ません。（我不會游泳。）

乗換えの方はこの橋を渡って下さい。（換車的人，請走過這座橋。）

中　止　法

弟は歌を歌い、兄は本を読む。（弟弟唱歌，哥哥讀書。）

父も怒り、母も怒り、兄も怒る。（父親也生氣，母親也生氣，哥哥也生氣。）

前　提　法

演説がこう長く続いては誰でも飽きてしまうだろう。（假使演講拖延這樣長，誰都會膩吧。）

これを書いたら休みましょう。（寫完這個的話，休息吧。）

私は長く字を書いても手が痛くない。（我即使寫很久的字，手也不疼。）

あれは読んだってかまわないだろう。（縱然讀那個，也沒有關係。）

禁　止　法

でたらめな小説を読んではいけない。（不可看不三不四的小說。）

仕事をする時には冗談を言ってはならない。（工作的時候，不可言笑。）

並列法

斉藤さんは歩きながら歌を歌います。（齊藤先生一邊走路，一邊唱歌。）

あの人は電車で行ったり来たりして忙がしそうです。

（那個人在電車上走來走去，好像很忙的様子。）

終止形

終止形

子供は庭で遊ぶ。（小孩在庭院玩。）

三木さんは脚本を読む。（三木先生讀劇本。）

傳達法

試合は十時に始まるそうです。（聽說比賽十點開始。）

董さんの家には古い書籍が沢山あるそうです。（聽說董先生的家有很多古書。）

推量法

私は熱があるらしい。（我好像發燒。）

彼は多分北海道へ行くまい。（他大概不會去北海道吧。）

前量法

風が吹くと浪が立つ。（一刮風，就起浪。）

君が怒るから僕も怒ったのだ。（因為你生氣，所以我也生氣。）

文学史を読みたいと思うがいい本がない。（雖然想讀文學史，但是沒有好書。）

君がそう言うけれども本当はそうではなさそうだ。（雖然你那麼說，但是事實好像不然。）

並列法

彼はダンスもやるし玉つきもやる。（他既跳舞，也打撞球。）

ホールにはイギリス人もいるしアメリカ人もいるしフランス人もいる。
（大廳裏既有英國人，也有美國人，也有法國人。）

連體形

連體法

知ることは易いが行なうことは難しい。（知易行難。）

朝日新聞を読む人はわりあいに多い。（看朝日新聞的人比較多。）

掃くからふくまで一人でやるから五時間かかる。
（從打掃到擦拭都是一人做，所以花費五個鐘頭。）

書くよりタイプする方がいい。（與其書寫，不如打字的好。）

比況法

隣の部屋に誰かがいらっしゃるようです。（隔壁房間，好像有誰在。）

あの人は前に見たことがあるような気がする。（那個人好像以前見過。）

前提法

帰るなら一緒に帰ろう。（要回去的話，一起回去吧。）

毎年今頃赤痢が流行るので食物に十分注意しなければなりません。

（毎年現在流行赤痢，必須十分注意食物。）

あの人は商人であるのに商売の経験がない。（那個人是商人，但卻沒有做生意的經驗。）

あるくせにないと言っている。（雖然有，但卻說沒有。）

推量法

あなたも一緒に行くでしょう。（您也一起去吧。）

あの人はそれを買うかもしれません。（那個人或許會買它。）

假定形

前提法

あなたが歌えば僕は伴奏して上げます。（您唱歌的話，我替您伴奏。）

一通り読めば大体趣旨が分る。（大略讀一下的話，意思就會明白。）

並　列　法

運動場の一隅にはブランコもあれば滑り台もある。（運動場的一角既有秋千，也有滑梯。）

あのアパートには印度人も住めば泰国人も住んでいる。（那公寓裏，也有印度人住，也有泰國人住。）

命　令　形

大きな声で話せ。（大聲説話吧。）

あの規則を読め。（讀那規則吧。）

(五)　五段活用動詞的音便　五段活用動詞連用形接續過去完了助動詞「た」以及其活用形或助詞「たり」「たって」「て」「ては」「ても」的場合，為了發音上的方便而語音發生變化，叫做「音便」。動詞的音便有イ音便、促音便、撥音便、ウ音便四種類。

(1)　イ音便　活用語尾變為「イ」音的，「カ」「ガ」二行的五段動詞會發生イ音便。就是説語尾的「キ」「ギ」變為「イ」。「ガ・五」的場合，其下面接續的「て」「た」的音還要變成「で」「だ」。

「カ・五」

書(か)(き)↓い{た(たろ／たら)・たり・たって
　　　　　　　て・ては・ても

咲(さ)(き)↓い{た(たろ／たら)・たり・たって
　　　　　　　て・ては・ても

「ガ・五」

泳(およ)(ぎ)↓い{だ(だろ／だら)・だり・だって
　　　　　　　　で・では・でも

脱(ぬ)(ぎ)↓い{だ(だろ／だら)・だり・だって
　　　　　　　で・では・でも

(2) 促音便(そくおんびん)　活用語尾變成促音的，「タ」「ラ」「ワア」（本來是ハ行）三行的五段動詞會發生促音便。就是說語尾的「ち」「り」「い(ひ)」變成促音「っ」。

「タ・五」

待(ま)(ち)↓っ{た(たろ／たら)・たり・たって
　　　　　　　て・ては・ても

勝(か)(ち)↓っ{た(たろ／たら)・たり・たって
　　　　　　　て・ては・ても

「ラ・五」

送(おく)(り)↓っ{た(たろ／たら)・たり・たって
　　　　　　　　て・ては・ても

売(う)(り)↓っ{た(たろ／たら)・たり・たって
　　　　　　　て・ては・ても

「ワア・五」

笑（わら）(い)↓っ
- た(たろ・たら)・たり・たって
- て・ては・ても

歌（うた）(い)↓っ
- た(たろ・たら)・たり・たって
- て・ては・ても

(3) 撥音便（はつおんびん） 活用語尾變成撥音的，「ナ」・「バ」・「マ」三行的五段動詞會發生撥音便。就是說語尾的「に」「び」「み」變成撥音「ん」，其下面接續的「て」「た」的音還要變成「で」「だ」

「ナ・五」

死（し）(に)↓ん
- だ(だろ・だら)・だり・だって
- で・では・でも

「バ・五」

遊（あそ）(び)↓ん
- だ(だろ・だら)・だり・だって
- で・では・でも

飛（と）(び)↓ん
- だ(だろ・だら)・だり・だって
- で・では・でも

「マ・五」

(4) ウ音便　活用語尾變成「ウ」音的，「ワア行」的五段動詞會發生ウ音便。而且音便後的發音變成長音叫做「長音便」。

飲(の)(み)↓ん ｛ だ（だろ／だら）・だり・だって　／　で・では・でも ｝

休(やす)(み)↓ん ｛ だ（だろ／だら）・だり・だって　／　で・では・でも ｝

会(あ)(い)↓う ｛ た（たろ／たら）・たり・たって　／　て・ては・ても ｝

通(かよ)(い)↓う ｛ た（たろ／たら）・たり・たって　／　て・ては・ても ｝

ウ音便是日本的關西一帶常用的，但在關東方面僅用於記述而已，談話時都是使用促音便。例如「買う」這個動詞在關西說為「買うて」「買うた」，在關東就說成「買って」「買った」。

○**注意**　音便上的特例

A「カ・五」的「行く」一語不是發生イ音便，而是發生促音便。

行(い)(き)↓っ ｛ た（たろ／たら）・たり・たって　／　て・ては・ても ｝

B　「ラ・五」的敬語動詞「くださる」「なさる」「おっしゃる」「いらっしゃる」，發生如下的音便。

(1) 連用形接續「た」「て」音的場合，變成促音，但接續「ます」的場合，一般是變成イ音便。

くださいー(り)ます。　　おっしゃいー(り)ます。
なさいー(り)ます。　　いらっしゃいー(り)ます。

(2) 命令形變成イ音便。

くださいー(れ)　　おっしゃいー(れ)
なさいー(れ)　　いらっしゃいー(れ)

此外也有把「くださって(た)」「なさって(た)」説成「くだすって(た)」「なすって(た)」，把「いらっしゃって(た)」説成「いらして(た)」。

註一

五段活用有下面幾點要注意：

(1) 在歴史的假名用法裏，未然形的「ア段」音之下接「ウ」表示推量。即是，把「読もう」「買おう」寫成「読まう」「買はう」，因此，五段活用成為「四段活用」，而ワア行五段活用就成為「ハ行四段活用」。

「マ・四」	読まナイ／ウ	読みマス	読む	読む人	読めバ	読め
「ハ・四」	買はナイ／ウ	買ひマス	買ふ	買ふ人	買へバ	買へ

(2)「ワア・五」的終止形・連體形的活用語尾「ウ」發(u)的音，不發長音。例如「洗う」「祝う」各發音為「ア、ラ、ウ」。若發成「アロー」「イオー」等長音，就不是標準的說法。

(3)「ラ・五」的敬語動詞「くださる」「なさる」「おっしゃる」「いらっしゃる」，有的學者認為是「ラ行變格活用」，在本書把它認為是「ラ・五」，它們的語尾的活用是音便的特例。

第四節　上 一 段 活 用

(一) 上一段活用的定義　動詞的語尾變化，發生在五十音圖的同行的イ段上，其終止形・連體形有「る」，假定形有「れ」，命令形有「ろ(よ)」的動詞，叫做「上一段活用(かみいちだんかつよう)」。

(二) 上一段活用的特質　上一段活用具有下面的特質。

(1) 活用僅在イ段上面。

(2) 未然形和連用形是同形。

(3) 終止形和連體形都有「る」，而且是同形。

(4) 假定形有「れ」，命令形有「ろ」或「よ」。

(三) 上一段動詞活用表

(三) 上一段動詞活用表

行	基本形	語幹	未然形	連用形	終止形	連體形	假定形	命令形	語例
			語尾活用形						
ア行	用いる	もち(用)	い	い	いる	いる	いれ	いろ・よ	居る、老いる、悔いる、報いる
カ行	起きる	お(起)	き	き	きる	きる	きれ	きろ・よ	着る、生きる、出来る、飽きる
ガ行	過ぎる	す(過)	ぎ	ぎ	ぎる	ぎる	ぎれ	ぎろ・よ	過ぎる一語
ザ行	感じる	かん(感)	じ	じ	じる	じる	じれ	じろ・よ	信じる、案じる、重んじる、甘んじる
タ行	落ちる	お(落)	ち	ち	ちる	ちる	ちれ	ちろ・よ	朽ちる、満ちる
ナ行	似る	(に)(似)	に	に	にる	にる	にれ	にろ・よ	煮る
ハ行	干る	(ひ)(干)	ひ	ひ	ひる	ひる	ひれ	ひろ・よ	干る一語
バ行	伸びる	の(伸)	び	び	びる	びる	びれ	びろ・よ	浴びる、詫びる、錆びる、帯びる
マ行	見る	(み)(見)	み	み	みる	みる	みれ	みろ・よ	試みる、顧みる、鑑みる
ラ行	下りる	お(下)	り	り	りる	りる	りれ	りろ・よ	借りる、足りる、懲りる

主要用法及接續的附屬語
否定法（ない、ぬ） 當然法（慣用句） 使役法（させる） 被動法（られる） 可能法（られる） 敬讓法（られる） 推量法（よう、まい）
連用法（用言、慣用句） 時態法（た、ている、てある） 敬讓法（ます） 希望法（たい、たがる） 樣態法（そうだ） 名詞法 中止法 前提法（ては、たら、ても、たって） 禁止法（慣用句） 並列法（ながら、たり）
終止法 傳達法（そうだ） 推量法（らしい） 前提法（と、から、が、けれども） 並列法（し）
連體法（體言、體言相當語） 比況法（ようだ） 前提法（なら、ので、のに、くせに） 推量法（だろう、かもしれない）
前提法（ば） 並列法（ば）
命令法

如右表，上一段動詞的活用，都在五十音圖的ア・カ・ガ・ザ・タ・ナ・バ・マ・ラ的各行上面。

㈣ 上一段活用動詞的用例

未然形

否定法

ぼくは早く起きない。（我不早起。）

あいつは恥かしく感じない。（那傢伙不感到恥辱。）

當然法

君は早く起きなければならない。（你必須早起。）

彼はそこにいなくてはならない。（他非在那裏不可。）

使役法

母が毎日太郎を早く起きさせる。（母親每天叫太郎早起。）

彼に地味な服を着させる。（使他穿樸素的服裝。）

被動法

あの方は正直だから人に信じられる。（他正直，所以受人信任。）

ここに立つと彼らに見られる。（站在這裡的話，就會被他們看到。）

可能法

七時ならぼくも起きられる。（如果是七點的話，我也能夠起床。）

二年余り便がないから故郷が案じられる。（二年多沒有音信，所以會想念故鄉。）

敬譲法

先生は私の意見を用いられる。（老師採用我的意見。）

柳内先生も彼の言うことを信じられた。（柳內老師也相信他所說的。）

推量法

熱いからかいきんシャツを着よう。（因為太熱，穿敞領襯衫。）

雨だから誰も待っていまい。（因為下雨，大概沒有人在等吧。）

連用形

連用法

そのまま外に置くとさびやすい。（就那樣放在外面的話，容易生銹。）

ボールは落ちてしまった。（球掉下來了。）

時態法

その時とてもさびしく感じた。（那時候，感到非常寂寞。）

中山さんは洋服を着ています。（中山先生穿著西裝。）

敬譲法

申込みの期限は過ぎました。（申請的期限過去了。）

中国語ならぼくも出来ます。（中國語的話，我也會。）

希望法

ぼくは朝早く起きたい。（我想早上早起。）

彼の気持を信じてほしい。（希望相信他的心情。）

様態法

剣道だったら長岡君も出来そうだ。（是劍道的話，長岡君好像也會的樣子。）

あぶない！あの坊や落ちそうだ。（危險！那個寶寶好像要掉下去的樣子。）

名詞法

小松さんは早起きの習慣がある。（小松小姐有早起的習慣。）

あの小刀は錆が出た。（那把小刀生銹了。）

中止法

朝は早く起き、夜は早く寝る。（早上早起，晚上早睡。）

春木さんは英語も出来、ドイツ語も出来る。（春木小姐既會英語，也會德語。）

前提法

どんなことをしても度を過ぎてはよくない。（無論做什麼事，過份就不好。）

彼の話を信じたらだまれますよ。（假使相信了他的話，就會受騙。）

ぼくは朝早く起きても昼間は眠くもない。（我即使早上早起，白天也不想睡。）

彼の話を信じたってだまされないよ。（縱使相信了他的話，也不會受騙。）

禁止法

彼の話を信じてはいけない。（不可以相信他的話。）

申込の期限を過ぎてはならない。（假使超過申請的期限，就不可以。）

並列法

参考書を見ながら筆記をする。（一面看參考書，一面做筆記。）

コックさんは煮たり焼いたりしている。（廚師先生，又煮又烤。）

終止形

終止法

その位なことは誰でも出来る。（那様的事，誰都會。）

窮乏のどん底に落ちる。（淪為最貧窮的生活。）

傳 達 法

もうすぐ出来るそうです。（聽說很快就會做好。）

劉さんは毎朝六時に起きるそうだ。（聽說劉小姐每天早上六點起床。）

推 量 法

劉さんは毎朝六時に起きるらしい。（好像劉小姐每天早上六點起床。）

加藤さんはいつも家にいるらしい。（加藤先生好像經常在家。）

前 提 法

彼の話を信じるときっとだまされる。（如果相信他的話，就會受騙。）

アイロンを掛けるとしわが伸びるから気にしないでくれ。（熨斗一燙的話，皺紋就會燙平，請不要掛心。）

年は老いているが精神はまだ若い。（年紀雖老了，但是精神還年輕。）

あの人は貧乏しているけれども正直です。（他雖然貧窮，但是老實。）

並 列 法

恥も感じるし怒りも感じる。（感到可恥，也覺得生氣。）

呉さんは毎日早く起きるし遅く寝るし本当に御苦労だ。
（吳先生每天又早起，又晚睡，真是辛苦。）

連體形

連體法

望遠鏡がなくても見ることが出来ます。（就是沒有望遠鏡，也能夠看見。）

同じ映画を二度見るのはつまらない。（同樣的電影看兩次，沒有意思。）

比況法

あの問題は君にやさし過ぎるようだ。（那個問題對你好像過於容易。）

高野さんは貧賤に甘んじるように見えるが実はそうではない。
（高野先生看起來好像安於貧賤，但事實不是那樣。）

前提法

君がやれるならやりたまえ。（你會做的話，請做做看吧。）

木村さんは何時も早く起きるので遅刻はしないだろう。
（木村先生總是早起的，所以大概不會遲到吧。）

毎日早く起きるのに今日は遅くなった。（每天早起，但今天卻晚了。）

出来るくせにわざと出来ないと言っている。（儘管是會，可是故意說不會。）

推量法

彼は夕方ごろ家にいるだろう。（他傍晚會在家吧。）

これぐらいあれば足りるかもしれない。（有這些的話，也許就足夠了。）

假定形

前提法

過去の歴史を顧みれば未来の趨勢が分る。（回顧過去的歴史，就知道未來的趨勢。）

丁寧に見ればよく見える。（仔細看的話，就看得清楚。）

並列法

物質文明も重んじれば精神文明も重んじる。（也重視物質文明，也重視精神文明。）

お父さんにも似ればお母さんにも似ている。（也像父親，也像母親。）

命令形

もう遅いぜ、早く起きろ(よ)。（已經太晚了，趕快起床吧。）

ぐずぐずしないですぐ下りろ(よ)。（不要慢吞吞的，馬上下來吧。）

註二 上一段活用有下面幾點要注意：

(1) 上一段活用動詞中，有的語幹和語尾沒有區別。例如前表中，「似(に)る」「干(ひ)る」「見(み)る」三語是語幹和語尾沒有區別。此外，「居(い)る」「鋳(い)る」「着(き)る」「煮(に)る」也同様。

(2) 在東京等關東地方是「上一段」活用的動詞的「飽(あ)きる」「足(た)りる」「借(か)りる」「染(し)みる」，在關西地方為五段活用動詞「飽(あ)く」「足(た)る」「借(か)る」「染(し)む」。但關東地方的人在記述講演的場合用五段活用。

(3) 「居(い)る」「居(お)る」意思相同，但「居(い)る」是「ア・上一」、「居(お)る」是「ラ・五」。

(4) 「ア・上一」活用是「い・い・いる・いる・いれ・いろ(よ)」，屬於它的動詞依歷史的假名用法，如下：

A 「生(お)いる」「強(し)いる」「用(もち)いる」等，寫成「生(お)ひる」「強(し)ひる」「用(もち)ひる」是「ハ・上一」。

B 「居(い)る」「率(ひき)いる」「用(もち)いる」等，寫成「居(ゐ)る」「率(ひき)ゐる」「用(もち)ゐる」是「ワ・上一」。「用いる」是「ハ・上一」，也是「ワ・上一」。

(5) 有的學者認為「射(い)る」「鋳(い)る」「老(お)いる」「悔(く)いる」「報(むく)いる」是ヤ行上一段活用動詞，但本書認為它們是「ア・上一」，而不是「ヤ・上一」。

(6) 「ザ・上一」活用是「じ・じ・じる・じる・じれ・じろ(よ)」，屬於它的「怖(お)じる」「閉(と)じる」「捻(ね)

じる」「恥じる」「攀じる」用歴史的假名用法的話，寫成「怖ぢる」「閉ぢる」「捻ぢる」「恥ぢる」「攀ぢる」就成為「ダ・上一」。

第五節　下　一　段　活　用

㈠ 下一段活用的定義　動詞的語尾變化，發生在五十音圖的同行的エ段上，其終止形・連體形有「る」，假定形有「れ」，命令形有「ろ(よ)」的動詞，叫做「下一段活用」。

㈡ 下一段活用的特質　下一段活用具有下面的特質。

(1) 活用僅在エ段上面。
(2) 未然形和連用形是同形。
(3) 終止形和連體形都有「る」，而且是同形。
(4) 假定形有「れ」，命令形有「ろ」或「よ」。

㈢ 下一段動詞活用表

(三) 下一段動詞活用表

行	基本形	語幹	語尾活用形 未然形	語尾活用形 連用形	語尾活用形 終止形	語尾活用形 連體形	語尾活用形 假定形	語尾活用形 命令形	語例
ア行	答える	こた(答)	え	え	える	える	えれ	け よろ	得る、与える 教える、迎える
カ行	助ける	たす(助)	け	け	ける	ける	けれ	け よろ	受ける、避ける 続ける、分ける
ガ行	逃げる	に(逃)	げ	げ	げる	げる	げれ	げ よろ	上げる、投げる 曲げる、妨げる
サ行	任せる	まか(任)	せ	せ	せる	せる	せれ	せ よろ	あせる、合せる 載せる、痩せる
ザ行	混ぜる	ま(混)	ぜ	ぜ	ぜる	ぜる	ぜれ	ぜ よろ	爆(は)ぜる
タ行	捨てる	す(捨)	て	て	てる	てる	てれ	て よろ	当てる、企てる 育てる
ダ行	出る	(で)(出)	で	で	でる	でる	でれ	で よろ	撫でる、奏(かな)でる 抽んでる
ナ行	寝る	(ね)(寝)	ね	ね	ねる	ねる	ねれ	ね よろ	重ねる、尋ねる 真似る
ハ行	経る	(へ)(経)	へ	へ	へる	へる	へれ	へ よろ	経る一語
パ行	食べる	た(食)	べ	べ	べる	べる	べれ	べ よろ	比べる、調べる 述べる
マ行	改める	あらた(改)	め	め	める	める	めれ	め よろ	集める、定める 責める
ラ行	恐れる	おそ(恐)	れ	れ	れる	れる	れれ	れ よろ	入れる、後れる 呉れる

主要用法及接續的附屬語						
否定法（ない・ぬ） 當然法（慣用句） 使役法（させる） 被動法（られる） 可能法（られる） 敬讓法（られる） 推量法（よう まい）	連用法（用言、慣用句） 時態法（た、ている てある） 敬讓法（ます） 希望法（たい たがる） 様態法（そうだ） 名詞法 中止法 前提法（ては たら ても たって） 禁止法（慣用句） 並列法（ながら たり）	終止法 傳達法（そうだ） 推量法（らしい） 前提法（と、から が、けれども） 並列法（し）	連體法（體言、體言相當語） 比況法（ようだ） 前提法（なら ので のに くせに） 推量法（だろう かもしれない）	前提法（ば） 並列法（ば）	命令法	

如右表，下一段動詞的活用，都在五十音圖中的ア・カ・ガ・サ・ザ・タ・ダ・ハ・バ・マ・ラ各行。

㈣ 下一段活用動詞的用例

未然形

否定法

いくら聞いても彼は答えない。（無論怎樣問，他也不回答。）

昨日一日中何も食べなかった。（昨天整天什麼也沒有吃。）

當然法

彼は答えなければならない。（他非回答不行。）

それを食べなくてはならない。（非吃那個不行。）

使役法

あの問題は鯨岡君に答えさせましょう。（讓鯨岡君回答那個問題。）

子供たちにそんなものを食べさせてはいけない。（不可以讓孩子們吃那樣的東西。）

被動法

勤勉な学生は先生にほめられる。（勤勉的學生，會受老師誇獎。）

引出の中のあめは子供に食べられた。（抽屜裡的糖菓，被孩子吃掉了。）

可能法

第三次世界大戦は避けられるかも知れない。（第三次世界大戰也許能夠避免。）

あれは生で食べられますか。（那個可以生吃嗎？）

敬譲法

先生は毎日九時頃事務室に出られます。（老師每天九點左右去辦公室。）

課長さんがもう一度丁寧に調べられました。（課長先生再一次詳細調查過。）

推量法

少し力を貸して上げよう。（我稍微幫忙您。）

小川さんはぼくを助けまい。（小川先生大概不會幫助我吧。）

連用形

連用法

あの問題は答えにくい。（那個問題不易回答。）

麻生さんに調べてもらいましょう。（要麻生先生調查吧。）

時態法

少しも残らず全部食べた。（一點兒也沒剩，全部吃了。）

あの事件は今なお調べています。（那事件現在還在調查。）

敬讓法

そのことなら浅見さんに任せましょう。（那件事的話，就交給淺見小姐。）

仕事はすっかり綺麗に片付けました。（工作完全處理得一乾二淨。）

希望法

私は刺身が食べたい。（我想吃生魚片。）

人間は誰でもなまけものを助けたくない。（人不論誰都不想幫助懶惰鬼。）

様態法

全部片付けそうなら、はやく片付けなさい。（好像全部快整理好了，請趕快整理吧。）

彼をとがめそうに見えるが、実は彼を心配するのだ。（看起來像責備他，事實是擔心他。）

名詞法

ぼくはあなたのお助けを待っております。（我在等待您的幫助。）

どんなにおいしくても生では食べはしない。（不管多麼好吃，決不吃生的。）

中止法

病気の時は早く診察を受け、先生のいう通り養生する方がいい。

（生病的時候，早一點接受診察，依照醫生所說的療養比較好。）

御飯も食べ、お酒も飲んだ。（也吃飯，也飲酒。）

前提法

根堀葉堀尋ねては悪いでしょう。（追根到底尋問，不好吧。）

あれを生で食べたらお腹をこわすでしょう。（那個生吃了的話，會弄壞肚子吧。）

今になっていくら責めても仕様がない。（事到如今，怎樣責備也沒有辦法。）

彼を助けたって成功しないだろう。（即使幫助他，也不會成功吧。）

禁止法

何をしても途中で止めてはいけない。（無論做什麼，都不可以中途作罷。）

彼だけを責めてはなりません。（不可以只是責怪他。）

並列法

彼を助けながら彼を利用する。（一邊幫助他，一邊利用他。）

授業中は勝手に出たり入ったりしてはいけない。（上課中，不可以任意進進出出。）

終止形

終止法

彼はいつも人に迷惑を掛ける。（他經常打擾別人。）
強いものは弱いものを助ける。（強者幫助弱者。）

傳達法

石橋さんは何でも食べるそうです。（聽說石橋先生什麼都吃。）
外の人は分らないが清瀬さんが彼を助けるそうだ。
（其他的人不知道，但聽說清瀨先生會幫助他。）

推量法

あの男は途方に暮れるらしい。（那個男人好像不知道如何是好。）
彼はお酒は相当飲めるらしい。（他好像相當會喝酒。）

前提法

二つを比べるとこっちの方が丈夫そうだ。（二個一比較的話，這邊的比較可靠。）
大勢の人が彼を助けるから成功するでしょう。（很多的人幫助他，所以會成功吧。）
大抵のことは陳さんに任せるが大事なことは任せない。
（一般的事交給陳先生，但重要的事不能交給他。）
ぼくは彼は助けるけれども外の人は助けたくない。

（雖然我幫助他，可是其他的人不想幫助他。）

並列法

あの方は貧しい人も助けるし弱い人も助けるし実に心の優しい人です。

（他既幫助貧窮的人，也幫脆弱的人，實在是心地善良的人。）

西洋料理も食べるし中華料理も食べる。（既吃西洋料理，也吃中華料理。）

連體形

連體法

人を助けることはぼくの楽しみです。（幫助人是我的快樂。）

石油株式会社に勤めるのは彼の希望だ。（在石油股份公司工作，是他的希望。）

比況法

月日の経つのは水の流れるようだ。（時間的經過如同流水。）

彼の口振では会社を止めるようだ。（聽他的口氣，像要辭去公司的工作。）

前提法

君が止めるならもうとがめない。（如果你作罷，就不再責難。）

よく過を改めるので立派な人になった。（好好改過，所以成為光明正大的人。）

聞えるのにわざと聞えない振をしている。（明明聽得見，卻故意裝著聽不見的樣子。）

読めるくせに知らないと言っている。（雖然會讀，但是卻說不知道。）

推量法

山下君は自転車に乗れるだろう。（山下君會騎自行車吧。）

あの人は会社を止めるかも知れない。（也許他會辭去公司的工作。）

假定形

前提法

陳さんに任せればもうかるだろう。（聽任陳先生的話，會賺錢吧。）

事件の経緯を詳しくしらべれば両方の是否が分る。（如果詳細調查事件的經過，就知道二者的對與不對。）

並列法

体も疲れればお腹も空いた。（身體也疲倦，肚子也餓。）

誇も忘れれば恥も忘れる。（既忘記驕傲，也忘記恥辱。）

命令形

もう十二時過ぎた、早く寝ろ(よ)。（已經過了十二點，趕快睡吧。）

直ちに自分の過ちを改めろ(よ)。(立刻悔改自己的過錯。)

㈤ 可能動詞　五段活用動詞的未然形接續可能助動詞「れる」的場合，因約音變成下一段活用，叫做可能動詞。

例如：

書く(カ・五)——書け(かれ)る(カ・下一)

読む(マ・五)——読め(まれ)る(マ・下一)

飛ぶ(バ・五)——飛べ(ばれ)る(バ・下一)

因此，五段活用動詞大部分可以變成同行的下一段活用的可能動詞。

可能動詞因為其構成要素的可能助動詞「れる」沒有命令形，所以它也沒有命令形。

可能動詞用以表示可能的意思。此外也用以表示自然發生之意。

「可　能」

あの本ならぼくも読める。(那本書的話，我也會讀。)

もう一粁位は歩ける。(能夠再走一公里左右。)

「自　然」

あの本を読むとひとりでに泣けて我慢しきれない。(假使讀那一本書，就會自然哭得沒有完。)

私(わたし)にもそう思(おも)える。（我也是那様想。）

註三　下一段活用有下面幾點要注意：

(1)　語幹語尾沒有區別的常用的下一段活用動詞有下面四語。

得(え)る(ア・下一)　出(で)る(ダ・下一)　寝(ね)る(ナ・下一)　経(へ)る(ハ・下一)

(2)　下一段動詞「呉(く)れる」的命令形是「くれ」，而不接續「ろ」或「よ」。

(3)　「ア・下一」的活用是「え・え・える・える・えれ・えろ(よ)」，屬於它的動詞依歷史的假名用法如下：

A　下面各語的「える」寫成「ゑる」是「ワ・下一」。

植(う)える　飢(う)える　据(す)える

B　下面各語的「える」寫成「へる」是「ハ・下一」。

与(あた)える　誂(あつら)える　訴(うった)える　抑(おさ)える　衰(おとろ)える　換(か)える　数(かぞ)える　叶(かな)える

構(かま)える　考(かんが)える　加(くわ)える　拵(こしら)える　答(こた)える　支(ささ)える　従(したが)える　添(そ)える

揃(そろ)える　違(たが)える　貯(たくわ)える　称(たた)える　携(たずさ)える　譬(たと)える　仕(つか)える　伝(つた)える

調(ととの)える　唱(とな)える　捕(とら)える　長(なが)らえる　控(ひか)える　交(まじ)える　迎(むか)える　弁(わきま)(辯)える

C　下面各語有人認為ヤ行下一段活用，但本書把它認為是「ア・下一」，而不是「ヤ・下一」。

（但在文語是ヤ行下二段。）

癒える　怯える　覚える　消える　聞える　肥える　越える　凍える

冴える　栄える　聳える　絶える　生える　冷える　殖える　吠える

見える　燃える

第六節　カ行變格活用

㈠ カ行變格活用的定義　動詞的語尾變化，發生在カ行的イ・ウ・オ三段上（即是キ・ク・コ），終止形．連體形有「る」，假定形有「れ」，命令形有「い」的，其語幹和語尾沒有區別的動詞，叫做「カ行變格活用」。

㈡ カ行變格活用的特質　カ行變格活用具有下面的特質。

(1) 只有「来る」一語。

(2) 語幹和語尾沒有區別。

(3) 活用在イ・ウ・オ三段上面。

(4) 終止形和連體形是同形。

(5) 命令形有「い」

(三) カ行變格動詞活用表

行	基本形	活用形 未然形	連用形	終止形	連體形	假定形	命令形	語例
カ行	来る	こ	き	くる	くる	くれ	こい	僅来る一語
主要用法及接續的附屬語		否定法（ない・ぬ） 當然法（慣用句） 使役法（させる） 被動法（られる） 可能法（られる） 敬讓法（られる） 推量法（よう まい）	連用法（用言、慣用句） 時態法（た・ている てある） 敬讓法（ます） 希望法（たい たがる） 樣態法（そうだ） 名詞法 中止法 前提法（ては たら ても たって） 禁止法 （慣用句） 並列法（ながら たり）	終止法 傳達法（そうだ） 推量法（らしい） 前提法（と・から・が けれども） 並列法（し）	連體法（體言、體言相當語） 比況法（ようだ） 前提法（なら ので のに くせに） 推量法（だろう かもしれない）	前提法（ば） 並列法（ば）	命令法	

(四) カ行變格活用動詞的用例

未然法

否定法

小林君はまだ来ない。（小林君還沒有來。）

彼はとうとう来なかった。（他終於沒有來。）

當然法

君は明日ここに来なければならない。（你明天非來這裡不行。）

彼も一緒に来なくてはいけない。（他也不得不一起來。）

使役法

林君をぼくの処に来させなさい。（叫林君來我這裡。）

先生が彼たちをここに来させたのだ。（老師使我們到這裡來。）

被動法

大勢の人に来られて困った。（很多的人來，就麻煩了。）

昨夜とつぜん十何人のお客様に来られて天手古舞をした。

（昨晚突然有十幾個客人來，手忙腳亂。）

○**注意**　カ變的未然形的被動法如右例所示，偶而才用，普通不用。

可能法

八時だったらぼくも来られる。（若是八點的話，我也能夠來。）

君は時間通りに来られますか。（你能夠準時來嗎？）

敬譲法

高橋局長が来られました。（高橋局長來了。）

学長先生は明日来られるだろうと思います。（我想校長先生明天會來吧。）

推量法

ぼくは今晩すこし早めに来よう。（我今天晚上會稍微早一點來。）

大野さんはぼくの処へ来まい。（大野小姐大概不會來我這裡吧。）

連用形

連用法

ここだったら彼も来やすいだろう。（是這裡的話，他也方便來。）

海野さんも来てくれるでしょう。（海野先生也會來吧。）

時態法

大石君も手伝に来た。（大石君也來幫忙了。）

先生はもう来ています。（老師已經來了。）

敬　譲　法

今度の日曜日に来ます。（這個星期天要來。）

家を出てから真直にここに来ました。（我離開家之後，直接來這裡。）

希　望　法

何さんはこんなところに来たくないと私は思います。（我想何先生不想來這種地方。）

中野さんも来ていただいた。（請中野小姐也來。）

様　態　法

田中君は今日ここに来そうだ。（好像田中君今天要來這裡。）

山下も来そうな気がします。（好像山下也有意要來。）

名　詞　法

あの子は常に不良と往来をしている。（那孩子常和壞人交往。）

李さんはこんなところに来やしない。（李先生是不會來這種地方的。）

中　止　法

田さんも来、田さんの奥さんも来る。（田先生也來，田先生的太太也來。）

春が来、冬が去った。（春來，冬去。）

前提法

連絡なしで尋ねて来ては失礼でしょう。（沒有連絡就來訪的話，很失禮吧。）

中山さんが来たら問題は解決されやすいだろう。（中山先生來了的話，問題就容易解決吧。）

彼が来ても問題は解決されまい。（即使他來，問題也不能解決吧。）

彼が来たって役に立たないだろう。（即使他來了，也沒有用吧。）

禁止法

ここに来てはいけません。（不可以來這裡。）

許可なしで来てはなりません。（沒有許可，不可以來。）

並列法

私はここに来ながら思案を定めた。（我來這裡的時候，決定了主意。）

会場には人が来たり帰ったりして大変な混雑だ。（會場有的人來，有的人回去，非常擁擠。）

終止法

終止法

古橋さんは時々学校に来る。（古橋先生時常來學校。）

暗黒な夜が過ぎて明るい昼が来る。（黑暗的夜晚過去，光明的白天就來臨。）

傳　達　法

明日は頑固な張君も来るそうだ。（聽說明天頑固的張君也會來。）

彼が来るそうでぼくは安心しました。（聽說他會來，我就放心了。）

推　量　法

今度の集会は大阪にいる福岡さんも来るらしい。

（這次的集會，在大阪的福岡小姐好像也要來。）

そのとき丁さんも一緒に来るらしい。（那時候，丁小姐也好像要一起來。）

前　提　法

春が来ると桜の花が咲く。（一到春天，櫻花就開。）

先生がすぐ検査に来るから早く整頓しましょう。（老師馬上來檢查，快整理吧。）

車は次から次に来るが金がなくて乗れない。（車子接續不斷地來，沒有錢不能坐。）

あの人は明日帰って来るけれどもまたすぐ出掛けなければならない。

（他明天要回來，但是，又不馬上出去不行。）

並　列　法

大人も来るし子供も来るし大層賑かだ。（大人也來，小孩也來，非常熱鬧。）

車が左の方からも来るし右の方からも来る。（左邊也來車，右邊也來車。）

連體形

連體法

あしたこちらへ来る時あの本を持って来給え。（明天來這邊的時候，把那一本書帶來。）

何時もここに来るのはここの雰囲気が好きになったからだ。

（經常來這裏，是因為喜歡這裏的氣氛。）

比況法

九州地方は常に台風が来るようだ。（九卅地方好像常常有颱風來襲。）

弾が自分に向って飛んで来るようだ。（好像子彈朝向自己飛過來。）

前提法

小野君が来るなら連れて来たまえ。（如果小野君要來的話，就帶他來。）

兄が来るので弟も一緒に来た。（因為哥哥要來，所以弟弟也一起來了。）

お客さんが来るのに主人は知らん顔をしている。（有客人來了，可是老闆却裝著不知道。）

いつも来るくせに来たことがないと言っている。（常常來，反而說沒有來過。）

推量法

お兄さんも一緒に来るでしょう。（哥哥也要一起來吧。）

彼は来るかもしれません。（也許他會來。）

假定形

前提法

春が来れば花が咲く。（春天一到，花就開。）

彼が来れば問題はないでしょう。（他來的話，就沒有問題吧。）

並列法

風の日にも来れば雨の日にも来る。（刮風天也來，下雨天也來。）

朝も催促に来れば夜も催促に来る。（早上也來催促，晚上也來催促。）

命令形

早くここに来い。（趕快到這裏來。）

もっと前へ来い。（再往前來。）

註四　カ行變格活用有下面幾點要注意：

(1) カ變的命令形因地方而相異，但「こい」被認為是標準的語形。記述，講演的場合也用「こよ」。
(2) 「来る」和「来たる」其漢字相同，但「来る」是「カ変」、「来たる」是「ラ・五」。
(3) カ變在「イ・ウ・オ」三段下接「る・れ・い」而變化，所以也有人叫它做「カ行三段活用」。

第七節　サ 行 變 格 活 用

㈠ サ行變格活用的定義　動詞的語尾變化，發生在サ行的イ・ウ・エ三段上（即是シ・ス・セ），終止形・連體形有「る」，假定形有「れ」，命令形有「ろ」或「よ」的，其語幹和語尾沒有區別的動詞，叫做「サ行變格活用」。

㈡ サ行變格活用的特質　サ行變格活用具有下面的特質。

(1) 只有「する」一語。
(2) 可做成サ行變格複合動詞。
(3) 語幹和語尾沒有區別。
(4) 活用在イ・ウ・エ的三段上面。
(5) 終止形和連體形是同形。
(6) 命令形有「しろ」和「せよ」二種。

㈢ サ行變格動詞活用表

行	基本形	語尾活用形 未然形	連用形	終止形	連體形	假定形	命令形	語例
サ行	する	し せ	し	する	する	すれ	しろ せよ	本來僅「する」一語
主要用法及其接續的附屬語		否定法（ない・ぬ） 當然法（慣用句） 使役法（させる） 被動法（られる） 可能法（できる） 敬讓法（られる） 推量法（よう／まい）	連用法（用言、慣用句） 時態法（た、ている） 敬讓法（ます） 希望法（たい） 樣態法（そうだ） 名詞法 中止法 前提法（ては／たら／ても／たって） 禁止法（慣用句） 並列法（ながら、たり）	終止法 傳達法（そうだ） 推量法（らしい） 前提法（と・から／が・けれども） 並列法（し）	連體法（體言、體言相當語） 比況法（ようだ） 前提法（なら／ので／のに／くせに） 推量法（だろう／かもしれない）	前提法（ば） 並列法（ば）	命令法	

㈣ サ行變格複合動詞，屬於サ行變格的動詞本來只有「する」一語而已，但這個「する」與和語的名

詞（或名詞形）・外來語・漢語等相結合，就可做成サ行變格複合動詞。サ變複合動詞的構成，大體如下表所示。

種別	語幹	語尾活用	語例
和語	名詞	する（サ變）	旅する　うわさする　怪我する　早合点する
和語	名詞形（連用形名詞法）	する（サ變）	商する　便する　引越する　打合する
外來語	外來語	する（サ變）	サインする（sign）　リードする（lead）　キッスする（kiss）　オミットする（omit）
漢語	二字或二字以上的	する（サ變）	研究する　運動する　散歩する　千変万化する
漢語	一字以ツ音終止的	する（サ變）	達する　察する　決する　熱する
漢語	一字以撥音發音的	する（サ變） ずる（サ變） じる（ザ・上一）	関する／ずる／感じる　印する／ずる／案じる　検する／ずる／禁じる　算する／ずる／論じる
漢語	一字以長音發音的	する（サ變） ずる（サ變） じる（ザ・上一）	要する／ずる／応じる　抗する／ずる／講じる　奏する／ずる／通じる　有する／ずる／封じる
漢語	一字不屬於右示的	する（サ變） す（サ・五）	愛する／愛す　謝する／謝す　祝する／祝す　訳する／訳す

但有下面的限制：

(1) 單單是事物的名稱，例如「山」「水」「仁義」等不能和「する」結合而做成複合動詞。

(2) 有動作作用意思的名詞 例如「指導」「省略」「登山」等可以與「する」相結合而做成複合動詞。

註五 如「軽んずる(じる)」・「重んずる(じる)」，是由形容詞變化來的名詞「軽み」「重み」和「する」複合。「先んずる(じる)」「諳んずる(じる)」等，是「先にする」「諳にする」的撥音便。初學者把它們當做固有的ザ行上一段活用來學習，比較容易理解。

(五) サ行變格活用動詞的用例

未然形

否定法

ぼくは絶対にそんなつまらないことをしない。（我絕對不做那樣無聊的事。）

あの若僧は毎日遊んでばかりで何もせぬ。（那個小伙子每天光是玩，什麼也不做。）

○**注意** サ變的否定法以「し」接「ない」、「せ」接「ぬ」或「ん」表示之。

當然法

生徒は教室の掃除をしなければならない。（學生必須打掃教室。）

時間を厳守せねばならぬ。（必須嚴守時間。）

使役法

教室の掃除は学生にさせる。（使學生打掃教室。）

自分の嫌なことを人にさせるのはいけない。（自己討厭的事，不可以讓人做。）

○**注意**　右邊的「させる」，是使役法「せさせる」的約音，現在幾乎就照這樣來表示使役。

被動法

人に馬鹿にされるのは嫌だ。（不喜歡受人愚弄。）

異国の人に親切にされて大変嬉しい。（受到外國人親切對待，非常高興。）

○**注意**　右邊的「される」是「せられる」的約音，現在幾乎就照這樣用以表示被動。

[可能法]

サ變的可能法幾乎不用，代之以「出来る」(カ・上一)這個單語表示之。

サ變複合動詞場合，以「できる」的語尾來活用。

例如

そんな不公平な契約はぼくはサイン出来ない。（那樣不公平的契約，我不能簽字。）

あなたの理想は近く実現出来ますか。（您的理想最近能夠實現嗎？）

敬讓法

松村先生は登山の時に一寸の不注意で怪我をされました。（松村老師登山時，稍微不注意，受傷了。）

推量法

あの方は近頃仏典を研究されています。（他最近在研究佛典。）

ぼくもそうしよう。（我也要那樣做。）

中村さんはスペイン語は勉強しまい。（中村先生大概不會學西班牙語吧。）

連用形

連用法

最近はどんな商売でもしにくくなってきた。（最近，不論什麼生意都不好做。）

阿部さんに釈してもらいましょう。（請阿部小姐翻譯吧。）

時態法

彼は今自分のへやで勉強しています。（他在自己的房間用功。）

敬讓法

うっかり悪い事をした。（不注意做了壞事。）

私もそうします。（我也要那麼做。）
先生の言いつけたとおりにしました。（遵照老師的吩咐做了。）

希望法

ずっと前から聖書が研究したい。（很久以前就想研究聖經。）
小林さんにそれを説明していただきたい。（想請小林先生說明那件事。）

様態法

富士丸はもうすぐ出帆しそうです。（富士丸好像是要出海了。）
あの問題を解決しそうな糸口を見つけた。（找到了好像能解決那個問題的頭緒。）

名詞法

悪意のいたずらをしはしない。（不幹惡意的惡作劇。）
どんな打撃を受けても落胆しやしない。（無論受到什麼樣的打擊，決不會灰心。）

中止法

あの貿易会社は輸出もし、輸入もする。（那家貿易公司也做出口，也做進口。）
ハーモニカのけい古もし、ピアノのけい古もする。（也學口琴，也學鋼琴。）

前提法

子供が悪戯をしては親に叱られる。（假使小孩惡作劇，就會被父母親罵。）

あんなにはげしく運動したら体に悪いですよ。（假使做對您激烈的運動，對身體不好。）

彼女の質は毎日美容体操をしてもやせまい。（她的體質，就是每天做美容體操，也不會瘦吧。）

いくら口論したってけんかまではいかない。（不管怎樣爭論，也不至於打架。）

禁止法

そんなことをしてはいけません。（不可幹那種事。）

教室で口論してはならない。（在教室不可以爭吵。）

並列法

仕事をしながら口笛を吹いている。（一面工作，一面吹口哨。）

ドクトルは患者を診断しながら病理を説明している。（醫生一邊診斷患者，一邊說明病理。）

講演をしたりポートを書いたりして休むひまがない。（又演講，又寫報告，沒有休息的時間。）

放任したり干渉したりして一定の方針がない。（有時放任不管，有時又要干涉，沒有一定的方針。）

終止法

終止法

出掛ける仕度をする。（準備要出去。）

今年の新入生は四月一日に入学する。（今年的新生四月一日入學。）

傳達法

会長が辞職するそうです。（聽說會長要辭職。）

太陽丸が午後三時出帆するそうだ。（聽說太陽丸下午三點出海。）

推量法

あの規則は来月から施行するらしい。（那規則好像下個月開始實施。）

金以外の要求なら何でも承諾するらしい。（金錢以外的要求的話，好像什麼都會答應。）

前提法

毎日運動すると体が丈夫になる。（如果每天運動，身體就會變成健壯。）

楊さんの夫婦も参加するから二十人分の用意をする方がよい。

（因為楊先生夫婦也參加，所以最好準備二十人份。）

彼は反対するが外の人は反対しない。（雖然他反對，但是其他的人不反對。）

これからドイツ語を研究するけれどもフランス語は研究しない。

（現在開始要研究德語，但是不研究法語。）

並 列 法

水泳もするし登山もする。（也游泳，也登山。）

時には楽観するし又時には悲観するしこれはまったく心境によるものだ。

（有時樂觀，有時又悲觀，這完全是因心情而定的。）

連體形

連 體 法

勉強をする時にあれこれとくだらぬことを思いめぐらしてはいけない。

（在用功時，不可東想那個西想這個無益的事。）

暴力で人を侮辱することは野蛮人の行為だ。（用暴力侮辱人是野蠻人的行為。）

自分の過を弁解するのは愚なことだ。（辯解自己的過錯，是傻事。）

比 況 法

隣の課長さんは最近名古屋へ出張するようだ。（隔壁的課長先生好像是最近去名古屋出差。）

静かな黄さんもお客様の来訪を歓迎するようです。

（文靜的黃先生，好像也歡迎客人來訪的樣子。）

前 提 法

三時に出帆するなら二時までに上船するほうがいい。（三點開船的話，二點以前上船為宜。）

人を尊敬するので人に尊敬される。（尊敬人，所以受人尊敬。）

年末の慰安旅行は全員が参加するのに社長さんだけが参加しない。

（年終慰勞旅行大家都參加，但是只有社長不參加。）

推量法

いつもカンニングをするくせに偉そうなことを言っている。（明明常常做弊，卻還說大話。）

あの人は社交家だから通知したら出席するでしょう。

（他是社交家，所以通知他的話，就會出席吧。）

時間の余裕があれば町の見物をするかもしれない。（有充裕的時間的話，也許就上街逛逛。）

假定形

前提法

勉強すればいい成績を取れる。（如果用功的話，就可以拿到好的成績。）

大した病気でないから少し静養すれば直るでしょう。

（不是了不起的病，所以稍微靜養一下，就會痊癒吧。）

並列法

人を喜ばせもすれば怒らせもする。（既使人高興，也使人生氣。）

高橋さんはスケートもすればスキーもする。（高橋小姐也滑冰，也滑雪。）

命令形

君早くしろ。（你快一點吧。）

すぐ出発の準備をせよ。（準備立刻出發吧。）

註六 サ行變格活用有下面幾點要注意：

(1) 未然形的「し」接續助動詞「ない・よう・まい」，「せ」接續助動詞「ぬ・られる・させる」。而且「しよう」的發音為「シ、ヨー」，而不是「ショー」。

(2) 如「人にさせる」「親切にされる」的「させる」「される」的解釋很多，本書認為它們是「せさせる」「せられる」的約音。因此，サ變的未然形沒有「サ」。這是因為如「信ずる」「命ずる」等，沒有「信ざせる・命ざれる」的說法。

註七 動詞活用種類的識別

五段……以ウ段音終止，ア段音接助動詞「ない」。例如 行かない 読まない

上一段……以ル的音終止，イ段音接助動詞「ない」。例如 起きない 落ちない

下一段……以ル音終止，エ段音接助動詞「ない」例如。 助けない 教えない

カ　變……只「来る」一語。

サ　變……只「する」一語（但如「運動する」的複合動詞也是。因此，其數相當多）

第八節　自動詞和他動詞

［一］自動詞和他動詞的區分　因動詞所表示的動作、作用是否影響到其他的事物，可以把動詞分為自動詞和他動詞二種類。

自動詞指其動作、作用與其他的事物沒有關係的動詞。

例如

花が咲く。（花開。）

風が吹く。（風吹。）

右例的「咲く」是「花」自身成立的動作，「吹く」是「風」自身成立的動作和其他的事物沒有關係，所以都是自動詞。

他動詞指其動作、作用和其他的事物有關係的動詞。

例如

猫がねずみを取る。（貓捉老鼠。）

子供達がたこを上げる。（孩子們放風箏。）

右例的「取る」不是做動作的「猫」自身成立的動作，必有如「ねずみ」（老鼠）接受其動作的目的物。「上げる」也同樣和「たこ」有不可離的關係。因此，都是他動詞。

註八　自動詞主要和主語結合構成完全的句，但是，如「なる」「似る」這樣的動詞，自身還不能表示完全的意思。

例如

太郎が運転手になった。（太郎當了司機。）

子供が親に似る。（孩子像父母。）

如右例的自動詞，其自身不能表示完全意思的，叫做不完全自動詞。相反的，其自身能夠表示完全意思的，叫做完全自動詞。

例如

花が咲く。（花開。）

彼は泣いた。（他哭了。）

［二］　自動詞和他動詞的類別與比較

(1)　只有自動詞的類別與比較

咲く　行く　来る　有る　眠る　老いる　等

桃の花が咲きました。（桃花開了。）

僕も買物に行く。（我也去買東西。）

江之島行のバスが来た。（往江之島的公共汽車來了。）

あそこに山がある。（那裡有山。）

私は夕べベッドにはいるとすぐ眠った。（我昨晚一上床就立刻睡著了。）

彼は年老いたけども元気一杯です。（他雖然年老了，但是很有精神。）

(2)　只有他動詞沒有自動詞的。

買う（買）　売る（賣）　読む（讀）　打つ（打）　送る（送）　着る（穿）　等

ぼくはこの文法書を買う。（我買這本文法書。）

あの娘は花を売っている。（那位姑娘在賣花。）

中村さんは中国思想史を読んでいる。（中村先生在讀中國思想史。）

電報を打ちます。（打電報。）

空しく歳月を送る。（虛度歲月。）

水谷さんははでな洋服を着ている。（水谷小姐穿著華麗的洋裝。）

(3) 自動詞與他動詞同型的。

吹く(吹)　閉じる（關閉）　開く(開)　笑う(笑)　負ける(輸、敗)　寄せる（靠近）　等

風が吹く。（風吹。）　自

笛を吹く。（吹笛子。）　他

門が閉じている。（門關著。）　自

門を閉じて下さい。（請關門。）　他

公園の花が開いた。（公園的花開了。）　自

あの本をを開いて頂戴。（請打開那一本書。）　他

兄が笑った。（哥哥笑了。）

自

人々がみな彼を笑う。（人人都笑他。）

他

昨日の試合は僕達のチームが負けた。（昨天的比賽，我們的隊輸了。）

自

値段を千円に負けた。（價錢便宜了一千元。）

他

浪が寄せて来る。（波浪湧來。）

自

船を岸壁に寄せる。（把船靠近碼頭。）

他

(4) 自動詞與他動詞不同型的。

聞える（聽得見）―聞く（聽）　見える（看見）―見る（看）　動く（動）―動かす（使…動）　殖える（增加）―殖す（使…增加）　上る（登上）―上げる（舉起）　隠れる（隱藏）―隠す（把…隱藏）　等。

音楽が聞える。（聽見音樂。）
自
音楽を聞く。（聽音樂。）
他

ばらが見える。（看見玫瑰花。）
自
ばらを見る。（看玫瑰花。）
他

群衆は動く。（群眾走動。）
自
群衆を動かす。（移動群眾。）
他

人口が殖える。（人口增加。）
自
人口を殖す。（增加人口。）
他

名声が四海に上る。（名聲飛揚四海。）自

声を上げて泣く。（放聲大哭。）他

強盗が林の中に隠れた。（強盜躲在森林裏。）自

彼は強盗を隠した。（他隱藏了強盜。）他

註九　他動詞表示其目的物的連用修飾語（客語）時，普通是用助詞「を」，但是，自動詞表示其動作經過的場所、或動作所及之處，以及動作的起點等的連用修飾語（補語）時，同樣是用助語「を」，因此，有「を」的連用修飾語並非全部是他動詞。

例如

犬が橋を通る。（狗過橋。）

旅人が坂を登る。（旅客爬坡。）

飛行機が空を飛んでいる。（飛機在天空飛。）

来年の三月亜細亜大学を卒業する。（明年的三月從亞細亞大學畢業。）

弟が家を離れる。（弟弟離開家。）

舟山号は午後一時に香港の港を立つ。（舟山號下午一時，從香港的港口出發。）

註十　自動詞與他動詞不同型，縱然說不同型，其相異之處只在於語尾的不同。因此，由於語尾的形態不同，依照下面準則成立的動詞，除了自他特別的（不規則動詞）之外，大體上可分為如下：

(1)　以「アル」（即是ア段音下面接ル）終止的五段動詞是自動詞，其對應的動詞是他動詞。

繋｛がる（ラ・五・自）／ぐ（ガ・五・他）
包｛まる（ラ・五・自）／む（マ・五・他）
助｛かる（ラ・五・自）／ける（カ・下一・他）
預｛かる（ラ・五・自）／ける（カ・下一・他）

塞｛がる（ラ・五・自）／ぐ（ガ・五・他）
畳｛まる（ラ・五・自）／む（マ・五・他）
儲｛かる（ラ・五・自）／ける（カ・下一・他）
授｛かる（ラ・五・自）／ける（カ・下一・他）

摑｛まる（ラ・五・自）／む（マ・五・他）
絡｛まる（ラ・五・自）／む（マ・五・他）
掛｛かる（ラ・五・自）／ける（カ・下一・他）
見付｛かる（ラ・五・自）／ける（カ・下一・他）

上（あ）
- がる（ラ・五・自）
- げる（ガ・下一・他）

拡（ひろ）
- がる（ラ・五・自）
- げる（ガ・下一・他）

締（し）
- まる（ラ・五・自）
- める（マ・下一・他）

留（と）
- まる（ラ・五・自）
- める（マ・下一・他）

始（はじ）
- まる（ラ・五・自）
- める（マ・下一・他）

高（たか）
- まる（ラ・五・自）
- める（マ・下一・他）

暖（あたた）
- まる（ラ・五・自）
- める（マ・下一・他）

下（さ）
- がる（ラ・五・自）
- げる（ガ・下一・他）

当（あ）
- たる（ラ・五・自）
- てる（タ・下一・他）

定（き）
- まる（ラ・五・自）
- める（マ・下一・他）

詰（つ）
- まる（ラ・五・自）
- める（マ・下一・他）

固（かた）
- まる（ラ・五・自）
- める（マ・下一・他）

勤（つと）
- まる（ラ・五・自）
- める（マ・下一・他）

重（かさ）
- なる（ラ・五・自）
- ねる（マ・下一・他）

曲（ま）
- がる（ラ・五・自）
- げる（ガ・下一・他）

溜（た）
- まる（ラ・五・自）
- める（マ・下一・他）

迫（せ）
- まる（ラ・五・自）
- める（マ・下一・他）

染（そ）
- まる（ラ・五・自）
- める（マ・下一・他）

広（ひろ）
- まる（ラ・五・自）
- める（マ・下一・他）

集（あつ）
- まる（ラ・五・自）
- める（マ・下一・他）

代（か）
- わる（ラ・五・自）
- える（ワア・下一・他）

加（くわ）｛わる（ラ・五・自）
　　　　　｛える（ワア・下一・他）

備（そな）｛わる（ラ・五・自）
　　　　　｛える（ワア・下一・他）

(2) 以「アス」（即是ア段音下面接ス）或以「ス」終止的五段動詞是他動詞，其對應的動詞是自動詞。

動（うご）｛かす（サ・五・他）
　　　　　｛く（カ・五・自）

乾（かわ）｛かす（サ・五・他）
　　　　　｛く（カ・五・自）

済（す）｛ます（サ・五・他）
　　　　｛む（マ・五・自）

飛（と）｛ばす（サ・五・他）
　　　　｛ぶ（バ・五・自）

沸（わ）｛かす（サ・五・他）
　　　　｛く（カ・五・自）

散（ち）｛らす（サ・五・他）
　　　　｛る（ラ・五・自）

照（て）｛らす（サ・五・他）
　　　　｛る（ラ・五・自）

鳴（な）｛らす（サ・五・他）
　　　　｛る（ラ・五・自）

減（へ）｛らす（サ・五・他）
　　　　｛る（ラ・五・自）

生（い）｛かす（サ・五・他）
　　　　｛きる（カ・上一・自）

伸（の）｛ばす（サ・五・他）
　　　　｛びる（バ・上一・自）

明（あ）｛かす（サ・五・他）
　　　　｛ける（カ・下一・自）

溶（と）｛かす（サ・五・他）
　　　　｛ける（カ・下一・自）

逃（に）｛がす（サ・五・他）
　　　　｛げる（ガ・下一・自）

覚（さ）｛ます（サ・五・他）
　　　　｛める（マ・下一・自）

暮（く）
らす（サ・五・他）
れる（ラ・下一・自）

殖（ふ）
やす（サ・五・他）
える（ア・下一・自）

余（あま）
す（サ・五・他）
る（ラ・五・自）

通（とお）
す（サ・五・他）
る（ラ・五・自）

戻（もど）
す（サ・五・他）
る（ラ・五・自）

落（お）
とす（サ・五・他）
ちる（タ・上一・自）

過（す）
ごす（サ・五・他）
ぎる（ガ・上一・自）

外（そ）
らす（サ・五・他）
れる（ラ・下一・自）

冷（ひ）
やす（サ・五・他）
える（ア・下一・自）

帰（かえ）
す（サ・五・他）
る（ラ・五・自）

直（なお）
す（サ・五・他）
る（ラ・五・自）

廻（まわ）
す（サ・五・他）
る（ラ・五・自）

下（お）
ろす（サ・五・他）
りる（ラ・上一・自）

亡（ほろ）
ぼす（サ・五・他）
びる（バ・上一・自）

漏（も）
らす（サ・五・他）
れる（ラ・下一・自）

燃（も）
やす（サ・五・他）
える（ア・下一・自）

下（くだ）
す（サ・五・他）
る（ラ・五・自）

残（のこ）
す（サ・五・他）
る（ラ・五・自）

足（た）
す（サ・五・他）
りる（ラ・上一・自）

起（お）
こす（サ・五・他）
きる（カ・上一・自）

離（はな）
す（サ・五・他）
れる（ラ・下一・自）

外（はず）す（サ・五・他）　倒（たお）す（サ・五・他）　毀（こわ）す（サ・五・他）
　　れる（ラ・下一・自）　　れる（ラ・下一・自）　　れる（ラ・下一・自）

崩（くず）す（サ・五・他）　隠（かく）す（サ・五・他）　潰（つぶ）す（サ・五・他）
　　れる（ラ・下一・自）　　れる（ラ・下一・自）　　れる（ラ・下一・自）

流（なが）す（サ・五・他）　穢（よご）す（サ・五・他）　乱（みだ）す（サ・五・他）
　　れる（ラ・下一・自）　　れる（ラ・下一・自）　　れる（ラ・下一・自）

現（あらわ）す（サ・五・他）　越（こ）す（サ・五・他）
　　れる（ラ・下一・自）　　える（ア・下一・自）

註十一　自動詞與他動詞的用法有一大差別。就是說，因為表示動作的繼續態（動作的進行・繼續）時，不論自他，都是以其連用形接「ている」表示之，但是表示動作的存在態（狀態的存續）的場合，自他有區別的必要。也就是說，自動詞的場合，以其連用形接「ている」表示之；他動詞的場合，以其連用形接「てある」表示之。（關於動作態詳情參照第十四章第九節㈤時態表現）

例如

減（へ）る（減少）（自）—減（へ）らす（使減少）（他）

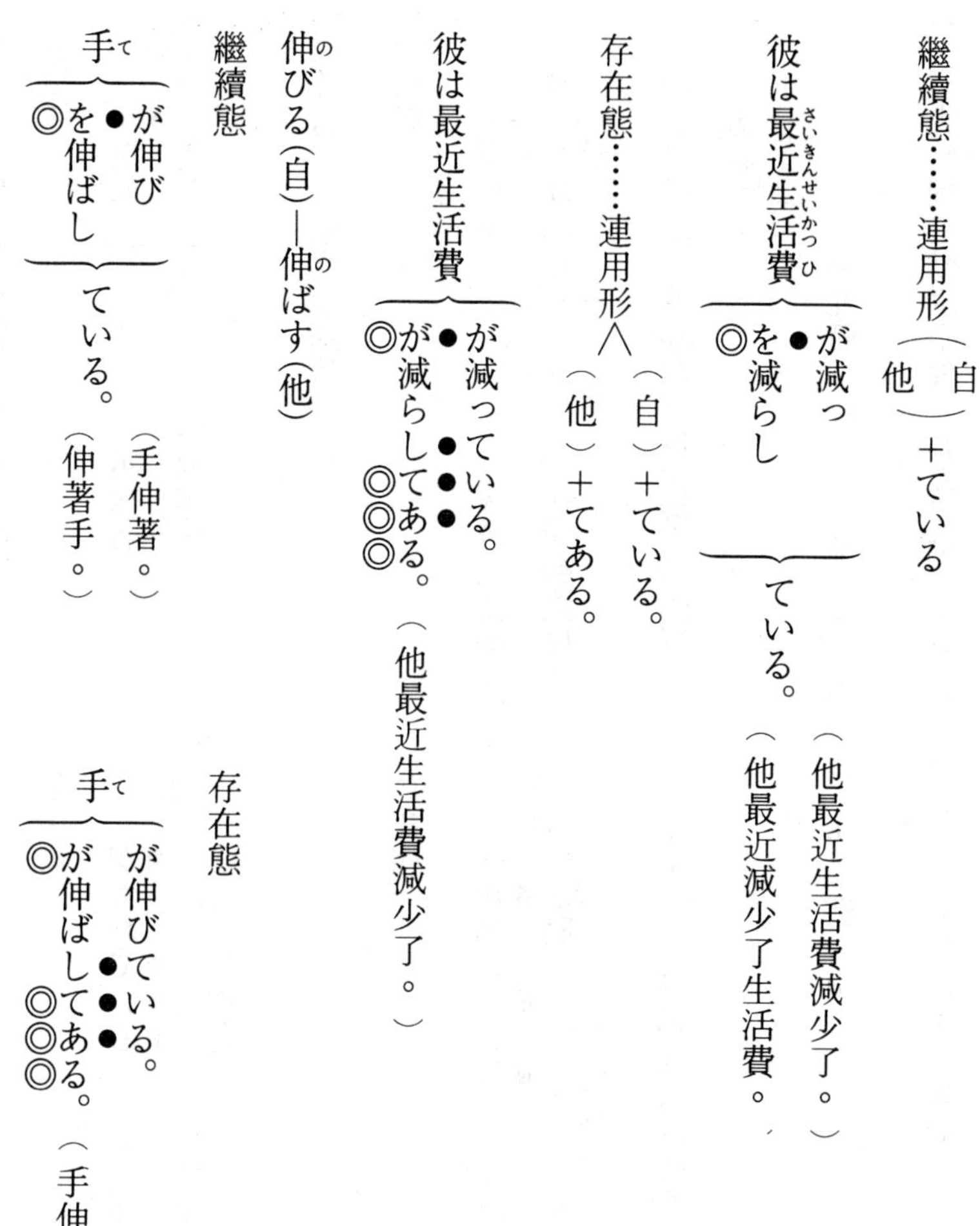

継續態……連用形（自／他）＋ている

彼は最近生活費（さいきんせいかつひ）{ ●が減っ ／ ◎を減らし } ている。

（他最近生活費減少了。）

（他最近減少了生活費。）

存在態……連用形＜（自）＋ている。／（他）＋てある。

彼は最近生活費 { ●が減っている。 ／ ◎が減らしてある。 }

（他最近生活費減少了。）

伸（の）びる（自）—伸（の）ばす（他）

継續態

手（て）{ ●が伸び ／ ◎を伸ばし } ている。

（手伸著。）

（伸著手。）

存在態

手（て）{ が伸びている。 ／ ◎が伸ばしてある。 }

（手伸著。）

流れる(流)(自)—流す(使流)(他)

繼續態

水{●が流れ ◎を流し}ている。(水流著。)(放水流。)

存在態

水{●が流れている。●●● ◎が流してある。◎◎◎}(水在流。)(放好了水。)

動く(自)—動かす(他)

繼續態

機械{●が動い ◎を動かし}ている。(機械在轉動。)(在開動機械。)

存在態

機械{●が動いている。●●● ◎が動かしてある。◎◎◎}(機械在轉動。)(開動了機械。)

如右例所示,他動詞可以接續「ている」和「てある」。自動詞只能接續「ている」,不能接續「てある」。

第九節 形式動詞和合成動詞

[一] 形式動詞 動詞中失去其本來獨立的動詞(自立語)的性格,只是形式上的接在動詞、形容詞或

名詞之下，用以添加某種意義的動詞，叫做形式動詞，也叫做補助動詞。這時候，普通是在形式動詞之前連接「て」「で」等助詞。

例如

いる
- 猫が魚を食べている。（貓正在吃魚。）（形式動詞）
- 屋根の下に猫がいる。（屋頂的下面有貓。）（獨立動詞）

ある
- 窓があけてある。（窗戶開著。）（形式動詞）
- 吾輩は猫である。（我是貓。）（形式動詞）
- 彼は学問がある。（他有學問。）（獨立動詞）

しまう
- お酒を全部飲んでしまう。（把酒全部喝完。）（形式動詞）
- あの洋服をたんすの中にしまう。（那一套西裝收在衣櫥裏。）（獨立動詞）

くる
- 天気がだんだん暑くなってくる。（天氣漸漸變熱起來。）（形式動詞）
- 今度の日曜日は張さんがくる。（這個星期日張先生會來。）（獨立動詞）

いく
- ぼくはあれを持っていく。（我拿那個去。）（形式動詞）
- ぼくは学校へいく。（我去學校。）（獨立動詞）

おく ｛会う前にいちおう話しておく。（見面前事先談一談。）（形式動詞）
　　　着物を質屋におく。（衣服放在當舖。）（獨立動詞）

みる ｛一寸やってみる。（做一下看看。）（形式動詞）
　　　窓際に立って景色をみる。（站在窗戶邊看景色。）（獨立動詞）

ござる ｛今日は大変暑うございます。（今天非常熱。）（形式動詞）
　　　それと同じようなものがございます。（有和它相同的。）（獨立動詞）

○**注意**　右邊的「ている」「てある」「てくる」「ていく」「ておく」或「てしまう」等，叫做「準助動詞」，也有學者把它們看做助動詞處理。

[二]　合成動詞　動詞中由二個以上的連語所構成的，叫做合成動詞。合成動詞已經成為一個單語，所以把它看做一個動詞來處理。

例如

(1)　由名詞和動詞所合成的（名詞＋動詞）

心掛ける(留心)　色づく(成熟、變紅)　等

不断から心掛けておかないとその時になって困ります。
（平時不先注意的話，到那時候就麻煩了。）

今は丁度りんごの色ずく時です。（現在正是蘋果成熟發紅的時候。）

(2) 由動詞和動詞所合成的（動詞連用形＋動詞）

書き換える（改寫）　聞き直す（重問）　等

あの手紙をもう一度書き換えなさい。（請把那一封信再改寫一次。）

わかっているなら聞き直さなくてもよい。（知道了的話，就可以不要再問。）

○注意　右邊的合成動詞也有人把它當做動詞連用形的用法來處理。

(3) 形容詞和動詞所合成的（形容詞語幹＋動詞）

遠退く（遠離）　近寄る（靠近）

人馬の響が次第に遠退く。（人馬的聲音漸漸遠離。）

火のそばに近寄る。（靠近火的旁邊。）

(4) 和接頭語所合成的（接頭語＋動詞）

さ迷う（彷徨う）（徘徊）　た加える（貯える）（儲蓄）

乞食は街頭にさ迷う。（乞丐徘徊在街頭。）

金を貯えて留学費用にする。（存錢做留學費用。）

(5) 和接尾語所合成的（單語＋動詞型接尾語）

利口ぶる（裝聰明）淋しがる（感覺寂寞）

彼は馬鹿だがいつも利口ぶっている。（他愚笨，但裝著聰明的樣子。）

古い友人がみな国へ帰ったので非常に淋しがっている。

（老朋友大家都回國了，所以感到非常寂寞。）

第十節 敬語動詞

［一］敬語動詞的意義和類別

動詞中有不必藉敬讓助動詞，其自身也可以表示敬意的動詞，叫做敬語動詞。敬語動詞可以分類如下：

(1) 尊敬的動詞

尊敬的敘述人的動作或身分的動詞。

(2) 謙讓的動詞

謙遜的敘述自己的動作或身分的動詞。

(3) 鄭重的動詞

表示有禮貌敘述的動詞。

〔二〕 主要敬語動詞表

(1) 尊敬的動詞

敬語動詞	普通動詞
なさる（ラ・五） 「あそばす」（サ・五）	する（サ・変）
おっしゃる（ラ・五）	言う（ワア・五）
いらっしゃる（ラ・五） お出でる（ダ・下一）	来る（カ・變） 行く（カ・五） 居る（ア・上一）
くださる（ラ・五）	くれる（ラ・下一）
上がる（ラ・五） 召上がる（ラ・五）	飲む（マ・五） 食べる（バ・下一）
「召す」（サ・五）	着る（カ・上一）
	乗る（ラ・五） 呼ぶ（バ・五）
（思召す）（サ・五）	思う（ワア・五） 考える（ア・下一）
（ごらんじる）（ザ・上一）	見る（マ・上一）

(2) 謙譲的動詞

敬語動詞	普通動詞
致す（サ・五） 「仕る」、（ラ・五）	する（サ・変）
申す（サ・五） 申し上げる（ガ・下一）	言う（ワア・五）
参る（ラ・五）	来る（カ・変） 行く（カ・五）
上る（ラ・五）	行く（カ・五） 尋ねる（ナ・下一）
伺う（ワア・五）	行く（カ・五） 尋ねる（ナ・下一） 聞く（カ・五）
承る（ラ・五）	聞く（カ・五）
上げる（ガ・上一） 差上げる（ガ・上一）	やる（ラ・五）
いただく（カ・五）	飲む（マ・五） 食べる（バ・下一） もらう（ワア・五）
頂戴する（サ・変）	もらう（ワア・五）
存ずる（サ・変）	思う（ワア・五） 考える（ア・下一） 知る（ラ・五）

(3) 鄭重的動詞

敬語動詞	普通動詞
致す（サ・五）	する（サ・變）
申す（サ・五）	言う（ワア・五）
参る（ラ・五）	来る（カ・變） 行く（カ・五）
ござる（ラ・五）	有る（ラ・五）

右表所列的是主要的敬語動詞，在上段的是敬語動詞，在下段的是普通動詞。敬語動詞的用法參照第七章第二節[二]㈠敬語表現。

尊敬的動詞「あそばす」「めす」是女性用語，在現代語裏漸漸被淘汰。

「思しめす」有舊的文語之感，幾乎不使用，代之以使用「お思いになる」「お考えになる」敬語形式。

「ごらんじる」由名詞「ごらん」轉化而來的，口語裏幾乎不用，代之以使用「ごらんなさる」「ごらんになる」。

「お出でる」是關西語，「お出でになる」「お出でなさる」敬語形式是常用的。

還有，「来る」的尊敬的動詞除了右表所列的以外，「お見えになる」也為一般所用。

謙讓的動詞「つかまつる」是文語留下來的，僅用於書信文，口語裏不使用。「存ずる」是謙讓的動詞，「ご存じ」是尊敬的名詞。

[三] 敬語動詞的用例

(1) 尊敬的動詞

なさる
あそばす ＞する

清水(しみず)さんが新聞事業(しんぶんじぎょう)を〈なさる／あそばす〉ならわたしは力(ちから)を貸(か)して上(あ)げましょう。

（假使清水先生從事新聞事業的話，我就幫助他。）

あなたは学校(がっこう)を卒業(そつぎょう)すれば何(なに)を〈なさる／あそばす〉つもりですか。

（如果您學校畢業的話，打算幹什麼。）

おっしゃる(言う)（說）

学長先生(がくちょうせんせい)がそういうふうにおっしゃったのです。（校長先生是那麼樣說的。）

いらっしゃる(来る、行く、居る)（來・去・在）

杉本(すぎもと)さんは明日(あした)こちらへ〈いらっしゃい／おいでなさい〉ますか。（杉本先生明天來這邊嗎？）

社長(しゃちょう)さんが会社(かいしゃ)へ〈いらっしゃい／おいでなさい〉ました。（董事長先生到公司來了。）

今晩(こんばん)あなたはお宅(たく)に〈いらっしゃい／おいでなさい〉ますか。（今晚您在家嗎？）

下さる（くれる）（給……）

これは大田先生が下さったのです。（這個是大田老師給的。）

上がる
召上る ＞（飲む・食べる）（喝・吃）

あなたは刺身を＜上りますか。（您吃生魚片嗎？）
召上りますか。

召す（着る・乗る・呼ぶ）（穿・乘・叫）

旦那様がモーニングを召して式場にいらっしゃっいました。（老爺穿著晨禮服，去會場了。）

自動車に召していらっしゃった方はどなたでしょう。（乘汽車來的人是哪一位呢？）

お嬢様、お母様がお召しでございます。（小姐，您媽媽在叫您。）

思召す→お思いになる。お考えになる。（思う、考える）（想。認為）

大臣閣下はどう思召していらっしゃいますか。（部長閣下尊意如何？）

大臣はどう＜お思いになりますか。
お考えになりますか。（部長認為如何？）

ごらんじる→ごらんになる。ごらんなさる（見る）（看）

あなたはそれをごらん＜になりますか。
　　　　　　　　　　　なさいますか。（您看那個嗎？）

(2)　謙讓的動詞

致す
仕る ＞（する）（做・為・幹）

私は我がままなことを絶対に致しません。（我絕對不幹任性的事。）

お手紙拝見仕ります。（拜讀大函。）（只用於書信文）

申す
申し上げる ＞（言う）（說）

私は張大成と申します。（我叫做張大成。）

後で局長に申し上げますからどうぞご安心下さい。（以後我會跟局長說，請放心吧。）

参る（来る・行く）（來・去）

私はきっと時間通りにこちらへ参ります。（我一定照時間來這邊。）

明日の午後お宅に参るつもりです。（明天的下午打算去府上。）

上る（行く）（去）

今度の日曜日に上りたいと思いますが御都合は如何でしょうか。

（這個星期天想去，但是否方便呢？）

伺う（行く・尋ねる・聞く）（去・詢問・聽）

明後日必ず伺います。（後天一定去。）

先生に伺った上で御返事致します。（問了老師之後，再做答覆。）

私はさようなお話はまだ伺っていません。（我沒有聽到那樣的話。）

承る（聞く）（聽）

かねてお名前は承っておりました。（久仰大名。）

上げる
差上る ＞（遣る）（給）

これは香港から持って来た中国のお茶ですから一箱 ＜ 上げます。
差上げます。

（這個是從香港拿來的中國茶，給您一箱。）

戴く（飲む・食べる・もらう）（喝・吃・要）

お料理が大変美味しいのでずいぶん戴きました。（料理非常好吃，所以吃的很多。）

結構なお贈物を戴きました。（拿到很好的禮物。）

頂戴する（もらう）（要）

こんな高いものを頂戴しても宜しいんでしょうか。（收受這樣高貴的東西，可以嗎？）

存ずる（思う・考える・知る）（想・知道）

私は聞くより話す方が難しいと存じます。（我想說比聽要困難。）

そのことについては私は少しも存じません。（關於那件事，我一點兒也不知道。）

(3) 鄭重的動詞

致す（する）（做）

あの人は道楽息子で毎日何も致しません。（他是一個好玩的兒子，每天什麼也不做。）

申す（言う）（說）

何と申しましても今のところ私は承諾できません。（不論說什麼，現在我不能同意。）

参る（来る・行く）（來・去）

孫さんもここに参りますと申しました。（孫小姐也說要來這裡。）

放課後一緒に公園へ散歩に参りませんか。（下課後不一起去公園散步嗎？）

ござる（有る）（有・在）

字引(じびき)は机(つくえ)の上(うえ)にございます。（字典在桌子上面。）

あの人(ひと)は才能(さいのう)も勇気(ゆうき)もございません。（他既沒有才能，也沒有勇氣。）

第八章　形　容　詞

第一節　序　說

〔一〕　形容詞的定義　形容詞有活用，以「イ」的音終止，表示事物的性質狀態的自立語。

今日の天気は暖い。（今天的天氣暖和。）

彼の性質は優しい。（他的性質溫和。）

〔二〕　形容詞的特質　形容詞具有下面的特質。

意義　表示事物的性質、狀態。

形態　以「い」表終止的，有活用的自立語。

職能　可以做為述語和修飾語。

第二節　形容詞的活用

〔一〕　形容詞的活用和活用形　形容詞和動詞同樣，沒有活用的部分叫做「語幹」，有活用的部分叫做「語尾」。

例如

値段(ねだん)が高(たか)

語幹

かろう	
かった	
く	（價錢昂貴）
い	
ければ	

語尾

前例有雙傍線的是語幹，有單傍線的是語尾。

形容詞的語尾活用有未然・連用・終止・連體・假定五個活用形，而沒有命令形。

註一　形容詞的活用在口語僅有一種而已，但過去語幹的末尾有「し」的叫做「シク活用」，沒有「し」的叫做「ク活用」。這是依據文語而區別。

例如

強(つよ)い……ク活用

忙(いそが)しい……シク活用

〔二〕　形容詞活用表

基本形	語幹	語尾活用形 未然形	連用形	終止形	連體形	假定形	命令形	例語
強い	強	かろ	かつ				○	高い　熱い 易い 楽しい　美しい 淋しい
忙しい	忙し		く	い	い	けれ		
主要用法及其接續的附屬語		推量法（う）	連用法（ない・なる・てたまらない・てならない） 時態法（た） 副詞法 中止法 前提法（ては・たら・ても・たって） 並列法（たり）	終止法 傳達法（そうだ） 推量法（らしい） 前提法（と・から・が・けれども） 並列法（し）	連體法（體言・體言相當語） 比況法（ようだ） 前提法（なら・ので・のに・くせに） 推量法（だろう・かもしれない）	前提法（ば） 並列法（ば）		

〔三〕　形容詞的用法　形容詞各活用形的用法除了未然形、連用形以外，都和動詞的用法相同。

未然形

推量法　接續「う」表示推量。

連用形

(1) 連用法　「—く」接續用言「ない」（形）表示否定；接續「なる」（動）表示變化；接續帶有「て」的慣用語「てたまらない」「てならない」表示強調感情。

(2) 時態法　「—かっ」接續「た」，表示過去完了之意。

(3) 副詞法　「—く」其自身可做副詞使用。

(4) 中止法　「—く」其自身或接「て」，表示中止或並列。

(5) 前提法　「—く」接續「ては」、「—かっ」接續「たら」，表示順態假定前提，「—く」接續「ても」、「たって」，表示逆態假定前提。

(6) 並列法　「—かっ」接續「たり」，表示並列。

終止形

(1) 終止法　其自身用以表示終止。

(2) 傳達法　接續「そうだ」「そうです」，表示傳達、傳聞。

(3) 推量法　接續「らしい」表示推量。

(4) 前提法　接續「と」「なら」表示順態假定前提，接續「から」表示順態確定前提，接續「が」「けれども(けれど、けども)」表示逆態確定前提。

(5) 並列法　接續「し」表示並列。

連體形

(1) 連體法　接續體言、體言相當語，表示種種的意思。

(2) 比況法　接續「ようだ」「ようです」表示比況或推量。

(3) 前提法　接續「ので」表示順態確定前提，接續「のに」「くせに」表示逆態確定前提。

(4) 推量法　接續「だろう」「かもしれない」表示推量。

假定形

(1) 前提法　接續「ば」表示順態假定前提。

(2) 並列法　接續「ば」表示列舉的並列。

右邊所舉各用法的說明，其詳細內容參照第七章第二節的動詞的用法及下面〔四〕形容詞的用例。

〔四〕 形容詞的用例

未然形

推量法

あの人(ひと)は個性(こせい)が強(つよ)かろう。（那個人個性強吧。）

新学期(しんがっき)が始(はじ)まると忙(いそが)しかろう。（新學期一開始，就忙碌吧。）

○注意　右述的推量法，主要用於記述，在實際的談話裏，普通是把「強かろう」「忙しかろう」說成「強いだろう(でしょう)」「忙しいだろう(でしょう)」

連用形

連用法

あの人は個性が強くない。（那個人個性不強。）

風がだんだん強くなってきた。（風漸漸變強起來了。）

あの人の話を聞いていておかしくてたまらなかった。（聽到他的話，真的可笑極了。）

留学ができると思うとうれしくてなりませんでした。（我一想到能夠留學，就高興得不得了。）

○注意　如右例，形容詞的連用形接續否定形容詞「ない」，就成為形容詞的否定。

時態法

先方は強かった。（對方很強。）

近頃は大変忙しかった。（近來非常忙。）

副詞法

土屋さんが会場で強く反対していた。（土屋先生在會場強烈反對。）

田舎で夏休を楽しく過した。（在鄉下快樂度過暑假。）

○**注意** 副詞法是把形容詞做副詞用的一種用法。

中止法

風も強く浪も高く出帆が出来ない。（風也強浪也高，無法出航。）

彼女は顔かたちも美しく気立もいい。（她容貌也漂亮，氣質也好。）

前提法

圧力が＜強くては／強かったら＞反動力も強いだろう。（壓力強大的話，反動力也會強大吧。）

人間はいくら楽しく＜ても／たって＞悩む場合もある。（人不論怎樣快樂，也有煩惱的時候。）

並列法

砲火が強かったり弱かったりで敵の真意が全然つかめない。（砲火一會兒強大，一會兒弱小，完全捉不住敵人的真意。）

時々楽しかったり悲しかったりして自分でも自分の気持が分らない。（常常是有時快樂，有時悲傷，連自己都不知道自己的心情。）

終止形

終止法

今度の卓球世界選手権大会では日本の選手が一番強い。（在這回的桌球世界選手權大會，日本的選手最強。）

間もなく年末になるからとても忙しい。（很快就要到年終了，所以非常忙。）

傳達法

柔道だったら有田君が強いそうだ。（如果是柔道的話，聽說有田君很強。）

小松さんの書いた絵が大変美しいそうです。（聽說小松先生所畫的畫非常美。）

推量法

両軍の気配から見ると赤の方が強いらしい。（從兩軍的情況來看，好像紅方比較強。）

吉野さんはちかごろとても忙しいらしい。（吉野先生近來好像很忙的樣子。）

前提法

あの人は意志が強いと成功するでしょう。（他意志堅強的話，就會成功吧。）

あの人は意志が強いから成功した。（他因為意志堅強，所以成功了。）

あの人は意志が強いが成功しなかった。（他雖然意志堅強，但是沒有成功。）

あの人は意志が強いけれども見識が足りない。（他雖然意志堅強，但是見識不夠。）

並列法

探偵長は体力も強いし胆力もある。（偵探長既體強力壯，也有膽識。）

一人でいると寂しいし一緒になると気兼をするし本当に仕様がない。

（一個人在的話，又寂寞，在一起的話，又拘束，實在沒辦法。）

連體形

連體法

体の強い人は幸福です。（身體強壯的人是幸福。）

人生の一番楽しいことは自分の理想を実現するに越したことはない。

（人生最快樂的事，最好不過實現自己的理想。）

○注意　在連體法，其下面的體言有時省略，可以用「の」代替。

万年筆を買うなら好いのを買う。（要買鋼筆的話，就買好的。）

小さいのより大きいのがいい。（大的比小的好。）

而且，連體形具有體言的性質，連接體言的助詞可以連接在它的下面。

強いばかりが大丈夫ではない。（光是強壯而已，但不可靠。）

みにくいよりも美しいのがいい。（漂亮的比難看的要好。）

くどいだけがあの人の欠点だ。（他的缺點只是嘮叨而已。）

比況法

白組は赤組より強いようです。（好像白組比紅組強的樣子。）

誰とも交際しないから少し淋しいようだ。（和誰都不來往，所以好像有一點寂寞的樣子。）

前提法

あの人は意志が強いなら必ず成功する。（他若是意志堅強的話，一定成功。）

風が強いので出帆は出来ません。（因為風大，所以不能出航。）

仲間の人はみな忙しいのに彼だけは油を売っている。（伙伴都在忙，只有他卻在愉懶。）

ねむいくせにねむくないとがんばっている。（雖然很想睡，但是却堅持說不睏。）

推量法

あの人は碁が強いだろう。（他棋技強。）

赤組は強いかもしれない。（或許紅組強也說不定。）

假定形

前提法

体が強ければその鍊磨に耐えられるだろう。（身體強壯的話，可耐得了那個磨鍊。）

花が美しければ人に摘まれやすい。（花美的話，易受人摘。）

並列法

委員長は理性も強ければ実行力も強い。（委員長理性也強，實行力也強。）

デパートでは歳暮の大売出の時に上役も忙しければ店員も忙しい。

（百貨公司年終大拍賣時，上司和店員都很忙。）

註二 形容詞以其語幹和感動詞一樣，能夠表示詠嘆，語幹接續接尾語「さ」「み」，也能夠做名詞使用，接續「そうだ」「そうです」等接尾語，也能夠成為形容動詞。

形容詞的語幹

ああ、痛。（噯呀！痛。）　おお、寒。（哦！冷。）

熱さがひどい。（熱得不得了。）　重みが足りない。（重量不足。）

これは強そうだ。（這個好像很強大。）　あの料理は美味しそうです。（那料理好吃的樣子。）

第三節　形容詞的音便

形容詞有下面的音便：

〔一〕ウ音便　形容詞連用形「—ク」接續「ございます」「存じます」的場合，「ク」變成「ウ」的音便。

そちらが強(つよ)うございます。（強く→強う）（那一邊強。）

ほんとうにありがとう存(ぞん)じます。（ありがたく→ありがたう→ありがとう）（實在非常謝謝。）

それはよろしゅうございます。（よろしく→よろしう→よろしゅう）（那個好。）

〔二〕促音便　連用形「—ク」接續助詞「モ」「テモ」的場合，可以促音「ッ」插入而變成促音便。

但是，這是關東地方的用法，關西地方採用ウ音便。

たいへん辛(から)くって（辛うて）食(た)べられません。（非常辣，不能吃。）

ほんとうにうれしくって（うれしゅうて）たまりません。（實在高興得不得了。）

第四節　形式形容詞和合成形容詞

〔一〕形式形容詞　形容詞中有的是失去其本來做為獨立的形容詞（自立語）的性格，僅形式的接在其他單語下面，用以添加某種意義。這叫做形式形容詞或補助形容詞。這時候，通常是在形式形容詞之前接「て」「で」等助詞。

あれはぼくのレインコートでない。（那不是我的雨衣。）

この荷物はあんまり重くない。（這個行李不太重。）

ドアが締めてない。（門沒有關。）

註三　用做形式形容詞時的否定形容詞「ない」和否定助動詞「ない」的活用形完全相同，兩者容易混淆不清，其區別如下：

(1)　否定形容詞「ない」接在活用語的連用形下面，而否定助動詞「ない」卻接在活用語的未然形下面。

道は広くない。（道路不寬。）（否定形容詞）
　形・連用

ここは静かでない。（這裡不安靜。）（否定形容詞）
　形動・連用

散歩に行きたくない。（不想去散步。）（否定形容詞）
　助動・連用

本を読まない。（不讀書。）（否定助動詞）
　動・未然

彼女は行きたがらない。（她不想去。）（否定助動詞）
助動・未然

(2) 否定形容詞「ない」和它上面所接的單語之間，可以插入「は」「も」等助詞以加強語氣，但否定助動詞「ない」不可以。

字がうまくはない。（字不好。）（可）
あそこは学校ではない。（那裏不是學校。）（可）
} 否定形容詞

窓が開けてはない。（窗戶沒有開。）（可）
字を書かはない。（不寫字。）（不可）
学校に来はない。（不來學校。）（不可）
窓を開けはない。（不開窗戶。）（不可）
} 否定助動詞

(3) 否定形容詞「ない」不能夠和否定的「ぬ」互換使用，但否定助動詞「ない」能夠和否定的「ぬ」互換使用。

道は広くない（道路不寬）　道は広くぬ（不可）
否定形容詞

本を読まない（不讀書）　　本を読まぬ（可）

否定助動詞

[二]　合成形容詞　形容詞中，有的是由二個以上的單語合成的。這叫做合成形容詞。合成形容詞當做一個形容詞來處理。

例如

(1)　由名詞和形容詞所合成的（名詞＋形容詞）。

心苦しい（難過的）　耳新しい（初次聽到）等。

こう言われるとぼくはたいへん心苦しい。（被這樣一說，我非常難過。）

それはほんとうに耳新しいことだ。（那真的是初次聽到的事。）

(2)　由動詞和形容詞所合成的（動詞連用形＋形容詞—參照動詞的連用形連用法。）

聞き易い（容易聽）　読み憎い（難讀）

彼の発音ははっきりしているから聞き易い。（他的發音清楚，所以容易聽懂。）

あの本はとても読み憎い。（那本書很難讀。）

(3)　由形容詞和形容詞所合成的（形容詞語幹＋形容詞）

細長い（輕率的）　軽軽しい（細長的）等

あの細長いものは何ですか。（那細長的東西是什麼？）
あの人の挙動は実に軽軽しい。（他的舉動實在輕率。）

(4) 和接頭語所合成的（接頭語＋形容詞）

か弱い（柔弱的）　た易い（輕易的）等

か弱い女子を助けるのは男の義務だ。（幫助柔弱的女人是男人的義務。）
そんなた易いことは誰でも引受けられます。（那樣輕易的事，誰都能做。）

(5) 和接尾語所合成的（單語＋形容詞式接尾語）

怒りっぽい（愛生氣的）　子供らしい（像小孩似的）

彼は怒りっぽい人です。（他是容易生氣的人。）
そんな子供らしいことを言わないほうがいい。（最好不要說那樣孩子氣的話。）

第九章　形容動詞

第一節　序説

〔一〕 形容動詞的定義　形容動詞有活用，以「だ」(或です)音終止，表示事物的性質、狀態的自立語。形容動詞其意義和形容詞相似，形態和動詞相近。

今日(きょう)の海(うみ)は静(しず)かだ。（今天的海平靜。）

斉藤(さいとう)さんは正直(しょうじき)です。（齊藤先生正直。）

〔二〕 形容動詞的特質　形容動詞具有下面的特質。

意義　表示事物的性質、狀態。

形態　以「だ」(或です)來終止，有活用的自立語。

職能　能夠用做述語或修飾語。

第二節　形容動詞的活用

〔一〕 形容動詞的活用種類　形容動詞本來只有一種，依其表現用法可分成普通的形容動詞和客氣的形容動詞二種。

普通的形容動詞是一般的表現法，客氣的形容動詞是帶有敬意的表現法，普通的形容動詞是「ダ活用」，客氣的形容動詞是「デス活用」。

註一　很多人只認定形容動詞的「ダ活用」，而把「デス活用」解釋為形容動詞語根十鄭重斷定助動詞「デス」。即是「静かです」的「静か」是「形動語根」，「デス」是鄭重斷定助動詞。不過，可以如此分開來解釋的話，「ダ活用」也同樣可解釋為「體言十斷定助動詞ダ」，就沒有所謂形容動詞這種品詞。既然認為有形容動詞的存在，就必須把「デス」看做形容動詞的語尾，承認「デス活用」。（參照後述註四）

[二]　形容動詞活用表

(A)　ダ活用

基本形	語幹	語尾活用形						例語
		未然形	連用形	終止形	連體形	假定形	命令形	
朗(ほが)らかだ	朗(ほが)らか	だろ	だっ で に	だ	な	なら	。	丁寧(ていねい)だ　丈夫(じょうぶ)だ 明(あき)らかだ　確(たし)かだ

主要用法及接續的附屬語	推量法（う）	連用法（ない・ある たまらない） 時態法（た） 中止法 副詞法 前提法（は・たら も・て） 並列法（たり）	終止法 傳達法（そうだ） 前提法（と、から が けれども） 並列法（し）	連體法（體言・體言相當語） 比況法（ようだ） 前提法（ので のに くせに）	前提法（ば） 並列法（ば）		

○注意 連用形有三個活用形「―だっ」接續過去完了的「た」助詞的「たり」「て」,「―で」接續形容詞的「ない」、動詞的「ある」或有「ある」的意思的單語及助詞「は」「も」,「―に」其本身做副詞來使用。

(B) デス活用

基本形	語幹	語尾活用形：未然形	連用形	終止形	連體形	假定形	命令形	例語
朗らかです	朗らか	でしょ	でし	です	。	。	。	丁寧（ていねい）です 確（たし）かです

主要用法及接續的附屬語	推量法（う）	連用法（た）	終止法 前提法（と、から、が、けれど、も） 並列法（し）				

[三] 形容動詞的用法　形容動詞的用法和形容詞大體上相同。

未然形

推量法　接續「う」表示推量。

連用形

(1) 連用法　「―で」接續用言「ない」（形）表示否定，接續「ある」（動）表示肯定的判斷，接續慣用句「たまらない」表示強烈的感情。

(2) 時態法　「―だっ」「―でし」接續「た」表示過去、完了。

(3) 副詞法　「―に」其本身做副詞來使用。

(4) 中止法　「―で」其本身用以表示中止或並列。

(5) 前提法　「―で」接續「は」、「―だっ」接續「たら」表示順態假定前提；「―で」接續「も」、

(6) 並列法 「─だっ」接續「て」表示逆態假定前提。

「─だっ」接續「たり」表示並列。

終止形

(1) 終止法 其本身用以表示終止。

(2) 傳達法 接續「そうだ」「そうです」表示傳達、傳聞。

(3) 前提法 接續「と」表示順態假定前提；接續「から」表示順態確定前提；接續「が」「けれども」(けども、けれど)表示逆態確定前提。

(4) 並列法 接續「し」表示並列。

連體形

(1) 連體法 接續「體言」「體言相當語」表示種種的意思。

(2) 比況法 接續「ようだ」「ようです」表示比況或推量。

(3) 前提法 接續「ので」表示順態確定前提，接續「のに」「くに」表示逆態確定前提。

假定法

(1) 前提法 接續「ば」或不接都可表示順態假定前提。

(2) 並列法 接續「ば」或不接都可表示並列。（一般不太使用）

［四］形容動詞的用例

未然形

推量法

秋の日光はきれい＜だろう。／でしょう。（秋天的日光美麗吧。）

この生地はあれより丈夫＜だろう。／でしょう。（這塊布料比那塊結實。）

連用形

連用法

あの花は綺麗でない。（那朵花不漂亮。）

これは大変便利でございます。（這個相當便利。）

まったく愉快でたまらない。（實在愉快得不得了。）

時態法

一年前、この辺は大へん静か＜だった。／でした。（一年前，這附近很安靜。）

昨日の海辺は実にきれい〈だった。でした。（昨天的海邊，實在美麗。）

中止法

上衣はきれいで、ズボンはきたない。（上衣乾淨，褲子骯髒。）

二階は静かで、誰もいないらしい。（二樓安靜，好像誰都不在。）

○注意　デス活用的連用形「でし」可以接續「て」表示中止，一般不使用。

風味がたいそう結構でして、たくさん戴きました。（味道很好，吃了很多。）

普通在如此的場合，說成「結構でございまして」

副詞法

自分の部屋を自分で綺麗に掃除しなさい。（自己把自己的房間打掃乾淨吧。）

家鴨が静かに泳いでいます。（鴨子靜靜地游著。）

前提法

あんなにきれいでは人に愛されないことはない。（那樣美麗，不會不被人愛。）

あそこは静かだったらあそこで勉強しましょう。（那裏安靜的話，就在那裏用功吧。）

体が丈夫でもそんな重労働はいやでしょう。

（身體就是健壯，也不願意做那様重勞力的工作。）

どんなに口が上手だってぼくはだまされない。（不管口才多好，我也不會受騙。）

○**注意** 語尾「—で」接續「は」表示順態前提，是「—であっては」的意思，語尾「—で」接續「も」或語尾「—だっ」接續「て」表示逆態前提「—であっても」的意思。

並列法

あいつの服装はきれいだったりきたなかったり時によって違う。

（那傢伙的服裝有時乾淨，有時骯髒，因時間而不同。）

この近海は穏かだったり波立ったりしてたいへん変りがちです。

（這近海有時平穩，有時起浪，很常變。）

終止形

終止法

夏の夕焼はきれい＜だ。／です。（夏天的晩霞美麗。）

あの子はたいへん利口＜だ。／です。（那孩子很聰明。）

傳達法

日光の華厳の滝がきれいだそうです。（聽說日光的華嚴瀑布很美。）

李君が宝くじに当ったといううわさは確かだそうだ。（聽說李君中了彩券的傳聞是確實的。）

前提法

周囲が静か〈だ／です〉と勉強しやすい。（如果周圍安靜，就好用功。）

事実は明か〈だ／です〉から否認しても駄目だ。（因事實明確，所以否認也沒有用。）

人間はまじめ〈だ／です〉が融通性がない。（人是認真的，但缺少應變性。）

このポスターは色彩が鮮明〈だ／です〉けれども意匠は平凡〈だ。／です。〉

（這張廣告畫色彩鮮明，但是設計平凡。）

○注意　形容動詞的終止形可以接續接續助詞「のに」例如

心はきれい〈だ／です〉のに行為はでたらめ〈だ／です〉。

（雖然心地好，但是行為荒唐。）

並列法

あの若者は心もきれい〈だ／です〉し行も慎しいし本当に前途有望な青年〈だ／です〉。

（那年輕人心地也好，行為也謹慎，真是有前途有希望的青年。）

彼は交際も下手〈だ／です〉し話も不器用だし将来見込などはない。

（他既不善交際，說話也不得要領，將來沒有什麼希望。）

○**注意**　形容動詞的終止形，有連接表示感動意思的「こと」「もの」的特別用法。

おお、きれいだこと。（哦！漂亮極了！）

おお、立派ですこと。（哦！太棒了！）

ええ、大好きですもの。（真的，太喜歡了！）

但是，「こと」「もの」表示普通的意義的場合，是接在連體形下面的。

きれいなことは大好きです。（很喜歡清潔。）

いやなものを見た。（看到討厭的東西。）

連體形

連體法

きれいな花は誰でも好きです。（美麗的花，誰都喜愛。）

強硬な態度で交渉すれば成功するでしょう。（用強硬的態度交涉的話，會成功吧。）

○注意 連體形下面的體言有時省略以「の」表示之。

きれいなのはいいがきたないのはよくない。（乾淨的是好，但是骯髒的是不好。）

何しろ準備が大変なのだ。（不管怎樣，準備是很費事的。）

還有，連體形因為是有體言的性質，所以接體言的助詞也可以接它。

きれいなだけがいい花とはいえない。（只是漂亮，不能說是好花。）

真面目なばかりで出世は出来ない。（僅有認真，不會成功。）

比況法

井之頭公園の花火はきれいなようだ。（井之頭公園的煙火，好像很漂亮。）

彼の性格はのんきなようだ。（他的性格好像很逍遙自在。）

前提法

恰好があまりこっけいなのでみな笑った。（打扮太滑稽，所以大家都笑了。）

言葉は丁寧なのに挙動がそそっかしい。（説話有禮貌，可是舉動粗心。）

假定形

前提法

景色がきれいなら(ば)観光客が多いだろう。（景色美麗的話，觀光客就會多吧。）

人間は真面目なら(ば)採用します。（人認真的話，就録用。）

○注意 形容動詞的假定形普通不連接「ば」。

心もきれいなら行ないも正しい。（心地既好，品行也端正。）

あの村は交通も不便なら人口も少ない。（那村莊，交通既不方便，人口也少。）

○注意 右述並列法一般不太使用，而代以下面的用法。

心もきれいで(であるし・だし)行ないも正しい。（心地也好，品行也端正。）

あの村は交通も不便で(であるし・だし)人口も少ない。（那村莊交通既不方便，人口也少。）

註二 形容動詞語幹與形容詞相同，連接接尾語「さ」可以用作名詞；連接「らしい」可作成形容詞；連接「そうだ」「そうです」可作成形容動詞。

形容動詞的語幹

まあ、きれい。（哎呀！真漂亮。）

おお、結構、結構。（哦！可以了，可以了。）

静かさだけはここの取柄だ。（只有清靜是這裡的優點。）

この色は不似合らしい。（這顏色好像不相稱。）

この靴は丈夫そうだ。（這鞋子好像耐穿。）

第三節　特別活用的形容動詞和合成的形容動詞

［一］特別活用的形容動詞　形容動詞有特殊活用的，其主要的如下面。

(A)「こんなだ」「そんなだ」「あんなだ」「どんなだ」

基本形	語幹	語尾活用形						活用種類
		未然形	連用形	終止形	連體形	假定形	命令形	
こんなだ そんなだ あんなだ どんなだ	こんな そんな あんな どんな	だろ	だっ で に	だ	(語幹)	なら	○	ダ活用
		でしょ	でし	です		○	○	デス活用

如前面活用表所示，這些形容詞沒有連體形，連接體言時，只用語幹就可以。

例如

こんな時には殺風景な話は止しなさい。（這樣的時候，不要說殺風景的話。）

そんなことはないだろう。（沒有那樣的事吧。）

あんな人と交際するな。（不要和那樣的人交往。）

どんな用件でも引受けます。（不論什麼樣的事情，都接受。）

還有，其他活用形的用法和前述形容動詞相同。

例如

君の意見はこんなだろう。（こんなでしょう。）（你的意思是這樣吧。）

この前の会議も丁度こんなだった。（こんなでした。）（上次的會議也剛好這樣。）

内の子供は何度叱ってもこんなで困っているのです。

（我家小孩罵了好幾次也是這樣，傷腦筋。）

私はこんなに苦しいことはいままでなかった。（我過去沒有過這樣痛苦。）

それはこんなだ。（こんなです）（那是這樣。）

いつもこんなならもう来ません。（常常這樣的話，再也不來了。）

○注意　「どんなだ」的假定形，不用「どんななら」。

○注意　「こんなだ」等，為主要用其連體形（語幹）和連用形（副詞法），其他的活用形不太用。

(B)　「同じだ」

基本形	語幹	語尾活用形						活用種類
		未然形	連用形	終止形	連體形	假定形	命令形	
同じだ	同じ	だろ	だっ で に	だ	(語幹) (な)	なら	。	ダ活用
		でしょ	でし	です	。	。	。	デス活用

如右邊的活用表，有全部的活用形，但是，連接體言時，用語幹本身直接來連接。不過，連接助詞「ので」「のに」時，和一般的形容動詞相同，接在「な」的語尾。

例如

ぼくたちは同じ学校で勉強しています。（我們在相同學校求學。）

同じ映画を二度と見たくない。（相同的電影，不想看二次。）

考え方がみな同じなので異議なく通過した。（因為大家想法相同，無異議通過。）

後姿が全然同じなのであなたかと思った。（背後完全相同，所以我想或許是您。）

形態は同じなのに内容は同じでない。（雖然形態相同，內容却不同。）

値段が同じなのにどうしてあれを買わないのか。（既然價錢相同，為什麼不買那個。）

還有，其他活用形的用法和一般的形容動詞相同。

例如

御意見は私のと同じだろう。（您的意見和我的相同吧。）

二人の勤先は昨年まで同じだった。（二個人的工作單位，到去年為止，都是相同。）

勤務先も同じで仕事も同じだ。（工作單位也相同，工作也相同。）

ぼくをあいつと同じに見ないでくれ。（不要把我和那傢伙同樣看待。）

これとあれはまったく同じだ。（這個和那個完全相同。）

値段が同じならこれを買おう。（價錢一樣的話，就買這個吧。）

○注意 如下例的「同じく」，在口語裡看做副詞

和田君はぼくと同じく野球ファンになった。（和田君和我一樣是棒球迷。）

[二] 合成的形容動詞 合成的形容動詞如下：

（A） 和接頭語所合成的

ご立派だ（優秀） お手手だ（高明） 御丁寧だ（懇切）

（B） 和接尾語所合成的

健康的だ（健康的）　決定的だ（決定的）　厳格的だ（嚴格的）

美味しそうだ（好像很好吃）　静かそうだ（好像很安靜）　丈夫そうだ（好像很耐用）

（C） 和接頭語以及接尾語所合成的

まっ白だ（很白）　まっ黒だ（很黑）　まん丸だ（很圓）。

註三 有的活用語語幹相同，在形容動詞和形容詞都使用。

例如

暖かい／暖かだ（暖和的）　細かい／細かだ（細小的）　柔かい／柔かだ（溫柔的）

黄色い／黄色だ（黃色的）　気長い／気長だ（耐心的）　可笑しい／可笑しだ（可笑的）

註四 形容動詞，有的學者不承認它是一種品詞，而認為是「名詞（或準名詞）＋斷定助動詞だ」所形成的。

例如

「ここは教室だ」（這裡是教室）　「ここは静かだ」（這裡安靜）

就解釋做

「ここは教室＋だ」　　　　　「ここは静か＋だ」

名詞　斷定助動詞　　　　　　名詞　斷定助動詞

（或準名詞）

但是此二句研究一下，的確有下面的相異點：

㈠　內容的差異點

「ここは教室だ」是「ここは何であるか」的回答，表示事物的實體；「ここは静かだ」是「ここはどうであるか」的回答，表示事物的性質、狀態。二句的陳述方法完全不同。

㈡　職能上的差異

(1)　「ここは教室だ」可以如「ここは古い教室だ」「ここは私達の教室だ」，連接連體修飾語。

但是，「ここは静かだ」的場合，可以如「ここはほんとうに静かだ」，連接連用修飾語，但不能連接連體修飾語。

(2)　「ここは教室だ」的「教室だ」，把「だ」分離也不會失去它為單語的獨立性，如「教室はここです」也可以用做主語，但「ここは静かだ」的「静かだ」，把「だ」分離的話，就會失

去它為單語的資格。當然不能用做主語，也不能做單語。

㈢　形態上的差異

「ここは教室だ」的「教室だ」，「教室」連接格助詞「の」可以接續體言，但沒有連接「な」的連體形。例如：「教室のふんいき（體言）」是正確的，但「教室なふんいき（體言）」是錯誤的。

相反地，「ここは静かだ」的「静かだ」不可以連接格助詞「の」，而有連接「な」的連體形。例如：「静かのふんいき（體言）」是錯誤的，但「静かなふんいき（體言）」是正確的。

如以上所述，在內容上、職能上和形態上都有相當差異，所以本書採形容動詞肯定說，承認形容動詞的存在。

註五　如「おお、静か」「まあ、きれい」，有時把形容動詞的語幹做單語使用，這是和形容詞的語幹「ああ、痛」「おお、寒」相同，表示感動的意思的很特殊的說法，只是有如此的用法，但不能把形容動詞的語幹看做單語。

再者，「彼はたいへん健康だ」的「健康」是形容動詞的語幹；「健康は大切なものだ」的「健康」不是形容動詞的語幹，而是名詞。這是由於漢語具有依其用法決定品詞的性質的原故。

例如

「我々の欲しいものは親切だ。（我們所希望的是親切。）

　　　　　　　　名詞　斷定助動詞

あの先生の教え方はたいへん親切だ。（那位老師的教法，非常親切。）

　　　　　　　　　　　形容動詞

註六　形容動詞和「體言＋助動詞だ（です）」的識別。

區分　差異點　詞別	形容動詞	體言＋助動詞だ（です）
內容上	表示「どうであるか」的性質・狀態。	表示「何であるか」的実體
職能上	不能連接連體修飾語	能夠連接連體修飾語
	不能當做主語	能夠當做主語
形態上	有連接「な」的連體形（接續體言的場合）不連接格助詞「の」	沒有連接「な」的連體形（接續體言的場合）能夠連接格助詞「の」

第十章　連　體　詞

〔一〕　連體詞的定義　只具有修飾體言的職能，沒有活用的自立語。

この地所(じしょ)は今(いま)売っています。（這土地現在要賣。）

〔二〕　連體詞的特質　連體詞有下面的特質。

意　義　限定體言的意思。

形　態　置於體言之上，其本身可以構成文節，沒有活用的自立語。

職　能　能夠當做連體修飾語。

〔三〕　連體詞的種類　依附屬於連體詞的主要語分類如下。

①　用「る」終止的　從語源來說，大體上是由動詞轉來的。

ある村(むら)　さる所(ところ)　あらゆる民族(みんぞく)（凡）　いわゆる代表作(だいひょうさく)（所謂）　あくる日(ひ)

去(さ)る三月三日(さんがつみっか)　来(きた)る八月十五日(はちがつじゅうごにち)

②　用「の」終止的　從語源來說，大體上有(a)代名詞的共通點「こそあど」系列連接表示連體修飾語的助詞「の」，(b)形容動詞的語幹連接表示修飾語的助詞「の」。

(a)　この人　その家　あの本　どの会社　ほんのお印

(b)　気の毒の極み　当り前の事　でたらめの行いいろいろの花　格別の考慮

当然の結果

○注意　(b)的場合，可以使用形容動詞的連體形。

如：気の毒な話　格別な考慮

③　用「な」終止的　大體上由形容詞轉來的。

大きな月　小さな星　おかしな話

○注意　(A)　除上面的説法以外，形容詞可以用連體形説成

大きい月　小さい星　おかしい話（「—な」主要在關東方面使用，而「—い」主要在關西方面使用。）

(B)　「こんな」「そんな」「あんな」「どんな」一般認為是特別活用的形容動詞的語幹。

④　用「た」「だ」終止的　大體上由助動詞「た」轉來的。

大した評判　とんだ災難　たった一週間

⑤　用「が」終止的　由文語助詞「が」轉來的。

わが輩　わが国　わが青春

⑥　屬於其他的　由各品詞轉來的。

ずっと昔の出来事　僅か三人の娘　ほぼ半年の努力　もっと前　じき近所

○注意　屬於⑥的大部分是由副詞轉來的，也做副詞所以有人認為是副詞的用法而不是連體詞。

○注意　連體詞是位於體言的上面，但有其例外。

このようだ　本当のようです

第十一章　副　詞

第一節　序　説

[一] 副詞的定義　副詞其自身可以修飾用言（動詞、形容詞、形容動詞）或其他的副詞，沒有活用的自立語。

写真は少しぼんやり写った。（相片照的有一點模糊。）

[二] 副詞的特質　副詞有下面的特質。

意　義　用法限定事物的動作、作用、狀態、性質等內容及敘述作用的意思。

形　態　不能做主語，沒有活用的自立語。

職　能　可以單獨當做連用修飾語。

[三] 副詞的種類　副詞從其所表現的內容來看，大體上可分成下面三種類。

①情態的副詞　表示人物・事象的情緒・狀態。

ぼんやり　　ゆっくり　　にこにこ

②程度的副詞　表示事物或狀態等的程度。

とほど　少し　だいぶ　大変

③　敘述的副詞　明確表示敘述性質、種類。

もし　たとえ　どうして　ちょうど

第二節　情態副詞

［一］　關於擬聲、擬態的副詞。

「にこにこ」「にっこり」（微笑的樣子、笑咪咪）

妹がにこにこ笑っている。（妹妹喜笑顏開。）

姉もにっこり笑った。（姊姊微微一笑。）

「どっと」（哄然）

会場の人はみなどっと笑い出した。（會場的人大家哄然笑起來。）

「くつくつ」（偷偷地笑貌）

彼女はくつくつ笑っている。（她偷偷地在笑。）

「わっと」（大聲地）

坊やはわっと声を出して泣いた。（嬰孩大聲地哭了。）

「しぶしぶ」（勉強地）

いつも反対の態度を取っている周さんも最後にしぶしぶ賛成した。

（始終堅持反對態度的周先生也在最後勉強地贊成了。）

「ぼんやり」（模糊、不清楚）

この写真はぼんやりしてよく見えない。（這照片模糊看不清楚。）

向こうに誰かが立っているのがぼんやり見えます。（可以模糊看得見有人站在對面。）

「じっと」（目不轉睛動都不動）

じっと立っていて動かない。（站著動都不動。）

「あたふた」（慌慌張張）

次郎があたふたと家から出て行った。（次郎慌慌張張從家裡出去了。）

「うっかり」（漫不經心）

うっかりして自分の家の前を通りすぎた。（漫不經心走過自己家前面了。）

「はっきり」（清楚、明白）

あなたの御意見をはっきり教えて下さい。（請把你的意見明確的告訴我。）

「さっぱり」（清淡、乾淨利落、完全地）

この料理は味がさっぱりしている。（這料理味道清淡。）
大山さんは人間がさっぱりしている。（大山先生做人很乾脆。）
彼の英語はさっぱり分らない。（他的英語完全不懂。）
「こってり」（太濃、過重）
彼女はこってり化粧している。（她化粧太濃。）
「きっぱり」（斷然、乾脆）
無理な要求をきっぱり断わった。（斷然拒絕無理的要求。）
「ちゃんと」（規規矩矩、顯然、完全）
君の事は一から十までちゃんと知っている。（你的一切事情，知道的一清二楚。）
「きちんと」（如期、不拖延、乾乾淨淨）
約束した時間をきちんと守る。（好好遵守約定的時間。）
「ばったり」（忽然倒下貌、突然碰見貌）
昨日横町の入口で山下君とばったり出合った。（昨天在小巷的入口突然碰見山下君。）
「ぴかぴか」（閃閃發亮）
稲光がぴかぴかと光った。（閃電閃閃發光。）

「きらきら」（一閃一閃）

星がきらきらかがやいている。（星星閃閃發亮。）

「そよそよ」（徐徐、微微）

風がそよそよと吹いている。（風徐徐地吹著。）

「ぽつぽつ」（滴滴嗒嗒）

雨がぽつぽつ降って来ました。（雨滴滴嗒嗒下起來。）

「ちらちら」（紛紛地、飄飄地）

雪がちらちら降っています。（雪飄飄地下着。）

「ぱったり」（突然倒下的樣子）

ぱったり地面に倒れた。（突然倒在地上）

「ちゅうちゅう」（吱吱地）

小鳥がちゅうちゅう鳴く。（小鳥吱吱地叫。）

「わんわん」（汪汪地）

犬がわんわんとほえている。（狗汪汪地叫。）

[二] 關於動作情態的時間的副詞

「今（いま）」「現（げん）に」「只今（ただいま）」（現在、剛才）
あなたは今何をしていますか。（您現在在做什麼？）
彼は現に中学校の校長をしています。（他現在是中學的校長。）
兄は只今帰ったばかりです。（哥哥剛剛才回來。）
「さっき」「先程（さきほど）」「今し方（いましがた）」（剛才）
画報は先程向こうの机の上に置きました。（畫報剛才放在對面的桌子上。）
さっき誰が来ましたか。（剛才誰來了。）
御飯は今し方済んだばかりです。（剛剛才吃完飯。）
「前に」（以前、事先）
私は前にスペイン語を習ったことがある。（我以前學過西班牙語。）
前に手紙で連絡を取らなければなりません。（事先必須寫信連絡。）
「疾（とっく）に、疾（とう）に」（早就、很久以前）
会員達はとっくにおそろいです。（會員早就到齊了。）
楊さんはとうに国へ帰りました。（楊先生很久以前就回國了。）
「もう」（已經、再）

もうお手遅れです。（已經太晚了。）

もう少し負けて下さい。（再便宜一點。）

「未だ」（還未、依然）

彼女はまだ結婚していない。（她還沒有結婚。）

「後で」「のちほど」（以後）

後で詳しく御報告(を)致します。（以後詳細報告。）

のちほどまだお伺いします。（以後再來拜訪。）

「まもなく」「程なく」（不久）

間もなく電車が駅に入りました。（不久，電車就進站了。）

それから程なく丁さんが見えました。（然後不久丁先生就來了。）

「いつ」（何時）

あなたは何時日本に来たのですか。（您是何時來日本的？）

「いつか」（不知何時、早晚）

何時かきっと御恩をお返しします。（總有一天會報恩。）

「いつも」（時常、總是）

あの子は何時も嘘を言う。（那小孩時常說假話。）

「常に」（常常）

僕は常に頭が痛い。（我常常頭痛。）

「ちょいちょい」（經常、常常）

近頃は雨がちょいちょい降ります。（最近經常下雨。）

「始終」（始終，一直）

彼は始終彼女のことを考えている。（他一直都在想她。）

「時々」「折々」（時常、常常）

私はときどき風を引きます。（我時常感冒。）

李君は折々映画を見に行きます。（李同學常常去看電影。）

「たまたま」「偶に」（偶而、碰巧）

たまたま来たのに御馳走もしない。（偶而來了，卻不請客。）

田舎の従弟は偶に遊びに来ます。（鄉下的表弟碰巧來玩。）

「すぐ」「すぐに」（馬上、立即）

すぐ出発するから早く仕度しなさい。（馬上就要出發了，趕快準備。）

すぐに来て下さい。（請立刻來。）

「じき」「じきに」（即刻、馬上）

もうじき京都に着きます。（馬上就要到京都了。）

御苑の八重桜はじきに散るらしい。（御苑的八重櫻，好像馬上就要凋謝了。）

「だんだん」（漸漸、慢慢）

あの村はだんだん開けて来ました。（漸漸遠離那村落。）

「ますます」（愈……愈、漸漸）

話がますます面白くなりました。（故事漸漸有趣。）

「しばしば」（常常）

あの人はしばしば私を尋ねて来ます。（他常常找我。）

「再三」（再三）

私は再三忠告したが彼は一向ききません。（我再三忠告，但他一向不聽。）

「初めて」（最初、初次）

初めて当地にまいり諸事不案内で御座居ます故どうぞよろしくお願いします。（初次到此地，一切都不熟悉，所以請多多照顧。）

「しまいに」（最後、終究）

悪い人はしまいには必ず悪い報いを受けるだろう。（惡人終究一定得到惡報吧。）

［三］　關於其他情態的副詞

「繰返し繰返し」（反復地、再三）

内容がややこしいので分るまで繰返し繰返し説明して上げます。

（内容很複雜，反復地説明到了解為止。）

「かわるがわる」（交替、相互交換）

お互いにかわるがわるやりましょう。（相互交換來做吧。）

「ひとりでに」（自然地）

やがてひとりでに分かる時が来るだろう。（不久自然而然就會知道的吧。）

「ややもすれば」「ややもすると」「ややともすれば」「ややともすると」

（轉輒、一來就…、很容易就…、動不動就…）

あんまり短気なのでややもすれば人とけんかする。（太過於急躁，動不動就和人打架。）

ややともするとそういう弊害が生じます。（很容易就會發生那様的弊病。）

「結局」（結局、結果）

結局一銭もいらないで済みました。（結果一毛錢都不要就了事了。）

「つまり」（到頭來、就是、總之）

つまり誰の手落ちなんですか。（終究是誰的過錯呢？）

つまり絶交というわけですね。（到頭來，還是要絕交呢。）

「早かれ遅かれ」（早晚、遲早）

どんな秘密でも早かれ遅かれきっともれます。（不論什麼秘密早晚一定會洩漏。）

「ひとまず」（暫且、先）

この前御相談しました事はひとまず見合わせましょう。（以前所商量的事暫且取消。）

「一生懸命に」（拼命地）

太郎は一生懸命に勉強しています。（太郎拼命地用功。）

「はるかに」「はるばる」（遠遠地、遙遠地）

遙かに富士山の美しい姿が見える。（遠遠可以看到富士山的美麗姿態。）

医学を勉強するためはるばる日本へ留学に来た。（為了學習醫學，千里迢迢來日本留學。）

「無茶に」「無茶苦茶」（過分、非常、胡亂）

無茶に酒を飲んではいけない。（不可以喝太多酒。）

第三節　程度的副詞

「少し（すこ）」（一點兒、稍微）

この問題は少し難かしい。（這個問題有一點難。）

「一寸（ちょっと）」（一會兒、暫且、稍微）

一寸見ただけです。（只是稍微看一下而已。）

「やや」（稍微、多少、片刻）

やや細かに説明した。（稍微詳細地說明。）

「いささか」（些許、有一點）

彼は聊さか失望した。（他有一點兒失望。）

「幾分（いくぶん）」（幾分、多少）

今日は幾分よくなった。（今天多少好一點兒。）

「とりわけ」（尤其、特別）

今年は取り分け暑さがひどい。（今年特別酷暑。）

「かなり」（非常、相當）

相手はかなり強い。（對手相當強。）

「よほど」（很、相當）

事件の解決には余程困難だ。（事件的解決相當困難。）

「頗ぶる」「随分」（非常、頗、很）

彼の取った行動は頗ぶる大胆だった。（他所採取的行動非常大膽。）

近頃はずいぶん涼しい。（最近很涼快。）

「なかなか」（很、非常、相當）

あなたの日本語はなかなかうまい。（您的日本語相當好。）

道はなかなか歩きにくい。（道路很難走。）

「極く」（極、很）

それはごくた易い御用です。（那是很容易的事。）

「極めて」（非常、很）

値段は極めて高い。（價格很貴。）

「至極(に)」（極度、非常）

至極結構です。（好極了。）

「一番(いちばん)」「もっとも」（最，頂）

彼女の化粧が一番上手だ。（她的化粧最棒。）

最も簡単なことではありませんか。（不是最簡單的事嗎？）

「大層(たいそう)」「大変(たいへん)」（非常、很、相當）

大層寒いですね。（非常冷呀。）

手続(てつづき)は大変面倒だ。（手續相當麻煩。）

「非常(ひじょう)に」（非常、相當）

大沢(おうさわ)さんは非常に喜んでいました。（大沢先生很高興。）

「あまり」（太過於、過度）

値段があまり高いので買うのをやめました。（價錢太過於高，所以不要買。）

あの人は、あまり利口ではない。（那個人不很聰明。）

「はなはだ」（非常、過度地）

それははなはだ重要な出来事だ。（那是非常重要的事件。）

「一応(いちおう)」（姑且、大致、一下）

一応家の人と相談した上で御返事を致します。（姑且和家人商量之後，再做回答。）

あなたの話は一応ごもっともです。（您的話大體上很有道理。）

「皆」「みんな」（大家、全體）

みな喜こんで万歳を三唱しました。（大家高興，三唱萬歲。）

第四節 敘述的副詞

[一] 表示肯定意思的副詞

「必らず」「きっと」（必定、一定）

私は必らず東京駅でお待ちします。（我必定在東京車站等候。）

晴雨に拘らず明日はきっとお伺いします。（不管天晴或下雨，明天一定去拜訪。）

「確に」（的確、確實）

確によく出来ました。（確實成績很好。）

「誠に」「実に」（實在、誠然、非常）

何時もお世話になりまして誠にありがとうございます。（常常受您照顧，實在很感謝。）

実に困ったことだ。（非常傷腦筋。）

[二] 表示否定意思的副詞

「決して」……（否定語）（一定、決）

これは決して本物ではない。（這一定不是真品。）

「少しも」「ちっとも」……（否定語）（一點也）

私は化物（ばけもの）などは少しも恐ろしくない。（我一點也不怕妖怪。）

そんなことはちっとも知りません。（那樣的事一點也不知道。）

「一向（いっこう）」……（否定語）（根本、一點也。）

あの人は一向見識がない。（他根本沒見識。）

「碌（ろく）に」……（否定語）（充分地、很好地）

昨夜はおなかが痛くて碌に眠れなかった。（昨晚肚子痛得沒有睡好。）

「めったに」……（否定語）（很少、輕易不）

山下さんはめったに来ない。（山下先生很少來。）

「到底（とうてい）」……（否定語）（怎麼也……）

性分（しょうぶん）でうそを言うことは到底出来ません。（天性怎麼也不會說假話。）

［三］　表示肯定的推量意思的副詞

「多分（たぶん）」（大概、恐怕）

浦上さんは多分賛成するでしょう。（浦上先生大概會贊成吧。）

「大概」（大概、多半）

彼は大概行くだろう。（他大概要去吧。）

「大体」（大部分）

仕事は大体済みました。（工作大部分做完了。）

「恐らく（は）」（恐怕）

この小説は恐らく最近出版したのでしょう。（這本小說恐怕是最近出版的吧。）

「さぞ」「さぞかし」（想必、可能、一定是……吧）

御両親もさぞ心配しているでしょう。（想必您雙親會擔心吧。）

「定めし」（一定、想必）

あの事件を解決するには定めし御苦労なさった事でしょう。

（為了解決那事件，一定費了不少力氣吧。）

「大方」（大概、大體上）

あの学校の学生は大方千人位でしょう。（那學校的學生大概約有一千人吧。）

［四］　表示否定的推量意思的副詞

「まさか」……（否定語）（不可能……、決不……）

まさか嘘を言うまい。（不會說假話吧。）

人間がまさか一匹の獣に劣るということはあるまい。（人類不可能不如一匹禽獸吧。）

まさかそんなことはあるまい。（決不會有那樣的事吧。）

「よもや」……（否定語）（難道、未必）

よもや君は一銭も持っていないことはあるまい。（你不至於一毛錢都沒有帶吧。）

よもや酔ったわけではあるまい。（未必喝醉了吧。）

「まんざら」……（否定語）（並非完全、並不一定）

まんざらいやではなさそうだ。（似乎並非完全不願意。）

まんざらばかでもあるまい。（也並不一定是糊塗。）

「必（かなら）ずしも」……（否定語）（未必、不見得、不一定）

商売は必ずしも儲かるとは限らない。（做生意不見得會賺錢。）

［五］ 表示假設意思的副詞

「たとい」「たとえ」（即使、縱然）

たとえどんな困難に会っても僕は負けない。（即使遭遇任何困難，我都不屈服。）

「万一（まんいち）」（萬一、倘使）
万一断られたら君どうする。（萬一被拒絕，你怎麼辦。）
「もし」（如果、若是）
もしそれが本当だったらどうする。（如果那是真的話，怎麼辦。）
「よしんば」（即使，縱然）
よしんば金があっても知識がなければ駄目だ。（縱然有錢，沒有知識的話，不行。）
よしんばそれは易しいことでもわれわれはやらなければ成功しない。
（即使那是容易的事，但我們不做就不會成功。）
「ひょっと」（萬一、倘若、突然、偶然）
ひょっとしてあの人に知られたらそれこそ大変だ。（萬一被他知道的話，那就不得了。）
ひょっと本を開いて見たらこの間見つからなかった写真が出て来た。
（突然打開書本一看，前幾天找不到的相片就出現了。）

［六］　表示疑問、原因等意思的副詞

「どうして」（怎麼、怎樣、如何）
この応接間はこんなに熱いのにどうして扇風機をかけないの。

（這客廳這樣熱，怎麼不開電風扇。）

「なぜ」（為什麼、何故）

あなたはなぜ本当のことを教えてくれないのか。（您為什麼不告訴我真話。）

［七］表示比較意思的副詞

「まるで」（簡直、完全）

あの人はまるで気違いみたいだ。（那個人簡直像瘋子一樣。）

「丁度（ちょうど）」（恰好、宛如、恰如）

あの雲の形は丁度富士山のようだ。（那雲的形狀恰如富士山一樣。）

日本に来てから丁度五年になります。（到日本以來，剛好五年。）

「恰（あたか）も」（恰如、正好）

海面は恰も鏡のようだ。（海面如同鏡子。）

［八］表示希望意思的副詞

「どうぞ」「どうか」（請、務請）

どうぞお入り下さい。（請進。）

どうか気にしないで下さい。（請不要介意。）

「是非」（務必、一定）

是非御承諾を戴きたいと思います。（希望務必承諾。）

「何分」（請、畢竟）

何分宜しく願います。（請多關照。）

何分余裕がないのでこまかく話すことが出来ません。

（畢竟沒有多餘的時間，所以無法詳說。）

「せめて」（至少、哪怕）

出掛ける前にせめて一回でもあの人に会いたい。（出去以前，至少想見他一次）

「出来るだけ」「出来得るかぎり」（儘可能、儘量可能的範圍）

出来るだけ早く帰って来ます。（儘可能早一點回來。）

出来得るかぎりやってあげますからどうぞ御安心下さい。

（在可能的範圍內，會幫您做，請放心。）

「なるべく」「なるだけ」（務必、儘可能、儘量）

やらねばならぬ事はなるべく早くする方がいい。（非做不可的事，盡快做為宜。）

なるだけ御希望に副うように努力します。（儘量努力滿足您的希望。）

［九］ 表示意外意思的副詞

「案外（あんがい）」（意外、想不到）

こんどの試験問題は案外やさしかった。（這次的考試題目出乎意外地容易。）

「はからずも」（不料、意外）

はからずもその事が先生の耳に入った。（那件事不料傳到老師的耳朵。）

「思（おも）いがけなく」（沒想到、出乎意料）

何にもかも思いがけなく順調に進んでいました。（沒想到一切進行很順利。）

「思（おも）わず」（不由得、不知不覺）

彼の話はあまりこっけいなので思わずふき出しました。（他的話太過於滑稽，忍不住笑出來。）

「突然（とつぜん）」（突然）

御多忙中を突然お邪魔して大変失礼しました。（百忙之中，突然打擾，非常失禮。）

「やぶから棒（ぼう）に」「出（だ）し抜（ぬ）けに」（突如其來，出其不意）

人の話をしている最中にやぶから棒に口を出してはいけない。

（人家正在說話中，不可以突然插嘴。）

あいつはいつも出し抜けにやって来て人を驚かせる。（那傢伙常常突然間來，真嚇人。）

［一〇］關於其他敘述的副詞

「とても」（非常、很）

今日はとても寒い。（今天非常冷。）

僕の日本語はあなたにはとても及びません。（我的日本語遠不如您。）

「仕方（しかた）なく」「仕方（しかた）なしに」「致（いた）し方なく」（沒辦法、不得已、沒用）

急用が出来たので仕方なく一日欠席した。（因有急事，不得已缺席一天。）

「已（や）むなく」「止（や）むを得（え）ず」「余儀（よぎ）なく」（不得已、無奈、沒辦法）

連中はうるさいから已むなく要求をを承諾しました。（伙伴們很囉嗦，所以不得已承諾要求。）

「どうせ」「何（いず）れにしても」「どの道（みち）」（終究、不管如何、總之、反正）

どうせ大したことはないから行かなくてもいいと思う。（反正不是什麼不得了的事，我想不去也可以。）

「とにかく」「とにかくに」（不管怎樣、姑且不論）

結果はどうなるかは分らないがとにかく自分の出来ることを致します。（結果如何不知道，但不論怎樣，做自己所能做的。）

「とかく」（總是、總而言之、這個那個）

見識のない人はとかく自分の目的を変更しやすい。（沒有見識的人總是容易改變自己的目的。）

今度の事件についてはとかくのうわさがある。（關於這次的事件，有種種的傳說。）

「流石に」（不愧、雖然…還是…）

流石に学者は何んでも知っている。（不愧是學者，什麼都知道。）

流石に政治家だけあって口がうまい。（不愧是政治家，口才很好。）

いやだと思っても流石に口に言い出せない。（雖然認為不願意，還是不能說出口。）

○ **注意** 和類似語的識別

張さんは昨日九州から帰って来ました。（名詞的副詞用法）（張先生昨日從九州回來。）

うちには犬が一匹います。（數詞的副詞用法）（我家有一條狗。）

早く来て下さい。（形容詞連用形的副詞法）（請早一點來。）

静かに勉強しなさい。（形容動詞連用形的副詞法）（請安靜地用功。）

第十二章　接　續　詞

第一節　序　　說

〔一〕接續詞的定義　接續詞是承接前語或前句的意思接續後語或後句，沒有活用的自立語。

奈良及び京都は日本の旧都である。（奈良及京都是日本的古都。）

〔二〕接續詞的特質　接續詞有下面的特質。

意　義　表示前後接續的關係添加各種的意思。

形　態　其自身能夠構成文節，下面連接沒有活用的自立語。

職　能　能夠用做獨立語。

〔三〕接續詞的種類　接續詞依其意義可分為六種類。

(1)　表示並列的接續詞　用於二個以上事物的並列。

神戸及び横浜は日本の二大商港である。（神戸及横浜是日本的二大商港。）

(2)　表示累加的接續詞　用於事物的重疊累加

今日は暑い。それに風もない。（今天很熱，而且也沒有風。）

(3) 表示選擇的接續詞　用於二個以上的事物選擇其中的一個。

映画が好きですか。それとも芝居が好きですか。（喜愛電影呢，或喜愛戲劇呢？）

(4) 表示理由的接續詞　用於表示前述的事情為後述事情的原因或理由。

昨日は友達が来た。それで出掛けなかった。（昨天有朋友來，因此沒出去。）

(5) 表示順序的接續詞　用於表示物事進行的順序。

映画を見て、それから家へ帰った。（看電影，然後回家。）

(6) 表示逆說的接續詞　用於敘述與前述的事情反對意思的事情。

君の主張は一理がある。しかしぼくは同意出来ない。

（你所主張的有一些道理，但是我不能同意。）

第二節　主　要　接　續　詞

［一］ 表示並列的接續詞

「及(およ)び」（及、跟）

運賃及び手数料はみんなで幾らですか。（運費及手續費全部要多少？）

「並(なら)び(に)」（及、和、與）

お手紙並びにお土産は全部受け取りました。（信和禮物全部收到了。）

「また」（並且、也、又）

彼は、実業家である。また政治家でもある。（他是實業家，也是政治家。）

［二］表示累加的接續詞

「なお」（仍然、更、再）

ぼくも言いますが、なおあなたも話して下さい。（我也說，也請你說一下。）

「それに」（而且、加之）

雨が降り出した。それに日も暮れた。（下起雨來，而且天也黑了。）

「（そ）して」「そうして」（然後、而且）

彼は言葉を切った。そして、じっと私を見つめた。（他停止說話，然後盯著看我。）

「その上」（而且、加之、又）

奥村さんは才能もあり、その上経験もある。（奥村先生既有才能，而且也有經驗。）

「しかも」（並且、而且、又）

木村さんは勤勉で、しかも勇敢な男です。（木村君勤勉，而且是勇敢的男子。）

「おまけに」（而且、加上、還）

近頃、すっかり貧乏しています。おまけにどうも体の工合（ぐあい）もよくありません。

（最近非常貧窮，而且總覺得身體的情況也不好。）

［三］　表示選擇的接續詞

「それとも」（或者、還是）

君は地下鉄で行きますか。それとも電車で行きますか。

（你要坐地下鐵去，還是坐電車去呢？）

「或（あるい）は」（或是、或者）

父兄或は保証人の証明が要ります。（需要家長或保証人的証明。）

「または」（或、或者）

試験場へは鉛筆またはペンを携帯しなさい。（請攜帶鉛筆或鋼筆進考場。）

「若しくは」（或者、或）

明日もしくは明後日必らず参ります。（明天或者明後天一定來。）

［四］　表示理由的接續詞

「したがって」（因此、所以）

近来、印刷術は著（いちじる）しく進歩しました。したがって新聞業もまた飛躍的に発展した。

（近來，印刷業有顯著的進步，因此，新聞業也有飛躍的發展。）

「よって」（因而）

彼は学校の規則を守らない。よって退学させた。（他不遵守學校的規則，因而勒令退學。）

「それで」「で」（因此、因為）

いよいよ出発の日も近づいた。それで毎日荷造りや何かで天手古舞（てんてこまい）だ。

（出發的日子即將逼近，因此，每天打捆行李或什麼時，手忙腳亂。）

「それでは」「では」（那麼）

あなたはどうしても承諾しないのですね。（それ）では、私は無理にお願いしません。

（您怎麼也不同意，那麼我就不強求。）

「それだから」「だから」（因此、所以）

あいつはぼくの忠告に耳をかさなかった。（それ）だからこんな目に会ったのだ。

（那傢伙不聽我的忠告，所以才會遭遇這樣的不測。）

「すると」「そうすると」（於是、這麼說）

品物が少なくなれば相場が上がる。（そう）すると私はもうかる。

（東西少，價錢就漲。於是我就賺錢。）

「それ故（ゆえ）」（因此、所以）

始めは向こうが手を出した。それ故つかみ合（あい）のけんかになったのです。

（開始是對方出手，因此，就扭打起來了。）

「それなら」（那樣的話、如果那樣）

君は帰るのか。それならぼくも一緒に帰ろう。（你要回家呀，那樣的話，我也一起回家吧。）

［五］　表示順序的接續詞

「それから」（然後）

まず問題を丁寧に読んで、それから答案を書きなさい。（首先把問題仔細讀，然後才寫答案。）

「そこで」（所以、那麼、因此）

私は再三再四問（と）い詰（つ）めた。そこで彼は全部白状した。

（我再三再四追問，因此，他才全部坦白。）

「かくて」「かくして」（這樣，如此一來）

嵐（あらし）が過ぎて海面は再びおだやかになった。かくて船はまた航行をつづけた。

（暴風雨一過，海面再回復平靜。如此一來，船又繼續航行。）

［六］　表示逆說的接續詞

「しかし」「しかしながら」（但是、不過、然而）

駝鳥(だちょう)は翼(つばさ)があるが、しかし飛ぶことは出来ない。（駝鳥有翅膀，但是不會飛。）

あの子は大変利口です。しかしながら時々学校を休む。（那孩子很聰明，但是常常缺課。）

「けれども」「けれど」「だけれども」（但是、可是）

日曜日は行きたいと思う。けれどもどうも行けそうもない。

（星期天想去，可是總覺得似乎去不了。）

「だが」「が」「ですが」（但是、然而、可是）

あの人は人間もいいし学問もある。だが金がない。

（那個人的人品也好，學問也好。但是沒有錢。）

「それだのに」「だのに」「それなのに」（雖然那樣，可是）

私たちは出来るだけの説明をした。それだのにまだ分らない。

（我們已盡可能說明了。可是還沒了解。）

「但(ただ)し」（但是）

仕事をする時は勇気が必要だ。但し勇気だけではだめだ。

（做工作的時候，必要勇氣．但是只有勇氣是不行的。）

「もっとも」（但是、不過）

ぼくは君たちの結婚には反対だ。もっとも誰の反対でも押切って結婚するという決心ならもう言いたくない。（我反對你們的結婚。不過，如果你決心排除任何人的反對結婚的話，我再也不想說什麼。）

「それでも」（盡管如此、雖然那樣）

御意見はありがたく思いますが(それ)でも私はやはり自分の思うようにやらなければ気が済まない。（我想您的意見很好，雖然如此，但我還是依照我所想的去做，才安心。）

「ところが」「ところで」（可是，不過）

今になって、後悔しています。ところがもう遅いんだ。（如今很後悔。可是已經太遲了。）

あなたは出掛けますか。ところが一寸御相談があります。

（您要出去嗎?可是有一點事和您商量。）

○**注意**　和類似語的識別

止んだ雨がまた降り出した。（副詞）（停了的雨又下了。）

字を書き、また本を読む。（接續詞）（寫字，又讀書。）

二人の争いはそれから起った。（代名詞＋助詞）（因為那件事，二人發生爭吵。）

風呂に入って、それから勉強を始めた。（接續詞）（洗澡，然後開始用功。）

何気なく口をすべらせた。すると皆は笑った。（接續詞）（無意中說溜了嘴，於是大家笑了。）

そんなことをすると人に笑われるよ。（動詞＋助詞）（幹那種事的話，會被人笑呀。）

今日は約束の日だ。だから待っていた。（接續詞）（今天與人有約。所以等候著。）

今日は約束の日だから待っていた。（助動詞＋助詞）（今天因為與人有約，所以等候著。）

ぼくも行きたい。けれども時間がない。（接續詞）（我也想去。但是沒有時間。）

ぼくも行きたいけれども、時間がない。（接續助詞）（雖然我也想去，可是沒有時間。）

随分努力したが、失敗した。（接續助詞）（相當努力，但是失敗。）

随分努力した。が失敗した。（接續詞）（相當努力，可是失敗。）


接續詞是由各種品詞轉來的，做接續詞來使用，也做其他的品詞來使用，其判別不外是依照其接續和用法為之。

第十三章　感　動　詞

［一］　感動詞的定義　感動詞是表示感動、呼叫、應答等意思沒有活用的自立語。

ああ、きれいだ。（啊！漂亮。）

［二］　感動詞的特質　感動詞具有下面的特質。

意　義　表示感動、呼叫、應答等意思。

形　態　沒有活用的自立語。

職　能　單獨能夠做獨立語，有時也可以用做句。

［三］　感動詞的種類　感動詞一般分為如下的種類。

(1)　表示感動的感動詞用於歡喜、恨怒、哀傷、快樂、驚慌、恐懼、悲傷、悲嘆、感激、敬佩、警告、引誘等場合。

あ、すっかり忘れてしまった。（哎呀，完全忘記了。）

あ、(あっ)しまった。（哎呀，糟了。）

ああ、嬉しい。（啊，太高興了。）

ああ、痛い。（哎呀，太痛了。）

あら、誰かしら。（哎呀，是誰呀？）

いや、大嫌い(だ)。（哎呀，太討厭。）

あれ、まだ小言を言っている。（啊呀，還在發牢騷。）

え、まだやめないのか。（唉，還沒停止嗎？）

おや、地震だ。（哦呀，地震。）

こら、入ってはいかん。（喂，不可進去。）

さあ、出掛けましょう。（喂，出發吧。）

ねえ、映画に行かない。（喂，要不要看電影去。）

おお、怖い。（哦，恐怖。）

ほら、もうすぐだ。（瞧，馬上到了。）

まあ、素敵(だ)。（哎呀，棒極了。）

まあ、可哀相に。（哎呀，可憐啊。）

はて(な)、不思議だ。（噯，真奇怪呀。）

(2) 表示呼叫的感動詞　用以呼叫人的

おい、君、どこへ行くんだ。（喂，你去哪裏？）

おうい、少し待ってくれ。（哦，稍微等一下。）
さあ、いらっしゃい。（喂，歡迎，歡迎。）
もしもし、あなたは丁さんではありませんか。（喂喂，您是丁先生嗎？）

(3)　表示應答的感動詞　用於應答對方。

はい、すぐ持ってまいります。（是的，馬上拿去。）
はあ、よく聞えます。（是，聽得很清楚。）
へい、私は間違いました。（是，是我錯了。）
いいえ、そんなことはありません。（不，沒有那回事。）
いや、そんじゃない。（不，不是那樣。）

第十四章　助　動　詞

第一節　序　説

〔一〕助動詞的定義　助動詞主要是接在用言下面添加種種的意思、或接在體言下面補助敘述，有活用的附屬話。

家主が大工に家を建てさせる。（房東叫木工建房子。）

この木は松です。（這棵樹是松樹。）

〔二〕助動詞的特質　助動詞有下面的特質。

意　義　添加用言種種的意思接在體言下面補助敘述。

形　態　有活用的附屬語。

職　能　不能單獨使用，必須接在自立語下面，才能夠做成文節。

〔三〕助動詞的分類　助動詞可以分類如下。

A　依照意思分類

(1)　使役　せる　させる

(2) 被動　れる　られる

可能

(3) 自發　れる　られる

(4) 敬讓　れる　られる　ます

(5) 打消　ない　ぬ

(6) 希望　たい　たがる

(7) 推量　らしい　う　よう　まい

(8) 過去　た

完了

(9) 斷定　だ　です

(10) 様態　そうだ　そうです

(11) 傳達　そうだ　そうです

(12) 比況　ようだ　ようです

みたいだ　みたいです

B　依照活用分類

(1)　動詞型活用

せる　させる　れる　られる　たがる

(2)　形容詞型活用

ない　たい　らしい

(3)　形容動詞型活用

だ　そうだ　ようだ　みたいだ

です　そうです　ようです　みたいです

(4)　特別活用型

ます　ぬ　た

(5)　話形不變型

う　よう　まい

C　依照接續分類

(1)　接動詞未然形

せる　させる　れる　られる　ない　ぬ　う（也接形容・形動）

よう　まい（接五段以外）

(2)　接動詞連用形

たい　ます　た（也接形容・形動）　そうだ（様態）　そうです（様態）

(3)　接動詞終止形

らしい（也接形容詞）　そうだ　そうです（傳達）（也接形容・形動）まい（接五段）

(4)　接動詞連體形

ようだ

ようです（也接形容・形動）

(5)　接體言

だ　です　らしい　みたいだ　みたいです

(6)　接助詞

だ　です　らしい　ようだ　ようです

〔四〕　助動詞的用法

助動詞依照下面的準則使用

(1) 助動詞不是自立語，不能單獨使用。

(2) 助動詞接在自立語（主要是動詞）下面，就像複合語的活用語尾一樣地使用。

(3) 助動詞依活用型的不同，用法也不一樣。例如：

A 動詞型活用（せる・させる・れる・られる・たがる）依動詞的用法使用。

B 形容詞型活用（ない・たい・らしい）依形容詞的用法使用。

C 形容動詞型活用（だ・そうだ・ようだ・みたいだ及它們的敬讓形）依形容動詞的用法使用。

D 特別活用型、（ます・ぬ・た）語形不變型（う・よう・まい）名有其特別的用法。

(4) 助動詞、和所接的自立語之間，在意思上有接受可能性的關係。就是說助動詞並不是能夠自由連接全部的自立語。

例如：被動的「れる」不能連接「咲く」。

還有、各助動詞的具體的用法，在助動詞各節敘述之。

第二節　使役助動詞　せる　させる

〔一〕意　義　使役助動詞是表示使他人做動作的意思，即是使役者A使動作者B做某一動作的意思。

在意思上主要有(1)表示積極的使役之意(2)表示消極的容許、放任之意二種用法。

先生が生徒に本を読ませる。（使役的意思）（老師叫學生讀書。）

言いたいことは自由に言わせる方がいい。（容許・放任的意味）（想説的事讓他自由説比較好。）

[二] 活用表

基本形	せる	させる	主要用法及接續的附屬語
未然形	せ	させ	否定法（ない） 当然法（慣用句） 被動法（られる） 可能法（られる） 敬譲法（られる） 推量法（よう　まい）
連用形	せ	させ	連用法（用言　慣用句） 時態法（た　ている） 敬譲法（ます） 希望法（たい） 様態法（そうだ） 名詞法 中止法 前提法（ては・たら　ても・たって） 禁止法（慣用句） 並列法（ながら　たり）
終止形	せる	させる	終止法 傳達法（そうだ） 推量法（らしい） 前提法（と・から・が　けれども） 並列法（し）
連體形	せる	させる	連體法（體言・體言相當語） 比況法（ようだ） 前提法（なら　ので　のに　くせに） 推量法（だろう　かもしれない）
假定形	せれ	させれ	前提法（ば） 並列法（ば）
命令形	せよ せろ	させよ させろ	命令法
活用型	動詞型活用	動詞型活用	

〔三〕 接續法「せる」接在五段動詞未然形(ア段音)、「させる」接在五段以外的動詞未然形。

読ま(五・未)
書か(五・未)}せる

起き(上一・未)
食べ(下一・未)}させる

こ(か變・未)
(せ)(サ變・未)}させる

「させる」接サ變動詞的場合成為「せさせる」這只用於書寫口語文而已，口語上普通用其約音「させる」。

努力をさせる。(使努力。)　掃除させる。(使打掃。)

○**注意**「せる」不能接五段動詞「ある」

〔四〕 使役助動詞的用例

未然形

否定法

親はつまらない小説を子供に読ませない。(父母讓孩子看沒趣的小說。)

成績不良の学生は卒業させない。(成績不好的學生不給畢業。)

當然法

親はよい本を子供に読ませなければならない。(父母必須使孩子讀好書。)

成績不良の学生は落第させなければならない。(必須使成績不好學生留級。)

被動

昨夜友達に沢山のお酒を飲ませられました。（昨晚被朋友使我喝很多酒。）

歌の稽古を止めさせられる。（被使停止學歌。）

註一　使役的被動法表示被役的意思，即是被他人使做其動作「させられる」的意思。還有如「飲ませられる」說成「飲まされる」、「止めさせられる」說成「止めさされる」那樣把「せられる」說成「される」的人漸漸多起來，將來也許把「される」做為被役的助動詞那樣。

可能法

僕はあいつを行かせられます。（我能使那傢伙去。）

金満家でも彼女の慾望を満足させられません。（連富豪也不能使她的欲望滿足。）

敬讓法

これは陛下が植えさせられた記念樹でございます。（這是陛下所種的紀念樹。）

殿下は御視察の御日程を予定の通り終えさせられました。（殿下依照預定完成視察的日程。）

○注意　如右使役助動詞「せる、させる」連接敬讓助詞「れる、られる」表示最大敬意的用法文語的殘留，不太常用。

推量法

学生に作文を書かせようと思っています。（我想要使學生作文。）

あんな冒険なことはやらせまい。（那様冒險的事不要讓做吧。）

連用形

連用法

私は彼女を行かせにくい。（我難於使她去。）

事件の真相を調べさせ始めた。（開始使調查事件的真相。）

時態法

彼はとうとう彼女を行かせた。（他到頭來使她去了。）

徹底的に事件の真相を調べさせだ。（徹底使調查事件的真相了。）

敬譲法

もう少し彼に飲ませましょう。（再讓他多喝一點吧。）

こんどは田中君に調べさせます。（這次叫田中君調查。）

希望法

ぼくは彼女を行かせたい。（我希望叫她去。）

はでな着物を着させたくない。（不想使穿華麗的衣服。）

様態法

こんどは彼女を行かせそうに見える。（看起來好像這次要叫她去。）

あの事件は田中君に調べさせそうだ。（好像那事件要叫田中君調查。）

名詞法

どうもお待たせ致しました。（對不起，使您久等了。）

いやがらせをしないでくれ。（不要使人不痛快。）

○**注意** 使役助動詞的名詞法現今不常用。

中止法

小さい時は文学を習わせ、大きくなってからは軍事を習わせた。

（小時候讓學文學，長大讓學軍事。）

学生に教室で勉強させ、運動場で運動させる。（讓學生在教室用功，在運動場運動。）

前提法

小松さんを行かせては問題が複雑になるだろう。（叫小松先生去，問題就會變複雜吧。）

彼にやらせたらきっとうまくできる。（讓他做了的話，一定會順利。）

あの手紙は字がきたなくて誰に読ませても読めないでしょう。

（那一封信字很不整齊，無論叫誰看也看不懂吧。）

彼女を行かせたって問題は解決されまい。（就是讓她去了，問題也無法解決吧。）

禁止法

彼女を行かせてはならない。（不可以叫她去。）

田中に調べさせてはいけない。（不可以讓田中調查。）

並列法

彼女に歌わせながら踊らせる。（一邊使她唱歌，一邊使她跳舞。）

小使に庭を掃除させたり、女中に部屋を片づけさせたりしている。

（又叫工友打掃庭院，又叫女庸整理房間。）

終止形

終止法

わざと彼に面目を失なわせる。（故意使他沒面子。）

子供を一人で寝させる。（使孩子一人睡覺。）

傳達法

びっこの松山さんに門番をさせるそうです。（聽說讓跛腳的松山先生看門。）

夜久先生は子供に音楽を勉強させるそうだ。（聽說夜久老師讓孩子學音樂。）

推量法

今度の日曜日に彼を詫びに来させるらしい。（好像這星期日要他來賠不是。）

あの問題は山中君にやらせるらしい。（好像那個問題叫山中君做。）

前提法

そんなものを食べさせると病気になりますよ。（如果吃那樣的東西，就會生病啊。）

あの人に翻訳させるから少々お待ち下さい。（因為要叫他翻譯，所以請稍等一等。）

彼に義務を果させるが権利は与えない。（叫他履行義務，但不給他權利。）

ビールを飲ませるけれども、ブランデーは飲ませない。（讓喝啤酒，但不讓喝白蘭地。）

並列法

洋裁も習わせるし生花も習わせる。（既學洋裁，又學插花。）

家主は左官に壁を塗らせるし電気屋に電燈をつけさせる。

（房屋主人又叫泥水工塗牆，又叫電氣工來裝電燈。）

連　體　形

連體法

彼は悩ませる原因は貧乏だ。（使他煩惱的原因是貧窮。）

ただで人を働かせることは筋道に合わない。（免費叫人工作，不合道理。）

この話は吉野君に聞かせるのはまずい。（這話讓吉野君聽到，不太好。）

比況法

竹下君に酒を飲ませることはまるで薬を飲ませるように難しい。

（叫竹下君喝酒簡直像叫他吃藥一樣難。）

あなたの話によれば私に全責任を負わせるようだ。（照你的話，好像要我負全部責任。）

前提法

彼にやらせるならきっと上手にやれるだろう。（假使讓他做的話，一定會做得很好吧。）

山崎さんを行かせるので、あなたは行かなくてもいい。（要山崎先生去，所以您可以不去。）

会議に出席させるのに発言をさせない。（讓出席會議，但是卻不讓發言。）

実際は何でもやらせるくせに表面では何も知らないふりをしている。

（實際上什麼都叫他做，但表面上卻裝著什麼也不知道的樣子。）

推量法

天井のすす払いはたぶん君にやらせるだろう。（天花板的打掃，大概要您做吧。）

日本に留学させるかもしれない。（也許讓留學日本。）

假定形

前提法

私に言わせればあなたは責任がある。（要我說的話，您有責仕。）

警察に調べさせれば真相が分るでしょう。（讓警察調查的話，就會知道真相吧。）

並列法

日本酒も飲ませれば、ウイスキーも飲ませる。（又讓喝日本酒，又讓喝威士忌。）

新聞も読ませれば雑誌も読ませる。（既讓看報紙，也讓看雜誌。）

命令形

彼を早く起きさせろ(よ)（早一點叫他起床。）

字を書かせろ(よ)（讓寫字吧。）

註二　使役的說法表示動作者用接「に」或「を」的連用修飾語。即是，他動詞或不完全自動詞的場合動作者接「に」、完全自動詞的場合動作者接「を」來表示。例如：

字を書く。(他動)……………太郎に字を書かせる。

過（あや）まちを改める。(他動)………学生に過まちを改めさせる。（叫學生改過。）

子供を育てる。(他動)……彼女に子供を育てさせる。(叫她養育孩子。)

川を渡る。(不完全自動)……軍隊に川を渡らせる。(讓軍隊渡河。)

山を下る。(不完全自動)……次郎に山を下らせる。(讓次郎下山。)

校舍を廻る。(不完全自動)……夜警に校舍を廻らせる。(叫夜警巡邏校舍。)

坊やが寢る。(完全自動)……坊やを一人で寢させる。(讓小寶寶一人睡。)

弟が帰る。(完全自動)……弟を家に帰らせる。(叫弟弟回家。)

人数が殖える。(完全自動)……人数を殖えさせる。(讓人數增加。)

註三 近來「せる」「させる」如「サ・五」一樣地使用的人有多起來的傾向,尤其在連用形。終止形。連體形較多,但是現在還不是標準的說法。

飲ませ(飲まし)て……　食べさせ(食べさし)た

書かせる(書かす)が……　考えさせる(考えさす)と……

踊らせる(踊らす)人……　改めさせる(改めさす)時……

註四 使役助動詞除「せる」「させる」以外,口語文或講演偶爾也用「しめる」(下一段動詞型活用)。那是文語殘留會話不用。

良い政府は人民に重い税金を負担せしめない。(好的政府不叫人民負擔重稅。)

人民に重い税金を負担せしめることはなるべく避ける方がいい。

（使人民負擔重稅，儘量避免較好。）

第三節 被動助動詞　れる　られる

［一］ 意　義　被動助動詞表示自己本身接受他人動作的意思，即是被役者A接受動作者B的動作的意思。

在意思上主要有表示(1)直接接受他人動作的意思(2)間接受他人動作的影響的意思兩種用法。

簡君はときどき先生にほめられる。（直接接受動作）（簡君時常被老師誇獎。）

私は弟に泣かれて勉強が出来ない。（間接受動作的影響）（我受弟弟的哭泣，沒法用功。）

［二］ 活用表

基本形	未然形	連用形	終止形	連體形	假定形	命令形	活用型
れる	れ	れ	れる	れる	れれ	れよ れろ	動詞型活用
られる	られ	られ	られる	られる	られれ	られよ られろ	動詞型活用

主要用法及接續的附續語
否定法（ない） 当然法（慣用句） 推量法（よう・まい）
連用法（用言・慣用句） 時態法（た・ている） 敬譲法（ます） 希望法（たい） 様態法（そうだ） 名詞法 中止法 前提法（ては・たら・ても・たって） 禁止法（慣用句） 並列法（ながら・たり）
終止法 傳達法（そうだ） 推量法（らしい） 前提法（と・から・が・けれども） 並列法（し）
連體法（體言・體言相當語） 比況法（ようだ） 前提法（なら・ので・のに・くせに） 推量法（だろう・かもしれない）
前提法（ば） 並列法（ば）
命令法

〇注意 連接自動詞的「れる」「られる」沒有命令形。

［三］ 接續法 「れる」接在五段動詞未然形(ア段音)、「られる」接在五段以外的動詞及助動詞「せる」「させる」的未然形。

見（上一・未）
迎え（下一・未）｝られる
飲ませ（使役助動詞「せる」の未然形）
止めさせ（使役助動詞「させる」の未然形）｝られる

売ら（五・未）
殺さ（五・未）｝れる
こ（カ変・未）
せ（サ変・未）｝られる

○注意　「られる」連接サ變動詞的場合成為「せられる」口語文或講演使用，但普通的會話使用其約音「される」。

大切にせられる……………大切にされる。（被重視。）
尊敬せられる………………尊敬される（被尊敬。）

［四］　被動助動詞的用例

未然形

否定法

用心すれば人にだまされない。（小心的話，就不會被騙。）
態度をきちんとすれば人に笑われない。（態度恰當，就不被人笑。）

當然法

先生は学生に尊敬されなくてはならない。（老師必須受學生尊敬。）

医者は患者に信用されなければならない。（醫生非被病人信賴不行。）

推量法

勉強しないと先生にしかられよう。（不用功的話，會被老師罵吧。）

教養がなくてほらを吹くだけでは世間の人に尊敬されまい。

（沒有教養光是說大話，在社會上不會受人尊敬吧。）

連 用 形

連用法

人間がよすぎるとだまされやすい。（人太過於好，就容易受騙。）

彼の行動は人に理解されにくい。（他的行動，為人所難於理解。）

時態法

一寸の不注意でだまされた。（稍微不注意，受騙了。）

中山君は人に利用されている。（中山君為人所利用。）

敬譲法

岡本さんは犬にかまれました。（岡本先生被狗咬了。）

スミスさんはいつも人にだまされます。（史密斯先生常常被人騙。）

希望法

人間はいくつになっても人にほめられたい。（人無論到幾歲，都希望受人誇獎。）

正直な人はどんなときでもだまされたくない。（正直的人無論何時都不想受騙。）

様態法

彼女はあいつにだまされそうだ。（她似乎被那傢伙騙了。）

田村君は仲間に信用されそうに見える。（田村君看起來好像受伙伴所信用。）

名詞法

君はなぐられはしないから、安心しなさい。（你絕不會被揍的，所以請放心。）

思うようにやりなさい、とめられはしないから。（按照所想的去做，絕不會被阻止的。）

中止法

毎日人に来られ、大へん困った。（每天有人來，很傷腦筋。）

友達に笑われ、世間の人に軽視される。（被朋友笑，受世人輕視。）

前提法

人にそしられては気持が悪いでしょう。（假使被人誹謗，心情就不好。）

みんなに理解されたらうれしい。（如果被人理解了，就高興。）

あいつは人に責められても平気です。（那傢伙縱使受人責備，也不在意。）
ぼくは誤解されたってかまわないよ。（我就是被誤會了，也沒有關係。）

禁止法

人に誤解されてはならない。（不可以被人誤會。）
二度とだまされてはいけない。（不可以再受騙。）

並列法

日本語の暗誦をさせられながら庭の掃除もさせられた。
（一面被使背誦日本語，一面被使打掃庭院。）
あの人は人にいじめられたり利用されたりして大へんかわいそうだ。
（那個人又被人欺負，又被利用，很可憐。）

終止形

終止法

囚人は自由を奪われる。（囚犯被剝奪自由。）
まじめな人は人に信用される。（認真的人為人所信用。）

傳達法

あの願はもうすぐ許可されるそうだ。（聽說那事情很快就會被許可。）

あの子は毎朝お母さんに起されるそうだ。（據說那小孩每天早上都要母親叫起床。）

推量法

下村さんの発言はいつも人に重んじられるらしい。（下村先生的發言好像常常受人重視。）

あの申請は近いうちに許可されるらしい。（那申請好像近日中會被許可。）

前提法

監督さんに見られると問題がうるさくなる。（假使被監督先生看見，問題會變煩雜。）

電車の中で注意しないとすられるから気をつけて下さい。（在電車裏不小心的話，就會被扒竊，所以請注意。）

井上さんよく人に脅されるが気にしない。（井上先生常受威脅，但不擔心。）

丹羽さんは常に周りの人にいじめられるけれどもぜんぜん反抗しない。（丹羽先生常被周圍的人欺負，但卻完全不反抗。）

並列法

会長は会員達に信用されるし尊敬されるし実に立派な人だ。（會長受會員們信賴和尊敬，實在是了不起的人。）

高名の李将軍は仲間にしっともされるしうらみもされる。

（有名的李將軍既遭同事嫉妬，也遭怨恨。）

連　體　形

連體法

人に疑われることは不幸だ。（被人懷疑是不幸。）

忠告されるときは慎しんで聞かなければならない。（受忠告的時候，必謹慎地聽。）

あいつが人に嫌われるのは礼儀を知らないからだ。（那傢伙被人討厭，是因為不知道禮貌。）

比況法

心の優しいつんぼの田中さんは常に人にだまされるようだ。

（心地和善的聾子田中先生好像常被人騙。）

先週出版したあの雑誌は若い人に歓迎されるようです。

（上週出版的那本雜誌好像很受年青人歡迎。）

前提法

彼は人に信用されるなら彼に頼んでみましょう。（如果他被人信賴的話，就拜託他看看吧。）

重光さんは時々先生にほめられるので少し生意気になった。

（重光問學時常被老師誇獎，所以就傲慢。）

彼はいつも社長にせめられるのに一向反省しない。（他常常受社長責備，但卻一點也不反省。）

しょっちゅうしかられるくせにぜんぜん恥を感じない。（經常挨罵，但卻不感覺恥辱。）

推量法

あの法案はおそらく否定されるだろう。（那法案恐怕會被否決吧。）

大村さんの言うことはみなに信用されるかもしれない。（也許大村先生所說的被大家信任。）

假定形

前提法

あの子はお父さんにしかられればすぐ泣く。（那孩子被爸爸罵，就馬上哭。）

あいつは執念深い(しゅうねんぶか)男だから人に侮辱されれば必ず復しゅうする。（那傢伙是愛記恨的人，如果被侮辱，必定會報仇。）

並列法

風にも吹かれれば雨にもぬらされた。（又被風刮，又被雨淋。）

良心にもとがめられれば法律にも罰せられる。（願受良心責備，也受法律懲罰。）

命令形

人に批評されろ。（被人批評吧。）

おとなしく罰を科せられろ。（乖乖地受罰吧。）

○**注意** 被動助動詞的命令形現今很少用。右例普通是說成「人の批評を受けよ」。「おとなしく罰を受けなさい」。

註五 在被動的說法動作者，是以連接「に」的連用修飾語表示之。

あの工場の職工が野心家におだてられる。（那工場的員工受野心家所煽動。）

第四節 可能助動詞 れる られる

〔一〕 意義 可能助動詞表示有能力做某件事的意思，即是會某某事的意思。在意味上主要有⑴表示可能意思⑵表示自發意思兩種用法。

郭さんは刺身が食べられる。（可能的意思）（郭先生能吃生魚片。）

何となく故郷がしのばれる。（自發的意思）（不由得會想念故鄉。）

註六 表示自發的意思的「れる」「られる」也有叫做「自發助動詞」或「自然的可能助動詞」

可能助動詞沒有命令形。

〔二〕 活用表

基本形	未然形	連用形	終止形	連體形	假定形	命令形	活用型
れる	れ	れ	れる	れる	れれ	○	動詞型活用
られる	られ	られ	られる	られる	られれ	○	動詞型活用
主要用法及接續的附屬語	否定法（ない） 当然法（慣用句） 推量法（よう・まい）	時態法（た） 敬讓法（ます） 様態法（そうだ） 名詞法 中止法 前提法（ては・ても） 並列法（たり）	終止法 傳達法（そうだ） 推量法（らしい） 前提法（と・から・が・けれども） 並列法（し）	連體法 比況法（ようだ） 前提法（ので・のに）	前提法（ば） 並列法（ば）		

〔三〕接續法　可能助動詞的接續法和被動助動詞相同「れる」接在五段動詞的未然形(ア段音)、「られる」接在五段以外的動詞及助動詞「せる」「させる」的未然形。

○注意　「れる」接五段動詞的場合在口語文或演講使用，但在會話普通是用其約音，即是轉化為下一段動詞（可能動詞）。（參照下一段動詞的〔五〕可能動詞。）

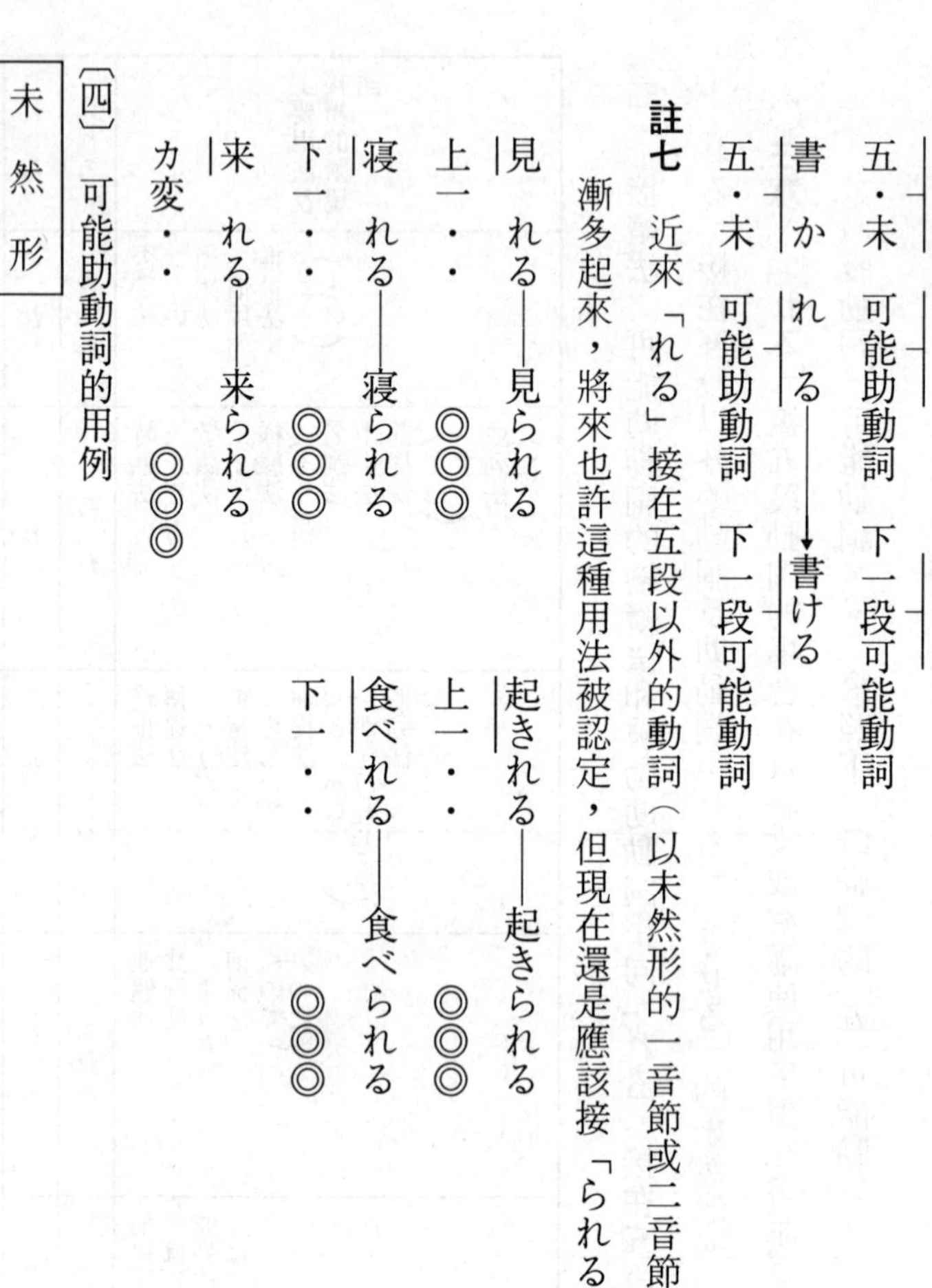

讀まれる──→讀める
五・未 可能助動詞 下一段可能動詞

書かれる──→書ける
五・未 可能助動詞 下一段可能動詞

註七 近來「れる」接在五段以外的動詞（以未然形的一音節或二音節為多）表示可能的意思的人漸漸多起來，將來也許這種用法被認定，但現在還是應該接「られる」才對。例如：

見れる──見られる　　起きれる──起きられる
上一・・　◎◎◎　　上一・・　◎◎◎
寝れる──寝られる　　食べれる──食べられる
下一・・　◎◎◎　　下一・・　◎◎◎
来れる──来られる
カ変・・　◎◎◎

〔四〕可能助動詞的用例

未然形

否定法

当然法

子供は古典は読まれない。（小孩讀不來古典。）

周さんは日本料理が食べられない。（周先生不能吃日本料理。）

大人は古典は読まれなくてはならない。（大人非讀懂古典不可。）

留学生は日本料理を食べられなければならない。（留學生不能不吃日本料理。）

推量法

その問題なら彼女は答えられよう。（那問題的話，她能回答吧。）

君でも彼の旅行をとめられまい。（就是你也阻擋不了他去旅行吧。）

連用形

時態法

昨年は講習会に出られたが今年は無理だ。（去年能夠出席講習會，但今年不行。）

そのときスペイン語が話されたが今は全部忘れた。（那時候會說西班牙語，但現在全忘了。）

敬譲法

そんな責任のない話は私は言われ（え）ません。（我不能說那種沒有責任的話。）

この問題なら小学生でも答えられます。（這個問題，連小學生也會回答。）

様態法

その問題はあの人が答えられそうに見える。（那個問題看起來他好像會回答。）

大木君は中国語が訳され（せ）そうだ。（大木君好像會翻譯中國語。）

名詞法

値段が高くて買われ（え）はしない。（價錢貴，不能買。）

あれはくさったから食べられはしない。（那個壞掉了，不能吃。）

中止法

あそこは汽車でも行かれ、汽船でも行かれる。（那裡火車也能去，汽船也能去。）

沈さんは刺身も食べられ、寿司も食べられる。（沈先生也能吃生魚片，也吃壽司。）

前提法

新聞の記事が誰にでも書か（け）れては新聞記者は要らない。

（假使誰都會寫新聞報導，就不要新聞記者了。）

並列法

ぼくは来られても来たくないんだ。（我就是能夠來，也是不想來的。）

田村さんはフランス語も話さ（せ）れたりドイツ語も話さ（せ）れたりしてなかなか語学天才だ。

（田村先生既會說法語也會說德語，很有語言天才。）

彼は棋も打た（て）れたり画も描か（け）れたりして実に多芸多能な人だ。

（他既會下棋，又會畫畫，實在是多才多藝的人。）

終止形

そんなに安いなら、ぼくも買わ（え）れる。（如果那樣便宜的話，我也買得起。）

あの歌を聞くと思わずなつかしい思い出が思い出される。

（一聽那首歌，就不由得想起懷念的往事。）

傳達法

あいつも速記が教えられるそうだ。（聽說那傢伙會教速記。）

え

石井さんは一日に煙草を二箱も吸われるそうだ。（據說石井先生一天可以抽二包香煙。）

推量法

あれは食べられるらしい。（那個似乎能夠吃。）

げ

あの人は泳がれるらしい。（那個人好像會游泳。）

前提法

け

あなたが書かれると良かったなあ。（您會寫的話，就太好了。）

め

この文章はぼくが読まれるからぼくに任せて下さい。（這篇文章我會讀，就請交給我好了。）

あの人は答えられるが答えたくないらしい。（他會答，但好像不想答。）

え

沼沢さんは歌われるけれども上手ではない。（沼沢先生會唱歌，但是唱得不好。）

並列法

め　め

酒も飲まれるし煙草も飲まれる。（既會喝酒，也會吸煙。）

け　え

彼女はピアノも弾かれるし歌も歌われる。（她又會彈鋼琴，也會唱歌。）

連體形

連體法

め

ビールが半ダースも飲まれる人もいる。（也有人能夠喝半打啤酒。）

け

人間の一生涯の内、働かれる時間はそう長くはない。（人的一生中，能夠工作的時間並沒有那麼長。）

比況法

あの方はロシヤ語が話される（せ）ようだ。（那一位好像會說俄語。）

第三次世界大戦は避けられるようだ。（好像能夠避免第三次世界大戰。）

前提法

呉君は刺身が食べられるので寿司も食べられるはずだ。（呉君能吃生魚片，應該也能吃壽司才對。）

あの人は英語がべらべらしゃべられる（れ）のにぜんぜん書かれ（け）ない。

（那個人會說一口流利的英語但卻完全不會寫。）

假定形

前提法

呉さんは刺身が食べられればすしも食べられるだろう。

（呉先生若是能吃生魚片，也就能吃壽司吧。）

広田さんは行かれ（け）れば早く行く方がいい。（広田先生能夠去的話，早一點去比較好。）

並列法

あの男は馬にも乗られれば車も運転出来る。（那男人會騎馬的話，也就會開車。）

あの娘は歌も上手に歌われればダンスもうまく踊られる。（那姑娘歌也唱得很好，舞也跳得很好。）

註八　和助詞「を」併用的動詞連接可能助動詞「れる、られる」的時候，通常把「を」換用為「が」。

刺身が(を)食べられる。

故郷が(を)思い出される。

這時候動作的主體用「──は」「──には」表示。

馮さんは(には)刺身が食べられる。

私は(には)故郷が思い出される。

註九　サ變動詞表示可能的意思時，使用「できる」（上一）這個動詞，サ變複合動詞（一字漢語的除外）的場合其語幹接「できる」如助動詞一樣地使用最為普通。

あの子は何でもする。──あの子は何でもできる。

僕は我慢する。——僕は我慢できる。

車を運転する。——車が運転できる。

大石がリードする。——大石がリードできる。

試験にパスする。——試験にパスできる。

[五] 可能表現　表示可能的意思、大致有下面的表現法。

(一) 動詞的未然形＋〈れる(五段)　書かれる　読まれる
　　　　　　　　　　　られる(五段以外)　調べられる　食べられる

(二) 動詞的連用形＋得る（但是，連體形的場合用得る）
　　ありえない　調べえる

　　ありうること　できうるかぎり

(三) お＋動詞連用形＋できる（謙讓的可能表現）

　　お話しできる　お教えできる

(四) 動詞的連體形＋ことができる　書くことができる　調べることができる

(五) 使用可能意思的動詞
　　可能動詞（下一）　書ける　読める

但是サ變的場合是

①　できる(上二)　　できる(することができる)

或者

②　サ變語幹＋できる　　運転できる　　リードできる

第五節　敬譲助動詞　れる　られる　ます

[一]　意　義　敬譲助動詞「れる・られる」是用以對話手自身以外的人的動作，存在表示尊敬的説法，「ます」是表示一般的鄭重意思，用以尊重對方的敬語。

在意思上主要有(1)「れる・られる」表示尊敬的意思(2)「ます」表示鄭重的意思二種用法。

吉沢先生は事務室に居られます。（尊敬）（吉沢先生在事務室。）

世界にはいろいろな人種があります。（鄭重）（世界上有各種各樣的人種。）

[二]　活用表

(A)　れる　　られる

敬譲助動詞「れる・られる」的活用表和前述的可能動詞「れる・られる」的相同，在此省略。

(B)　ます

活用型	基本形	未然形	連用形	終止形	連體形	假定形	命令形
特別活用型	ます	ませ ましよ	まし	ます	ます	ますれ	「ませ」 「まし」
主要用法及接續的附屬語		否定法（ん） 推量法（う）	時態法（た） 中止法（て） 前提法（ては ても） 並列法（たり）	終止法 推量法（まい） 前提法（と・から・が けれども） 並列法（し）	連體法 比況法（ようだ） 前提法（なら ので のに）	前提法（ば） 並列法（ば）	

「ます」的終止形・連體形有時也同「まする」。那是表示比「ます」更敬重的意思。

〔三〕　接續法

(A)　れる　られる

敬讓助動詞「れる・られる」的接續法和可能助動詞的相同，「れる」接在五段動詞的未然形、「られる」接在五段以外的動詞及助動詞「せる」「させる」的未然形。

(B)　ます

「ます」接在動詞及動詞型活用助動詞「せる・させる・れる・られる・たがる」的連用形。但是接在ラ行五段的敬語動詞「いらっしゃる・おっしゃる・くださる・なさる」的場合，其連用形「—

り」必須改用「イ音便」。

読み（五段）
起き（上一）
教え（下一）
来（カ変）
し（サ変）
} ます

助動詞
居られ（れる）
見えられ（られる）
行かせ（せ る）
調べさせ（させる）
買いたがり（たがる）
} ます

いらっしゃい（ラ・五敬）
おっしゃい（ラ・五敬）
ください（ラ・五敬）
なさい（ラ・五敬）
} ます

還有「ます」的命令形「ませ・まし」不能接續一般的動詞・助動詞僅接續如右的敬語動詞而已。

いらっしゃい
おっしゃい
ください
なさい
} ませ／まし

遊ばし
召し上り
召し
} ませ

〔四〕 敬讓助動詞的用例

(A) れる　られる

未然形

否定法

社長は出席されないと思います。（我想社長不出席。）

先生はまだ見えられないそうです。（據說老師還沒有來。）

推量法

市長さんは今月末頃に帰られよう。（市長先生本月底前後會回來吧。）

李先生はもうすぐ起きられよう。（李先生已經起床吧。）

○**注意** 敬譲助動詞的推量法「―れよう」「―られよう」不太使用，普通是用「―れるでしょう」「―られるでしょう」表示。

連用形

連用法

そんなきたないところには先生はおられにくいでしょう。（老師不會在那樣雜亂的地方吧。）

ここだったらスミスさんも見えられやすい。（如果這裡的話，就容易見到司密斯先生。）

時態法

時島博士は見えられています。（看到了時島博士。）

中西さんは先月に帰られたと思います。（我想中西先生上個月就回來了。）

敬譲法

片山さんはおられますか。（片山先生在嗎？）

先生は見えられました。（老師在。）

希望法

会長も現地に来られたい。（會長也要來現場。）

山本嬢はそれを買われたいらしい。（山本小姐好像想買那個。）

様態法

委員長は来年あたり帰られそうです。（委員長似乎大約明年回來。）

社長さんは今にも見えられそうな気がします。（我覺得社長先生好像現在也會來。）

中止法

昨日の卒業式には大臣も見えられ、局長も見えられました。

（昨天的畢業典禮，部長也來，局長也來。）

山下教授は大学で英語も教えられ、ドイツ語も教えられています。

（山下教授在大學也教英語，也教德語。）

前提法

旦那様がいやな顔をされては奥様は行きにくいでしょう。

（假使先生擺著不高興的臉，太太就不好出去吧。）

理事長が賛成されても理事達は賛成しないでしょう。

（縱使理事長贊成，理事們也不會贊成吧。）

並列法

博士は害虫の発生原因を研究されながら、その対策をも講じられました。

（博士一方面研究害蟲的發生原因，一方面講究其對策。）

十合さんは研究資料を集められたり、論文を書かれたりしてちっとも休まれない。

（十合先生又收集研究資料，又寫論文，一點兒也沒能休息。）

終止形

終止法

大村さんは毎朝六時に起きられる。（大村先生每天早上六點起床。）

校長先生は明日登校される。（校長先生明天來學校。）

傳達法

主任さんも展示会へ行かれるそうです。（據說主任先生也要去展示會。）

中西先生は明後日見えられるそうです。（聽說中西老師明後天會來。）

推量法

今度のハイキングはあの方も参加されるらしい。（這次徒步旅行他好像也要參加。）

院長先生は今度の医学会に出られるらしい。（院長先生好像要出席這次的醫學會。）

前提法

東海林（しょうじ）さんが歌われると私も歌います。（東海林先生唱歌的話，我也唱。）

重役達が全部会議に出席されるから私は留守番をしなければならない。

（董監事全出席會議，所以我必須留守。）

黄さんの奥さんは毎朝早く起きられるけれども黄さんは朝寝坊です。

（黃先生的太太每天早起，但是黃先生卻睡懶覺。）

あの方は常に映画を見に行かれるが芝居にはめったに行かれない。

（他常常去看電影，但很少去看戲。）

並列法

佐々木さんはテニスもなされるしバレーもなされる。（佐佐木先生又打網球，又打排球。）

部長さんも来られるし部長夫人も来られました。（部長先生也來，部長夫人也來了。）

連體形

連體法

あなたの言われることは私には初耳です。（您所說的事，我第一次聽到。）

御主人の帰られる頃にまた伺いましょう。（您先生回來的時候，再來打擾。）

比況法

夕飯後は松村さんはいつも居られるようだ。（晚飯後，松村先生好像都會在。）

あの方はすぐ出掛けられるようだ。（他好像馬上要出去。）

前提法

あなたが行かれるなら水野氏も行かれるでしょう。（若是您去，水野先生也會去吧。）

丹田さんが今度の日曜日に帰られるのでそれまでお待ち下さい。

（丹田先生本星期回來，所以請等到那時候。）

来週の幹部会議には幹事長が出席されるのに総務会長は出席されない。

（下星期的幹部會議幹事長會出席，但總務會長卻不出席。）

推量法

御主人はあなたと一緒に行かれるでしょう。（您先生和您一起去吧。）

部長は夕方頃家におられるかもしれません。（也許部長大約傍晚會在家。）

假定形

前提法

あなたがそれを買われれば私も買います。（假使您買那個，我也買。）

お医者さんが来られれば、看護婦さんもきっと一緒に来ます。

（如果醫生來，護士小姐也一定一起來。）

並列法

彦坂先生は煙草も吸われれば酒も飲まれます。（彦坂老師也吸煙，也喝酒。）

明日の映画試写会には監督さんも見えられれば重役さん達も見えられます。

（明天的電影試映會，導演也來，董監事也來。）

(B) ます

未然形

否定法

いい本を何遍読んでもあきませぬ(ん)。（好的書看多少遍也不會膩。）

この料理は私の口に合いません。（這料理不合我口味。）

○**注意**　「ます」的未然形不能接否定的「ない」

推量法

ここから駅までまだ遠いからハイヤーで行きましょう。（從這裡到車站還遠，坐包租汽車去吧。）

この次は華僑ビルで待ち合わせましょう。（下次在華僑大樓碰面吧。）

連用形

時態法

事件の経緯を一通り話しました。（把事件的經過大略說了一下。）

多年の努力も一朝にして水泡に帰しました。（多年的努力也一朝化為泡影。）

中止法

いつもお世話になりまして大変ありがとうございます。（常常受照顧，非常謝謝。）

私は日本に参りましてもう一年になりました。（我來日本已經一年了。）

前提法

打合せ会がそうなりましては後始末が大変でしょう。（預備會是那樣的話，善後就不得了。）

蓬田さんが行きましてもだめでしょう。（蓬田先生就是去也不行吧。）

並列法

子供達の面倒を見ましたり庭の手入れをしましたりして一日を送りました。

（又照料孩子們，又整理庭院過一天。）

緒方さんは報告を読みましたり指示を下しましたりして大変忙しいようです。

（緒方先生又看報告，又下指示，好像很忙。）

終止形

終止法

私の時計は毎日十分位進みます。（我的錶每天快十分鐘左右。）

私はさように存じまする。（特別丁寧）（我是那樣想。）

推量法

あなたは多分まだ知りますまい。（您大概還不知道吧。）

あの人はそんなへりくつは言いますまい。（他不會那樣強詞奪理吧。）

前提法

あなたが勧めますと彼も賛成するでしょう。（假使您勸一勸的話，他也會贊成吧。）

彼も意見があると思いますから一応聞いた上で定めましょう。

（我想他也有意見，姑且問了以後再決定吧。）

品物は沢山ありますが気に入ったのはありません。（東西有很多，但中意的卻沒有。）

山野さんは英語が出来ますけれどもロシヤ語は出来ません。

（山野先生會英語，但是不會俄語。）

並列法

会場には男も居りますし女も居ります。（會場也有男人也有女人。）

あの方は智恵もありますしお金もあります。（他既有智惠，也有錢。）

連體形

連體形

今度参観に参ります動物園は東洋一の上野動物園でございます。

（這次來參觀的動物園是東洋第一的上野動物園。）

あそこに見えますのは富士山でございます。（在那裏看得到的是富士山。）

雨の降りまする日は外出致しません。（特別尊重）（下雨的日子，不外出。）

比況法

明日は雨が降りますようですよ。（明天好像會下雨。）

大谷さんに早く行かれますように伝えてくれませんか。（請傳告大谷先生早一點去。）

前提法

吉野さんが出来ますなら彼にお願いしましょう。（吉野先生會的話，就拜託他吧。）

夏にはチョウチブスが流行(はや)りますので食物に注意しなければいけません。

（夏天流行傷寒，必須注意食物。）

ぼくにも出来ますのにぼくには任せませんでした。（我也會，但卻不交給我做。）

假定形

前提法

あなたが行かれますればぼくも行きます。（假使您去的話，我也去。）

私の意見を聞かれますれば私は反対します。（如果聽我的意見的話，我是反對的。）

並列法

田代先生は哲学も研究されますれば文学も研究されます。（田代老師既研究哲學，也研究文學。）

あの方は柔道も出来ますれば唐手も出来ます。（他既會柔道，又會空手道。）

命令形

一寸ここでお待ち下さいませ(まし)（請在這裡等一下。）

どうぞごゆっくりお話しなさいませ(まし)（請慢慢說。）

○**注意** 「ます」的命令形接在敬語動詞下面表示特別尊重的命令。女性常使用，男性不大使用。

第六節　否定助動詞　ない　ぬ(ん)

〔一〕意　義　否定助動詞「ない」「ぬ(ん)」表示動作・作用的否定之意。

ぼくはあなたの意見に賛成しない。（我不贊成您的意見。）

〔二〕活用表

(A)　ない

基本形	未然形	連用形	終止形	連體形	假定形	命令形	活用型
ない	なかろ	なかっ なく	ない	ない	なけれ	○	形容詞型活用
主要用法及接續的附屬語	推量法(う)	連用法(なる) 時態法(た) 中止法(て) 前提法(ては・たら／ても・たって) 当然法(てはならない／てはいけない) 並列法(なり)	終止法 傳達法(そうだ) 推量法(らしい) 前提法(と・から・が／けれども) 並列法(し)	連體法 比況法(ようだ) 前提法(なら／ので／のに／くせに) 推量法(だろう／かもしれない)	前提法(ば) 並列法(ば)		

連用形的「なかっ」連接「た・たら・たり」、「なく」連接「て・ては・ても・たって」。

(B) ぬ(ん)

基本形	未然形	連用形	終止形	連體形	假定形	命令形	活用型
ぬ	○	ず	ぬ(ん)	ぬ(ん)	ね	○	特別活用型
主要用法及接續的附屬語		中止法 副詞法(に)	終止法 傳達法(そうだ) 推量法(らしい) 前提法(と・から・が けれども) 並列法(し)	連體法 比況法(ようだ) 前提法(なら ので のに くせに) 推量法(だろう かもしれない)	前提法(ば) 並列法(ば)		

連用形的「ず」連接「に」或不連接而單獨使用，終止形和連體形因發音上的關係發成「ん」。

〔三〕 接續法「ない」、「ぬ(ん)」也接在動詞和動詞型活用助動詞「れる・られる・せる・させる・たがる」等的未然形。還有「ぬ(ん)」接在敬讓助動詞「ます」的未然形「ませ」。

読ま（五段）
起き（上一）
教え（下一）　＞ない
こ（カ変）　　ぬ（ん）

し（サ変）↓ない
せ（サ変）↓ぬ（ん）

話され（れる）
用いられ（られる）　＞ない
行きたがら（たがる）　ぬ（ん）

書かせ（せる）
受けさせ（させる）　＞ない
　　　　　　　　　　ぬ（ん）
飲みませ（ます）↓ぬ（ん）

註一〇 否定助動詞「ない・ぬ（ん）」不接動詞「ある」。「ある」的否定是用形容詞「ない」來表示。

例如

机の上に本がある。——本がない。

彼等は学生である。——学生でない。

あそこは静かである。——静かでない。

ドアが締めてある。——締めてない。

還有，否定助動詞「ない」和形容詞「ない」的區別參照等八章第四節註三。

○注意 「ない」在會話和文章都使用，「ぬ」在文章裏（但在關西會話也用）「ん」僅用於「ます」的未然形（ませ）。

〔四〕　否定助動詞的用例

(A)　ない

未然形

推量法

夜業をやっても間に合わなかろう。（即使加夜班也趕不上。）

彼の援助がなければ成功しなかろう。（沒有他的援助的話，就不會成功。）

○**注意**　在會話的場合「なかろう」不太用，普通是用「ないだろう」「ないでしょう」來代替。

連用形

連用法

根本君は最近ダンスに行かなくなった。（根本君最近不去跳舞了。）

三国さんは近頃来なくなったが何かあったのでしょうか。

（三國先生近來不來了，大概發生什麼事吧。）

時態法

夜業をやったが間に合わなかった。（雖然加夜班了，還是來不及。）

あの人がスパイであることは誰も知らなかった。（他是間諜，誰都不知道。）

中止法

彼は何も言わなくてすぐ帰った。（他什麼也沒說，立刻就回去了。）

あいつは御飯も食べなくて泣くばかりだった。（那傢伙飯也不吃，光是哭。）

〇**注意**　右邊的用法「なくて」普通是說成「ないで」。

彼は何も言わないですぐ帰った。

あいつは御飯も食べないで泣くばかりだった。

前提法

夜業をやらなくてはとても間に合いそうもない。（假使不加夜班，似乎不太趕得上。）

部長が出席しなかったらこの会合は意味がないでしょう。

（部長沒出席的話，這個集會就沒意思吧。）

彼は来なくても予定通り出発する。（即使他不來，也要按照預定出發。）

言わなくたってそのくらいは分かっている。（就是不說，大體上也知道。）

當然法

国民は法律を守らなくてはならない。（國民必須遵守法律。）

あの部屋はきれいに掃除しなくてはいけない。（那房間非打掃乾淨不可。）

並列法

あの人は来たり来なかったり実にわがままだ。（他要來，又不來，實在太隨便。）

彼はあの政党を、支持したり、しなかったりして全くの日和見主義者です。（他一會兒支持那政黨，一會兒又不支持，完全是機會主義者。）

終止形

終止法

火のないところには煙は立たない。（無風不起浪。）

光陰は矢の如く二度と帰らない。（光陰似箭，再也不回來。）

傳達法

午後の会議には大野さんは出席しないそうです。（下午的會議，聽說大野先生不出席。）

春日さんはダンスが出来ないそうだ。（聽說春日先生不會跳舞。）

推量法

おじさんも行かないらしい。（好像叔叔也不去。）

あの柄は一万田さんは気に入らないらしい。（那身材好像一万田先生不中意。）

前提法

不断勉強しないと試験の時に困る。（假使沒不斷用功，考試時就傷腦筋。）

ぼくは分らないからあなたに聞くのだ。（因為我不知道，所以才問您的。）

あれは役に立たないがないよりも増しだ。（那個沒有什麼用，但有比沒有好。）

彼は何も知らないけれども知っているふりをした。（他什麼也不知道，但是裝著知道的樣子。）

並列法

あの学生は遅刻もしないし早退もしない。（那個學生既不遲到，也不早退。）

あの木は花も咲かないし実もならない。（那棵樹也不開花，也不結果實。）

連體形

連體法

時間を守らないことは現代人の恥です。（不遵守時間，是現代人的恥辱。）

英語で話せないのは残念だ。（不會說英語，太可惜。）

比況法

台所には誰も居ないようだ。（廚房裏，好像沒有人在的樣子。）

香港で雪が降らないようです。（香港好像不下雪。）

前提法

買わないならわざわざ見に行く必要がない。（假使不要買，就沒必要專程去看。）

近頃すい眠が足りないので少しめまいがする。（近來睡眠不足，所以有一點頭暈。）

ぜんぜん知らないのに何でも知っているまねをしている。（完全不知道，但卻裝著什麼都知道。）

あいつは何も出来ないくせに威張っている。（那傢伙什麼都不會，反而自以為了不起。）

推量法

あの人はそんな不徳なことはしないでしょう。（他不會做那樣不道德的事吧。）

倉石さんは参加しないかもしれない。（也許倉石先生不會參加。）

假定形

前提法

六時までに来なければ待たないで下さい。（假如六時以前不來的話，請不要等。）

文法が分らなければ文章の意味が分りかねます。（如果不懂文法，文章的意思就不容易懂。）

並列法

良いとも言わなければ悪いとも言わない。（既不說好，也不說壞。）

あの子はおとなしいから競馬もしなければ競輪もしない。

（那個孩子很聽話，既不賭競馬也不賭競輪。）

(B) ぬ(ん)

連用形

中止法

あの方は酒も飲まず、煙草も飲まない。（他也不喝酒，也不抽煙。）

おめず、おくせず、勇気を出して進みなさい。（請不畏不懼，鼓起勇氣前進。）

副詞法

そんなことをかまわずに早く行っていらっしゃい。（不要管那件事，請早一點去。）

あの娘は何もせずに部屋に閉じこもってぼんやりしている。

（那位姑娘什麼也不做，關在房間發呆。）

○**注意** 不用「—ずに」而使用「—んで」也是常見。

彼は何も言わんで行ってしまった。（他什麼都沒說，就去了。）

運動もせんで読書ばかりしている。（都不運動，光是讀書。）

終止形

終止形

自分の欲しないことは人に施さぬ。（己所不欲，勿施於人。）

私はそんなぞんざいな話は致しません。（我不會說那樣粗魯的話。）

傳達法
若林君はいつも自分の過ちを認めぬそうだ。（據說若林君往常是不認過錯的。）

あの人はつまらない書物に目もくれぬそうだ。（據說他不看無聊的書籍。）

推量法
有賀さんには臨機応変の処置が出来ぬらしい。（有賀先生似乎不會臨機應變處理事情。）

あいつは今でも分からぬらしい。（那小子好像到現在還不曉得。）

前提法
人の忠告を聞かぬと進歩しない。（假如不聽人的忠告，就不會進步。）

平生どんな事でも偽らぬから人気を得たのだ。（因為平生什麼事都不說謊，博得好評。）

表面では活動に参加せぬが蔭ではそれを操っている。（表面不參與活動，但暗地卻在操縱著。）

彼を納得させることは出来ぬけれども反省させることは出来ると思う。

（不能叫他同意，但是我想能夠叫他反省。）

並列法

あの子は勉強もせぬし、運動もせぬ。（那孩子既不用功，也不運動。）

芳沢さんはへつらいもせぬし、くそ威張りもせぬ。（芳沢先生既不諂媚，也不擺臭架子。）

連體形

連體形

訳の分らぬ奴と交際したくない。（不想和莫明其妙的傢伙交往。）

ほらを吹けぬ人出世が遅い。（不會吹牛的人，發展就慢。）

見栄（みえ）を張らぬのは彼の正直なところだ。（不擺場面是他正直的地方。）

比況法

猪谷さんは服装には一向に構わぬようだ。（豬谷先生一向不重視服裝。）

支配人は店をきびしく取締れぬようです。（經理對店裏管理似乎不嚴格。）

前提法

自分の過ちを認めぬなら自分に偽わることだ。（如果不承認自己的過錯，就是對自己說謊。）

自分の欠点を認めぬので人に嫌われる。（因為不承認自己的缺點，所以被人討厭。）

誰にも招かれぬのに自分でやって来た。（雖然沒有被邀請，可是自己來了。）

あいつは英語がぜんぜん出来んくせにいつも外人とつきあいたがっている。

（那小子英語完全不會，卻常常想和外國人交往。）

推量法

君は周囲の騒々しさが気に入らぬだろう。（你不喜歡周圍的吵鬧吧。）

ばかまじめな人は出世が出来ぬかもしれない。（太過於認真的人也許不會成功。）

假定形

前提法

本を読まねば事理を弁（わきま）えられぬ。（若是不讀書就不會懂得事理。）

中国の文化を研究せねば中国の偉大さを知ることが出来ぬ。

（假如不研究中國的文化，就無法知道中國的偉大。）

並列法

三浦さんは生意気なことも言わねば人の機嫌も取らぬ。（三浦先生既不說大話也不討好別人。）

「進退きわまる」とは前へも進まれねば、後へも退けぬ事をいう。

（「進退維谷」就是說既不能前進，也不能後退。）

○**注意**　否定助動詞的假定形「なけれ」「ね」下面接續「ば、こそ」時有（因為）意思，表示理由。

連中が納得しなければこそ説明して上げたのだ。（就是因為大家不理解，才要向他們說明。）

言葉を慎しまねばこそ秘密をばれたのだ。（就因為說話不謹慎，所以才會洩漏秘密。）

第七節　希望助動詞　たい　たがる

〔一〕意　義　希望助動詞「たい」和「たがる」都是表示希望的意思。「たい」是表示心中潛在的希望，「たがる」是表示自然流露的希望。即是「たい」表示不為人所知的希望的心理意圖，「たがる」表示為人所知的希望的意識狀態。在意思上主要有⑴內心懇求的希望的（たい）和表示⑵外部表現的希望的（たがる）二種用法。

ぼくはあの映画が見に行きたい。（內在的希望）（我想去看那電影。）

柏森君もあの映画を見に行きたがっている。（外在的希望）（柏森君也想去看那電影。）

「たい」表示內心所想的希望，常用於說話者或筆者自身，「たがる」表示外部所見的希望（的樣子）常用於說話者以外的他人。

〔二〕活用表

(A)　たい

基本形	未然形	連用形	終止形	連體形	假定形	命令形	活用型
たい	たかろ	たかっ たく	たい	たい	たけれ	○	形容詞型活用
主要用法及接續的附屬語	推量法 (う)	連用法 (ない・なる) 時態法 (た) 敬讓法 (ございます ぞんじます) 中止法 (て) 前提法 (ては・たら ても・たって) 並列法 (たり)	終止法 傳達法 (そうだ) 推量法 (らしい) 前提法 (と・から・が けれども) 並列法 (し)	連體法 比況法 (ようだ) 前提法 (なら ので のに くせに) 推量法 (だろう かもしれない)	前提法 (ば) 並列法 (ば)		

○**注意**　「たい」的連用形「たく」接續「ございます」「存じます」時，和形容詞相同發生音便。即是「たく」變成「とう(たう)」。

私も一緒に参りとう(たう)ございます。（我也想一起去。）

是非拝見戴きとう(たう)存じます。（一定想拜見一下。）

(B)　たがる

基本形	未然形	連用形	終止形	連體形	假定形	命令形	活用型
たがる	たがら	たがり たがっ	たがる	たがる	たがれ	○	動詞型活用
主要用法及接續的附屬語	否定法（ない）	時態法（た） 敬讓法（ます） 中止法 前提法（ては・ても） 並列法（ながら）	終止法 傳達法（そうだ） 推量法（らしい・まい） 前提法（と・から・が・けれども） 並列法（し）	連體法 比況法（ようだ） 前提法（なら・ので・のに・くせに） 推量法（だろう・かもしれない）	前提法（ば） 並列法（ば）		

[三] 接續法「たい」和「たがる」都接在動詞和動詞型活用助動詞「れる・られる・せる・させる」的連用形。

帰り（五段）
見（上一）
寝（下一）
き（カ變）
し（サ變）
} たい／たがる

呼ばれ（れる）
教えられ（られる）
書かせ（せる）
食べさせ（させる）
} たい／たがる

〔四〕希望助動詞的用例

(A) たい

未然形

推量法

若い連中はアメリカへ留学に行きたかろう。（年青的伙伴想要去美國留學吧。）

みんなが帰りたかろうと思ったから一人残らず帰しました。（大家想回去，所以全部都回去了。）

○注意 右邊的推量法不太使用，實際的會話普通是用「―たいだろう」「―たいでしょう」表示之。

行きたいだろう(でしょう)

帰りたいだろう(でしょう)

連用形

連用法

何となく帰りたくなった。（總是想要回去。）

こういう羽目(はめ)になった以上はもう何も言いたくない。（既然陷入這樣的困境，已經不想說什麼了。）

時態法

そのとき、あの全集を買いたかった。（那時候，想買那本全集）

あそこへ行って見たかったがとうとう暇がなくて行けなかった。

（想去那裡看一看，但是終究沒有空，不能夠去。）

敬讓法

この辞書を一寸拝借致しとう存じます。（我想借一下這一本辭典。）

ご迷惑ですが私も御一緒に上りとうございます。（打擾了，我也想一起去。）

○注意　如右「―とう（―たく的音便）」接續「ございます」「存じます」成為謙讓的敬語表現。

中止法

映画を見に行きたくて父にお金をせびった。（很想去看電影，向父親硬要錢。）

中川博士の著書を読みたくてずいぶんさがしました。（想讀中川博士的著書，找了很久。）

前提法

あんなに金をもうけたくてはろくな事はしまい。（假使那麼想賺錢，就不會幹正經事吧。）

もし一緒に行きたかったら早く仕度しなさい。（如果想一起去，請早一點準備。）

アルバイトをやりたくてもチャンスがない。（就是想打工，也沒有機會。）

当選したくたって人気がなければだめだ。（即使想要當選，沒有聲望是不行的。）

並列法

ドライブに行きたかったり、泳ぎに行きたかったりして少しも落着かない。（又想開車兜風，又想去游泳，一點也靜不下來。）

商売をやりたかったり会社に勤めたかったりしてまったく定見がない。（又想做買賣，又想到公司上班完全沒有主見。）

終止形

終止法

人間は誰でも出世したい。（人無論誰都想出人頭地。）

ずいぶんくたびれたから早目に休みたい。（非常疲倦，所以想早一點休息。）

傳達法

千田さんは土木が専攻したいそうだ。（聽說千田先生想要專攻土木。）

白さんも夏休みの時香港に帰りたいそうです。（聽說白小姐也想在暑假的時候回去香港。）

推量法

仕事さえあれば夜でも働きたいらしい。（似乎只要有工作的話。晚上也想工作。）

天野君も一緒に行きたいらしい。（好像天野君也想一起去。）

前提法

どんしても選挙に当選したいと不正をしがちだ。（不管如何都想在選舉當選的話，就容易賄選。）

ぼくはその筋を聞きたいから話してもらったのです。（我想聽聽那道理，所以）

柔道を勉強したいが体がだめだ。（想要學柔道，但身體不行）

彼は立派な政治家になりたいけれども政治家としての識見と修養が足りない。

（他想做政治家，可是做政治家的見識和修養不足。）

並列法

野球もやりたいし、バスケットもやりたい。（也想打捧球，也想打籃球。）

ビーフステーキも食べたいし、豚カツも食べたい。（既想吃牛排，也想吃炸豬肉片。）

連體形

連體法

彼の読みたいものは文学的な書物だけだ。（他所想讀的只是文學的書籍。）

ぼくの申し上げたいのはただ「ありがとう」の一言だけです。

（我所想說的只是「謝謝」一句話而已。）

比況法

彼女の歌は誰でも聞きたいようです。（她的歌好像誰都想聽。）

山下さんは機械学が習いたいようだ。（山下先生好像想學機械學。）

前提法

そんなに早大に入りたいならもっと勉強しなければならない。（那樣想進早大的話就必須更用功。）

将来医者になりたいので今医学を勉強しているのだ。（將來想當醫生，所以現在學習醫學。）

許して上げたいのにわざと許さないふりをしている。（雖然想要原諒，但卻故意裝著不原諒的樣子。）

推量法

日本に行きたいくせにそうでないと言っている。（雖然想去日本，反而說不想去。）

品質もいいし値段も安いし誰でも買いたいだろう。（品質也好，價錢也便宜，誰都想買吧。）

井上さんはドイツよりもアメリカに行きたいかもしれない。（與其德國也許井上先生想去美國。）

假定形

前提法

本当に買いたければ少し負けて上げましょう。（如果真的想買的話，就稍微算便宜一點。）

ここに残りたければ一人で残りなさい。（假使想留在這裡，請一個人留下來。）

並列法

釣りにも行きたければ猟にも行きたい。（也想去釣魚，也想去打獵。）

冬になるとスケートもしたければスキーもしたい。（一到冬天，就想溜冰，也想滑雪。）

註十一　「たい」的語幹「た」連接尾語「さ」「げ」或樣態助動詞「そうだ」「そです」可以與其上接動詞合成一個名詞或形容動詞來使用。

たい的語根

郷里をしのび帰りたさに夜も眠れぬ。（由於想念家鄉很想回去，晚上也睡不著。）

彼は物言いたげに私を見た。（他想要說話地看了我。）

杉山さんは今日は酒を飲みたそうだ。（杉山先生今天好像想喝酒。）

(B)　たがる

未然形

否定法

会場の人達は誰でも彼と話したがらない。（會場的人們，誰也不想和他說話。）

加藤さんはあの事については聞きたがらない。（加藤先生關於那件事，不想聽。）

連用形

時態法

昨年はアメリカへ旅行に行きたがった。（去年想去美國旅行。）

田中さんは中村歌右衛門の芝居を見たがった。（田中先生想看中村歌右衛門的戲。）

敬譲法

夏になると日本人はみんな富士山に登りたがります。（一到夏天，日本人大家都想登富士山。）

若い人達はダンス音楽を聞くとすぐ踊りたがります。（年輕人一聽到跳舞的音樂，馬上就想跳舞。）

中止法

大矢さんは歌を歌いたがり、相馬さんはダンスをしたがる。

（大矢先生想唱歌，相馬小姐想跳舞。）

男はウイスキーを飲みたがり、女はビールを飲みたがった。（男人想喝威士忌，女人想喝啤酒）

前提法

そんなに買いたがっては高くぶっかけられるぜ。（假使那様想買，就會被敲竹槓啊。）

全部覚えたがっても一回では覚えきれない。（即使想全部背起來，但是一次背不完。）

並列法

あの人は勉強したがりながら金ももうけたがる。（他一面想上學，一面想賺錢。）

太郎は技術者になりたがりながら音楽にも興味をもっている。

（太郎想做技術人員，對音樂也有興趣。）

終止法

終止法

労働者達も時としては円満に解決したがる。（勞工們有時候也想圓滿解決。）

あの子はいつも探偵小説を読みたがる。（那孩子常常想看偵探小說。）

傳達去

中井さんのお嬢さんは今でもバレーを習いたがるそうだ。（聽說中井先生的小姐想學巴蕾舞。）

あの役人連中は人に招待されると麻雀をしたがるそうだ。

（聽說那些官員一被招待，就想打麻將。）

推量法

映画でさえあれば何でも見たがるらしい。（好像只要是電影，什麼都想看。）

ジャズシンガーは民謡を歌いたがるまい。（爵士歌手不會想唱民謠吧。）

前提法

あの人が今度の事件の内幕（うちまく）を聞きたがると面倒だ。（如果他想聽這次的事件的內幕，就痲煩了。）

星野君が自分の腕を揮いたがるからぼくは手出しをしなかった。（星野君想要施展自己的才能，所以我就沒有插手。）

日本人は一軒の家に住みたがるが、米国人はアパートに住みたがる。（日本人想住獨戶房屋，美國人想住公寓。）

並列法

野坂さんは理工科に行きたがるけれどもとても無理だろう。（野坂先生想唸理工科，但是很勉強。）

運動家である成瀬さんは夏には水泳をしたがるし冬にはスケートをしたがる。（運動家的成瀨先生夏天想游泳，冬天想溜冰。）

あの人は金が入ったらすぐ飲み屋へ飲みに行きたがるしダンスホールへ踊りに行きたがるしとにかくじっと家に居ることが出来ない性分（しょうぶん）だ。（他一有了錢馬上就想去酒館喝酒，也想去舞廳跳舞，總而言之，是不能乖乖在家的性格。）

連體形

連體法

でしゃばりたがる人は必らずしも腕のある人ではない。（愛顯耀的人未必是有能力的人。）

わざと危[あやう]い橋を渡りたがるのは彼の生まれつきの性格だ。

（故意想走危險的橋，是他天生的性格。）

比況法

あのおじさんはいつも人の世話を焼きたがる(ようだ)。（那個叔叔平常好像很愛管人家的閒事。）

じっとしている事のきらいな相沢君はこんな雨の日でも出掛けたがる(ようだ)。

（好動的相沢君這樣的下雨天似乎也想外出。）

○注意　「たがる」原來「たい」的語幹「た」接續接尾語「がる」而成的，其自身含有從外觀狀態來推量的意思，下面普通是不必連接「ようだ」。

前提法

彼女は聞きたがるなら教えてあげてもさしつかえない。（假如她想聽的話，就告訴她也無妨。）

酒井君は時々学校をさぼりたがるのでクラスの人達に軽べつされる。

（酒井君時常想逃學，所以被班上的人看不起。）

神沢さんは助けたがるのに周りの人に反対されてついやめてしまった。

（神沢先生想幫助，但是被周圍的人反對，終於作罷。）

あいつは学校をさぼりたがるくせに用事があってしかたがないと言っている。

（那傢伙想逃學，反而說有事情，沒有辦法。）

推量法

奨学金で留学に行かせるのだから誰でも行きたがるでしょう。

（讓人拿獎學金去留學，所以誰也想去吧。）

掘り出し物と言えば連中も買いたがるかもしれない。（假如說是珍品也許大家都想買。）

假定形

前提法

三郎が行きたがれば行かせなさい。（如果三郎想去的話，就請讓他去吧。）

国家公務員検定試験を受けたがれば受けさせたまえ。

（如果想參加國家公務員檢定考試的話，就請讓他參加吧。）

並列法

彼女はアメリカへも行きたがればフランスへも行きたがる。（她也想去美國，也想去法國。）

ブラウンさんは東大も受けたがれば早大も受けたがる。（布朗先生也想考東大，也想考早大。）

［五］　希望表現　所謂希望大體上可分為自己自身希望實現的「願望的希望」和希望要求他人來做的「

希求的希望」（也叫做依賴），它們的表現法如下。

㈠ 願望的希望：

⑴ 動詞的場合：　連用形＋〈たい。／たがる。　　行きたい。／帰りたがる。

⑵ 形容詞的場合：　～がほしい。　　お茶がほしい。

㈡ 希求的希望。

⑴ 動詞連用形＋てほしい。　　話してほしい。

⑵ 動詞連用形＋て〈もらう。（一般）／いただく。（丁寧）　　手伝って〈もらう。／いただく。

⑶ 動詞の連用形＋て｛もらいます。／いただきます。／いただきとうございます。　　書いて｛もらいます。／いただきます。／いただきとうございます。

⑷ 動詞の連用形＋て〈もらいたい。／いただきたい。　　読んで〈もらいたい。／いただきたい。

(5)	～をお願い＜します。 いたします。	ご協力をお願い＜します。 いたします。
(6)	～よう(に)お願い＜します。 いたします。	忘れないようにお願い＜します。 いたします。
(7)	お(ご)連用形＋＜ねがう。 ねがいます。	お入り＜ねがう。 ねがいます。　ご遠慮＜ねがう。 ねがいます。
(8)	お(ご)連用形＋ねがいたい。	お止めねがいたい。　ご説明ねがいたい。

第八節　推　量　助　動　詞　らしい　う　よう　まい

A　らしい

〔一〕意義　「らしい」用於表示以某一依據事實來推定某一事情或狀態的意思。

あの千円札はにせ物らしい。（那一張一千圓好像是假鈔。）

明日も雨が降るらしい。（好像明天也會下雨吧。）

〔二〕活　用　表

基本形	未然形	連用形	終止形	連體形	假定形	命令形	活用型
らしい	○	らしく らしかっ	らしい	らしい	○	○	形容詞型活用
主要用法及接續的附屬語		連用法（ない・なる） 時態法（た） 敬讓法（ございます 存じます） 中止法 副詞法 前提法（て ては たら たって ても） 並列法（たり）	終止法 傳達法（そうだ） 前提法（と・から・が けれども） 並列法（し）	連體法 前提法（なら ので のに）			

連用形「らしく」下面接「ございます」「存じます」的時候，變成ウ音便「らしゅう」。

あの後姿はどうも大石先生らしゅうございます。（那後面的姿勢，總覺得很像大石老師。）

[三]　接續法

「らしい」接在動詞・形容詞・助動詞「れる・られる・せる・させる・たがる・たい・ない・ぬ・た」的終止形以外也接體言・副詞・助詞「の・から・まで」等。

降　る（五段）
起きる（上一）
受ける（下一）
く　る（カ変）
す　る（サ変）
　　　　　　　　　らしい。

暖かい（形）
涼しい（形）
　　　　　　　　　らしい。

病　院（体言）
ちょっと（副詞）
昨日まで（助詞）
　　　　　　　　　らしい。

読まれる
見られる
買わせる
受けさせる
行きたがる
　　　　　　　　　らしい。

書きたい
来ない
できぬ
捨てた
　　　　　　　　　らしい。

註十二　「らしい」接在體言・副詞・體言助詞之時，不僅表示推量的意思，也表示添加敘述的意思，就是說接續沒有敘述作用的單語時，即賦予推量的敘述能力。例如、前述「にせ物らしい」是表示「にせ物であるらしい」的意思。

［四］　「らしい」的用例

連用形

連用法

彼は見掛けも挙動も紳士らしくない。（他的外表和舉動都不像紳士。）

暖かくなってようやく春らしくなった。（天氣變暖和，漸漸像春天了。）

時態法

そのとき彼の挙動は軍人らしかった。（那時他的舉動像軍人。）

あの人の口振り（くちぶ）りは本当に役人らしかった。（他的口氣好像真的是官員。）

敬讓法

あの建物は病院らしゅうございます。（那建築物好像是醫院。）

清水先生はもう帰ったらしゅう存じます。（我想清水老師好像已經回去了。）

〇**注意**　如右「—らしゅう（らしく的音便）接續「ございます」「存じます」就成為謙讓的敬語表現。

中止法

河野さんは玉突もできるらしく、バトミントンもできるらしい。

（河野先生好像會打撞球，也好像會打羽毛球）

和崎君はよく酒場に行くらしく、福島君はよくダンスホールに行くらしい。

（和崎君好像常常去酒館，福島君好像常常去舞廳。）

副詞法

彼は軍人らしく、立派に戦った。（他像軍人很會打仗。）

彦坂さんはがっかりしたらしく、黙って去って行った。（彦坂先生好像很失望，不說話離去了。）

前提法

入社試験の時にあまり病人らしくては合格出来ませんよ。

（入社考試時，過於像病人一樣，不會及格的。）

見掛けは紳士らしかったら人に信用されやすい。（外表看起來像紳士的話，易於被人信用。）

どんなに本物らしくても、にせ物はにせ物だ。（不論怎樣像真品，假冒品就是假冒品。）

あの人は軍人らしくたって軍人としての気はくがないようだ。

（他即使像軍人，但似乎沒有做為軍人的氣魄。）

並列法

彼の演技は時には三船敏郎（みふねとしろう）らしかったり、三国連太郎（みくに）らしかったり、まるで個性がない。

（他的演技有時像三船敏郎，又像三國連太郎簡直沒有個性。）

加藤さんの演説は学者らしかったり、政治家らしかったり、なかなか変化があって面白い。

（加藤先生的演說又像學者，又像政治家，很有變化，有趣）

終止形

終止法

松本君の生活は近頃ずいぶん苦しいらしい。（松本君的生活近來好像非常苦。）

読むことは出来るが話すことはできないらしい。（會讀但是好像不會說。）

傳達法

スペイン語は石森さんが話せるらしいそうだ。（聽說石森先生好像會說西班牙語。）

粕谷さんは近頃あまり見かけないが病気らしいそうだ。

（粕谷先生近來很少見到，聽說好像生病。）

前提法

外見が努力家らしいと好感をもたれやすい。（外表好像是努力的人的話，就容易博得好感。）

タイプは石橋君ができるらしいから頼んでみましょう。（好像石橋君會打字，所以拜託他看看。）

この商売は今とても好景気らしいけれども長くは続かない。

（這買賣現在非常好景氣，但是不會繼續太久。）

あの人は見掛けは紳士らしいが実はスリの親分だ。（那個人外表像紳士，事實上是扒手的老大。）

並列法

重山君はポルトガル語もわかるらしいしイスパニヤ語もわかるらしい。

（重山君好像既會葡萄牙語，又會西班牙語。）

あのデパートの商品は値段も安いらしいし品質もいいらしい。

（那百貨公司的商品好像價錢又便宜，品質又好。）

連　體　形

連體法

さきほど和田君は田舎者らしい人と道でけんかした。（剛才和田君在路上和像鄉下佬打架。）

あそこに何かあったらしい様子だ。（那裏好像發生什麼的様子。）

前提法

学者らしいならどこへ行っても人に尊敬されやすい。

（像學者様子的話，到哪裡都容易被人尊敬。）

外へ出たいらしいので出してやりました。（好像想要外出，所以就讓他出去。）

稲葉さんを誘えば行くらしいのに誘わなかった。（稱葉先生邀請的話就會去，但卻沒邀請他。）

○**注意**　助動詞「らしい」依照現今的日本語文法書，沒有假定形「らしけれ(ば)」（口語）。表示假定條件在口語裏用「らしいなら(ば)」。

雨が降るらしいなら止しましょう。(如果下雨，就作罷。)

用事があるらしいなら呼ばなくてもいい。(好像有事的話，就不要叫他好了。)

註十三 助動詞「らしい」和接尾語「らしい」活用全然相同事實上容易混同。其區別如下

一、意思的區別 在助動詞的場合「らしい」的上面可以介入「である」也可以和「であるようだ」「であると思う」互換，但是接尾語的場合不可以。

(a) 向から来る人は女らしい。(助動詞)(從對面來的人好像是女人的様子。)

(b) あの人は女らしい。(接尾語)(他像女人一様。)

(a)的場合「女らしい」是「女であるらしい」的意思，可以和「女であるようだ」「女であると思う」互換，但(b)的場合不可以。

二、文法上的區別 助動詞的場合「らしい」所接續的體言的上面可以接連體修飾語，但接尾語的場合因為已轉成(形容詞)不可以。

例如(a)「女らしい」可以接續「若い女らしい」「外国人の女らしい」的連體修飾語，但(b)的場合不可以。

註十四 「静からしい」「じょうずらしい」等所謂的形容動詞的語幹接有「らしい」的單語句，其「らしい」

如何認定，學者的意見各不相同，本書認為是「憎らしい」「可愛らしい」等形容詞語幹連接尾語「らしい」而形成一個新的形容詞相同看做一個形容詞並否定形容動詞語幹接助動詞「らしい」。本書主張助動詞接單語不接語幹，因為「形動」的語幹和成立「形動」的理由相同，亦是單語。

B　う　よう

〔一〕意義　「う」「よう」表示說話者對於有關現在・過去・未來自己以外的事加以推量的意思，或者表示說話者或動作主欲為某動作的意志（決意）。

在意思上主要有(1)表示推量(2)表示意志(3)表示勸誘或商量三種用法。

この模様なら明日は天気でしょう。（推量）（這個情況的話，明天會好天氣吧。）

ぼくらもそうしよう。（意志）（我們也要那麼做。）

映画を見に行きましょう。（勸誘・商量）（去看電影好嗎？）

〔二〕活用表

基本形	未然形	連用形	終止形	連體形	假定形	命令形	活用型
う	○	○	う	（う）	○	○	語形不變型
よう	○	○	よう	（よう）	○	○	語形不變型

主要用法及接續的附屬語				終止法 前提法（と・から が・けれども） 並列法（し）	連體法			

「う」「よう」的連體形一般少使用。

[三] 接續法　「う」接在五段動詞的未然形（オ段音）或形容詞、形容動詞及助動詞「ない・たい・たがる・そうだ・そうです・ようだ・ようです・みたいだ・みたいです・だ・です・ます・た」的未然形。

「よう」接在「上一段・下一段・カ行變格・サ行變格等動詞的未然形及助動詞「せる・させる・れる・られる」的未然形。

読も　（五段オ段音）
高かろ　（形　・ク　活）
優しかろ　（形　・シク活）
静かだろ　（形動・ダ　活）
静かでしょ　（形動・デス活）
｝う

見　（上一）
寝　（下一）
こ　（カ変）
し　（サ変）
｝よう

買わなかろ（ない）
行きたかろ（たい）
読みたがろ（たがる）
降りそうだろ（そうだ）
降りそうでしょ（そうです）
飛ぶようだろ（ようだ）
飛ぶようでしょ（ようです）
本物みたいだろ（みたいだ）
本物みたいでしょ（みたいです）
机だろ（だ）
机でしょ（です）
帰りましょ（ます）
咲いたろ（た）
　　　　　　　　　　　　　　　　　　　　　　　　}う

書かせ（せる）
捨てさせ（させる）
怨まれ（れる）
見られ（られる）
　　　　　　　　　　}よう

〔四〕「う」「よう」的用例

終止形

終止法

あの幼稚園にはピアノがあろう。（那幼稚園有鋼琴吧。）

それは定めし面白かろう。（那一定有趣吧。）

もう十二時だから寝よう。（已經十二點了，睡覺吧。）

そんなことをいうと人に誤解されよう。（那樣說的話，會被人誤解吧。）

前提法

あそこに誰か居るだろうからその人に伝えて下さい。（在那裏大概有人吧，請轉告那個人。）

「雨もすぐ晴れようからもう少し待とう」と伯父さんは言った。（伯父說「雨大概也就要停了吧，再稍微等一等」）

いやでもあろうが断わらないでくれ。（就是不願意，也請不要拒絕。）

私も一回やって見ようがうまくやれるかどうか分らない。（我也做一次看看，但是能順利與否不知道。）

彼の書く手紙は字は下手だろうけれども文章はうまい。（他寫的信，字不好看，但是文章很好。）

○**注意**　「う」「よう」連接「と」如「―う(よう)と―う(よう)と」二個以上並列表示逆態的強調假定前提條件的意思。例如

雨が降ろうとやりが降ろうと行かねばならない。（逆態的假定條件）

（不論遭遇什麼困難，都非去不可。）

捨てようと捨てまいと君の勝手だ。（不管放棄或不放棄，是你的自由）

又「う」「よう」連接「とする」表示動作・作用確實將要實現的意思，或開始實現了的意思。

例如

入場券を買おうとする人が売場の前で列を作って待っている。

（要買門票的人，在售票口的前面，排列等著。）

太陽丸の入港しようとする少し前に歡迎の人達は皆埠頭に集った。

（在太陽丸入港的稍前，歡迎的人們都在碼頭集合。）

並列法

疲れもあろうし実際行きたくない気持もあろう。（既有些疲倦，實際上也沒有想去的意願。）

星野も来ようし芳沢も来るだろう。（星野也要來吧，芳沢也要來吧。）

連體形

連體法

世間にそんな恩知らずな人があろうはずがない。（社會上不該有那樣不知恩的人的道理。）

今度の訴訟は胡さんの負けよう道理がない。（這次的訴訟，胡先生沒有敗訴的道理。）

○**注意**　「う」「よう」的連體形如右例偶而使用但普通不太用。

C　まい

〔一〕意義　「まい」是「う」「よう」的否定意思。

在意味上主要有表示 (1) 否定的推量 (2) 否定的意志 (3) 否定的商量三種用法。

嵐山の紅葉はまだ散るまい。（否定的推量）（嵐山的紅葉還沒掉落吧。）

いくら怒ってもぼくはあんな暴言は吐くまい。（否定的意志）

（就是怎樣生氣，我也不會說粗暴的話。）

お互にこれからなまけまい。うんと勉強しましょう。（否定的商量）

（從現在開始彼此不要偷懶吧，好好來用功。）

〔二〕活用表

基本形	未然形	連用形	終止形	連體形	假定形	命令形	活用型
まい	○	○	まい	（まい）	○	○	語形不變型
主要用法及接續的附屬語			終止法 前提法（から・が けれども） 並列法（し）	連體法			

〔三〕　接續法　「まい」接在五段動詞和助動詞「たがる」「ます」的終止形或五段以外的動詞和助動詞「せる・させる・れる・られる」的未然形。

行く　　（五　段）　　　　起き　（上一）
会いたがる（助　動）まい　調べ　（下一）ます
売ります（助　動）　　　　こ　　（カ変）
読ませ　（せ　る）　　　　し　　（サ変）
受けさせ（させる）まい
だまされ（れ　る）
見られ　（られる）

〔四〕　まい的用例

終　止　形

終止法

立つのが遅かったから今ごろはまだ着くまい。（因為晚出發，所以現在還不會到吧。）

特急はもう出たかも知れませんが普通急行はまだ出ますまい。

（特快車也許已經開了，但普通快車還沒有開吧。）

前提法

誘っても来まいから誘いませんでした。（就算邀請也不會來吧，所以就沒有邀請。）

おいしくありますまいが一つお上り下さい。（大概不好吃吧，但請吃一個。）

あの人は邪魔はしまいが力を貸すこともないだろう。（他大概不會打擾，但是也不會幫忙吧。）

蚊は今は出まいけれどももうすぐ出るだろう。（現在大概不會有蚊子，但是馬上就有吧。）

並列法

こんなに早く行くと恐らく川崎さんも起きていまいし、川崎さんの奥さんも起きていまい。

（這麼早去的話，恐怕川崎先生沒起床吧，川崎的太太也沒起床吧。）

別に珍らしくもあるまいし面白くもあるまい。（沒有特別珍貴，也沒有特別有趣吧。）

○注意　「まい」連接助詞「し」是表示並列的用法，此外還有如「でないから」（順態接續）「でないのに」（逆態接續）的用法。

子供ではあるまいし（でないから）その位の道理が分からないはずがない。

（也不是小孩，所以那一點兒道理，不應該不知道才對。）

気違いではあるまいし（でないのに）人の前でどうしてそんな失礼なことが出来るのか。

（並不是瘋子，但為什麼在人的面前會那樣失禮呢？）

連　體　形

連體法

彼のことだから暴力を使うまいものでもない。（因為就是他，所以也不是不會使用暴力吧。）

○注意　連體形如右僅連接極少數的單語，一般不太使用。

註十五　表示推量的意味「う」「よう」直接連接動詞・形容詞的說法，不如現今的會話裡介入助動詞「だ」「です」「ます」間接的說法普遍，即是動詞・形容詞的終止形連接「だろう」「でしょう」動詞的連用形連接「ましょう」的說法。詳細內容參照第七章第二節[二]㈡推量表現。

第九節　過去完了的助動詞　た

[一]　意義　助動詞「た」表示時間的過去以及和時間沒關係的動作・作用的完了，或動作・作用已完了的結果的存在狀態。

在意思上主要有　⑴表示過去、⑵表示完了、⑶表示存在三種用法。

五年前は、この辺に公園があった。（過去）（五年前，在這一帶有公園。）

兄は今帰った。（完了）（哥哥剛才回去了。）

右の壁に掛けた図案は古川さんの設計図です。（存在）

（掛在右邊牆壁的圖案，是古川先生的設計圖。）

〔二〕活用表

基本形	未然形	連用形	終止形	連體形	假定形	命令形	活用型
た	たろ	○	た	た	たら	○	特別活用型
主要用法及接續的附屬語	推量法（う）		終止法 推量法（らしい） 傳達法（そうだ） 前提法（から・が けれども） 並列法（し）	連體法 比況法（ようだ） 前提法（なら ので のに くせに） 推量法（だろう かもしれない）	假定法（ば）		

〔三〕接續法　「た」(1)　接在動詞及動詞型活用助動詞「せる・させる・れる・られる・たがる」的連用形。但是有音便的就接在音便形。促音便的場合就接在「っ」下面，但鼻音便（に・び・み）及イ音便（ギ的場合）的時候「た」就必須改為「だ」

(2)　接在形容詞及形容詞型活用助動詞「ない・たい・らしい」的連用形「かっ」形

(3)　接在形容動詞及形容動詞型活用助動詞「だ・そうだ・ようだ・みたいだ」的連用形「だっ」形。

(4)　接在特別活用型助動詞「ます・です」的連用形。

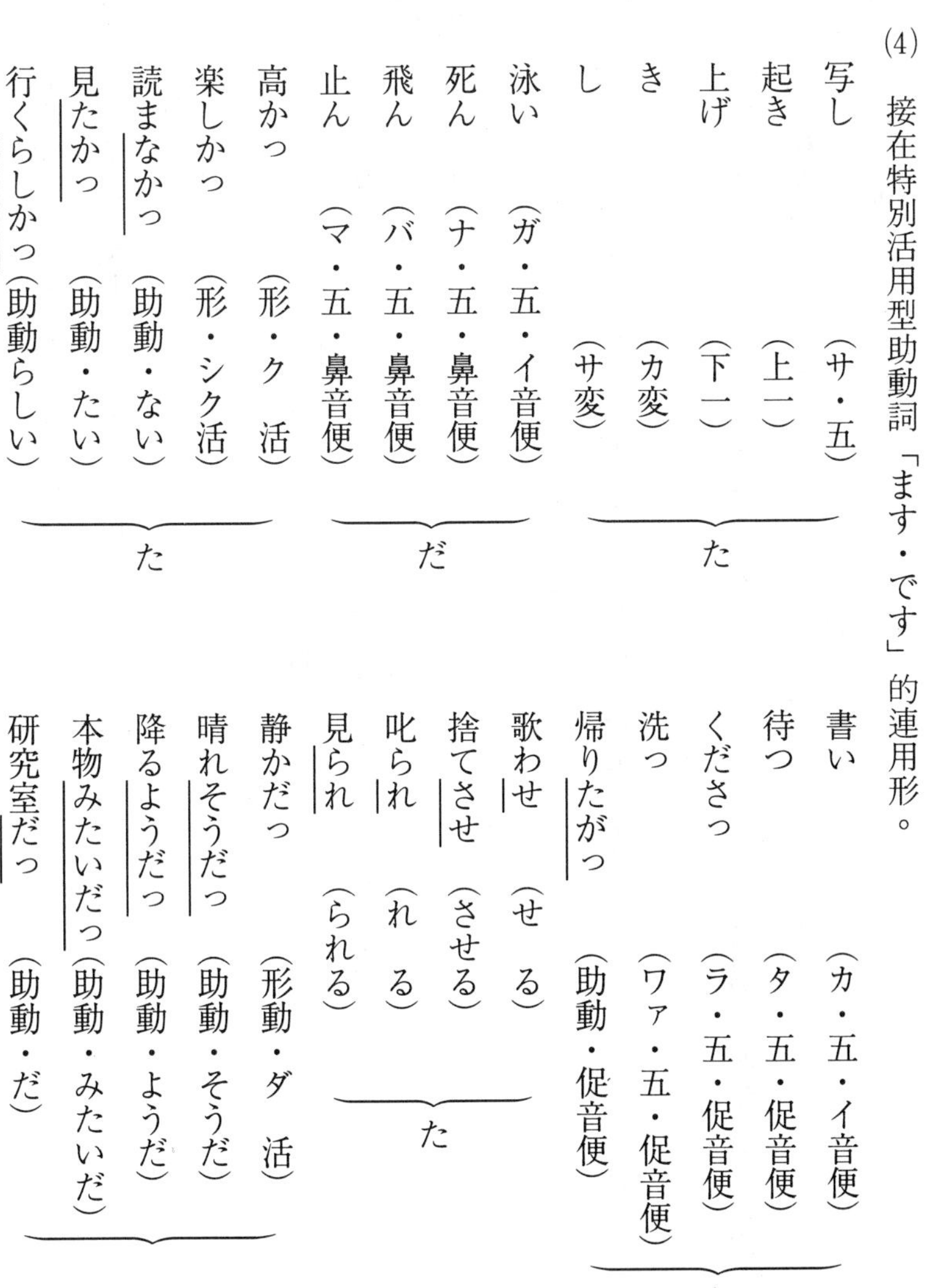

写し（サ・五）
起き（上一）
上げ（下一）
き（カ変）
し（サ変）
──た

泳い（ガ・五・イ音便）
死ん（ナ・五・鼻音便）
飛ん（バ・五・鼻音便）
止ん（マ・五・鼻音便）
──だ

高かっ（形・ク　活）
楽しかっ（形・シク活）
読まなかっ（助動・ない）
見たかっ（助動・たい）
行くらしかっ（助動・らしい）
──た

書い（カ・五・イ音便）
待っ（タ・五・促音便）
くださっ（ラ・五・促音便）
洗っ（ワァ・五・促音便）
帰りたがっ（助動・促音便）
──た

歌わせ（せ　る）
捨てさせ（させる）
叱られ（れ　る）
見られ（られる）
──た

静かだっ（形動・ダ　活）
晴れそうだっ（助動・そうだ）
降るようだっ（助動・ようだ）
本物みたいだっ（助動・みたいだ）
研究室だっ（助動・だ）
──た

休みまし（助動・ます）
倉庫でし（助動・です）｝た

［四］過去完了助動詞「た」的用例

未然形

推量法

授業のベルが鳴ったろう。（上課鈴已經響了吧。）

今度の颱風では被害者が多かったろう。（這次的颱風受害者很多吧。）

終止形

終止法

雨がまた降り出した。（雨又開始下了。）

戦前にはこんなに流行しなかった。（戰前並沒有這麼流行。）

推量法

先生のおっしゃったことは彼は全部わかったらしい。（老師所說的他好像全部知道了。）

伊東の桜がもう咲いたらしい。（伊東的櫻花好像已經開了。）

傳達法

ウイルソンさんは先月国へ帰ったそうです。（聽說威爾遜先生上個月回國了。）

亜細亜という雑誌はもう出版したそうだ。（聽說叫做亞細亞雜誌已經出版了。）

前提法

人の忠告を聞き入れなかったから失敗したのだ。（因為聽不進人家的忠告，所以才失敗。）

昨夜の電報は何回も読んだが意味がさっぱりわからなかった。（昨晚的電報雖然看了很多次，可是意思還是完全不懂。）

今度は相当に骨を折ったけれどもやはりだめだった。（雖然這次非常努力，但是還是不行。）

並列法

その時は病気だったし手許に金もなかったし、本当にみじめな目に会いました。（那時候又生病，身邊又沒有錢，真的很悲慘。）

清水さんは奨学金ももらったし、恋人も出来たし、実に幸福だ。（清水先生又拿到奬學金，又有了情人實在幸福。）

連體形

連體法

税関は密輸入された貨物を差押えました。（稅關沒收了走私的貨物。）

月光に満ちた庭に立って静かに夜空を眺めた。（站在充滿月光的庭院，靜靜地眺望夜空。）

比況法

最近双方の代表団の意見が少し近付いたようだ。（好像最近雙方的代表團的意見有一點接近。）

隣りは今朝から全部出掛けたようだ。（鄰居好像從今天早上就全出去了的樣子。）

前提法

この本は出版したならきっと大きな反響を呼ぶ。（這本書假如出版了的話，一定喚起很大的回響。）

詮衡が厳しかったので合格者が少なかった。（選考很嚴格，所以及格者很少。）

あんなに叱られたのにちっとも恥を感じない。（雖然被罵得那樣，可是一點也不感到羞恥。）

全部わかったくせにわざと聞き返しをする。（雖然全部都知道，卻故意再問。）

推量法

とうとう先生に見られたでしょう。（終於被老師看到了吧。）

彼の秘密はもうばれたかもしれない。（或許他的秘密已經被發現了。）

假　定　形

假定法

人の恩を受けたら、返さなければならない。（如果受到了人家恩惠，就必須報答。）

中山先生に会ったら、よろしく言って下さい。（碰見了中山老師的話，就請問好一下。）

○注意　在實際的會話裏假定形普通不接「ば」。

〔五〕　時態表現　有關語法上的時態問題學者的說明各不相同，一般分為如下的「時階」和「動作態」。

(A)　時階─「時」分為定時和不定時（或稱恒時）、定時以區別事象・事件的時間的前後分為現在・過去・未來三段階（時階─有的學者叫做「時間段階」）是說話者主觀的決定動作・作用發生的時間的位置，不定時是關於表現通過現在・過去・未來整個期間的事象、與時間沒關係的事象，即是永遠的真理、恒常的習慣、一般的諺語普通的常識等的。實際地說，不定時是超越時間，與時間沒關的也可叫做「超時」。

關於以上的「時」的表現法簡單可分為如下。

- 時
  - 定時
    - 現在─用動詞的基本形來表示。
    - 過去─用動詞的連用形接助動詞「た」來表示。
    - 未來
      - 推量的未來─用動詞的未然形接助動詞「う」「よう」來表示。
      - 確定的未來─用動詞的基本形來表示。
  - 不定時
    - 經常的事象
    - 與時間沒關係的事象
    - （以上）用動詞的基本形來表示。

例如

今日は豊楽園で楊さんの送別会を開く。（現在）（今天在豐樂園開楊先生的歡送會。）

昨日は豊楽園で楊さんの送別会を開いた。（過去）（昨天在豐樂園開楊先生的歡送會。）

明後日は豊楽園で楊さんの送別会を開く。（未來—確定的）

（後天在豐樂園開楊先生的歡送會。）

近い中に豊楽園で楊さんの送別会を開こう。（未來—推量的）

（近日中將在豐樂園開楊先生的歡送會。）

一プラス一は二になる。（不定時—真理）（一加一等於二。）

市川さんは日曜の午後釣りに行く。（不定時—習慣）（市川先生星期日的下午都去釣魚。）

猿も木から落ちる。（不定時—諺）（智者千慮，必有一失。）

一年は春・夏・秋・冬の四季に分ける。（不定時—常識）（一年分為春夏秋冬四季。）

(B) 動作態—從動作・作用的客顧性的超時性的樣態來看，一般可分為繼續態（或者進行態）・完了態・存在態三種。（這些叫做動作態。）

一、繼續態　表示動作的進行・繼續。

(1) 現在繼續—動詞連用形　＋　ている。

表示現在其動作正在進行・繼續的意思

今大工が家を建てている。（現在木工正在建房屋。）

(2) 過去繼續—動詞連用形 ＋ ていた。

表示在過去某一期間中其動作正在進行・繼續意思。

昨日の午前中は大工が家を建てていた。（昨天的上午，木工正在建房屋。）

(3) 未來繼續—動詞連用形 ＋ ていよう（ているだろう）

表示在未來某一期間中其動作正在進行・繼續的意思。

明日の午前中も大工は家を建てていよう。（明天的上午木工將要建房屋。）

(4) 不定時繼續—動詞連用形 ＋ ている。

表示與時間沒關係的動作的進行・繼續。

地球は太陽の周りを回っている。（地球轉著太陽的周圍。）

二、完了態　表示動作的完了・終結。

(1) 現在完了　動詞連用形 ＋＜ た / てしまった

表示現在其動作完了的意思。

訪問団は出発した。（訪問團出發了。）

(2) もう李君への返事を出してしまった。（已經回了李君的信。）

過去完了　動詞連用形　＋　てしまった。

表示過去其動作完了的意思。

訪問団は先月出発してしまった。（訪問團上個月已經出發。）

李君への返事は昨日出してしまった。（李君的回信昨天已經寄出去了。）

(3) 未來完了　動詞連用形　＋　てしまおう(てしまうだろう)

表示未來其動作即將完了的意思。

訪問団は来月の初め頃には出発してしまおう(てしまうだろう)と思う。

（我想訪問團在下個月初的時候，即將出發了。）

張君は李君への返事を明日の午前中に出してしまおう(てしまうだろう)。

（張君即將在明天上午要寄掉李君的回信。）

(4) 不定時完了　動詞連用形　＋　てしまう。

表示與時間沒關係的動作完了。

天才でも努力しなければ凡人になってしまう。（就是天才如果不努力，就會成為了凡人。）

どんな金持でもでたらめに使えば文なしになってしまう。

（不管怎樣有錢，亂花錢的話，也就會變成了一貧如洗。）

三、存在態　表示狀態（動作完了的結果）的存在。

(1)　現在存在＜ 自動詞連用形 ＋ ている / 他動詞連用形 ＋ てある

表示現在其狀態（動作完了的結果）存在著的意思。

壁に油絵が掛っている。（油畫掛在牆壁。）

菊の花が後の庭に植えてある。（菊花種在後面的庭院。）

(2)　過去存在＜ 自動詞連用形 ＋ ていた / 他動詞連用形 ＋ てあった

表示在過去某一期間中其狀態（動作完了的結果）存在著的意思。

十日前にはこの壁に油絵が掛っていた。（十天前這牆壁掛著油畫。）

昨年は後の庭に菊の花が植えてあった。（去年後面的庭院種著菊花。）

(3)　未來存在＜ 自動詞連用形 ＋ ていよう（ているだろう） / 他動詞連用形 ＋ てあろう（てあるだろう）

表示未來某一期間中其狀態（動作完了的結果）即將存在著的意思。

将来はこの壁に油絵が掛っていよう（ているだろう）。（將來油畫會掛在這牆壁。）

来年の秋は後の庭に菊の花が植えてあろう（てあるだろう）。

（明年的春天後面的庭院將種有菊花。）

(4) 不定時存在＜ 自動詞連用形 ＋ ている
　　　　　　　 他動詞連用形 ＋ てある

表示與時間沒關係的狀態。

キリストはクリスチャンの心の中に生きている。（耶蘇基督活在基督徒的心中。）

論語の中には儒教（じゅきょう）の神髄（しんずい）が説いてある。（在論語裏有講解儒教的精髓。）

把以上所述的綜合起來，就成為下表

表現形式＼時態	現在	過去	未來	不定時	接續	意味
繼續態	ている	ていた	ていよう（ているだろう）	ている	動詞連用形	動作的進行・繼續

完了態	た てしまった	てしまった	てしまおう （てしまうだろう）	てしまう	動詞連用形	動作的完了
存在態	ている てある	ていた てあった	ていよう （ているだろう） てあろう （てあるだろう）	ている てある	自動連用形 他動連用形	状態的存在

○注意　表示各動作態的未來的「ていよう」「てあろう」「てしまおう」普通不太使用，一般的會話的時候是使用「ているだろう」「であるだろう」「てしまうだろう」。

註一六　「ている」表示繼續態和存在態，繼續態的場合連接「ている」的動詞（不限於自・他）其動詞自身也能夠表示已經有相當時間的繼續的動作，從意思上說，是動作的進行・繼續的動詞，相反地，存在態的場合連接「ている」的動詞（只限自動詞）其動詞自身不是繼續的而是相當於瞬間的、變化的事象之表現，從意思說，是狀態的存續動詞。

例如

弟が小説を読んでいる。（繼續態）（弟弟正在看小說。）

労働者が働いている。（繼續態）（勞工正在工作。）

庭に雪が積っている。（存在態）（庭院積著雪。）

着物にしみがついている。（存在態）（衣服沾著污點。）

但是，依情形有時候很難明確分別。其時僅能從前後文的意思來判斷，沒有其他的方法。例如

雪が降っている。（在下雪。）

這種表現有「雪が今降りつつある」（現在正在下雪）（繼續態）和「雪がすでに降って積っている」（雪已經下了，堆積著。）（存在態）的二種的意思，所以要區別它只能依其說話的場面，別無其他。

註一七 「ている」「てある」「てしまう」現今的文法都認為是助詞「て」和動詞「いる」「ある」「しまう」的複合語，但是，這些在構成動作態的功能上與助動詞「た」相同，故看做準助動詞較宜。在實際的會話裏也有時把「ている」說成「てる」，「てしまう」說成「ちまう」，更說成「ちゃう」。

外は雨が降ってる。（降っている）（外面正在下雨。）

あの人は何もいわずにさっさと行っちまう。（行ってしまう）（他什麼也沒說突然走掉了。）

ああ、すっかり忘れちゃった。（忘れてしまった）（啊，完完全全忘掉了。）

註一八 在關西把「いる」說成「おる」所以「ている」就說成「ておる」。會話時把「ておる」更說成「とる」「ちょる」。

第十節　斷定助動詞　だ　です

〔一〕　意義　斷定助動詞「だ」「です」是表示說話者單純肯定的判斷的意思。「だ」是一般的說法，「です」是鄭重的說法。也叫做「指定助動詞」。

右にある白い五階建は中央市場だ(です)。（在右邊的白色的五層樓建的是中央市場。）

座談会は午後七時から始まるのだ(です)。（座談會是從下午七時開始的。）

註一九　「だ」「です」連接體言或體言＋助詞，即連接沒有敘述作用的語句的場合，表示斷定的意思以外，也賦予敘述的作用。例如、右例的「~中央市場だ」的「中央市場」是名詞它自身沒有敘述力不能做述語。但是連接「だ」就賦予敘述力可做為述語。

〔二〕　活用表

(A)　だ

基本形	未然形	連用形	終止形	連體形	假定形	命令形	活用型
だ	だろ	だっ で	だ	(な)	なら	○	形容動詞活用型

主要用法及接續的附屬語	推量法（う）	連用法（ある・ない） 時態法（た） 中止法 並列法（たり）	終止法 傳達法（そうだ） 前提法（と、から、が、けれども） 並列法（し）	前提法（ので のに）	假定法（ば）		

連用形連接「─だっ」「た・たり・て」、「─で」其自身表示中止或連接後文。

(B) です

基本形	未然形	連用形	終止形	連體形	假定形	命令形	活用型
です	でしょ	でし	です	○	○	○	形容動詞型活用
主要用法及接續的附屬語	推量法（う）	時態法（た） 中止法（て） 並列法（たり）	終止法 前提法（と・から が・けれども） 並列法（し）				

[三] 接續法 「で」「です」連接體言・助詞「の」「ほど」「ぐらい」「ばかり」「だけ」「など」「やら」「から」「まで」及介入助詞「の」的動詞・形容詞・形容動詞・助動詞（う・よう・まい・そうだ・

ようだ・ます・除外）的連體形。介入的「の」説成「ん」也可以，但那是有一點不很客氣的説法。

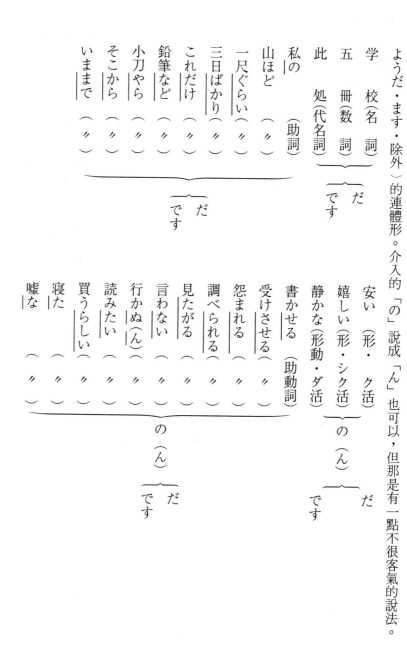

学　校（名　詞）
五　冊（数　詞）
此　処（代名詞）
} だ／です

私の　（助詞）
山ほど　（〃）
一尺ぐらい（〃）
三日ばかり（〃）
これだけ（〃）
鉛筆など（〃）
小刀やら（〃）
そこから（〃）
いままで（〃）
} だ／です

安い　（形・　ク活）
嬉しい（形・シク活）
静かな（形動・ダ活）
} の（ん） だ／です

書かせる　（助動詞）
受けさせる（〃）
怨まれる（〃）
調べられる（〃）
見たがる（〃）
言わない（〃）
行かぬ（ん）（〃）
読みたい（〃）
買うらしい（〃）
寝た（〃）
嘘な（〃）
} の（ん） だ／です

行く（五段）
起きる（上一）
調べる（下一）
くる（カ變）
する（サ變）

（以上）の（ん）だ／です

接續上的例外

但是下面的場合不介入「の」直接可以連接動詞・形容詞・助動詞的連體形。

(1)「だ」「です」的未然形——就是「う」所接續成「だろう」「でしょう」

出来るだろう。（でしょう）
高いだろう。（でしょう）
見られただろう。（でしょう）

(2)「だ」假定形——就是「なら」或「なら」也接續助動詞「ます」。

行くなら。
安いなら。
読みたいなら。（如果想要讀的話。）

出来ますなら。（如果可能的話。）

(3) 連接終助詞的「です」——就是「ですか」「ですよ」「ですね」等僅連接形容詞、或形容詞型活用的助動詞的場合而已。

それはおいしいですか。（那很好吃嗎？）

あなたも行きたいですね。（您也想要去吧。）

如右不介入「の」「ん」的説法是很普通。

○注意 (イ) 「です」不接「ます」但可以直接接有否定助動詞「ん」的「ません」。

参りませんです。（不去。）

買いませんでした。（沒有買。）

(ロ) 敬語動詞「いらっしゃる」「おっしゃる」「くださる」「なさる」接「の」或「ん」再接「です」是很普通但是不接「だ」。

いらっしゃる
おっしゃる
くださる
なさる
} の(ん)です

註二〇　形容詞不接「の」「ん」而直接「です」的用法現在漸漸普遍，最近的將來也許會被認為是標準的說法。

この問題は難かしいです。（這個問題是很難。）

それはいいです。（那好。）

當然如前面接續上的例外⑶所述「です」連接終助詞「か・よ・ね」的說法為現今的文法書所認定。

この本は難しいですか。（這本書難嗎？）

それはいいですよ。（那好呀。）

今日は熱いですね。（今天很熱呀。）

〔四〕　斷定助動詞的用例

未然形

推量法

あの緑色の明りは約束の信号だろう。(でしょう)（那綠色的燈光是約定的信號吧。）

心が楽しければ肉体的疲労は忘れられるだろう。(でしょう)（內心快樂的話，就會忘記肉體上的疲勞吧。）

○**注意**　右邊的「だろう」「でしょう」也有人認為是推量助動詞。

連 用 形

連用法

この本は外国人のための文法学習書である。（這一本書是為外國人的文法學習用書。）

あの薬は効(きき)があるばかりでなく安いんだ。（那個藥不但有效而且便宜。）

時態法

十年前はこの辺は畑だった。（でした）。（十年前這一帶還是旱田。）

昨日の委員会は出席者が僅か三分の一だった。（でした）（昨天的委員會出席者僅僅三分之一。）

中止法

先頭はブラスバンドで（でして）、後には歓迎の群衆が続いています。

（前面是吹奏樂團，後面接著歡迎的群眾。）

今日は勤労感謝の日で（でして）、学校は休みです。（今天是勤勞感謝日，學校放假。）

○注意　「でして」一般不太使用，這時候普通是說成「—でございまして」。

今日は勤労感謝の日でございまして、学校は休みでございます。

並列法

集会の場所は倶楽部だったり（でしたり）レストランだったり（でしたり）定っていません。

（集會的場所在俱樂部，或是在餐廳，沒有決定。）

李君の数学の成績は満点だったり(でしたり)不合格だったり(でしたり)むらがありすぎる。

（李君的數學成績有時滿分，有時不及格，很不穩定。）

○注意　「—だっ」接「て」的時候有「であっても」「でも」的意思用於表示逆態的意思。

休みの日だって(であっても)仕事が一杯で休めない。（雖然是放假日，但工作很多，不能休息。）

にせ物だって(であっても)本物そっくりだ。（雖然是仿冒品，但很像真品。）

少しだって(であっても)ぜんぜんないより増しだ。（雖然少，但比起完全沒有來得好。）

終止形

終止法

人間は万物の霊長だ(です)。（人是萬物之靈）

毎年東大の志願者は大変多いん(の)だ(です)。（每年東大的志願者非常多。）

傳達法

あれは第一期卒業生の記念品だそうです。（聽說那是第一期畢業生的紀念品。）

奈良の大仏は日本の国宝の一つだそうです。（聽說奈良的大佛是日本的國寶之一。）

前提法

明日はお天気だ(です)といいですね。(明天假如好天氣就好呀。)

あなたは学生だ(です)から当然学割(学生割引券)を使えます。

(您因為是學生，所以能夠使用學生優待券。)

父は商人だ(です)が私は商人になりたくない。(父親是商人，但是我不想當商人。)

彼の話は全部うそだ(です)けれども人はうそだと思わない。

(他的話全部是撒謊，但是不認為人不合適。)

○注意　「だ」「です」的終止形也可接「のに」。

立花さんはドイツ生れだ(です)のにドイツ語は話せない。

(立花小姐在德國出生，但卻不會說德語。)

並列法

彼は新米だ(です)し田舎者だ(です)し仲間にからかわれるのは免れ得ないことです。

(他又是新手、又是鄉下人，難免會被同伴嘲弄。)

卒業したばかりだ(です)し若僧だ(です)し当然給料は高くはない。

(才畢業而且又年青，當然薪水不高。)

連體形

前提法

いなごは害虫な(です)ので退治しなければならない。（蝗蟲是害蟲，所以必須消滅。）

今日は休みな(です)のに出勤しました。（今天放假，可是去上班了。）

○**注意** 連體形「―な」接助詞「の」再接終止形「だ」「です」，即是「―なのだ」「―なのです」或者「―なんだ」「なんです」用於語勢加強的場合。

力は正義なのだ(なのです)。（力量就是正義。）

君こそぼくの親友なんだ(なんです)。（您才是我的親友。）

還有連體形除下用於例如之外（接形式名詞）不接一般體言。

楊君会長なはずがない。（楊君不可能是會長。）

あれが山なものかもちろん雲さ。（那會是山嗎？當然是雲呀。）

假定形

假定法

ぼくが君なら(ば)そんなことには賛成しない。（如果我是你的話，就不會贊成那樣的事。）

やってみたいなら(ば)やってみたまえ。（假如想做做看的話，就請做看看吧。）

○**注意** 假定形「なら」會話的時候通常不接ば。

註二一　表示假定條件的「なら」和「たら」的區別

「なら」是對還沒有成立的某一事情做斷定的假定，而「たら」是假定已經成立的某一事情。換言之「なら」是現在的或未來的假定（對前提句的斷定的假定的關心）「たら」是過去的或完了的假定（對後述的判敘表現的期待）「たら」也可改用「たなら」。

ぼくが行くならきっと君を連れて行って上げる。（假使我要去的話，就帶你去。）

ぼくが行ってしまったら(行ってしまったなら)君は一人で寂しいでしょう。（如果我去了的話，你一個會寂寞吧。）

あの人に会うなら服装をきちんとして行きなさい。（假如要見他的話，就穿著整整齊齊去。）

太田先生に会ったら(会ったなら)よろしくおっしゃってください。(假使見到太田老師，請問好。)

[五]　斷定表現　斷定表現有表示狹義的單純的肯定判斷，和廣義的添加種種的意思的區別。

(一)　狹義的斷定表現

(1)　斷定助動詞＜だ / です

(2) 準斷定助動詞

- である。　わが輩は猫である。（吾輩是貓。）
- であります。　人間は理智的な動物であります。（人是理智的動物。）
- でございます。これはあの人の十八番の芸でございます。（這是他的拿手戲。）

㈡ 廣義的斷定表現

(1) ～なのだ（強調）

ⓐ ～なの（ん）＜ だ／です

ⓑ ～なの（ん）{ である／であります／でございます

(2) ～もの＜ だ／です （一般的現象）

(3) ～＜ はず／わけ ＞＜ だ／です （必然性的強調）

(4) 〜に〈ちがい／相違〉ない（強調・斷言）

(5) 〜といえる（斷言）

ⓐ 〜といえる

ⓑ 〜ということができる

ⓒ 〜といってもさしつかえない

ⓓ 〜といってよい

ⓔ 〜というほかはない

ⓕ 〜といわなければならない

(6) 〜ある

ⓐ 〜ことがある（蓋然性的說法）

（〜ことが〈おおい／すくなくない〉）

ⓑ 〜したことがある（例示・經驗）

ⓒ 〜おそれがある（推定）

ⓓ ～ひつようがある（勸誘・說明）

(7) ～する

ⓐ ～ことにする（決定）

ⓑ ～ようにする（決意）

ⓒ ～とする　（假定）

ⓓ ～〈という／ような〉感(かん)じがする（推定・不確定）

ⓔ ～〈という／ような〉気(き)がする（推定・不確定）

(8) ～なる

ⓐ ～ことになる（變化的決定）

ⓑ ～ようになる（變化的決意）

ⓒ ～となる　（變化）

ⓓ ～気(き)になる（變化的決意）

第十一節 様態助動詞 そうだ そうです

〔一〕意 義 様態助動詞「そうだ」「そうです」表示說話者推量動作或狀態，將移到某動作・狀態的樣子所說的意思。「そうだ」普通的說法，「そうです」鄭重的說法。

今日も風が吹きそうだ(そうです)。（今天也好像要刮風的樣子。）

〔二〕活 用 表

基本形	未然形	連用形	終止形	連體形	假定形	命令形	活用型
そうだ（普通）	そうだろ	そうだっ そうで そうに	そうだ	そうな	そうなら	○	形容動詞型活用
そうです（丁寧）	そうでしょ	そうでし	そうです	○	○	○	
主要用法及接續的附屬語	推量法（う）	時態法（た） 中止法（そうで） 副詞法（そうに） 並列法（たり）	終止法 前提法（から が・けれども） 並列法（し）	連體法 前提法（ので のに）	前提法（ば）		

連用形「だっ」接續過去完了的「た」及助詞「たり」、「そうで」主要是中止，「そうに」可做副詞來使用。

[三] 接續法

樣態助動詞「そうだ」「そうです」接在動詞及動詞型活用助動詞「れる・られる・せる・させる・たがる」的連用形。

連用形	接續
降り（五段） 起き（上一） 負け（下一） き（カ変） し（サ変）	そうだ そうです
待たせ（せ　る） 調べさせ（させる） 怨まれ（れ　る） 追っかけられ（られる） 行きたがり（たがる）	そうだ そうです

註二四 關於「苦しそうだ」「静かそうだ」有人認為是形容詞・形容動詞的語幹連接樣態助動詞「そうだ」所形成的，但是本書認為和前述「らしい」相同（註十四）採助動詞接單語說，形容詞・形容動詞的語幹不是語所以不接樣態助動詞「そうだ」。因此，如「苦しそうだ」「静かそうだ」可認為是一個複合語（形容動詞）「そうだ」看做接尾語。

還有，接尾語「そうだ」連接語幹一音節的形容詞「よい」「ない」的場合，語幹下面得加「さ」

變成「よさそうだ」「よさそうです」「なさそうだ」「なさそうです」。

そんな惨酷なことは今まではなさそうだ。（到現在止，好像沒有那様惨酷的事。）

楊さんの字はよさそうだ。（楊先生的字似乎很好。）

但是連接助動詞「たい」「ない」的場合不加「さ」即成為「たそうだ」「たそうです」「なそうだ」「なそうです」應該認為各一語，而且各為準助動詞才對。

辻さんも食べたそうだから、少し残して上げましょう。（辻先生似乎也想吃，留一點給他吧。）

［四］ 様態助動詞的用例

未然形

推量法

よく御覧なさい。向が負け｛そうだろう。／そうでしょう。｝（請仔細看，對方好像要輸了吧。）

雨が降り｛そうだろう。／そうでしょう。｝（好像將要下雨吧。）

連用形

時態法

今は晴れたがさっきはたしかに降り{そうだった。／そうでした。}（現在天晴了，但剛才確實好像要下雨的樣子。）

風が吹き{そうだっ／そうでし}たから出帆を中止させました。（因為好像要刮風的樣子，所以停止出航。）

中止法

子供が病気にかかりそうで心配しました。（孩子好像是生病，所以掛心。）

雨が降りそうで、傘を持って行った。（好像要下雨的樣子，所以帶傘去。）

副詞法

初めは勝ちそうになったがとうとう負けてしまった。（開始好像打勝了，但最後還是打敗了。）

舟はもうすぐ出帆しそうに見える。（船看起來好像馬上就要開了。）

並列法

深酔いした彼は川に落ち{そうだっ／そうでし}たり、ころび{そうだっ／そうでし}たり、連れて帰るのに苦労した。

（醉過頭的他好像要掉到河川，又好像要跌，帶他回來，真累。）

雨が降り{そうだっ／そうでし}たり、風が吹き{そうだっ／そうでし}たりする時は登山を見合せる方がいい。

（好像要下雨，又好像要刮風的時候，暫時不去登山比較好。）

終止形

終止法

アジア問題研究会は真剣にやり{そうだ。／そうです。}（亞洲問題研究會，好像很認真的樣子。）

郭さんは近い内に国へ帰り{そうだ。／そうです。}（郭先生近日中好像要回國的樣子。）

前提法

雨が降り{そうだ／そうです}と困るね。（好像要下雨的話，就糟糕啊。）

東大は落ち{そうだ／そうです}からもう一つ外の大学を準備したまえ。（因為東大好像要落榜的樣子，所以請再準備一間別的大學。）

あいつはいつも事件を起し{そうだ／そうです}けれども起さない。（那傢伙經常好像要製造問題，但都沒有。）

並列法

太郎も行きたがり{そうだ／そうです}し次郎も行きたがり{そうだ／そうです}し、一体誰を連れて行く方がいいでしょうか。

（太郎也好像想去，次郎也好像想去，到底帶誰去比較好呢？）

風も吹き{そうだ／そうです}し、雨も降り{そうだ／そうです}し、今日は立たないことにしましょう。

（也好像要刮風，也好像要下雨，就決定今天不走了。）

連體形

連體法

向の背の低い人が何かをいいそうな様子だ。（那邊個子矮的人好像要說什麼的樣子。）

それもありそうなことですね。（那也好像會有的事呢。）

前提法

この辺には追はぎが出そうなので夜遅くは外出しないでくれ。

（這一帶好像有路上打劫的樣子，所以請不要太晚外出。）

あの人は読めそうなのに実はぜんぜん字を知らないそうだ。

（他好像會讀，但聽說事實上完全不識字。）

○注意　「のに」接在「そうだ（そうです）」的終止形。

けんかを売り{そうだ／そうです}のに案外おとなしく引き下った。（好像要找人打架，但卻出乎意外乖乖地離開。）

假定形

前提法

あの方は来そうなら(ば)誘って来て下さい。（他好像要來的話，就請邀他來。）

相手が出方を変えそうならもうすこし辛抱しよう。

（假使對方的態度好像有改變的話，就再忍耐一下吧。）

○注意　會話場合假定形「そうなら」不接「ば」。

註二五　表示樣態「そうだ」的否定普通都說成：

雨が降りそうもない。

彼は行きそうもありません。

但是如：

雨が降りそうで(は)ない。

彼は行きそうで(も)ありません。

這樣的說法不太使用。

第十二節　傳達助動詞　そうだ　そうです

〔一〕意義　傳達助動詞「そうだ」「そうです」表示從他人（即是事實關係的本人、或本人以外的人）所聽來的事，說話者把它傳知第三者的意思。「そうだ」是一般的說法「そうです」是鄭重的說法也叫做「傳聞助動詞」。

香港では冬でも雪が降らないそうだ。（聽說在香港，就是冬天也不會下雪。）

〔二〕活用表

基本形	未然形	連用形	終止形	連體形	假定形	命令形	活用型
そうだ（普通）	○	そうで	そうだ	○	○	○	形容動詞型活用
そうです（丁寧）	○	そうでし	そうです	○	○	○	同
主要用法及接續的附屬語		中止法	終止法 前提法（から・が けれども） 並列法（し）				

連用形「そうで」其自身「そうでし」連接「て」用於中止法。

［三］　接續法　傳達助動詞「そうだ」「そうです」接在動詞・形容詞・形容動詞・助動詞「せる・させる・れる・られる・たがる・ない・ぬ・たい・た・だ」的終止形。

行く　（五段）
起きる（上一）
止める（下一）
来る　（カ変）
する　（サ変）
｝そうだ／そうです

堅い　　　（形）
烈しい　　（形）
静かだ　　（形動）
じょうずだ（形動）
｝そうだ／そうです

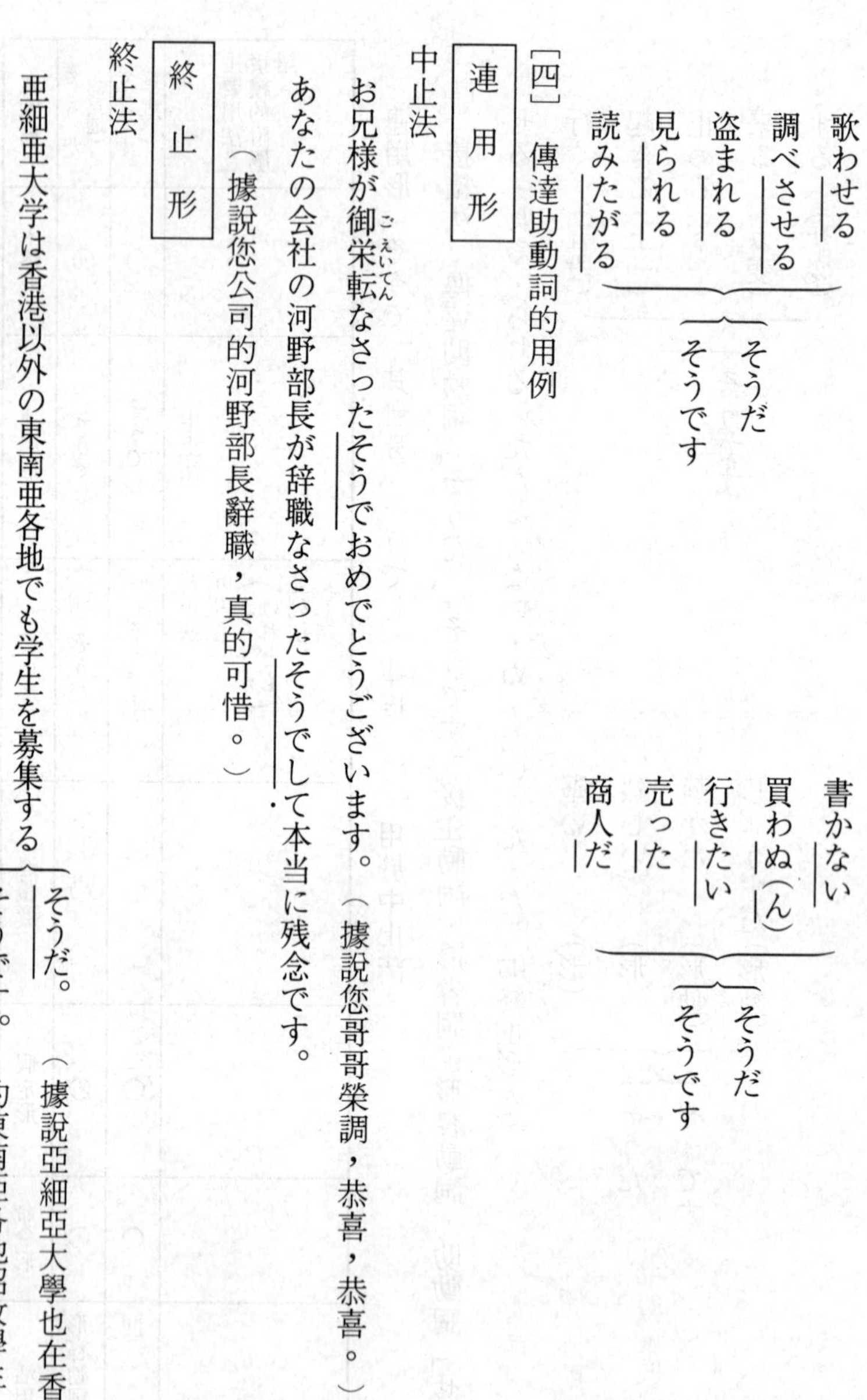

歌わせる
調べさせる
盗まれる
見られる
読みたがる
｝そうだ／そうです

書かない
買わぬ（ん）
行きたい
売った
商人だ
｝そうだ／そうです

〔四〕傳達助動詞的用例

連用形

中止法

お兄様が御栄転（ごえいてん）なさったそうでおめでとうございます。（據說您哥哥榮調，恭喜，恭喜。）

あなたの会社の河野部長が辞職なさったそうでして本当に残念です。（據說您公司的河野部長辭職，真的可惜。）

終止形

終止法

亜細亜大学は香港以外の東南亜各地でも学生を募集する｛そうだ。／そうです。（據說亞細亞大學也在香港以外的東南亞各地招收學生。）

林さんも酒を止める｛そうだ。／そうです。｝（據說林先生也要戒酒。）

前提法

あの人は短気だ｛そうだ／そうです｝からへたなことをいわない方がいい。（聽說他性情急躁，所以說話小心比較好。）

月給を上げる｛そうだ／そうです｝がもらって見なければ分らない。（聽說要加薪水，但還沒有領看看的話，不知道。）

彼女は美しい｛そうだ／そうです｝けれども少し年を取りすぎている。（聽說她漂亮，但是年紀稍微過大了一點。）

並列法

谷口君は家も売ったそうだし畑も売ったそうだ。（據聞谷口君房子也賣掉了，旱田也賣掉了。）

田中さんも海水浴に行くそうですし、奥村さんも行くそうです。（據說，田中先生也要去海水浴，奥村先生也要去。）

[五]　傳達表現　表示傳達、依照其傳達的內容和主體所陳述的形式的配列順序大體可分為如下二種。

㈠ 從內容到形式的場合

(1) 傳達助動詞∧ そうだ。
そうです。

(2) 慣用形式

① ～と∧ いう。
いいます。

② ～とかいう。

③ ～というの(ん)∧ だ。
です。

④ ～ということ∧ だ。
です。

⑤ ～ということなん∧ だ。
です。

⑥ ～とかいう語∧ だ。
です。

⑦ ～と＜いわれる。
いわれている。

⑧ ～と＜聞く。
聞いている。

⑨ ～って。

⑩ ～ってさ。

⑪ ～と。

⑫ ～とさ。

㈡ 從形式到內容的場合

(1) 聞けば～（よし）

(2) 聞くところに＜よると
よれば＞～（よし）

(3) もれうけたまわれば～（とか）

第十三節　比況助動詞　ようだ　みたいだ
ようです　みたいです

〔一〕意義　比況助動詞主要是表示比喩某事象·狀態的意味。就是表示「何が」是「何の如く思われる」「何のような狀態である」「何らしい」的意思。「ようだ」「みたいだ」是一般的說法，「ようです」「みたいです」是鄭重的說法。

在意味上主要有表示 (1)比喩 (2)不確實的斷定 (3)例示的三種用法。

女心は秋の空のようだ。（表示比喩）（女人心如同秋天的天空。）

年は若いが仕事では世間ずれした老人みたいだ。（表示比喩）（年紀輕，但是在工作上就像老鍊的老人。）

北海道ではもう雪が降ったようだ。（表示不確實的斷定）（在北海道好像已經下雪了。）

あいつの挙動は不良みたいだ。（表示不確實的斷定）（那小子的舉動好像不好。）

お前のような若僧はもっと世間を勉強しなければならない。（表示例示）（像你這樣的年輕人必須多學習做人處事）

彼みたいな奴はこの会社には何人もいる。（表示例示）（像他那樣的小子，在公司裡多的是。）

〔二〕活用表

(A) ようだ　ようです

基本形	未然形	連用形	終止形	連體形	假定形	命令形	活用型
ようだ	ようだろ	ようだっ ようで ように	ようだ	ような	ようなら	○	形容動詞型活用
ようです	ようでしょ	ようでし	ようです	○	○	○	同
主要用法及接續的附屬語	推量法（う）	時態法 中止法 副詞法（ように） 並列法（たり）	終止法 傳達法（そうだ） 前提法（と・から が・けれども） 並列法（し）	連體法 前提法（ので のに）	前提法（ば）		

(B) みたいだ　みたいです

基本形	未然形	連用形	終止形	連體形	假定形	命令形	活用型
みたいだ	みたいだろ	みたいだっ みたいで みたいに	みたいだ	みたいな	みたいなら	○	形容動詞型活用

みたいです	みたいでしょ	みたいでし	みたいです	○	○	○	
主要用法及接續的附屬語	推量法（う）	時態法 中止法 副詞法 並列法（たり）	終止法 傳達法（そうだ） 前提法（と・から が・けれども） 並列法（し）	連體法 前提法（ので のに）	前提法（ば）		

〔三〕　接續法

(A)　「ようだ」「ようです」接在動詞・形容詞・形容動詞・助動詞「せる・させる・れる・られる・たがる・ぬ・ない・たい・た」的連用形，接有助詞「の」的體言以「の」終止的連體詞。

飛ぶ（五段）
飽きる（上一）
寝る（下一）
来る（カ変）
する（サ変）
｝ようだ／ようです

短かい（形・ク活）
優しい（形・シク活）
静かな（形動）
へたな（形動）
｝ようだ／ようです

打たれる
重んじられる
作らせる
考えさせる
行きたがる

｛ようだ
ようです

行かぬ(ん)
教えない
買いたい
信じた

｛ようだ
ようです

本物(体言)の
この(以「の」終止的連体詞)｛ようだ
ようです

(B)「みたいだ」「みたいです」僅接體言而已。

海(名詞)
君(代名詞)
一つ(数詞)
｛みたいだ
みたいです

註二六　「みたいだ」「みたいです」和「ようだ」「ようです」一樣接在用言或助動詞來使用的人有漸漸多起來的傾向，所以最近將來也許會被認為是標準的說法。

私が威張っているみたいで(ようで)いやだ。（好像是我自吹自擂，討厭。）

〔四〕比況助動詞的用例

未 然 形

推量法

あの猫は鳴声が赤ん坊の泣声のようだろう。（那隻貓叫聲像嬰孩的哭聲一様。）

あの犬は狼みたいだろう。（那隻狗像狼。）

連 用 形

時態法

この前ここに訪ねて来た人は伊藤と名乗ったようだった。（以前來這裡拜訪的人好像自稱為伊藤。）

その当時の彼は偽君子みたいだった。（就當時的他好像是偽君子。）

中止法

朝晩は涼しく秋のようでとても過しやすいです。（早晩涼快，好像是秋天非常好過。）

外側は本物みたいで、うっかりだまされました。（外表好像是真品，不小心被騙了。）

副詞法

自分の家のようにくつろいでいて下さい。（請像在自己家一様，不要拘束。）

高野君みたいに暇を利用して語学を復習しなさい。（請像高野君利用閒空復習語學。）

一寸周君に来るように伝えて下さい。（請轉告周同學來一下。）

○注意　如右例「来るように」「―ように」也有表示間接的命令或傳達的用法。

並列法

時に美人のようだったりそうでないようだったりどうもはっきりわからない。

（有時像美人，有時不像，實在搞不懂。）

浦上さんは時にはスポーツマンみたいだったり、時には音楽家みたいだったり一体職業は何だろう。

（浦上先生有時像運動員，有時像音樂家，到底職業是什麼呢。）

終止形

終止法

いつのまにか雨が小降りになったようだ。（不知何時，好像下起小雨來的樣子。）

湯沢さんの考え方は幼稚で子供みたいだ。（湯沢小姐的想法幼稚，像小孩一樣。）

傳達法

今年は各地とも害虫が多いので米作は減収のようだ(そうだ)。

（今年各地害蟲很多，所以稻作好像歉收的樣子。）

前提法

あのおじさんはいつもいきいきして青年みたいだそうだ。

あまりおく病者のようだと守衛には採用されまい。

（假使過分像膽小鬼的話，就不會被採用為警衛。）

あまり貧乏人みたいだと初対面の人にばかにされる。

（如果過於像貧窮的人，就會被初見面的人看不起。）

話がうまくいかないようだからあきらめましょう。（好像話談不攏所以作罷。）

あの子は腕白者みたいだからきびしくしつけなさい。（那孩子像個頑皮鬼，所以請嚴格管教。）

顔は仏様のようだが心は鬼のようだ。（臉像佛，心像鬼。）

そぶりは素人みたいだが実は玄人だ。（舉動好像是外行人，但事實上是內行人。）

桜井君は見合に行ったようだけれどもだめだったらしい。

（櫻井君好像去相親，可是好像不行的樣子。）

外見は野蛮人みたいだけれども話振りは学者のようだ。

（外表像野蠻人，可是說話的樣子像學者一樣。）

並列法

品物は上等のようだし、値段も安いようだしそれを買おう。

（東西好像很好，價錢也好像便宜，買吧。）

あの人は態度も紳士みたいだし服装も金持みたいだし悪い人とは思えない。
（那個人態度也像紳士，穿著也像有錢人，不會覺得是壞人。）

連體形

連體法

あらしのような騒ぎが周りに起った。（周圍有如暴風雨般的吵鬧。）

君みたいなだらしない人はいない。（沒有你這樣沒規矩的人）

前提法

ピッチャー（投手）の長井君が参加できるようなので今度の試合は大丈夫だろう。
（投手長井君好像能夠參加，這次的比賽沒有問題吧。）

この洋服は小さくて借着（かりぎ）みたいなので一寸気が引ける。
（這一套西裝好像很小，是借穿的，有一點不好意思。）

山下さんの病気はもういいようなのにまだ退院ができない。
（山下先生的病好像已經好了，但是還不能退院。）

假定形

あの人は辛党みたいなのに案外甘党なのだ。（他好像好喝酒的人，可是卻是特別好吃甜食的人。）

前提法

承諾しないようなら仕方がない。（如果好像不答應的話，就沒有辦法。）

聖人君子みたいならかげぐちをいう人はいないだろう。

（如果像正人君子的話，就沒有人會在背後說壞話。）

○**注意**　普通會話的時候假定形「ようなら」「みたいなら」不接續「ば」。

第十五章　助　詞

第一節　序　説

〔一〕　助詞的定義　助詞是連接單語來決定單語和單語的關係，或者添加某種的意思，沒有活用的附屬語。

飛行機は汽車より速い。（飛機比火車快。）

私は一時間ばかり休んだ。（我休息大約一小時。）

〔二〕　助詞的特質　助詞有如下的特質：

意義　連接自立語表示某種的意思。

形態　沒有活用的附屬語。

職能　不能單獨使用，必須連接其他單語，用以決定單語和單語的關係，添加某種微妙的意思。

〔三〕 助詞的分類　關於助詞的分類有種種的分類法，本書採用一般的分類法，依助詞的接續及功能分為四種。

(1) 格助詞　連接體言或準體言做為句節，表示其句節對在句中其他的句節是處於何種關係的助詞。

まん丸るい月が東の山の上に出ました。（圓圓的月亮在東邊的山上出來了。）

(2) 接續助詞　主要連接用言，或者接有助動詞的用言做為句節，其句節如同接續詞能夠發揮接續前後文的作用的助詞。

三に五を掛ければ十五となる。（三乘五成為十五。）

(3) 副助詞　連接體言、用言、及其他各種單語做為語節，其語節主要是如同副詞，與下面的語節有關係的助詞。

今日の話はこれだけです。（今天的講話，就只是這個。）

寒くもありません。（不會冷。）

(4) 終助詞　連接體言、用言及其他各種單語，位於句的終止或句節的段落，表示疑問、禁止、感動等的助詞。

何処へ行くの。（去哪裡？）

誰かしら知っているだろう。（會有誰知道吧。）

第二節　格　助　詞

〔一〕　格助詞的特質　格助詞有如下的特質：

(1)　主要是接在體言下面。但也接在有體言的性質的活用語的連體形或「の」及其他種類的助詞。

(2)　表示其所連接的體言在句中具有什麼資格。

(3)　所有格助詞，除有體言性質的「の」以外、相互不能重疊使用。

〔二〕　格助詞所屬的口語的格助詞有如下九個：

が　の　を　に　へ　と　から　より　で

〔三〕「が」

A　接續法　接在體言及用言的連體形。

也連接具有體言的資格的「の」及其他的助詞「ほど、だけ、から、など」等。

B　意思和用法

一、表示主語　表示構句上的主語。

(1)　現象句的主語——把事實・現象原原本本、客觀的表現的時候，表示其中立性非主題的主語。

雨が降っています。（正在下雨。）

机の上に本があります。（桌子上有書。）

(2) 存在態的主語——表示做為動作的結果所殘留的狀態存在的時候，表示其主語。（可與他動詞併用。參照第七章第八節註十一和第十四章第九節[五]。）

壁にはポスターが貼ってあります。（牆壁貼著海報。）

この本には面白い挿絵が書いてあります。（這本書畫著有趣的插圖。）

(3) 從屬句的主語——表示複句中的從屬句的主語，具體而言，主語句・連體修飾句的主語全部、述語句・連用修飾句・獨立句的主語大部分（對比強調、主題化等的場合的主語不用「が」，而通常是用「は」）

あなたが行かなかったのがいけない。（您沒有去，是不行的。）

私が出かけようとする時に電話がかかってきた。（我要出去的時候，電話就打來了。）

ぼくはお中が痛くなった。（我肚子痛了。）

金が足りないなら貸してあげます。（錢不夠的話，就借給您。）

兄が留学に行ったのは、それは二年前の夏でした。（哥哥去留學，那是在二年前的夏天。）

(4) 對立句的主語——重句中的對立句是現象句的時候，表示其對立句的主語。（重句中的對立句，一般是以判斷句為多。其時的主語不用「が」，而用「は」。）

気立がやさしくて、器量がよい。（性情溫和，才能好。）

山が高く、海は深い。（山高海深。）

(5) 疑問詞主語——疑問詞做主語的場合，表示其主語。

誰があそこにいますか。（誰在那裡？）

どんなことがあっても私は行かなければなりません。（不論發生什麼事，我非去不可。）

(6) 慣用句主語——表示慣用表現的主語，例如「～がする」「～必要がある」「仕方がない」「焼きが回る」等。

私は少しめまいがします。（我覺得有一點頭暈。）

誰かが今日はここに来るような気がする。（好像今天有人要來這裡。）

それは仕方がありません。（那沒有辦法。）

あいつは近頃焼きが廻っている。（那傢伙近來有些老糊塗。）

(7) 指定強調的主語——中立性主題的主語「は」的轉變，用於回答疑問詞主語的句，表示其主語。

私が山本です。（「誰が山本ですか」的回答）（我是山本。）

ガス漏れがこの事故の原因です。（「何がこの事故の原因ですか」的回答）（瓦斯漏氣是這事故的原因。）

二、表示對象　表示動作・感覺的對象。因此，也有人叫它做「對象語」，但一般有很多人認為是構句成分而叫做「主語」（或叫「部分主語」・「小主語」）。

(8) 希望的對象——表示「～たい」（助動）「ほしい」（形）「要る」（動）等希望表現的對象。

水が飲みたい。（想喝水。）

静かなところがほしい。（希望安靜的地方。）

○**注意**　表示「～たい」的對象，用「が」是標準的說法，但此外也有用「を」的說法。一般而言有如下的相異點，我們認為

「水が飲みたい」是

「水が」＋「飲みたい」

「水を飲みたい」是

「水を飲み」＋「たい」

「～が～たい」是一般的狀態的表現，「～を～たい」是積極的動作的要求。「～が～たい」的場合，僅用於「が」和「～たい」的密接，直接繼續進行的時候，相對地「～を～たい」的場合，也用於「を」和「～たい」的分離，直接繼續進行的時候，以及其間插入其他語句的時候。

(9) 能力的對象——表示「できる」「わかる」「足りる」（主要是自動詞）等的能力時，表示其對

象即是內容。（接有可能動詞、或是可能助動詞「れる・られる」的，其對象除了「が」以外，同樣也用「を」。）

スミスさんは柔道ができます。（史密斯先生會柔道。）

あの人はフランス語がわかります。（他懂法語。）

誰でも試験が(を)受けられます。（誰都能夠接受考試。）

(10) 感覺的對象——表示感情的好惡、技能的巧拙、動作的難易時，表示其感覺的對象。

うそつきな人が大嫌いだ。（很討厭說謊的人。）

牧野君はバイオリンが得意だ。（牧野君善於小提琴。）

後の整理がしにくくて、皆が嫌がっている。（事後的整理有困難，大家不願意。）

〔四〕「の」

A 接續法 接在體言及用言或用言 ＋ 助動詞的連體形。也接在副詞、助詞。

B 意思和用法。

(1) 做連體修飾語

做表示所有、所屬、所在、所產等的意思的連體修飾語。

私の時計はスイス製です。（我的錶是瑞士製。）

学校からの通知がまだ着いていません。（學校來的通知還沒到達。）

この道は駅への近道ですか。（這條路是去車站的近路嗎？）

かなりの注意を払わなければならない。（必須多加注意。）

暫くの別れですから送別会なんか必要ありません。（暫時的離別，所以歡送會沒有必要。）

(2) 做體言的資格　接在用言、或者用言＋助動詞的連體形，賦予體言的資格，用做體言。

食べるのはなんでもないが作るのは大変だ。（吃是沒有什麼，但是做就麻煩了。）

文句を言ったのはあまり腹が立ったからだ。（發牢騷是因為過於生氣的關係。）

これから気をつけなければならないのはあいつの破廉恥なやり方だ。

（現在開始必須注意的，是那小子的無恥的做法。）

(3) 表示從屬句的主語　在複句中，表示述語為連體形的從屬句的主語。是「が」的代用（與「が」的用法(3)相同）和「が」能夠互換來使用。

吾々の住んでいる地球はどんな形ですか。（我們所住的地球是什麼形狀呢？）

雨の降る日は原田さんは来ない。（下雨天原田先生不會來。）

度胸のないのが彼の失敗の原因だ。（沒有膽量是他失敗的原因。）

両親の丈夫なのを心強く思う。（雙親的健康，深感安慰。）

(4) 鼻の高い人は必ずしも全部外人とは言えない。（鼻子高的人，未必能説全部是外國人。）

表示從屬句的對象　在複句中，表示述語為連體形的從屬句的動作（希望・能力）或感覺的對象。是「が」的代用和「が」的用法(8)~(10)相同，可與「が」互換。

お茶の飲みたい時は、あの喫茶店に行きます。（想喝茶的時候，去那家喫茶店。）

運動の嫌いな若尾さんにとっては、さぞ困るだろう。

（對不喜歡運動的若尾小姐來説，一定很傷腦筋吧。）

渡辺の世渡りのうまいのは皆感心した。（渡邊善於處世，大家都佩服。）

ボールペンの使いよいことが気に入った。（喜歡好用的原子筆。）

(5) 做體言的代用　表示所有、所屬的連體修飾語的被修飾語（體言）省略時，做它的代用。

あそこに掛けてあるレインコートは貴方のですか。（掛在那裏的雨衣，是您的嗎？）

同じ病気でも幼年期のは直り易い。（同樣的病，幼年期的容易治好。）

(6) 表示同格　二個體言為同様資格時，其「の」表示「としての」「である」的意思。

ぼくの親友の(である)宇野木さんも早大出身です。（我的親友宇野木先生也是早大畢業。）

人民の公僕の私はいつまでも皆様のために忠実に勤めることを誓います。

（人民的公僕的我，宣誓始終為大家忠實服務。）

〔五〕「を」

A　接續法　接在體言、用言或用言　＋　助動詞的連體形。也接在有體言資格的助詞「の」下面。

B　意思和用法

(1)　表示動作的對象　用以表示動作、作用的目的物・對象（直接受詞）此時僅與他動詞併用。

私は毎朝牛乳を飲みます。（我每天早上喝牛乳。）

危い時に友達を捨てて逃げるような者とは交際するな。

（不要和在危險時丟掉朋友逃走的人來往。）

この店の繁昌は学生さんのひいきを受けるようになってから始まったのです。

（這店的昌隆是從受到學生們的光顧以後才開始的。）

(2)　表示動作的經過場所或起點　用以表示動作進行的場所或動作所及的地方、或繼續的移動性動作的起點，此時僅與自動詞併用。

長い橋を渡って海辺に着いた。（渡過長的橋，到了海邊。）

来年の三月に留学生別科を卒業します。（明年的三月，從留學生別科畢業。）

デモの行列がスローガンを唱えながら大使館の前を通った。

（示威隊伍一面喊口號，通過大使館的前面。）

一日中台所を働きまわっている。（整天在廚房工作。）

市川さんは二十三才の時国を出ました。（市川先生在二十三歲時，出國。）

東京駅を晩の十時に立ちます。（晚上十點從東京車站出發。）

(3)　表示動作的時間的長短　用以表示動作或作用進行的時間的長短。
博士は原子核研究にもう十五年を費やした。（博士研究原子核已經花費十五年。）

長い年月を辛抱してやっと今日の地位を得た。（忍耐工作長年歲月，才爬到今天的地位。）

(4)　表示使役的被使役者　在自動詞用於使役的意思的場合，表示其動作者（被使役者）。
子供を泣かせないようにして下さい。（請別讓孩子哭。）

女の人達を家に帰らせ男の人達を夜業残らせた。（讓女人們回家，讓男人們留下來加夜班。）

君、どうして、わざとぼくを怒らせるのだ。（你為什麼故意叫我生氣。）


註一　現在的會話或翻譯文章中，有時把自動詞做為像他動詞一樣使用，也有用「を」來表示，但並非正常的說法。

まあ、急場を(は)やっと助かった。（哎呀！在危急的時候，終於得到幫助。）

この点だけを(は)わかっていただきたい。（就這一點希望您了解。）

〔六〕「に」

A　接續法　接在體言及用言的連體形。

也接在有體言資格的助詞「の」或動詞的連用形下面。

B　意思和用法

(1)　表示場所・位置　用以表示有存在性的動作、作用進行的場所・位置。

両親は田舎にいます。（雙親在鄉下。）

亜細亜大学は東京都武蔵野市境にあります。（亞細亞大學在東京都武藏野市境。）

試験を受ける方は講堂にお集り願います。（參加考試的人請在禮堂集合。）

(2)　表示動作的時刻・時間　用以表示動作、作用進行的時刻・時間。

高尾山行きのバスは午前十時四十五分に発車します。

（往高尾山的公車，在上午十時四十五分開車。）

来週月曜日の朝八時に登校して下さい。（下星期一早上八時請來學校。）

寝る前に刺激物を食べることはよくない。（在睡覺前吃刺激的東西不好。）

(3)　表示動作的歸着點　用以表示動作的歸着點。

総統号は昨夜横浜の港に着いた。（總統號昨晚到達橫浜的港口。）

この小包は明日の今頃彼の手許に届くだろう。（這包裹明天的現在會送到他的手上吧。）

昨日の火事の損害は一億万円に達したそうです。（昨天的火災的損失聽說高達一億萬圓。）

(4) 表示變動的目標　用以表示動作、作用的變動目標。

せがれを歯医者にしたいと思います。（我想要讓兒子做牙醫生。）

この計画書を英語に訳して下さい。（請把這計劃書譯成英語。）

(5) 表示動作的目的　主要接在動詞的連用形下面，表示「～のために」「～めざして」的意思。「行く」「来る」「出掛ける」「遣わす」「よこす」「やる」等具有移動性意思的動詞，接在它的下面用以表示其動作的目的。

明日、日赤(日本赤十字)病院へ小野田さんの見舞に行きます。

（明天去日赤醫院看望小野田先生。）

あの件についてあなたの意見を聞きに参りました。（關於那件事，我來聽聽您的意見。）

太郎を製紙工場の見学にやった。（要太郎去製紙廠實習。）

私は親友の山田さんを迎えに来ました。（我來接親友山田先生。）

(6) 表示動作的對象　用以表示動作的對象或對方（間接受詞）。

留学生の進学のために文部省では各大学に協力方を通達した。

（為了留學生的升學，文部省通告各大學協力。）

この商品に手を触れてはいけません。（不可用手摸這商品。）

戸川さんに「明晩お伺いします」と伝えて下さい。（請轉告戸川先生說明天晚上去拜訪他。）

(7) 表示使役法的被使役者　他動詞用於使役的意思，用以表示其動作者。

洋服屋さんに合オーバを作らせます。（叫西裝店做短大衣。）

自分のしたくないことを人にさせるのはよくない。（自己不想做的事，叫別人做，不太好。）

(8) 表示被動法的動作者　動詞用於被動的意思的場合，用以表示其發動者。

子供が犬に咬まれた。（小孩被狗咬了。）

勤勉な学生は先生にほめられます。（努力的學生會被老師誇獎。）

(9) 表示理由、原因

あの人は寒がりやなのでいつも冬の寒さに困っている。

（他很怕冷，所以常常因冬天的寒冷而困擾。）

お巡りさん達が不良の取締りに頭を悩ましている。（警察為了取締不良少年而傷腦筋。）

暴風雨のために倒れた家屋が沢山ある。（因暴風雨而倒塌的房屋有很多。）

(10) 表示比較的基準　用以表示做為比較的基準。

菅原はずるくてたぬきに似ている。（菅原狡猾似孤狸。）

彼女は何から何まで母親にそっくりだ。（她不論什麼地方都很像母親。）

(11) 表示分配比例　與數詞併用表示分配、比例。

この薬は日に三回、食前に飲んで下さい。（這藥一天三次請飯前服用。）

留学生部は週に一回試験を行ないます。（留學生部每週舉行考試一次。）

百人に十人は文盲（もんもう）です。（一百人有十人是文盲。）

(12) 表示並列、添加　主要是體言和體言併用，以表示並列、列舉或添加的意思。

春に夏に秋に冬を四季といいます。（春、夏、秋、冬叫做四季。）

あの人が彼と一緒になったらそれこそ鬼に金棒だ。（那個人和他搞在一起，就如虎添翼。）

(13) 表示尊敬的意思　和「は」或「も」併用，以表示並列、列舉或添加的意思。

殿下にも、大層御満足の御様子でございました。（殿下看樣子很滿意。）

先生方にはお変りございませんでしょうか。（老師還好吧。）

(14) 相同動詞重疊表示意思的強調　接在動詞的連用形，相同動詞重疊，表示「～する(した)上に、さらに～する」的意思，是特別的用法。

待ちに待った夏休みが来た。（等了又等的暑假到來了。）

叫びに叫んだスローガンがようやく実現された。（喊了又喊的口號終於實現了。）

我々の考えを説きに説いたがまだ受入れられない。（把我們的想法説了又説，但沒被接受。）

⒂ 做副詞　連接種種單語，也可以做副詞。

一晩中寝ずに空家の番をした。（整晩沒睡，看守空房子。）

問題は案外にすぐ解決した。（問題沒有想到馬上就解決了。）

お気付きの点は遠慮なしに言って下さい。（您所發覺到的地方，請別客氣説一下。）

〔七〕「へ」

A 接續法　只接在體言下面。但也接在具有體言資格的助詞「の」下面。

B 意思和用法

(1) 表示方向　表示動作進行的方向。

低気圧が東から西へ進んでいる。（低氣壓從東邊向西邊進行。）

今晩は何処へも行きません。（今天晚上哪裏也不去。）

(2) 表示歸着點　用以表示動作、作用的定着點。

来月の始め頃には私は青年会寄宿舎へ引越します。（下個月初我要搬到青年會宿舍。）

裁判所へ訴えなければ解決策がない。（不訴訟於法院的話，就沒有解決方法。）

(3) 表示動作的對象　用以表示動作、作用的對象或對方。

私も誰かへ頼んで見ようと考えていたところです。（我也正想要拜託誰看看。）

留学生諸君への通告は何処に掲示していますか。

（給留學生諸位的通告，公佈在什麼地方呢？）

註二　「へ」和「に」的區別　表示動作的歸着點（地點、場所）、動作的對象（事物或對方）「へ」和「に」的用法都相同，但是在文法學上嚴格來說，其意義上有如下的差異。例如：

① 席へ着く。

② 席に着く。

③ 本を机の上へ置く。

④ 本を机の上に置く。

①從外處向席位移來而坐下的意思含有動態的、進行的意思，相反地，②向席位移動的結果，已經坐在那裏的意思，含有靜態的、存在的意思，③是桌上的位置的方向，即表示移動方向，相反地，④桌子上是放置處，即主要表示定着點。換言之「へ」表示移動關係，「に」表示存在關係，即是表示移動的方向和其歸著點的場合用「へ」表示，動作的定著役存在的定著點的場合用「に」。

〔八〕「と」

A　接續法　接在體言及用言或用言＋助動詞的連體形下面。但是不直接接續形容動詞活用型助動詞

「そうだ」「ようだ」，必須介入助詞「の」，而且不接續斷定助動詞「だ」「です」。

B 意思和用法

(1) 表示事物的並列 主要連接體言用於對等並列敘述事物，或加起來集合在一起。

彼の趣味は魚釣りと狩猟だけだ。（他的興趣只是釣魚和打獵。）

特売場で靴下三足と肌着二着を買った。（在拍賣場買了靴子三雙和內衣二件。）

(2) 表示共同動作的對方 表示對方或共同者的必要動作、作用時的對方或共同者。

林さんは町角にある八百屋さんの娘と婚約したそうだ。

（聽說林先生和街ロ賣菜的女兒訂婚了。）

父と相談してから御返事を致しましょう。（和父親商量以後，再回你消息。）

(3) 表示交換的對象 以同等資格提出的二個事物的一方和他方交換的場合，用以表示他方。

午後の八時に昼の門番が夜の夜警と交代する。（下午八時，白天的門衛和晚上的夜警換班。）

この水着は少し大きいから一寸小さいのと取り換えて下さい。

（這件游泳衣大了一些，請換小一點的。）

(4) 表示變化的結果 用以表示動作、作用的變化的結果、狀態。

平社員から一足跳びに部長となって本当に幸運だ。

（從普通的職員一步就昇到部長真幸運。）

ぼくは将来実業家となるつもりです。（我打算將來做實業家。）

(5) 表示對比　二個事物比較的時候，用以表示其基準的一方。普通其下面接「合う」「違う」「同じだ」「同様だ」「近い」「別だ」一般的語句。用以表示對立的意思。

字の読めない人は盲と同じだ。（看不懂字的人和盲人同樣。）

責任感の強いところは人と違う長所だ。（責任感強的地方是和別人不同的長處。）

吉沢は秋田と仲が悪いらしい。（好像吉澤和秋田感情不好。）

(6) 表示動作、作用的內容　主要連接「見る、見なす、見える、思う、思われる、認める、言う」等表示視察、思考、意向、推測等的意思的單語，用以判斷的表示精神活動的內容。把某一內容做為引用文時，用以表示引用。

向の棚に置いてある瀬戸物は漢朝時代の物と見ます。（放在那邊的陶瓷是漢朝時代的東西。）

さっきは聞き違えて、張さんを丁さんと思った。（剛才聽錯了，把張先生認為是丁先生。）

私は白春山と申します。（我叫做白春山。）

誰でもそれは嘘(うそ)だと認めます。（誰都認為那是謊言。）

(7) 表示修飾　連接無活用語（主要是體言）做為副詞來使用。文語的殘留。

手足と信頼していた部下に裏切られた。（被信賴如同手足的部下出賣。）

〔九〕「から」

A　接續法　連接體言及助詞「の」「だけ」「ばかり」「ぐらい」等。不接用言但介入「て」可以接。

B　意味和用法

(1)　表示起點、發端　用以表示動作、作用的出發點。表示一個動作完了、其完了之時做為開始接著下一次動作發生的場合，用言的連用形介入て後來使用。

医師会の学術研究発表会は来月五日から京都で開催します。

（醫師公會的學研發表會下個月五日起在京都開。）

ロンドンからの通知を待っている。（正在等從倫敦來的通知。）

あなたの方から順番に自己紹介して下さい。（從您開始，請按順序自我介紹。）

第二次大戦が終ってから民族主義運動がさかんになった。

（第二次大戰結束之後，民族主義運動很盛行。）

(2)　表示出處、由來　表示動作、作用的原因、理由、根據、動機等。

表面的な現象だけから結論を出すのは間違い易いものだ。

（只從表面的現象下結論，是容易錯誤的。）

神経衰弱からそういう病気になったのです。（因為神經衰弱，得了那樣的病。）

生活の不満からやけになったのかも知れない。（也許因為生活的不滿，而自暴自棄。）

(3) 表示經由　用以表示動作、作用的經由的地方。

意見があれば代表から提出しなさい。（有意見的話，請由代表提出。）

窓の隙間から寒い風が吹き込んで来る。（冷風從窗戶的空隙吹進來。）

(4) 「～から～まで」的慣用表現　表示範圍，和「まで」有關連的特別用法。

一から十まで何でも知っている。（從一到十什麼都知道。）

始めから終りまで立ち通しなので大変疲れた。（從頭到尾一直站著，所以非常疲勞。）

都市から農村まで参議員選挙運動が展開されていた。

（從都市到農村，展開了參議員選舉運動。）

〔十〕「より」

A　接續法　接在體言及用言、助動詞的連體形下面。也接助詞「の」「だけ」「ばかり」「ぐらい」等。

B　意思和用法

(1) 表示比較的標準　用以表示做為比較的標準的人物、物件。其下常接助詞「も」。

水素爆弾は原子爆弾より(も)恐ろしい。（氫彈比原子彈恐怖。）

ぼくより正宗さんの方がもっと適任だと思います。（我想正宗先生比我適任。）

兄は運動より(も)音楽が好きだ。（哥哥喜歡音樂甚於運動。）

生産高は去年より(も)著しくふえました。（生產額比去年明顯增加。）

すわって議論するより(も)立って実行する方がいい。（坐著談論，不如站起來實行好。）

人に頼るより自分に頼る方がよろしい。（依靠別人，不知依靠自己好。）

他人を批評するより自分を反省するに越したことはない。

（批評他人不如反省自己，是最好不過了。）

○**注意**　比較二個事物選擇的場合常用「～より～に」的形式。

ぼくは焼飯より五目ソバにしよう。（我與其吃炒飯不如吃什錦麵。）

夏は山より海辺にお出でなさい。（夏天去山上，不如請去海邊。）

野球を見るより音楽を聞きに行きましょう。（看棒球，不如去聽音樂。）

(2) 表示限定　與敘述的用言的否定形併用，以表示其限定的意思。

普通與「ほか」「しか」相伴使用，以「～よりほか(しか)～ない」的形式表示之。

努力するよりほか成功の道がありません。（除了努力以外，沒有成功之道。）

あの人は英語より(しか)話せない。（那個人只會說英語。）

江の島へは一度より(しか)行ったことがない。（江之島只有去過一次。）

(3) 表示境界　修飾體言，接在空間上的（在定位上）前後、上下、左右、內外或時間上的（在定位上）前後或事物的範圍的內外等確立界限敘述的場合，用以表示其界限的單語。

これより先は人間の住んでいない荒原だ。（從這裡起前面是沒有人住的荒野。）

それは今より一時間前の出来事である。（那是從現在起一小時前發生的事。）

七階より上は貴重品の売場でございました。（從七樓以上是貴重品的賣場。）

註三　格助詞「より」如同接頭語接在形容詞（或其他單語）上面，用以強調意思，是特殊的新用法。

自分の前途のためにより一層奮発せねばならぬ。（為了自己的前途，必須更上一層奮發。）

お互により明るくより楽しい世界を作りましょう。（從此建立更開朗的更快樂的世界。）

〔十二〕「で」

A　接續法　接體言及助詞「の」「ほど」「ぐらい」「ばかり」「きり」「のみ」等。

B　意思和用法

(1) 表示動作的場所　用以表示具有動的性質的動作、作用進行的場所。

今週土曜日の晩、菊地さんのお宅でパーティーを開きます。（本週六晚上，在菊地先生的家開派對。）

このタオルとあの化粧石鹸は同じ店で買ったのです。（這一條毛巾和那塊化粧肥皂在同一店裏買的。）

昨夜東京駅で思いがけなく一人の古い友達に会った。（昨天晚上在東京車站意外遇到一個老友。）

(2) 表示手段、材料　用以表示動作時的手段・材料。

武者小路は理屈攻めで強情な丸山を言い伏せました。（武者小路以理責人，來說服了倔強的丸山。）

世間では、金で買えない物が沢山あります。（社會上，有很多用錢買不到的東西。）

あの洋服ダンスは桐の木で作ったのです。（那衣櫥是用桐木做的。）

○**注意**　用以表示使動作成立的。

労資双方の代表で組織した委員会は四月十五日から発足しました。（勞資雙方代表組織的委員會四月十五日起開始運作。）

(3)　表示原因、理由　用以表示動作、狀態發生的原因、理由。

昨日は病気で欠席しました。（昨天因為生病，缺席。）

農地開発法案は多数の賛成で成立した。（農地開發法案，以多數的贊成而成立。）

お蔭で無事に当地に着きました。（托福平安到達當地。）

(4)　表示期限、限度　用以表示動作、作用的所需的期限・限度

武蔵境から西原までの道路補修工事は僅か一週間で仕上げられました。

（從武藏境到西原的道路補修工事，僅花一星期就完成了。）

図書館の蔵書はみんなで一万五千冊余りです。（圖書館的藏書全部有一萬五千多冊。）

演説は後一時間位で終ります。（演說再一小時左右就結束。）

(5)　表示主體　用以表示動作主體，這場合的主體，常是如團體組織的集合體，普通是與助詞「は」「も」一起使用。

農林省では厳重に今度の汚職事件を取調べている。（農林省嚴格調查這次的瀆職事件。）

学校でも新生活運動を奨励している。（學校也獎勵新生活運動。）

警視庁で未成年者犯罪の取締りに全力を挙げています。（警視廳全力取締未成年人的犯罪。）

註四　關於「である」「でない」「これは本で、あれは鉛筆です」的「で」有人認為是助詞「で」的

指定用法但本書解釋為斷定助動詞的連用形，如下的用法容易混淆，必須明確區別比較好。

性格も明朗で体も健かだ。(形容動詞的連用形)（性格既明朗，身體也健康。）

今日は少し気が塞いでいる。(接續助詞「て」的音便)（今天有一點心悶。）

それは事実で誰でも知っている。（斷定助動詞的連用形）（那是事實，誰都知道。）

日曜なので人出が多い。（接續助詞「ので」）（因為星期天所以外出的人很多。）

第三節　接續助詞

〔一〕接續助詞的特質　接續助詞具有下面的特質。

(1) 僅接用言或助動詞而已。

(2) 如同接續詞把前語的意思與後面的用言、或準用言連續起來。

(3) 其接續法有這種的助詞的微妙的意思。

〔二〕接續助詞　口語的接續助詞大體上如下：

ば、と、ては、ても、けれども、が、のに、から、ので、て、ながら、たり、し、たって、ところが、ところで、くせに、ものを、ものの、ものなら、ものだから。

〔三〕「ば」

A　接續法　接在活用語的假定形。

B　意思和用法

(1)　表示順態假定條件　假定尚未成立的事象、或者假定某一事象已經成立做為條件，其後發生順應的結果的場合，用以表示其條件。

水に熱を加えて百度になれば沸騰(ふっとう)する。（水加熱到一百度的話，就會滾開。）

あまり他人の事に立入れば誤解を招き易いものだ。

（過於干預他人的事的話，就容易招來誤會。）

過ぎ去った事を顧ればおのずと涙が出てくる。（一回顧過去的事，就自然而然掉眼淚。）

下中先生からそこまで承諾してもらえばもう十分だ。

（下中老師能夠答應到這地步的話，已經夠了。）

(2)　表示順態恒常條件　具備某一條件就經常會發生某一結果的場合，用以表示其條件。常是表示超時間性的真理或諺語格言、或事物的習慣特性等。

夜が明ければ鶏が鳴く。（天一亮，雞就叫。）

無理が通れば道理が引込む。（邪惡當道，正道無存。）

笹森さんは中食が済めば昼眠をする。（笹森先生吃完中飯就睡午覺。）

(3) 表示並列　用以表示事情並列敘述的意思，這場合普通是與助詞「も」併用。

あの薬屋では薬も売れば化粧品も売る。（那藥房既賣藥也賣化粧品。）

賛成だとも言わなければ反対だとも言わない。（也不說贊成，也不說反對。）

(4) 「〜ば〜ほど」的慣用表現　同一動詞或形容詞重疊用以加強其語意。

梶村君の話は考えれば考えるほどおかしい。（梶村君的話，愈想愈奇怪。）

日本語の会話は練習すればするほど上手になる。（日本語的會話，越練習就越流利。）

(5) 「ば」和「こそ」的併用　用「〜ばこそ」之形，以表示理由、原因。但是現在普通是使用「から」。

長い間努力すればこそ今日の成果を獲たのだ。（就因為長時間的努力，所以才有今天的成果。）

年を取ればこそ人生の経験が豊富になったのだ。（由於上了年紀，才有豐富的人生經驗。）

〔四〕「と」

A 接續法　接在活用語的終止形下面。但是不接助動詞「た」。

B 意思和用法

(1) 表示順態假定條件　用以表示發生順當的結果的假定條件。

あの人と結婚すると仕合せになります。（和他結婚的話，就會幸福。）

会長の報告を聞くと皆は感動するでしょう。（一聽會長的報告，大家就會感動吧。）

先生の言うことを聞くと必らず合格する。（假使聽老師說的話，一定就會及格。）

(2) 表示順態恒常條件　有某一條件常常發生某一結果的場合，用以表示其條件。

つゆの季節が終ると夏が来ます。（梅雨的季節一過，夏天就來。）

人を尊敬すると人に尊敬される。（尊敬人的話，就會被人尊敬。）

来年のことを言うと鬼が笑う。（人作千年調，鬼見拍手笑。）

(3) 表示順態事實的連續　某一事態發生，其後與其事態有關連的另一件事順態的連續而來的場合，用以表示其發生的事態。

昨夜、学校に帰ると雨が降り出した。（昨晚，一回到學校就下起雨來。）

耳を澄ますと助けてくれとの叫び声が聞える。（注意傾聽，就聽到「救命呀」的叫聲。）

会場へ出て見ると昔の税務署時代の同僚が全部集まっていた。

（來到會場一看，以前稅務署時代的同事全到齊。）

(4) 表示放任　連接「う」「よう」「まい」用以表示假定某一事實而放任之的意思。

将来はどうなろうと構わない。（將來不管怎麼樣，都沒有關係。）

何を食べようと君の勝手だ。（要吃什麼，隨你的意思。）

〔五〕「ては」

A 接續法 接在活用語的連用形。動詞音便的場合變成「では」

B 意思和用法

○ 表示假定條件和「ば」「と」的用法⑴同樣表示假定條件。但是僅限用於不好的場合，好的場合不使用。

あそこに立っては危ない。（站在那裡的話，危險。）

不正な手段で出世しては世に顔向けが出来ない。（用不正當的手段以出人頭地的話，就沒有臉見人。）

身体が弱くては大事業は出来ない。（如果身體脆弱，就做不了大事業。）

註五 把「ては」分解為接續助詞「て」和副助詞「は」來說明的文法書很多，但本書把「ては」看做一個接續助詞，在意思上與「ても」對立，和「ても」同樣是接續助詞，用以表示假定前提法。

○**注意** 和類似語「て」「は」的識別

学校へ行っては理論的な知識を求め、山へ行っては実地的な経験を習う。（接續助詞「て」

＋副助詞「は」）（去學校追求理論的知識，去山上學習實地的經驗。）

註六 約束の時間は八時では間に合いますまい。（約定的時間是八時，來不及吧。）

話があまり簡単では分りにくい。（話過於簡單，不易了解。）

如右形容動詞或形容動詞型活用助動詞的場合，所接的助詞不是「ては」而是「は」，這種場合的「は」和「ては」一樣當接續助詞用。

〔六〕「ても」

A 接續法 接在活用語的連用形。在動詞音便的場合，變成「でも」。

B 意思和用法

(1) 表示逆態假定條件 假定還沒成立的事象或假定某一事象已經成立，把它做為條件，其後發生不順應的結果的場合，用以表示其條件。

彼が僕に協力しなくても僕はやはり計画通りやるつもりだ。

（即使他不協助我，我還是打算依照計劃進行。）

たとえどんな困難があっても自分は目的に向かってあくまで邁進する。

（不論有什麼困難，自己朝向目的邁進到底。）

(2) 表示逆態恒常條件 具備某一條件，常常發生與其條件不順應的結果的場合，用以表示其條件

進到底。

十三は、一または、それ自身以外の何で割っても割り切れない。（十三除了一或其自身以外，用什麼來除，都除不盡。）

平行線はいくら長く引いても交わらない。（平行線不管拉多長，都不會相交。）

(3) 表示逆態事實的連續　某一事態發生，後面與其事態有關連的事態，逆態的連續而來的場合，用以表示其發生的事態。

丹念に調べても落ち度が見つからなかった。（雖然細心地調查，但是找不出過失。）

どう考えても本当の話とは思われない。（怎麼想，也不認為是真話。）

○**注意**　和類似語「て」「も」的識別。

彼は努力してもいるし頭もいい。（接續助詞「て」＋副助詞「も」）

（他既努力，頭腦也好。）

註七　表向きはあんなに贅沢でも内情は火の車だそうです。

（外表那樣奢侈，但聽說事實上生活很苦。）

如右形容動詞所接續的助詞不是「でも」而是「も」，所以這種場合「も」也和「ても」同樣應該是接續助詞。

〔七〕「けれども」

A　接續法　接在活用語的終止形，簡略說為「けれど」「けど」，有時也說成「けども」。

B　意思和用法

(1)　表示逆態確定條件　敘述某一事實後面發生與其事實不順應的事實的場合，用以表示其事實。

ぼくは何回も勧めたけれども彼はぜんぜん乗る気にならない。

（我勸了好幾次，但是他完全無意接受。）

大した役に立ちますまいけれどもないより幾分いいでしょう。

（雖然恐怕沒有太大的用處，但多少比沒有好吧。）

(2)　表示對比　用以表示二個事實對照的並列。

目の前では何も言わないけれども蔭ではいろんな噂をしている。

（在面前什麼也沒說，但是在背後有種種的謠傳。）

夏至(げし)は夜が一番短いけれども冬至(とうじ)は夜が一番長い。（夏至夜晚最短，但冬至夜晚最長。）

(3)　表示前提接續　敘述連接事實的語句，用以表示接著後面繼續說。

私個人の意見ですけれども、私は加藤さんの計画には賛成できません。

（就我個人的意見，我不能贊成加藤先生的計劃。）

もしもし、こちらは亜細亜大学ですけど、あなたはどなたさまでしょうか。

（喂喂！這裡是亞細亞大學，請問您是哪一位？）

〔八〕「が」

A 接續法 接在活用語的終止形。

B 意思和用法

⑴ 表示逆態確定條件 和「けれども」的用法⑴相同，用以表示逆態確定條件。

昨夜田中さんの家へ行ったが主人は不在だった。（昨晚去了田中先生的家，但主人不在。）

一遍目を通したがよく覚えていない。（大略過目一遍，但不太記得。）

⑵ 表示對比 和「けれども」的用法⑵相同，用以表示二個事實的對照。

口ではそう言うが腹はそうではない。（嘴巴那樣說，但肚子裏並不是那樣。）

牛には角があるが馬にはない。（牛有角，但馬沒有。）

成功しようがしまいが決心した仕事はあくまでやらなければならない。

（不論成功與否，已決定的工作必須幹到底。）

⑶ 表示前提接續 和「けれども」用法⑶相同，連接敍述事實的語句，用以表示接著後面繼續說。

何新聞でもいいが一寸貸して下さい。（什麼報紙都可以請稍微借一下。）

あの人は一向学問が進歩しませんがどうしたわけですか。

（他學問一點也沒進步，是什麼原因呢？）

私は山中と申しますが楊さんはいらっしゃいますか。（我叫做山中，楊先生在嗎？）

〔九〕「のに」

A　接續法　接在活用語的連體形，也接在形容動詞的終止形。

B　意思和用法

○　表示逆態確定條件　敘述某一既定的事實，儘管預期會發生某一結果，但意外發生逆態的結果的場合，用以表示前面既定的事實。比「が、けれども」意思強，含有失望迷惑不服等心情。主要敘述後面的意外結果。

大勢の人の前であんなに叱られたのにちっとも恥しいと思わなかった。

（在很多人前那樣被罵，但一點也不覺得害羞。）

こんなに一生懸命に働いているのにまだ文句をいわれた。（這樣賣力工作，但是還被挑剔。）

内心ではやって見たいのに口ではやりたくないといっている。

（雖然內心想幹看看，然而嘴巴卻說不想幹。）

いつも暇なのになぜ遊びに来ないのだろう。（常常有空，但為什麼不來玩。）

○**注意** 與類似語「の」「に」的區別

この原稿を清書するのに一週間かかった。（格助詞「の」「に」）

（為了謄清原稿，花費了一星期。）

〔十〕「から」

A 接續法 接在活用語的終止形。

B 意思和用法

(1) 表示順態確定條件 用以表示動作、作用發生的原因、理由（主觀的判斷）。

もう夜が更けたからあたりはしんとして何も聞えない。

（因為已經夜深了，所以周圍靜得什麼也聽不見。）

あんまり安いからつい買う気になった。（因為很便宜，所以最後就打算買了。）

一度泥棒に盗まれたから今はとても用心深いんだ。

（因為被小偷偷過一次，所以現在特別小心。）

(2) 「～から(に)」的用法 「から」接「は」或「には」，用以表示把前述的事情認為是事實之後的決意・判斷。在意思上「から」可以與「以上」替換使用。

いい出したからには(以上)あとへ引かない。（既然說出口了，就要算話。）

ぼくが行くからには（以上）ただで済むことじゃないぜ。（我既然要去，不會輕易放過的。）

先方が約束を破るからには（以上）こちらもそのつもりで出なければならない。

（對方既然違約，我們也非準備對付不可。）

○**注意**　和類似語「から」的識別

これはアメリカから輸入した物です。（格助詞）（這是從美國進口的東西。）

〔十二〕「ので」

A　接續法　接在活用語的連體形。但是不接助動詞「う」「よう」「まい」，音便有時變成「んで」。

B　意思和用法

○　表示順態確定條件　和「から」的用法⑴相同，用以表示動作、作用發生的原因、理由。但是不用於命令句，「から」的重點放在敘述原因理由的前句，相反地，「ので」主要是著重於表示其結果的後句。

皆、時間を正確に守るので遅刻者は一人もいない。

（因為大家都正確地遵守時間，所以遲到的人一個也沒有。）

最近は非常に忙しかったので御無沙汰（を）致しました。

（因為最近非常忙，所以好久沒有向您問候。）

風が強いのでいくら掃除してもだめだ。（由於風很大，怎麼打掃也沒用。）

○**注意** 和類似語「の」「で」的識別

この小説は張さんので、あの雑誌はぼくのです。（格助詞「の」＋斷定助動詞「で」）

（這本小說是張先生的，那本雜誌是我的。）

銀座の白木屋で買ったので新宿の三越のではありません。（格助詞「の」＋斷定助動詞「で」）

（是在銀座的白木屋買的，並不是在新宿的三越。）

〔十二〕「て」

A 接續法 接在動詞、形容詞、助動詞的連用形。但是不接形容動詞、或形容動詞型活用的助動詞及特別活用型助動詞「ぬ」「た」。動詞音便的場合，變成「で」。

B 意思和用法

(1) 表示順序、次序 用於表示前後動作的移動的媒介，即一動作終了移動到另一動作時的連繫作用，表示動作的先行。

冬が過ぎて、春が来る。（冬過春來。）

笛が鳴って電車の扉が締った。（笛子一響，電車的門就關了。）

夕飯が済んで、応接間でよもやまの話をする。（吃完晚飯，在客廳談天。）

(2)　表示並列、中止　用以表示對等的敘述並列。

髪が白くなって歯も抜けた。（頭髪白，牙齒掉了。）

牛は体が太くて、足が短こうございます。（牛體大脚短。）

丸くて明るい月がこずえの上に出ました。（圓而明亮的月亮出來在樹梢上。）

(3)　表示手段、方法　用以表示其動作與後句的敘述有因果關係的手段、方法。

よい本を沢山読んで広く知識を摂取しましょう。（讀很多的好書，吸取廣泛的知識。）

姉は船の上で白いハンカチを振って別れを告げた。（姊姊在船上揮著手帕，告別。）

電気の働きを使って遠方の人に通信することも出来ればラジオで楽しい音楽を聞くことも出来ます。（使用電氣的功能既能夠和遠地的人通信，也能夠聽快樂的音樂。）

(4)　表示狀態、態度　為使後述的動作、作用進行的情形明確化，而接在表示狀態、態度單語有如副詞的功能。

通知を受取って慌てて警察署へ行きました。（接到通知慌慌張張去了警察局。）

あまり気の毒なので聴衆はとうとう声を出して泣き出しました。（由於太過可憐，聽眾到頭來放聲哭起來。）

小笠原君は喜んでその依頼を引き受けました。（小笠原君欣然接受要求。）

(5) 表示順態接續　有幾分的因果的關係，或者當然的效果的關係順態接續的場合，用以表示其原因・條件。但是這用法僅用於客觀的表現而已，文末有不使用主觀的表現（例如・意志・命令・禁止）的限制。

風邪を引いて一寸熱が出ました。（感冒，有一點發高燒。）

日本の所得税は重くてサラリーマンが大変困っている。

（日本的所得稅太重，薪水階級很傷腦筋。）

頭の芯が痛くて仕事が出来ない。（頭裏頭疼痛，沒法工作。）

(6) 表示逆態接續　接續和前句節發生不順應的結果的文節時，用以表示前句節。

吉江の奴は顔は優しくて心は鬼だ。（吉江這小子，面容和善，心地邪惡。）

詳しい事情を全部知っていて教えて下さらない。

（雖然詳細的事情全部知道，但卻不告訴我。）

日が暮れて道は遠い。（天已黑，但路途還遠。）

(7) 表示前提接續　接續動作、作用進行的事態、事項、狀況等的敘述的場合，用以表示其前提。

こういうごろつきたちに対して廉恥を説くことは無意味である。

（對這些流氓講廉恥，沒有意義。）

徐君は一学期を通じて出席の日数が三分の一にもならない。

（徐同學全學期，出席的日數不到三分之一。）

あの問題の解決に先立って私の問題をさきに解決してほしい。

（解決那個問題之前，希望先解決我的問題。）

(8) 主動詞接續補助動詞　動詞接續補助動詞的場合，用以表示其主動詞。主要接「いる」「ある」「しまう」做為準助動詞，表示時態，或接「見る」「来る」「置く」「くださる」「やる」「もらう」等，對動作添加補助的意義，用以做複合的慣用表現。

果物は水分を含んでいます。（水果含有水分。）

夕食は六時頃に、もう食べてしまった。（晚飯在六點左右，已經吃過了。）

この言葉はよく使うから覚えて置きなさい。（這句話很常用，所以請記住。）

君に代って手紙を書いて上げましょう。（我代替你寫信吧。）

先生に作文を直していただきました。（請老師修改作文。）

〔十三〕「ながら」

A　接續法　接在動詞及動詞型活用助動詞的連用形。但表示逆態接續的場合，也接在形容詞的終止形。

B 意思和用法

(1) 表示並行的並列　用以表示二個動作同時並行的意思。

彼は洋服を着ながら冗談を言う。（他一邊穿西裝，一邊談笑。）

雲雀がさえずりながら空高くとび上がって行きました。（雲雀邊啼，邊往高空飛去。）

(2) 表示逆態接續　用以接續和前句不順應的後句的場合。

不快に思いながら顔色には出さない。（雖然覺得不愉快，但不表現於臉色。）

善い事をするのは良いと知りながらしない。（知道做好事是好的，但是卻不做。）

年は若いながらよく働く。（雖然年紀輕，但很能工作。）

○注意　「ながら」的用法(2)，在表示逆態接續的場合，能夠以「つつ」替換「ながら」來使用。但是用在演講、記述的「つつある」和「ている」同樣是表示動作的繼續態。

悪いと知りつつ改めようとしない。（表示逆態接續）（雖然知道不好，但是沒想要悔改。）

雨がなお降りつつある。（表示繼續態）（還在下雨。）

○注意　「ながら」連接數詞，包含其數量表示強調的意思。如副詞一樣的特別用法。

周氏兄弟は三人が三人ながら日本の留学生です。（周氏兄弟有三人，三人都是日本的留學生。）

ぼくの洋服は二着が二着ながら虫に咬まれました。（我的西裝有二套，二套都被蟲咬了。）

〔十四〕「たり」

A　接續法　接在活用語的連用形。但是不接否定助動詞「ぬ(ず)」，動詞音便的場合成為「だり」。

B　意思和用法

(1)　表示列擧的並列　用以列二個以上的動作並列敘述。

近頃の天気は寒かったり暑かったりして大変不順です。

（近來的天氣，有時冷、有時熱，很不順。）

泣いたり笑ったり歎いたりうなったり少しも冷静な態度がない。

（又哭又笑、又嘆氣又呻吟，態度一點也不冷靜。）

(2)　表示概括　如「など」（諸如……等之類）用以言外暗示那一類的事。

それぐらいのことで怒ったりするものではない。（就那麼一點事，用不著生氣。）

人に見られたりすると、外聞が悪いから、やめなさい。

（如果被人看見的話，名聲就不好，所以不要這樣。）

〔十五〕「し」

A　接續法　接在活用語的終止形。

B　意思和用法

(1) 表示列舉的並列　和「たり」的用法(1)相同，用於把動作一個一個並列起來敘述。

一軒の家に住んでいても、あの人は朝は早いし夜は遅いし、会う時はめったにない。

（雖然都住在一個房子，但是他早上又很早晚上又很晚，所以見面的時間很少。）

この部屋は日当りもいいし、風通しもいい。（這個房間光線也好，通風也好。）

(2) 表示順態確定前提　並列接有二個以上的「し」的句節，最後句節的「し」用做「から」「ので」的意思，用以表示後敘述的順態前提。

あそこは電信は不通だし郵便は遅れるしすぐには連絡は取れない。

（那裡電信也斷絕，郵政也慢，沒法馬上連絡上。）

(3) 表示逆態確定前提　「し」接如「まい」「なかろう」之類的表示否定意思的單語的場合，用以表示相違背結果的前提的意思。有「ないのに」「ないから」的意思。

啞ではあるまいし、どうして返事しないのか。（又不是啞吧，為什麼不回話呢？）

危険な所へ行くのではなかろうしそんなにびくびくしなくてもいい。

（又不是要去危險的地方，用不著那樣害怕。）

〔十六〕「たって」

A　接續法　接在動詞、形容詞及助動詞（動詞型、形容詞型活用）的連用形。音便時為「だって」。

B　意思和用法　和「ても」相同，能夠互換使用。

(1)　表示逆態假定條件　和「ても」的用法(1)相同，用以表示逆態的假定條件。

いくら誘惑したってぼくは絶対にその手に乗らない。（不論如何誘惑，我絕對不上那個當。）

値段が安くたって品が悪ければ買わない。（即使價錢便宜，東西不好的話，就不買。）

(2)　表示逆態恒常條件　和「ても」的用法(2)相同，用以表示逆態的恒常條件。

人間はいくら優しくたって怒る時もある。（人不管怎樣溫和體貼，有時也會生氣。）

ゼロで何を割ったって無限大となる。（無論用零除什麼，都是無限大。）

道が近くたって歩かねば着かぬ。（即使路再近，不走的話，也到不了。）

(3)　表示逆態事實的連續　和「ても」的用法(3)相同，用以表示逆態的連續有關連的事實。

仕事が辛くたって中途半端で放棄するわけには行かない。

（雖然工作辛苦，但是不能中途放棄。）

○**注意**　右述的「たって」接連用形，用於和「ても」相同的意思，但此外也有接動詞、形容詞、助動詞（動詞型形容詞型活用）的終止形的「たって」。此時的「たって」是「といっても」的意思，和「といっても」能替換使用。

行くたって(といっても)こういう格好では行けないよ。

（雖然說要去，但這樣的打扮不能去呀。）

苦しいたって（といっても）辛抱のできないことはないでしょう。

（雖然說很苦，但也不是不能夠忍耐吧。）

〔十七〕「ところが」

A　接續法　只接在助動詞「た」的連體形而已。

B　意義和用法

○　表示確定前提條件　發生意外的結果時，用以表示其確定前提條件。可以和「たら」「た、すると」替換使用。也有省略「が」僅用「ところ」的情形。

おずおず彼に相談して見たところが彼は大賛成でした。

（提心吊膽地和他商量看看，但他很贊成。）

昨日伺いましたところお留守でした。（昨天去拜訪，但是不在家。）

〔十八〕「ところで」

A　接續法　僅接在助動詞「た」的連體形而已。

B　意思和用法

(1)　表示逆態假定條件　和預料與期待相反的結果時，用以表示其假定條件，和「ても」「たって」

可以替換使用。

早くできるといったところで晩までかかるだろう。

（雖然說能夠快一點做好，但恐怕要到晚上才會好吧。）

どんなにがんばったところでうまくいかないだろう。（就是怎麼努力，恐怕也不順利吧。）

(2) 表示確定前提接　表示事實的語句，用於敘述與其相順應的事件的場合。

そんなに金をためたところで死ぬ時は持って行かれまい。

（雖然存了那麼多的錢，死的時候也帶不走。）

あの事件は今日まで引き延したところでやはり簡単に解決するはずがない。

（那件事拖延到今天，還是不容易解決。）

〔十九〕「くせに」

A　接續法　接在活用語的連體形。也接在有體言的資格的助詞「の」。

B　意思和用法

○　表示逆態確定條件　前句敘述某一主體的行動或狀況發生與其不相應、或與預期相反的結果的場合，用以表示其前句。

與「のに」相同含有不滿或責難的心情的說法，比「のに」更口語化的說法。

はっきり知っているくせに曖昧な返事をしている。（明明知道很清楚，但卻回答得很曖昧。）

金もないくせにいつも大きなことばかり言っている。（雖然沒有錢，但卻經常只會說大話。）

子供のくせに大人の真似をしている。（雖然是孩子，但卻舉止像大人。）

〔二十〕「ものを」

A　接續法　接在活用語的終止形

B　意思和用法

○　表示逆態事實接續　與「のに」相同，以不滿或責難或困惑等心情，用以表示逆態確定條件。

卒直に打明ければいいものをごまかしばかりしている。

（坦率地說出心裏的話就好，但卻全是敷衍搪塞。）

君にさえ出来ないものをぼくにどうしてできよう。（連你都不會，我怎麼會呢。）

〔二一〕「ものの」

A　接續法　接在動詞、形容詞的終止形。也接在動詞型活用、形容詞型活用的助動詞及「た」「ます」的終止形。

B　意思和用法

○　表示逆態事實接續　做「が」「けれども」的意思使用，對姑且的一個想法，仔細想一想之後

，另外又有其他的想法、看法時，用以表示逆態接續。

口ではそういうものの心では大変あせっている。（雖然嘴巴那樣說，可是心裏很著急。）

懸賞クイズは難しいもののなかなか面白みがある。（有獎問答雖然很難，但也很有趣。）

あいつが憎いものの身内の者だからほっておくわけにはいかない。

（那小子實在可恨，可是因為是自己的家人，就不能不管。）

〔一二〕「ものなら」

A　接續法　接在活用語的連體形。

B　意思和用法

○　表示假定條件　與斷定助動詞假定形「なら」（有人認為是助詞）相同，用以表示假定條件，含有警告或不信等心情的說法。可以和「なら」「たら」交換使用。音便說成「もんなら」。

知らないものなら知らないと正直に答えなさい。（如果不知道的話，就請老實回答說不知道。）

君にできるものならやってごらん。（假如你會的話，就請做看看。）

これでいいものなら誰も苦労しなくてもいい。（這樣可以的話，誰也可以不費事。）

〔一三〕「ものだから」

A　接續法　接在活用語的終止形。

B　意思和用法

○　表示原因、理由　與接續助詞「から」相同，表示原因、理由。音便説成「もんだから」。鄭重的説法是「ものですから」「もんですから」。

あまりおかしいもんだからぼくはとうとう笑い出してしまった。

（因為過於可笑，所以我終於笑出來了。）

長い間立っていたものだから疲れてしまった。（由於站太久了，所以很累。）

第四節　副　助　詞

[一]　副助詞的特質　副助詞具有下面的特質。

①　連接體言用言或其他種種的單語。

②　連接這種助詞單語和副詞相同，具有修飾其下面的單語，或表示對等資格的功能。

③　這種助詞能夠相互重疊。

[二]　副助詞　口語的副助詞大體上如下：

は、も、こそ、さえ、でも、だって、しか、まで、ばかり、だけ、きり、ほど、くらい、どころ(か)、ずつ、など(なんぞ、なんか、なんて)、なり(並列)、なり(靜止)、や、やら、か、の、だの

〔三〕「は」

A　接續法　接在體言、副詞、助詞及活用語的連用形。偶而也接在活用語的連體形，那是文語的殘留，在這種場合口語常介入「の」來使用。

B　意思和用法

一　表示主題　用以表示解說判斷的主題，即是判斷句的中立的具有主題性的主語。大體上有如下的。

(1)　表示事物的判斷的場合　對事物、給予肯定的或否定的判斷的場合，用以表示其主體這種場合，下面與「だ」「である」「です」「でない」「ではない」等單語併用。

富士山は日本で一番名高い山であります。（富士山是日本最有名的山。）

敬語は相手に敬意を表わすために使う言葉です。（敬語是為了向對方表示敬意，而使用的話。）

蝙蝠（こうもり）は鳥に似ているが鳥ではない。（蝙蝠像鳥，但不是鳥。）

労働は貴いものである。（勞動是可貴的東西。）

(2)　表示事物的性狀的場合　敘述事物的性質·狀態的場合、用以表示其主體。這種場合下面使用形容詞、形容動詞或其相當語。

雪は白い。（雪是白的。）

この料理の味は大変いい。（這料理的味道很好。）

意志はあまり堅くない。（意志不太堅定。）

この道はせまく険しい。（這條道路狹窄而險峻。）

(3) 表示人物的意向的場合　敘述人物的願望、想法、意願等的場合，用以表示其人物。

ぼくはあなたに今晩一寸附き合ってほしい。（我希望您今晚來作陪一下。）

私は今週中にこの論文を仕上げなければならない。（我必須在這星期裏，把這篇論文完成。）

佐久間博士は今病室を増築しようと考えています。（佐久間博士現在想要增建病房。）

(4) 表示判斷性的敘述的場合　敘述某一事實、對其所敘述的事實下判斷的場合，或者，某一敘述自身具有潛在的判斷性的場合，用以表示其主體。這種場合從事敘述的語句（動詞、或動詞＋助動詞）的下面介入「の（ん）」，再接如「だ」「です」「でない」的語句，表示判斷的意思。但是其敘述自身具有潛在的判斷性的場合就照原來那樣，不再接這些語句。

試験は来月の一日から始まるのです。（考試是從下個月一日起開始的。）

菊は春に咲くのではありません。（菊花並不是在春天開的。）

ぼくはそんな偏僻（へんぴ）なところには行きたくないんだ。（我是不想去那樣偏僻的地方的。）

孔子は紀元前五五二年中国に生まれました。（孔子紀元前五五二年生於中國。）

(5) 表示恒常性的敘述的場合　超越時間的區別、表示永久不變的一般的事理的場合，用以表示其主體。

三角形の三つの内角の和は二つの直角に等しい。（三角形的三個內角的和等於二個直角。）

骨は筋肉を支えて体の柱となっています。（骨支撐筋肉，是身體的支柱。）

天は自ら助ける者を助ける。（自助天助。）

猿は人間に似ている。（猴子像人類。）

(6) 表示總主語場合　含有從屬句的句，用以表示其總主語。這種場合從屬句的主語（小主語）用「が」、「の」表示，成為「…が(の)…は…」「…は…が(の)…」的形式。

物価が上るのはインフレのせいだ。（物價上漲起因於通貨膨脹。）

都市に住む人達は自然の恵みを受けることが少ない。

（住在都市的人們，受惠於大自然很少。）

体の弱いことは不幸の種である。（身體虛弱，是不幸福的根源。）

春は生物のさかんに活動する季節です。（春天是生物活動熱絡的季節。）

牛は力が強い。（牛力量強大。）

二　表示強調　用於句成分的強調。大體有如下的場合。

(7)　對比強調的場合　分別二個以上相異的事物表示對照的場合，用以表示各自的主體即是主語（對比強調的主語）。

兄は軍人で、弟は商人だ。（哥哥是軍人，弟弟是商人。）

李君は医学を習いたいが丁君は文学を習いたい。（李同學想學醫學，而丁同學想學文學。）

(8)　修飾強調的場合　連接連用修飾語（副詞、準副詞、或副詞語句）用以強調其所修飾的意思。

這種場合體言＋格助詞做副詞使用時，其格助詞有時省略。（連用修飾語中包括一般所謂的客語、補語在內。）

昨日は常岡さんが田舎へ帰りました。（昨天常岡先生回鄉下去了。）

距離が遠いからはっきりは見えない。（因為距離遠，所以不能看清楚。）

あんな懶者は医者にはなれない。（那樣懶的人，當不了醫生。）

(9)　敘述強調的場合　有補助關係的敘述接被補助的句節，用以強調其敘述的意思。

あの文書は一応見てはおいたが分らないところが沢山ある。

（那文件大致看了一下，但不知道的地方很多。）

昨夜あの部屋で寝てはいたが熟睡が出来なかった。（昨晚在那房間睡，但沒睡好。）

手紙は読んではみたが返事を書く気がしない。（信是看了，但沒有寫回信的意願。）

あの人は学生ではない。（那個人不是學生。）

註八　「は」和「が」的判別。

做主語使用的場合，「は」和「が」在意思上微妙的差異大體可用下面三點說明之。

(1)「は」主要用於主題的解說（判斷句），「が」主要用於事象的敘述（現象句）。

(2)「は」主要用於著眼點在述語的表現，「が」主要用於著眼點在主語的表現。

(3)「は」主要是用以表示聽者的既知事實周知事實，「が」主要用以表示聽者的未知事實、新事實。

①　これは私の辞書です。（這是我的辭典。）

②　これが私の辞書です。（這是我的辭典。）

①的場合著眼於述語「辞書です」，這是我的辭典，辭典以外什麼都不是。也不是雜誌，也不是小說，也不是鉛筆，也不是小刀，以如此的心情來表達。（②的場合著眼於主語「これ」，這才是我的辭典，其他的都不是，那也不是，這個以外的任何的都不是，以如此心情來表達。）

③　あの子は利口だ。（那小孩聰明。）

④ あの子が利口だ。（那小孩聰明。）

③的場合表示大家（至少是聽者）已經知道那小孩不笨，很聰明的意思。④的場合表示大家（至少是聽者）還不知道，但聰明的是「那個」小孩。

⑤ 講習会は来月一日に催されます。

⑥ 講習会が来月一日に催されます。

⑤的場合表示已經知道講習會不是下個月一日中止、關會，而是開辦的意思。⑥的場合是大家還不知道，（初次發表時），不是下個月一日以外的日期開辦講習會的意思。

⑦ 池の中に金魚はいます。

⑧ 池の中に金魚がいます。

⑦的場合是池中有金魚，大家以前就知道但在現今還有與否的前提下，現今還有的心情（取られたことがない）著眼點在「いる」。⑧的場合池中可有「什麼」呢大家不知道的前提有「金魚」，著眼點在金魚。

以上是「は」和「が」在相同的句（四個基本樣式）其表現意思上的差異。

「は」和「が」的差異以表整理大體如下。

區分	意義上	職能上	構文上
差異点	關於句的性質 關於句的成分 關於句的主題	做主題的用法 強調的用法	在複句構造上 在主述關係上
は	主題的解説（判斷句） 着眼點在述語 聽者的既知事實、周知事實	表示判斷句的主語 事物的判斷 事物的性狀 人物的意向 判斷性的敍述 恒久性的敍述 對比強調（主語） 修飾強調（修飾語） 敍述強調（述語）	表示總主語 和用言分離 効力及於句末的述語
が	事象的敍述（現象句） 着眼點在主語 聽者的未知事實、新事實	表示現象句的主語 事象的敍述 存在態的主語 疑問詞主語 指定強調（主語）	表示從屬句的主語 一般的部分主語（小主語） 特殊對象語 希望的對象 能力的對象 感覚的對象 和用言密接 僅係結最接近的用言、効力不及於遠隔的用言

〔四〕「も」

A　接續法　接在體言、副詞、助詞、及用言的連用形（名詞法）。偶而接在用言的連體形，此為文語的殘留。

B　意思和用法

⑴　舉出同類的一個來說　從同樣的事物中舉出，給與暗示其他也共同存在的事。是含蓄的說法。

あそこへは電車でも行けます。（那裡也能夠坐電車去。）

どうか私にも話して下さい。（請也告訴我。）

大谷もあいつの仲間だ。（大谷也是那小子的伙伴。）

⑵　表示列舉的並列　用以表示同類的事物並列敘述的意思。

一等席も二等席も全部売り切れました。（一等席和二等席全部都賣完了。）

行きも帰りも団体と一緒でした。（去和回來都和團體一起。）

特別に綺麗でもなくまたみにくくもない。（既沒特別漂亮，又不難看。）

⑶　表示包括全部的意思　接不定稱代名詞、だれ、どれ、どこ、どちら等或其相當語，就表示包括全部的意思。其後常接否定的意思的語句。

教室には誰も居ない。（教室裏誰都不在。）

休みの日にはどこの映画館も満員だ。（休假日無論什麼地方的電影院都客滿。）

どれも同じだから選ばなくてもいい。（不論哪一個都一樣，所以可以不必選。）

東西南北どちらも山ばかりです。（東西南北哪一邊都是山。）

ポケットの中には何もない。（口袋裏什麼也沒有。）

(4) 和疑問的數詞併用　接疑問的數詞「いくら」「いくつ」或冠有接頭語「いく」「なん」的數詞，其下接否定的表現時，表示僅有的意思、很少的意思，但是其後接肯定的表現時，表示沒限制的意思、很多的意思。

お金はもういくらも残っていない。（錢已剩下很少了。）

方眼紙は何枚も使っていません。（方格紙沒用幾張。）

お酒はいくらもあるから大いにお飲みなさい。（酒有很多，所以請多喝。）

リンゴならいくつも買えます。（蘋果的話，可以買很多個。）

(5) 表示近似的意思　主要接表示數量、程度的語句，用以表示近似其數量、程度的意思。

李さんの生活は大変贅沢で毎月に二万円も使います。

（李先生的生活非常奢侈，每月要用二萬元。）

山程も溜っている事務は短期間内には片付けられない。

（堆積如山的公事，短期間，處理不了。）

(6) 用於語調的調節　用於語調緩和。

別に怒りもしません。（沒有必要生氣。）

てんでお話にもなりません。（根本不值得一提。）

〔五〕「こそ」

A 接續法　接在體言、副詞、接續詞、助詞。或接在活用語的連用形。這時候常是其後面連接活用語。

B 意思和用法

(1) 表示強調指示的意思　特別提出事物表示強調指示的意思。

自分の主張を貫く事こそ政治家としての態度ではないでしょうか。

（貫徹自己的主張不才是做為政治家的態度嗎？）

断わりこそしなかったけれども承諾しかねるような様子だった。

（固然沒拒絕，但看樣子也是難於同意。）

山は険しくこそないがなかなか登りにくい。（山固然不險峻，但是也很難爬。）

(2) 表示原因、理由　「こそ」接助詞「ば」或「から」，即是「…ばこそ…」「…(だ・する)からこそ」的形式，用於「故に」的意思，表示理由、原因。

本を読めばこそ物の道理が分るのだ。（就因為讀書，才明白事理。）

誠意があったからこそ先方に通じたのだ。（就因為有誠意，對方才理解。）

〔六〕「さえ」

A 接續法 接在體言、副詞、接續詞、助詞及活用語的連用形（放在二個活用語之間），偶而接在活用語的連體形，這是文語殘留。

B 意思和用法

(1) 表示類推的意思 舉出極端的事物言外推測其他一般的事物。即是舉出極大的事物，推測極小的事物，舉出輕微事物，推測重大事物。有時其後面接「も」。連接體言時，也說成「でさえも」。

聖人でさえ過ちがあるから我々平凡人に過ちがあるのは勿論です。（連聖人都有錯，所以我們平凡人有錯是當然的。）

そんなことは子供(で)さえ知っている。（那樣的事連小孩也知道。）

お茶を飲む暇さえない。（連喝茶的時間都沒有。）

(2) 表示特定的假定條件 只有一個條件存在，發生某一予期的結果的場合，表示其特定的條件。

即是「…さえ…(なら、すれば)」的形式，只限於其特定條件不顧其他的說法。

あやまりさえすれば後は一切咎めない。（只要一犯錯的話）

時間さえあればきっと参ります。（只要有時間的話，一定來。）

語学というものは毎日怠りなく勉強しさえしておれば知らず知らずの間に進歩します。（語學這東西，每日不懈怠，用功的話，就不知不覺會進步。）

(3) 表示添加的意思　一個事象上面再重疊其他的事象（不好的場合）用於表示強調。

道が険しい上に焚火さえ(も)燃え尽きました。（道路峻險，而且籠火也燒盡。）

首になった上に病気にさえなった。（被解雇而且又生病。）

雨が酷く降っているのに風さえ加わって来た。（雨下很大，而且又刮風。）

〔七〕「でも」

A 接續法　接在體言、副詞、助詞、及活用語的連體形和連用形（二個活用語之間）。

B 意思和用法

(1) 表示例示　舉例用以表示婉曲、謙遜、曲折等意思。

のどが乾いたからお茶でも一杯くれませんか。（口渴了，喝一杯茶好嗎？）

新聞でも雑誌でも時間つぶしに貸して下さいませんか。

（為了消磨時間，請借我報紙，或雜誌看。）

御飯でもお粥でも早い方を頼む。（早一點）

(2)　表示類推的意思　舉出用以表示推測其他的意思。這時候，含有強調的意思和「さえ」的用法

①相類似，比「さえ」的意思弱。

一寸でもいいからお会いしたいのです。（一會兒就可以，想和您見面。）

そんなことは子供でも知っている。（那樣的事，小孩也知道。）

(3)　表示不受拘束的意思　接在疑問詞表示沒限制適用全部的意思。

清水はスポーツなら何でもできる人だ。（清水只要是運動的話，是什麼都會的人。）

見たい人は誰でも見せて上げます。（想見的人誰都讓見。）

○**注意**　和類似語的識別

長井さんは実業家でもあるし政治家でもある。（斷定助動詞＋副助詞）

（長井先生既是實業家，也是政治家。）

いくらきれいでも丈夫でなければならない。（形容動詞＋接續助詞）

（不論怎樣美麗，還是必須健康。）

夏にはプールでも海岸でも人が一杯です。（格助詞＋副助詞）

（夏天無論是游泳池或是海岸，人都很多。）

〔八〕「だって」

A　接續法　接在體言、副詞、助詞及活用語的連用形（二個活用語之間）。

B　意思和用法　大體上和「でも」相類似，可和「でも」交換使用。

(1)　表示強調　用於意思的強調。

外国へだって行こうと思えば行けないことはない。

（就是想去外國的話，沒有不能去的道理。）

(2)　表示不受拘束的意味　接在疑問詞表示沒限制全部適用的意思。

そんな悪意の嘲笑にはだれだって怒るよ。（那樣的惡意嘲笑，誰都會生氣呀。）

〔九〕「しか」

A　接續法　接在體言、助詞、副詞（表示狀態、程度）及動詞、助動詞的連體形、形容詞、形容動詞的連用形。

B　意思和用法

○　表示特別的限定　用以表示舉出的特定的事物以外全部除外否定的意思。這時候，其後必接否定的話句和「…しか…ない」併用。也可與「ただ…だけ」（肯定的語句接在後面的說法）替換使用。

このようなパイプはあの店でしか売っていません。（這樣的煙斗，除那店以外不在賣。）

あの人と一度しか会ったことがない。（和他只有見過一次面。）

毎日寝る時間は六時間だけしかない。（毎天睡覺時間只有六小時。）

万年筆は古いのしか持っていません。（鋼筆只有帶舊的。）

○注意　如右「しか」有時和「だけ」或「より」一起使用。

註九　「しか」有的地方説成「ほか」，現代語「しか」比「ほか」常用。

止めさせるほか(しか)手がない。（除了叫停，沒有其他辦法。）

〔十〕「まで」

A　接續法　接在體言及活用語的連體形。

B　意思和用法

(1)　表示所及之處　用於表示動作、事情所到之處。

自転車で埠頭まで行った。（騎自行車到碼頭。）

夜の明けるまでお互に意見を交換した。（彼此交換意見到天亮。）

(2)　舉出極限用以類推　與「さえ」的用法(1)相類似，舉出極端的場合用於類推其他。

子供の喧嘩に大人まで出て来た。（為了小孩打架連大人都出來了。）
台所の水道まで凍った。（連廚房的自來水都結凍了。）
(3) 表示添加的意思 與「さえ」的用法(3)相類似，某一事物上更重疊某一事物的場合，用以表示被添加的事物。
見知らない人からまで激励の手紙が来た。（甚至於不認識的人都來信鼓勵。）
寒いところへストーブまで消えてしまった。（這樣冷的地方，連暖爐都沒點。）
(4) 表示限界的意思 用於表示僅限於敘述的意思。
御参考まで申し上げます。（謹供參考。）
これはつまらないものですがほんのおしるしまでです。
（這是不值錢的東西，只不過是表示一點心意。）
(5) 接在表示期限的時間語句下，表示期限的場合，如「までに」接「に」來使用為普通。
願書は来週の金曜までに提出しなければならない。（申請書在下星期五以前必須提出。）

明日の午前中までにこれを英訳して下さい。（請在明天上午以前把這個譯成英文。）
(6) 和「から」併用 慣用表現「…から…まで」的形式與一個體言相同的資格用以表示起點和終點之間的範圍。

三月から五月までは春です。（從三月到五月是春天。）

一番から二十番までは甲組と定めた。（從一號到二十號編為甲組。）

〔十二〕「ばかり」

A　接續法　接在體言、副詞、助詞及活用語的連體形。挾在二個活用語之間的場合接在活用語的連用形。

B　意思和用法

(1)　表示程度　接表示數量的語句表示大體上的程度。

まだ二十分ばかりあるから早く行けば間に合います。

（大約還有二十分鐘，趕快去還來得及。）

売上高の三割ばかりが利益だと思う。（我想銷貨額的約三成是利益。）

(2)　表示限定　用於表示限定事物的意思。

この頃は毎日ホウレン草ばかり食べている。（最近每天光是吃菠菜。）

表紙が綺麗ばかりで内容が悪い。（光是封面好看，內容不好。）

そんな大事なことは口先ばかりの約束では当てにならない。

（那樣重要的事光是口頭的約束，不可靠。）

(3) 接在過去完了助動詞「た」用以表示動作現今才終了的意思。

弟は今京都から帰ったばかりです。(弟弟現在剛剛才從京都回來。)

この目覚まし時計は昨日買ったばかりだ。(這個鬧鐘是昨天剛剛買的。)

彼は学校を出たばかりで経験は少しもない。(他剛學校畢業，經驗一點也沒有。)

〔十二〕「だけ」

A 接續法 接在體言、副詞、助詞及活用語的連體形。被接在二個活用語中間的場合，接在前面的活用語的連用形。

B 意思和用法

(1) 表示程度 用以表示不超越某一程度的一定的程度、範圍。

これだけあれば十分だ。(只有這個就夠了。)

あるだけの金を全部使い果した。(所有的錢全部用光了。)

飲めるだけお飲みなさい。(能喝請盡量喝吧。)

(2) 表示限定

この事だけは譲歩できません。(只有這件事，不能讓步。)

君のノートを今日一日だけ貸して下さい。(你的筆記請只借我今天一天。)

たった一冊だけ持って来ました。（只有帶一冊來而已。）

(3) 表示身分或事物相應的意思　「だけある」或「だけに」的形式表示與身分或事物相應的意思。

西郷は熱心なだけあって成績が大変良い。（酒鄉正因為是熱心，成績很好。）

この茶は香りが良いだけに値段も高い。（這茶正因為香味好，所以價錢也貴。）

どんなに利口でも子供は子供だけに幼稚な処がある。（不論怎樣聰明，小孩難怪是小孩有其幼稚之處。）

〔十三〕「きり」

A 接續法　接在體言、副詞、助詞及活用語的連體形。挾在二個活用語之間的場合接上面的活用語的連用形。「きり」有時說成「ぎり」。

B 意思和用法

(1) 表示最後的限界

彼は行ったきり手紙も寄さない。（他一去，連信都沒寄來。）

冬休みは今日ぎりだ。（寒假只到今天。）

利子を払うきりで元金を返さない。（只付利息，不還本金。）

(2) 表示分量、程度

私の飲めるのはビールなら一本きりです。（我能喝的，如果是啤酒，只是一罐。）

家では家族が三人きりです。（我家家族只有三人。）

〔十四〕「ほど」

A 接續法 接在體言、助詞。也接在活用語的連體形。

B 意思和用法

(1) 表示程度 接在數詞用於表示概算的程度的場合。

会場には百万人程集っていた。（會場集合約百萬人。）

あれからもう十年程立ちました。（從那時候起，已經過約十年了。）

(2) 表示比較 與某事物比較、不及的場合，表示其被比較的事物。這種場合後面接續否定語為普通。

この世の中で戦争程残酷なものはないでしょう。（在這世界上沒有比戰爭殘酷的吧。）

ぼくの記憶力は君程良くない。（我的記憶力沒有你好。）

自動車は汽車程速くない。（汽車沒有火車快。）

(3) 表示比例的強調 慣用表現「…ば…ほど」的形式，用於比例的強調某事物、狀態的場合。

地位があがるほど責任も重くなる。（隨著地位提高責任也加重。）

この花は見れば見るほど美しゅうございます。（這花愈看愈美。）

彼のした事を思えば思うほど腹が立つ。（他所做的事，愈想愈生氣。）

〔十五〕「ぐらい」

A 接續法 接在體言、副詞、助詞及活用語的連體形。也說成「ぐらい」。

B 意思和用法

(1) 表示程度 接在數詞用以表示大體上的程度。

昨日までで半分くらい出来ました。（到昨天為止，完成了大約一半。）

会費は二百円ぐらいでいいでしょう。（會費大約二百圓就可以吧。）

この前の座談会は三時間ぐらい続いたそうだ。（聽說上一次座談會大約開三小時。）

(2) 表示限度 用以表示程度的限界。

英語と言えば次郎も太郎ぐらい話せるだろう。（提起英語次郎也能說得和太郎一樣吧。）

金ぐらい人を堕落させるものはない。（沒有比錢會使人墮落的東西。）

あの人ぐらい親切な人は一寸少ない。（很少有人和他一樣親切的。）

(3) 表示輕視的意思 用於輕視事物的場合。

命さえ助かれば足の一本を切るぐらいのことは不幸中の幸です。（保住性命，斷掉一隻腿是不幸中的大幸。）

その位の事は誰でも出来る。（那一點事，誰都會。）

頭の痛い位のことでは床につく必要はない。（就只是頭痛，沒有必要躺在床上。）

〔十八〕「どころ」

A　接續法　接在體言、副詞、助詞及活用語的連體形（但是形容動詞接在語幹）其下面常接「が」或「で」是特別之處。

B　意思和用法

(1)　表示程度　舉出某一事物、事情，用於表示其以上、或其以下的程度。

二三日どころではなく一ケ月も欠席した。（何止二三天，缺席了一個月。）

毎日忙しく映画どころではありません。（每天很忙，不是能看電影的時候。）

あの店は十万円どころか百万円も儲けただろう。（那店別說十萬圓，大概賺了一百萬圓吧。）

(2)　表示反對的程度　舉出某一事情、事物，用於表示不僅未達其程度，而變成相反的程度的意思。

儲けるどころか損をした。（別說賺錢，甚至虧錢。）

〔十七〕「ずつ」

A　接續法　接在體言、副詞、助詞（表示分量、程度）

B　意思和用法

(1)　表示等量的分配　表示同一的數量分配的意思。

參加者達に記念のバッジを一つずつ上げた。（參加者每人給一個徽章。）

病気は少しずつ好くなって来た。（疾病一點一點好起來。）

(2)　表示等量的反覆　用於同一的數量反覆的意思。

毎朝一時間ずつ英語の勉強をする。（每天早上學習一小時的英語。）

米は一度に十日分ずつ配給した。（米一次各配給十天份。）

〔十八〕「など」

A　接續法　接在體言、副詞、助詞及活用語的終止形。偶而用在二個活用語之間的場合，接在上面活用語的連用形。

B　意思和用法　「など」口頭語也說成「なぞ」「なんぞ」「なんか」「なんて」是由「なぞという」轉化來的。

(1)　表示例示　用於做為一個例子大致上來說的場合。

待っている間にアルバムなどをいろいろ見せてもらった。

（在等待的時候，給看記念冊等種種東西。）

他人の機嫌を取ろうなどという考えでやったのではありません。

この事で後世に名を残そうなどと思いません。

(2) 表示總括　用於並列敘述一些事物，把它們總括、或包括其他相同種類的事物的場合。

あの店では本や雑誌などを売っている。（那店裡有賣書和雜誌等等。）

米、麦、粟なんかは皆穀物です。（米、麥、粟等都是穀物。）

あそこは、松や杉や楡なぞが生えている。（那裡種有松樹杉樹和榆樹等等。）

(3) 表示卑小的意味　用以表示輕視事物，以不當一回事的態度，輕視的、或謙遜的敘述的意思。

君なんて東大にパスするもんか。（你這種人會考上東大嗎？）

私なんてとてもそんなお役には立ちません。（我沒那樣有用處。）

あういうところなんか二度と行く気はない。（那種地方，再也不想去了。）

〔十九〕「なり」

A　接續法　接在體言、助詞及活用語的終止形。放在二個活用語之間的場合接在前面的活用語的連用形。

B　意思和用法

(1)　大略的指示而言　表示例示指大體上的地方而言的意思。與「でも」的用法(1)相同，比「でも」鄭重但是古舊的說法。這種場合也說成「なりとも」「なりと」。

お序でになりと御立寄り下さい。（請順路過來一下。）

湯浅さんへなり知らせて上げましょう。（通知一下湯淺先生吧。）

(2)　表示並列、選擇　用以表示並列二個以上的事物，選擇其一的意思。

行くなり止めるなり早く態度を決めなさい。（去或者不去，請趕快表明態度。）

高くなり安くなりお望み次第にこしらえて上げます。

食後に一錠をお湯なり、水なりで飲むのです。（食後用開水，或水服一錠。）

〔二十〕「なり」

A　接續法　接在體言及活用語的終止形。但不接形容動詞。

B　意思和用法

(1)　表示靜止的狀態　用以表示某一動作・狀態保持原狀。

手に本を持つなり居眠りをしている。（手拿著書本，打瞌睡。）

リンゴを皮なり食べる。（蘋果連皮一起吃。）

座ったなりの姿が美しかった。（坐著的姿勢很美。）

(2) 表示密接的狀態　在某一動作、作用之後不久馬上進行下一動作、作用的場合，用以表示其先行的動作、作用。

彼は部屋に入るなり、泣き出した。（他一進去房間，馬上就哭起來。）

腰をおろすなりタバコを吸い始めた。（一坐下，立刻就開始抽煙。）

朝起きるなり庭へ出て体操をします。（早上一起床，馬上出去庭院做體操。）

〔二一〕「や」

A　接續法　接在體言及準體言。活用語的場合普通介入「の」「こと」。

B　意思和用法

○　表示並列　用以表示事物大略的並列、列舉的意思。

机の上にインキやペンや筆入れ等が置いてあります。（桌上放著墨水，筆和筆盒等。）

五頁や、六頁のところに、二三、誤植がある。（五頁和六頁的地方，有二、三處錯字。）

高いのや安いのやいろいろな種類があります。（貴的和便宜的，有很多種類。）

〔二二〕「やら」

A　接續法　接在體言、助詞及活用語的終止形。

B　意思和用法

(1)　表示疑問、不安的意思　用以表示不明顯的意思。

誰やら蔭で君を助けていたらしい。（好像有人在背後幫助你。）

これが役に立つやら立たないやら使ってみなければ分らない。

（這個有用沒有用，要用看看才知道。）

本当なのやらうそなのやらとんと見当がつかない。（是真的還是假的，一點也弄不清楚。）

(2)　表示並列　用以表示列舉事物敘述的意思。

あれやらこれやらうるさいことばかりだ。（又這個又那個，全是囉囉嗦嗦的事。）

藤井やら松本やらから問合せの手紙が来た。（藤井和松本都來信詢問。）

泣くやら笑うやら大騒ぎだった。（又哭又笑，大吵大鬧。）

〔一三〕「か」

A　接續法　接在體言、副詞、助詞及活用語的終止形。

B　意思和用法

(1)　表示疑問、不定　用以表示不明確，不確實的意思。普通是與疑問語併用。

何か御用ですか。（有什麼事嗎？）

蝶々がどこからか飛んで来た。（蝴蝶不知從什麼地方飛來。）

(2) 表示選擇　表示並列事物選擇其中之一的意思。

誰かがそう言っていた。（有誰那麼說。）

人に頼むか自分でするかとにかくやって上げます。

（拜託別人或自己做，不管怎樣會幫您做的。）

コーヒー色か鼠色かに染めて御覧。（請染成咖啡色或灰色。）

領取証は筆かペンかで書いて下さい。（收據請用鋼筆或毛筆寫。）

〔三四〕「の」

A　接續法　接在體言、助詞及活用語的連體形。

B　意思和用法

(1) 表示並列　用於事物的並列敘述。普通是最後的「の」之後接「と」。

頭が痛いの気分が悪いのってちっとも勉強しない。（又頭痛又精神不好，一點也無法用功。）

どうのこうのとつまらぬ議論ばかりをしている。（說這個說那個，全是沒意思的議論。）

(2) 強調敘述　用以連接助動詞「だ」「です」和活用語，連接「ようだ」「ようです」和體言、或

連接助詞「か」和接活用語或體言。

人間は誰でも死ぬのだ。（人無論誰都會死的。）

昔のことを思うとまるで夢のようだ。（回想以前的事，簡直如夢。）

それがなかなか面倒なのだ。（那是非常麻煩的。）

君も行くのか。（你也去嗎？）

〔二一五〕「だの」

A　接續法　接在體言、副詞、助詞及活用語的終止形。

B　意思和用法

○　表示並列　表示事物並列敘述的意思。

自然科学の参考書だの社会科学の参考書だのいろいろな本がそろえてある。

（自然科學的參考書和社會科學的參考書，各種各樣的書齊全。）

いいだの悪いだののつべこべ言うな！（別說好又說不好，強詞奪理。）

これだけだのあれだけだのと言わないで、あるものを全部出しなさい。

（別說只有這個，只有那個，把所有的全部拿出來。）

〔二一六〕「として」

A　接續法　接在體言

B　意思和用法

接在體言的「として」普通可把助詞「と」和サ變的連用形「し」和助詞「て」分開解釋之，但是，從其所表示的意思來看，應該做為一個助詞來處理，所以看做副助詞為宜。

○　表示身分、資格　用以表示身分地位、資格等場合。可與如「の資格で」的語句交換使用。

隊長としての私はもちろん責任を負います。（做為隊長的我，當然要負責任。）

秋森さんは公証人として出席した。（秋森先生以公証人的身分出席。）

第五節　終　助　詞

[一]　終助詞的特質　終助詞具有如下的特質。

① 接在句末（或句節末）

② 接在體言、用言、各種單語。

③ 意思大體上是表示禁止、詠歎、感動、強意等。

[二]　終助詞　口語的終助詞大體上如下。

か、な(禁止)、な(命令)、ぞ、ぜ、の、もの(ものか、ものだ)、とも、かしら、こと、ね、よ、さ、わ、っけ、けど、のに、え、い、って

〔三〕「か」

A 接續法　接在體言、準體言、及活用語的終止形。接在形容動詞、或形容動詞型活用的助動詞的語幹。

B 意思和用法

(1) 表示疑問　用以表示疑問或質問的意思。這場合前面使用疑問的語句時，「か」可以省略。

昨夜は停電しましたか。（昨晚停電了嗎？）

ぼくと一緒に行くのが嫌やか。（和我一起去，不願意嗎？）

歌ったのは誰です(か)。（唱了歌的是誰？）

(2) 表示要求・希望　用於要求對方的同意、自己的希望。這場合「か」用在否定形的後面。

すみませんがお茶を一杯くれませんか。（對不起，請給一杯茶好嗎？）

一寸あそこで待っていてくれないか。（請在那裡等一下，好嗎？）

手紙を一通書いて戴けませんでしょうか。（幫我寫一封信好嗎？）

(3) 表示自問　自己難於斷定的事、或諒解的事

何時になったら世界が本当に平和になるだろうか。（到什麼時候，世界才會真正和平呢？）

われわれは最後まで我慢が出来ましょうか。（我們能夠忍耐到最後嗎？）

すぐこいか、おれにはおれの都合もあるんだ。

(4)　表示反語　用以表示反對的意思。

みな忙がしい時に自分一人がのんきにしていられるか。（在大家很忙的時候，能自己一個人悠閒著嗎？）

そんな事に賛成出来るか。（那樣的事，可以贊成嗎？）

君なんかにぼくの心境が見ぬけるか！（你這種人能看出我的心境嗎？）

(5)　表示責難　用以表示責備對方，要求其反省的意思。

君は自分一人で勝手に決定する権利があるか。（你一個人有任意決定的權利嗎？）

そこまで承諾したら自分の弱点を全部暴露したようなものじゃないか。（承認到那個地步，不就把自己的弱點全部暴露出來了嗎？）

〔四〕「な」

A　接續法　接在活用語的終止形。

B　意思和用法

○　表示禁止　用以表示禁止的意思

朝寝坊をするな。（別睡懶覺。）

ここへは二度と来るな。（不要再到這裡來。）

彼のことは御心配下さいますな。（不必替他擔心。）

○注意 把「な」說成「なあ」的場合（有時說成「な」）並非表示禁止，而是表示感嘆、強勢之意。

今日は熱いなあ！（今天很熱呀。）

彼は今度は成功すると思うなあ！（我想他這次會成功啊！）

僕も行って見たいなあ！（我也想去看看呀！）

〔五〕「な」

A 接續法 接在活用語的連用形。

B 意思和用法

○ 表示命令 用以表示命令要求的意思。但不是鄭重的說法。

あしたから六時に起きな。（請明天開始六時起床。）

もっとゆっくり話しな。（請說得更慢一點。）

気をつけておやりな。（請小心做吧。）

〔六〕「ぞ」

A 接續法　接在活用語的終止形。

B 意思和用法

○ 表示加強意氣　用以表示再三叮嚀強調其所指示的意思。很多的場合含有警告、強迫的意思。

あまり我がままを言うと、承知しないぞ。（說話太任性的話，就不同意哦。）

今すぐ出掛けなければ遅れるぞ。（現在不立刻出發的說，就會遲到哦。）

変なことを言うとなぐられるぞ。（假使說話不注意，會挨打哦。）

〔七〕「ぜ」

A 接續法　接在活用語的終止形。

B 意思和用法

○ 表示加強意氣　用以表示再三叮嚀強調其所指示的意思。大致上含有警告的意思用於親密熟悉的關係的朋友之間。

明日の出発は早いぜ。（明天的出發很早啊。）

そんなに元気がなくては今度の試合に負けるぜ。（那樣沒有精神的話，這次的比賽會輸啊。）

それでは後のことを頼むぜ。（那麼，以後就拜託了。）

〔八〕「の」

A　接續法　接在活用語的連體形。

B　意思和用法

(1)　表示疑問　用於表示質問的意思。主要是女性使用，男性使用時，是對小孩或非常親密關係的朋友說。

何処へ行くの。（要去什麼地方呢？）

これでもまだ足りないの。（這個還是不夠嗎？）

みなさんも御無事なの。（大家都平安嗎？）

(2)　用以緩和語調　女性或孩子使用，男性不使用。含有輕微斷定的意思。

私も一度読んでみたいの。（我也想再讀一遍啊。）

本当に今何も食べたくないの。（真的現在什麼也不想吃啊。）

今度新校舍に移りましたの。（這次要搬到新的校舍啊。）

〔九〕「もの」

A　接續法　接在活用語的終止形。

B　意思和用法

○　表示理由、根據　含有不服・不滿的意思，以抗拒或撒嬌的心情，用以表示理由根據。「たも

の」「だもの」女性和男性都使用，「…ですもの」僅限於女性使用。

だって課長がそう言ったもの。（因為課長是那麼說的呢。）

石川さんはぜんぜん約束を守らないんですもの。（石川先生根本是不守約定的。）

註十

(A)「ものか」「もんか」是形式名詞（「もの」也說為「もん」）＋「か」用以表示反意的場合。

この位の事が苦しいものか。（這麼一點事，有什麼苦呢？）

いくら医学が進歩したって永久に死なせないことが出来るものか。

（儘管醫學怎樣進步，能夠使人永久不死嗎？）

(B)「ものだ」「もんだ」—「もの」＋「だ」用以表示下面的意思。

①　表示當然　表示「なすべきである」（應該做）的意思

子供は親の言う事を聞くものだ。（小孩應該聽父母的話。）

皆の会合には君も出席するものだ。（大家的集會，你也應該出席。）

②　表示感嘆　表示感嘆、加強意氣

よくまあやったものだ。

彼も立派になったものだ。（他也變得很出色了。）

誰でも行きたいものだ。（誰都想去呀。）

〔十〕「とも」

A　接續法　接在活用語的終止形。

B　意思和用法

○　表示於強意氣　含有「言うまでもない」（不用說）的意思，用以加強語氣。

それはまったくあなたの言う通りですとも。（那當然完全照您所說的一樣。）

ぼくは無論参りますとも。（我當然要去。）

君のことなら、何でも引き受けるとも。（若是你的事，當然我什麼都會接受。）

〔十二〕「かしら」

A　接續法　接在體言、副詞、及活用語的終止形。也接在形容動詞型活用語的語幹。也說成「かしらん」。

B　意思和用法

(1)　表示疑問　用以表示懷疑的意思。用於自己本身有所懷疑的場合，以及對其他說話的場合。

これは五島氏の自動車かしら。（這是五島氏的汽車嗎？）

病人の様子は近頃少しよくなったかしら。（病人的情形近來好轉了嗎？）

ここから飛行場まで遠いかしら。（從這裡到機場遠嗎？）

(2) 表示不確定　用以表示不明確的意思。

どこかしら売る処があるだろう。（什麼地方有賣吧。）

昨夜は誰かしらここに来たでしょう。（昨夜有人來過吧。）

何時かしら彼は眠りにおちていた。

〔十二〕「こと」

A 接續法　接在活用語的終止形。但不接助動詞「う」「よう」「まい」。

B 意思和用法　主要是女性使用，男性使用時後面接其他終助詞「ね」「よ」等。

(1) 表示疑問　具有要求對方同意接受的心情，用以表示疑問。

私たちのクラブに御參加なさいませんこと。（要不要來參加我們的社團。）

一緒にデパートに行ってみないこと。（一起去百貨公司看看，好嗎？）

そういうふうに約束して下さる？いいこと。（就那樣約定，好嗎？）

(2) 表示詠嘆　表示讚美或感歎意思。含有斷定的意思。

それは本当に結構な御意見ですこと。（那實在是很好的意見啊）

ずいぶんおふとりになりましたこと。（胖了太多了呀。）

〔十三〕「ね」

A　接續法　接在體言及活用語的終止形。也說成「ねえ」。

B　意思和用法

(1)　表示叮嚀之意　用以表示再三叮嚀。

あなたも一緒に行くと言ったね。（您說也一起去。）

これは私にくれる土産ですね。（這是要給我的禮物。）

みんながそう言うのかね。（大家都那麼說的嗎？）

(2)　表示詠嘆　表示輕微讚美或感歎之意。含有親密，熟悉的意思。

本当によくできましたね。（真的很行呀。）

あの人はずいぶん勇敢だね。（他非常勇敢啊。）

これはまことにお気の毒ですね。（那實在很可惜呀。）

(3)　要求同意　用以表示以懇請、勸誘、提案等形式要求同意回答的意思。

あなたはこのやり方に賛成ですね。（您贊成這種做法吧。）

もう十二時だからすぐ寝ましょうね。（已經十二點了，馬上睡覺吧。）

これから絶対に時間を守るね。（現在開始，絕對遵守時間呀。）

間違いがあったら早く教えて下さいね。（假使有錯的話，請趕快告訴我。）

〔十四〕「よ」

A 接續法 接在體言、副詞、助詞及活用語的終止形。

B 意思和用法

⑴ 表示加強語氣 用以表示感動的、確定的、叮囑對方、加強語氣。

ぼくも約束した時間通りに行くよ。（我也會照約定的時間去啊。）

休みは明日までだよ。（休假到明天為止呀。）

それがあの人の癖ですよ。（那是他的毛病啊。）

⑵ 表示呼叫 用以表示呼叫的意思。

平和よ、平和よ、いつになったらやってくるのだ。（和平啊，和平啊，什麼時候才來呢？）

小鳥よ、私のために早く歌ってくれ。（小鳥阿，快為我歌唱呀。）

⑶ 表示要求 用以表示以懇請、勸誘、提案等形式，要求對方同意的意思。

お母様、私にこの帽子を買ってよ。（媽媽，買這頂帽子給我嘛。）

一寸君の万年筆を貸してくれよ。（你的鋼筆借我一下。）

ここで一休みしましょうよ。（在這裡休息一下吧。）

〔一五〕「さ」

A　接續法　接在體言、副詞、助詞及活用語的終止形。

B　意思和用法

(1)　表示斷定　用以表示輕微斷定的意思。並不是很鄭重。

もちろん行くか行かないかは君自由さ。（當然了，要去不去，是你的自由呀。）

そんな事はどうでもいいさ。（那種事，怎麼樣都可以啊。）

あなたの意見は結局私の意見と同じことさ。（結果您的意見和我的意見是相同啊。）

(2)　表示責問　與疑問的語句呼應，用以表示責問或反駁的意思。

一体君のほしいものは何さ。（到底你想要的東西是什麼呢？）

こんな苦しい生活をしているのは一体誰のためさ。（過那麼辛苦的生活，究竟是為了誰呢？）

それじゃ、何処へ行ったというのさ。（那麼，你說去了什麼地方呢？）

(3)　表示加強語氣　用於加強語氣引起對方的注意。普通是放在句節的連接處。

だからさ始めからぼくは怪しいなあと感じていたんだ。

（所以啊，從開始時，我就覺得奇怪呀。）

太郎もさ近頃ずいぶん張り切っているようだよ。

その揚句がさ、とうとう罪を犯してしまったんだ。(結果啊，到頭來還是犯了罪。)

〔十六〕「わ」

A　接續法　接在活用語的終止形。但不接助動詞「う」「よう」「まい」。

B　意思和用法　主要是女性使用。

(1)　表示加強語氣　用於調整語勢或加強語氣。

私はこれが好きだわ。(我喜歡這個呢！)

金の無心ならお断りするわ。

見通しがつかないわ。

(2)　表示詠嘆　用以表示詠嘆驚嘆意思。

雨がまた降り出しましたわ。(雨又開始下了呢。)

あの方は立派な方ですわ。(那一位是很了不起的人呀。)

今日はとても熱いわ。(今天非常熱啊。)

〔十七〕「っけ」

A　接續法　接在形容動詞及助動詞「た」「だ」的終止形。並不是鄭重的說法。

B　意思和用法

(1) 表示追想　用以表示對過去的事加以回想的意思。

この前の会合に出席した人は皆喜んだようだったっけ。

（上次的集會參加的人大家好像都很高興。）

ぼくが郷里を離れた時は丁度雪が降っていたっけ。（我離開家鄉時，剛好下雪。）

(2) 表示疑問　含有引誘對方的關心的意思。

あの歌手の名前は何というんだっけ？（那個歌手的名字叫做什麼呢？）

あの時には誰を呼んだっけ？（那時候叫誰了？）

〔十八〕「けど」

A 接續法　接在活用語的終止形。

B 意思和用法

(1) 表示輕微的反婉轉　用以表示避免表明自己的斷然主張、客氣的態度、和輕微婉轉的意思。

私は一寸賛成しかねますけど。（我有一點難於贊成。）

あくまで自分で責任を負うつもりだけど。（我打算由自己負責到底。）

ぼくは誰の世話も受けたくないけど。（我不想接受別人的照顧。）

(2) 用於語氣的調整　調和語氣用於客氣的表達的場合。

これがわりに丈夫そうだけど。（這個好像比較耐用。）
その品物はもう売切れましたけど。（那貨品已經賣完了。）
屋上には誰も居ないけど。（屋頂上誰也不在。）

〔十九〕「のに」

A 接續法 接在活用語的連體形

B 意思和用法

○ 表示惋惜的意思 以未如願而失望的心情，表示不滿・怨恨遺憾的意思。
早く知らせてくれた方がよかったのに。（早一點告訴我就好了。）
一日中外出しないで待っていたのに。（沒有出去，等了一整天。）
からすでも親の恩を返すことを知っているのに。（連烏鴉都知道回報父母之恩。）

〔二〇〕「え」「い」

A 接續法 接表示疑問的意思的單語「か」「だ」

B 意思和用法

○ 表示叮嚀的意思 用於表示叮嚀加強語氣。
あそこにぶらぶらしているのは誰だえ。(い)（在那裏搖晃的是誰呢？）

ぼくの言ったことは本当だい。（我所說的可是真的呀。）

交渉の結果は成功したかえ。（交涉的結果成功了嗎？）

〔二二〕「って」

A　接續法　接在活用語的終止形。

B　意思和用法

(1)　表示引用之意　把他人所說的話引用出來，用以表示「……という話だ」（據說…）「……といった」（說…）的意思。

山下君は怒ったらどんなことでもするって。（聽說山下君生氣時，什麼都做出來。）

あのバスに近頃はなかなか人が乗るって。（那公共汽車，聽說近來很多人坐。）

あの屋敷には誰も住んでいないって。（據說那房子沒有人住。）

(2)　表示判斷　用以表示自己一人同意而判斷的意思。這場合用於著下降語調來說。

酒は「菊正」に限るって。（酒只限於「菊正」。）

それでいいだろうって。（那個就可以了吧。）

註十一　「って」用在句中間的場合不是終助詞而是表示「と言って」「というので」「というのは」的意思。

田中君って（というのは）どんな人だい？（田中君這個人是什麼樣的人呢？）

僕は行かないって（といって）正ちゃんは帰っちゃった。（阿正說我不去，就回去了。）

附錄

一、動詞活用表……五二五
(一)五段動詞活用表……五二五
(二)上一段動詞活用表……五二七
(三)下一段動詞活用表……五二九
(四)カ行變格動詞活用表……五三一
(五)サ行變格動詞活用表……五三二
二、形容詞活用表……五三三
三、形容動詞活用表……五三四
(A)ダ活用
(B)デス活用
四、助動詞活用表……五三六
五、「假名標示」新基準的內容……五三八
六、「假名標示」用例集……五四四

七、基礎學習語彙表（品詞別）……五五三

一、動詞活用表

(一) 五段動詞活用表

行	基本形	語幹	語尾活用形						語例
			未然形	連用形	終止形	連體形	假定形	命令形	
カ行	書く	か（書）	か こ	き（い）	く	く	け	け	行く、聞く、開く、吹く
ガ行	泳ぐ	およ（泳）	が ご	ぎ（い）	ぐ	ぐ	げ	げ	急ぐ、騒ぐ、注ぐ、防ぐ
サ行	殺す	ころ（殺）	さ そ	し	す	す	せ	せ	起す、返す、消す、示す
タ行	打つ	う（打）	た と	ち（つ）	つ	つ	て	て	勝つ、立つ、待つ、持つ
ナ行	死ぬ	し（死）	な の	に（ん）	ぬ	ぬ	ね	ね	「死ぬ」一語
バ行	遊ぶ	あそ（遊）	ば ぼ	び（ん）	ぶ	ぶ	べ	べ	飛ぶ、選ぶ、呼ぶ、喜ぶ
マ行	読む	よ（読）	ま も	み（ん）	む	む	め	め	進む、住む、頼む、飲む
ラ行	知る	し（知）	ら ろ	り（つ）	る	る	れ	れ	売る、送る、帰る、取る
ワア行	買う	か（買）	わ お	い（つ）	う	う	え	え	洗う、争う、歌う、使う

主要用法及其接續的附屬語						
否定法（ない・ぬ） 當然法（慣用句） 使役法（せる） 被動法（れる） 可能法（れる） 敬讓法（れる） 推量法（う）	連用法（用言、慣用句） 時態法（た、ている てある） 敬讓法（ます） 希望法（たい たがる） 樣態法（そうだ） 名詞法 中止法 前提法（ては、たら ても、たって） 禁止法（てはならない） 並列法（ながら、たり）	終止法 傳達法（そうだ） 推量法（らしい まい） 前提法（と、から、が けれども） 並列法（し）	連體法（體言、體言相當語） 比況法（ようだ） 前提法（なら ので のに くせに） 推量法（だろう かもしれ ない）	前提法（ば） 並列法（ば）	命令法	

如右表五段動詞的活用在五十音圖中的「カ・ガ・サ・タ・ナ・バ・マ・ラ・ワア（未然形在ワ行，其他在ア行）」的各行。連用形的（ ）內的音是表示音便時的發音。

(二) 上一段動詞活用表

行	基本形	語幹	語尾活用形 未然形	連用形	終止形	連體形	假定形	命令形	語例
ア行	用いる	もち(用)	い	い	いる	いる	いれ	いよろ	居る、老いる、悔いる、報いる
カ行	起きる	お(起)	き	き	きる	きる	きれ	きよろ	着る、生きる、出来る、飽きる
ガ行	過ぎる	す(過)	ぎ	ぎ	ぎる	ぎる	ぎれ	ぎよろ	過ぎる一語
ザ行	感じる	かん(感)	じ	じ	じる	じる	じれ	じよろ	信じる、案じる、重んじる、甘んじる
タ行	落ちる	お(落)	ち	ち	ちる	ちる	ちれ	ちよろ	朽ちる、満ちる
ナ行	似る	(に)(似)	に	に	にる	にる	にれ	によろ	煮る
ハ行	干る	(ひ)(干)	ひ	ひ	ひる	ひる	ひれ	ひよろ	干る一語
バ行	伸びる	の(伸)	び	び	びる	びる	びれ	びよろ	浴びる、詫びる、錆びる、帯びる
マ行	見る	(み)(見)	み	み	みる	みる	みれ	みよろ	試みる、顧みる、鑑みる
ラ行	下りる	お(下)	り	り	りる	りる	りれ	りよろ	借りる、足りる、懲りる

主要用法及其接續的附屬語	否定法（ない、ぬ） 當然法（慣用句） 使役法（させる） 被動法（られる） 可能法（られる） 敬讓法（られる） 推量法（よう、まい）	連用法（用言、慣用句） 時態法（た、ている、てある） 敬讓法（ます） 希望法（たい、たがる） 樣態法（そうだ） 名詞法 中止法 前提法（ては、たら、ても、たって） 禁止法（慣用句） 並列法（ながら、たり）	終止法 傳達法（そうだ） 推量法（らしい） 前提法（と、から、が、けれども） 並列法（し）	連體法（體言、體言相當語） 比況法（ようだ） 前提法（なら、ので、のに、くせに） 推量法（だろう、かもしれない）	前提法（ば） 並列法（ば）	命令法	

如右表上一段動詞的活用在五十音圖的ア・カ・ガ・ザ・タ・ナ・バ・マ・ラ的各行。

㈢ 下一段動詞活用表

行	基本形	語幹	語尾活用形 未然形	連用形	終止形	連體形	假定形	命令形	語例
ア行	答える	こた（答）	え	え	える	える	えれ	け よろ	得る、与える 教える、迎える
カ行	助ける	たす（助）	け	け	ける	ける	けれ	け よろ	受ける、避ける 続ける、分ける
ガ行	逃げる	に（逃）	げ	げ	げる	げる	げれ	げ よろ	上げる、投げる 曲げる、防げる
サ行	任せる	まか（任）	せ	せ	せる	せる	せれ	せ よろ	あせる、合せる 載せる、痩せる
ザ行	混ぜる	ま（混）	ぜ	ぜ	ぜる	ぜる	ぜれ	ぜ よろ	爆（は）ぜる
タ行	捨てる	す（捨）	て	て	てる	てる	てれ	て よろ	当てる、企てる 育てる
ダ行	出る	（で）（出）	で	で	でる	でる	でれ	で よろ	撫でる、奏（かな）でる 抽んでる
ナ行	寝る	（ね）（寝）	ね	ね	ねる	ねる	ねれ	ね よろ	重ねる、尋ねる 真似る
ハ行	経る	（へ）（経）	へ	へ	へる	へる	へれ	へ よろ	経る一語
バ行	食べる	た（食）	べ	べ	べる	べる	べれ	べ よろ	比べる、調べる 述べる
マ行	改める	あらた（改）	め	め	める	める	めれ	め よろ	集める、定める 責める
ラ行	恐れる	おそ（恐）	れ	れ	れる	れる	れれ	れ よろ	入れる、後れる 呉れる

主要用法及其接續的附屬語	否定法（ない・ぬ） 當然法（慣用句） 使役法（させる） 被動法（られる） 可能法（られる） 敬讓法（られる） 推量法（よう まい）	連用法（用言、慣用句） 時態法（た、ている てある） 敬讓法（ます） 希望法（たい たがる） 樣態法（そうだ） 名詞法 中止法 前提法（ては たら ても たって） 禁止法（慣用句） 並列法（ながら たり）	終止法 傳達法（そうだ） 推量法（らしい） 前提法（と、から が、けれども） 並列法（し）	連體法（體言、體言相當語） 比況法（ようだ） 前提法（なら ので のに くせに） 推量法（だろう かもしれ ない）	前提法（ば） 並列法（ば）	命令法	

如右表下一段動詞的活用在五十音圖中的ア・カ・ガ・サ・ザ・タ・ダ・ハ・バ・マ・ラ的各行。

(四) カ行變格動詞活用表

行	基本形	語尾活用形 未然形	連用形	終止形	連體形	假定形	命令形	語例
カ行	来る	こ	き	くる	くる	くれ	こい	只有来る一語
主要用法及其接續的附屬語		否定法（ない・ぬ） 當然法（慣用句） 使役法（させる） 被動法（られる） 可能法（られる） 敬讓法（られる） 推量法（よう まい）	連用法（用言、慣用句） 時態法（た・ている てある） 敬讓法（ます） 希望法（たい たがる） 樣態法（そうだ） 名詞法 中止法 前提法（ては たら ても たって） 禁止法（慣用句） 並列法（ながら たり）	終止法 傳達法（そうだ） 推量法（らしい） 前提法（と・から・が けれども） 並列法（し）	連體法（體言、體言相當語） 比況法（ようだ） 前提法（なら ので のに くせに） 推量法（だろう かもしれない）	前提法（ば） 並列法（ば）	命令法	

(五) サ行變格動詞活用表

行	基本形	活用形：未然形	活用形：連用形	活用形：終止形	活用形：連體形	活用形：假定形	活用形：命令形	語例
サ行	する	し せ	し	する	する	すれ	しろ せよ	本来僅「する」一語
主要用法及其接續的附屬語		否定法（ない・ぬ） 當然法（慣用句） 使役法（させる） 被動法（られる） 可能法（できる） 敬讓法（られる） 推量法（よう まい）	連用法（用言、慣用句） 時態法（た、ている） 敬讓法（ます） 希望法（たい） 様態法（そうだ） 名詞法 中止法 前提法（ては たら ても たって） 禁止法（慣用句） 並列法（ながら、たり）	終止法 傳達法（そうだ） 推量法（らしい） 前提法（と・から・が・けれども） 並列法（し）	連體法（體言、體言相當語） 比況法（ようだ） 前提法（なら ので のに くせに） 推量法（だろう かもしれない）	前提法（ば） 並列法（ば）	命令法	

二、形容詞活用表

基本形	語幹	語尾活用形：未然形	連用形	終止形	連體形	假定形	命令形	例語
強い 忙しい	強 忙し	かろ	かっ く	い	い	けれ	。	高い 熱い 易い 楽しい 美しい 淋しい
主要用法及其接續的附屬語		推量法（う）	連用法（ない・なる／てたまらない／てならない） 時態法（た） 副詞法 中止法 前提法（ては・たら／ても・たって） 並列法（たり）	終止法 傳達法（そうだ） 推量法（らしい） 前提法（と・から・／が・／けれども） 並列法（し）	連體法（體言・／體言相當語） 比況法（ようだ） 前提法（なら／ので／のに／くせに） 推量法（だろう／かもしれない）	前提法（ば） 並列法（ば）		

三、形容動詞活用表

(A) ダ活用

基本形	語幹	語尾活用形：未然形	連用形	終止形	連體形	假定形	命令形	例語
朗らかだ	朗らか	だろ	だっ で に	だ	な	なら	○	丁寧だ 丈夫だ 明かだ 確かだ
主要用法及其接續的附屬語		推量法 （う）	連用法 （ない・ある・たまらない） 時態法 （た） 中止法 副詞法 前提法 （は・たら・も・て） 並列法 （たり）	終止法 傳達法 （そうだ） 前提法 （と、から、が、けれども） 並列法 （し）	連體法 （體言・體言相當語） 比況法 （ようだ） 前提法 （ので のに くせに）	前提法 （ば） 並列法 （ば）		

○注意 連用形有三個活用形：「—だっ」接過去完了「た」、助詞「たり」「て」；「—で」接形容詞「ない」、動詞「ある」或具有「ある」的意思的單語，以及助詞「は」「も」；「—に」做副詞來使用。

(B) デス活用

基本形	語幹	語尾活用形						例語
		未然形	連用形	終止形	連體形	假定形	命令形	
朗らかです	朗らか	でしょ	でし	です	。	。	。	丁寧（ていねい）です 確（たし）かです
主要用法及其接續的附屬語		推量法 （う）	連用法 （た）	終止法 前提法 （と、から が、けれど も） 並列法 （し）				

四、助動詞活用表

活用型	基本形	意味	語尾活用形 未然形	連用形	終止形	連體形	假定形	命令形	接續
動詞型活用	せる	使役	せ	せ	せる	せる	せれ	せよ	未然形（五段）
	させる		させ	させ	させる	させる	させれ	させよ	未然形（五段以外）
	れる	被動	れ	れ	れる	れる	れれ	れよ	未然形（五段）
	られる		られ	られ	られる	られる	られれ	られよ	未然形（五段以外）
	れる	可能 自發 敬語	れ	れ	れる	れる	れれ	○	未然形（五段）
	られる		られ	られ	られる	られる	られれ	○	未然形（五段以外）
	たがる	希望	たがら たがろ	たがり たがっ	たがる	たがる	たがれ	○	連用形
形容詞型活用	ない	打消	なかろ	なかっ なく	ない	ない	なけれ	○	未然形
	たい	希望	たかろ	たかっ たく	たい	たい	たけれ	○	連用形
	らしい	推量	○	らしかっ らしく	らしい	らしい	○	○	終止形

形容動詞型活用									特別型活用				語形不變型活用		
そうだ	そうです	そうだ	そうです	ようだ	ようです	みたいだ	みたいです	だ	ぬ（ん）	です	ます	た	う	よう	まい
様態		傳達		比況				斷定	否定	鄭重斷定	鄭重	過去完了	推量	意志	否定推量 否定意志
そうだろ	そうでしょ	○		ようだろ	ようでしょ	みたいだろ	みたいでしょ	だろ	○	でしょ	ませ ましょ	たろ	○	○	○
そうだっ そうで そうに	そうでし	そうで	そうでし	ようだっ ようで ように	ようでし	みたいだっ みたいで みたいに	みたいでし	だっ で	ず	でし	まし	○	○	○	○
そうだ	そうです	そうだ	そうです	ようだ	ようです	みたいだ	みたいです	だ	ぬ（ん）	です	ます	た	う	よう	まい
そうな		○		ような		みたいな		（な）	ぬ（ん）	○	ます	た	（う）	（よう）	（まい）
そうなら		○		ようなら		みたいなら		なら	ね	○	ますれ	たら	○		○
○		○		○		○		○	○	○	ませ まし	○	○		○
連用形		終止形		連體形・助詞「の」		體言		體言・助詞「の」	未然形	體言・助詞「の」	連用形	連用形	未然形（五段）	未然形（五段以外）	終止形（五段） 未然形（五段以外）

五、「送りがな」（假名標示）新基準的內容

（昭和三十四年七月十日閣議決定七月十一日官報發表）

前言

1 「假名標示法」表示在寫現代口語文的時候，假名的標示方法。

2 「假名標示法」是規定①活用語及包含它的單語標示其活用語的語尾②儘可能沒有誤讀・難讀③已固定慣用者從其慣用、三條為方針。

3 「假名標示法」的通則、權宜上、依品詞類別排列。還有用例是表示假名標示法的，並非表示寫單語的用漢字或不用漢字的。

通　　則

① 動　詞

1. 動詞 標示活用語尾。

例　書く　讀む　生きる　考える

但是，下面單語從活用語尾前一音節開始標示。

表わす　著わす　現われる　行なう　脅かす　異なる　断わる　賜わる　群がる　和らぐ

2. 沒活用的部分含有其他的動詞的活用形的動詞　依其所含動詞假名標示。

例　浮かぶ（浮く）　動かす（動く）　及ぼす（及ぶ）　語らう（語る）　聞こえる（聞く）

積もる（積む）　照らす（照る）　計らう（計る）　向かう（向く）　起こす・起こる（起きる）

終わる（終える）　悔やむ（悔いる）　定まる（定める）

3. 沒活用的部分含有形容詞語幹的動詞　依其形容詞的標示假名來標示。

例　近づく　遠のく　赤らめる　重んずる　怪しむ　悲しむ　苦しがる

4. 沒活用的部分含有形容動詞的語幹的動詞　依其形容動詞的假名標示。

例　確かめる

5. 沒活用的部分含有名詞的動詞　依其名詞的假名標示。

例　黄ばむ　春めく　先んずる　横たわる

6. 由動詞和動詞所結合的動詞依各自的動詞的假名標示。

例　移り変わる　思い出す　流れ込む　譲り渡す

② 形　容　詞

7. 形容詞標示活用語尾。語幹以「し」終止的形容詞從「し」來標示。

例　暑い　白い　高い　若い　新しい　美しい　苦しい　珍しい

但是，下面的形容詞從活用語尾的前一音節開始標示。

明るい　危うい　大きい　少ない　小さい　冷たい　平たい

8. 沒活用的部分含有其他的形容詞的語幹的形容詞　依所含的形容詞的假名標示。

例　重たい　憎らしい　古めかしい

9. 沒活用的部分含有動詞的活用形或其相當的形容詞　依其動詞的假名標示。

例　勇ましい　輝かしい　頼もしい　喜ばしい　恐ろしい

10. 沒活用的部分含有形容動詞的語幹的形容詞　依其形容動詞的假名標示。

例　暖かい　細かい　柔らかい　愚かしい

11. 由動詞和形容詞所結合的形容詞　依其動詞和形容詞的假名標示。

例　聞き苦しい　待ち遠しい

③ 形　容　動　詞

12. 形容動詞標示活用語尾。

例　急だ(な)　別だ(な)　適切だ(な)　積極的だ(な)

13. 活用語尾前面含有「た」「か」「ら」「やか」「らか」的形容動詞從其音節開始假名標示。

例　新ただ　静かだ　確かだ　平らだ　穩やかだ　健やかだ　明らかだ　朗らかだ

14. 沒活用的部分含有形容詞的語幹的形容動詞　依其形容詞的假名標示。

例　清らかだ　高らかだ　同じだ

15. 沒活用的部分含有動詞的活用形或其相當的形容動詞　依其動詞的假名標示。

例　晴れやかだ　冷ややかだ

④　名　詞

16. 名詞沒有假名標示。

例　頂　帯　趣　畳　隣

但是，下面的名詞假名標示其最後音節。

哀れ　後ろ　幸い　互い　半ば　情け　斜め　誉れ　災い

17. 由活用語轉化的名詞，假名標示其活用語。

例　動き　戦い　残り　苦しみ　近く　遠く

但是(1)不會有誤讀・難讀的名詞，如括弧中所示，假名標示可以省略。

例　現われ(現れ)　行ない(行い)　断わり(断り)　聞こえ(聞え)　向かい(向い)　起こり(起り)

終わり(終り)　代わり(代り)

(2)　慣用已固定的下面的名詞，可以不要假名標示。

卸　組　恋　志　次　富　恥　話　光　舞　巻　雇

18. 形容詞、形容動詞的語幹接「さ」「み」「げ」等成為名詞的，依其形容詞、形容動詞的假名標示。

例　大きさ　正しさ　明るみ　惜しげ　確かさ

19. 含有活用語的複合名詞，依其活用語的假名標示。

例　心構え　日延べ　物知り　山登り　教え子　考え方　続き物　包み紙　大写し　長生き　早起き　歩み寄り　見送り　読み書き

但是，不會有誤讀・難讀的名詞，如括弧中所示假名標示可以省略。

例　帯止め(帯止)　気持ち(気持)　綱引き(綱引)　封切り(封切)　金詰まり(金詰り)　心当たり(心当り)　身代わり(身代り)　大向こう(大向う)　編み物(編物)　受け身(受身)　掛け図(掛図)　死に時(死時)　合わせ鏡(合せ鏡)　打ち切り(打切り)　売り出し(売出し)　落ち着き(落着き)　申し込み(申込み)　取り締まり(取締り)　果たし合い(果し合い)　向かい合わせ(向い合せ)　書き入れ時(書入れ時)　打ち合わせ会(打合せ会)

[備考] 如「置きみやげ」「払いもどし」後面的部分用假名書寫時，前面的動詞的假名標示不省略。

20. 慣用已固定的下面名詞，原則上沒有假名標示。

例　献立　座數　関取　手当　頭取　仲買　場合　番付　日付　歩合　物語　役割　屋敷　夕立

両替　…係(進行係)　…割(2割)　小包　植木　織物　係員　切手　切符　消印　立場　建

物　請負　受付　受取　書留　組合　踏切　振替　割合　割引　貸付金　借入金　繰越金

積立金　取扱所　取締役　取次店　取引所　乗換駅　引受人　振出人　待合室　見積書　中

込書　浮世絵　小売商　代金引換

21. 含數詞的「つ」的名詞、假名標示其「つ」。

例　一つ　二つ　三つ

⑤　代　名　詞

22. 代名詞沒有假名標示。

例　彼　彼女　何

⑥　副　詞

23. 副詞假名標示最後音節。

例　必ず　少し　再び　全く　最も

但是，下面的副詞從前音節開始假名標示。

直ちに　大いに

24. 含有其他副詞的副詞，依所含的副詞的假名標示。

例　必ずしも

25. 含有名詞的副詞，依其名詞的假名標示。

例　幸いに　互いに　斜めに

26. 含有活用語的副詞，依其活用語的假名標示。

例　絶えず　少なくとも

[注意]　由動詞和動詞所結合的動詞，特別是有短書的必要時，如「打(ち)切る」「繰(り)返す」「差(し)上げる」括弧中假名標示可以省略。記入表記號的使用的場合如「晴(れ)」「曇(り)」「問(い)」「答(え)」「終(わり)」「生(まれ)」「押(す)」括弧中的假名可以省略。

六、「假名標示」用例集

這用例集是關於假名標示的基本的單語的用例。不含通則的可以省略的部分。

〔あ〕

合う　明かす　赤らめる　上がる　揚がる　明るい　明るみ　商う　明らかだ　飽きる　明ける　上げる　揚げる　欺く　味わう　預かる　預ける　価　値　暖かい　暖まる　暖める　新しい　当たる　暑い　扱う　集まる　集める　当てる　充てる　あと払い　侮どる　余す　余る　編み物　危うい

怪しい　怪しむ　誤り　誤る　歩み寄り　荒い　荒らす　争う　新ただ　改まる　改める　現わす

著わす　表わす　現われ　現われる　著われる　表われる　荒れる　合わす　合わせ鏡　哀れ

〔い〕

言い渡す　生かす　怒る　勢い　行き過ぎる　憤る　生き物　生きる　潔い　勇ましい　礎　忙しい

頂　痛む　至る　著しい　五つ　偽る　営む　折り　戒め　卑しい　入れる　色づく　祝い

〔う〕

植木　植える　飢える　伺い　浮かぶ　浮世絵　浮く　請け合う　受け入れる　請負　請け負う　承る　受付　受け付ける　受取　受け取る　受け身　動かす　動き　動く　失う　後ろ　謡　疑い　疑う　打ち明ける　打ち合わせ　打ち合わせ会　打ち合わせる　打ち切り　打ち切る　美しい　訴え

移り変わる　器　促す　奪う　埋まる　生まれ　生まれる　埋める　敬う　占う　恨み　売り出し

売り出す　売り手　売り主　潤う　潤わす　麗しい　憂い　憂える

〔え〕

描く　偉い　選ぶ　得る

〔お〕

老いる　扇　終える　大いに　大写し　大きい　大きさ　仰せ　大通り　大向こう　公　犯す　侵す

冒す　拝む　補う　起きる　遅れる　興す　起こす　怠る　行ない　行なう　起こり　興る　起こる
押える　幼い　修まる　収まる　治まる　納まる　修める　収める　治める　納める　惜しい　教え
子　教える　惜しげ　推し進める　押す　恐れる　恐ろしい　穏やかだ　陥る　落ち着き　落ちる
落とす　訪れる　劣る　衰える　驚く　同じだ　帯　帯止め　脅かす　帯びる　思い出す　重たい
趣　重んずる　及ぶ　及ぼす　折り返す　織物　降りる　愚かしい　愚かだ　卸　降ろす　卸す　終
わり　終わる

〔か〕

帰す　返す　省みる　顧みる　帰る　返る　代える　換える　替える　変える　輝かしい　輝く　係
り…係(進行係)　係員　係る　書き入れ時　書き換え　書き換える　書留　限る　書く　隠す　掛け
図　欠ける　掛ける　囲む　重なる　重ねる　飾り　賢い　貸付金　固まる　傾く　傾ける　固める
語らう　語る　悲しむ　必ず　必ずしも　金詰まり　彼女　通う　辛い　狩り　借入金　仮に　彼
枯れる　代わり　代わる　換わる　替わる　変わる　考え方　考える　芳しい　冠

〔き〕

消える　聞き苦しい　聞く　聞こえ　聞こえる　築く　傷つける　競う　切手　切符　黄ばむ　決ま
る　決める　気持ち　急だ　清らかだ　切り替える　切り下げる　窮まる　窮める

〔く〕
悔いる　腐る　下る　配る　組　組合　組み合わす　組み替える　組む　曇り　悔しい　悔やむ　暮らす　比べる　繰り返す　繰越金　狂う　苦しい　苦しがる　苦しみ　紅　暮れる　加える　詳しい　企てる　加わる
〔け〕
汚す　消印　消す　削る　煙　険しい
〔こ〕
恋　恋しい　被る　小売商　肥える　氷　凍る　焦がす　焦げる　凍える　九つ　心当たり　心構え　志　志す　試みる　快い　答え　小包　異なる　寿　断わり　断わる　好み　拒む　細かい　困る　肥やす　凝らす　懲らす　懲りる　凝る　殺す　献立
〔さ〕
幸い　幸いに　境　栄える　捜す　逆らう　盛り　下がる　先　先んずる　探る　下げる　差し上げる　差し押える　座敷　授かる　授ける　誘う　定まる　定め　定める　寂しい　妨げる
〔し〕
試合　茂る　静かだ　静まる　静める　慕う　従う　仕立物　死に時　縛る　絞る　締まる　示す

湿す　占める　絞める　締める　湿る　退く　印　白い

〔す〕

透かし　過ぎる　少ない　少なくとも　少し　過ごす　健やかだ　統べる　済ます　澄ます　鋭い

〔せ〕

関取　積極的だ　狭い　迫る

〔そ〕

備え付ける　備える　備わる　染まる　染める

〔た〕

代金引換　平らだ　絶えず　絶える　倒す　倒れる　高い　互い　互いに　高まる　高める　耕す

高らかだ　確かさ　確かだ　確かめる　助かる　助ける　携える　携わる　尋ねる　戦い　戦う　正しさ　直ちに　畳　漂う　漂わす　立ち合う　立ち入る　立場　尊い　立て替える　奉る　建物　楽しい　頼む　頼もしい　魂　黙る　賜わる　絶やす　戯れる

〔ち〕

小さい　近い　近く　誓い　近づく　契り　縮まる　縮む　縮める　散らす　散る

〔つ〕

費え　費やす　疲れる　次　尽きる　次ぐ　尽くす　償う　繕う　伝える　伝わる　続き物　慎み
慎む　包み　包み紙　務め　勤める　綱引き　詰まる　積立金　冷たい　詰める　積む　積もる　連なる　貫く　連ねる　連れる

〔て〕

手当　適切だ　照らし合わせる　照らす　照る

〔と〕

問い　問い合わせる　頭取　遠く　遠のく　通る　解かす　溶かす　解く　解ける　溶ける　届け
届け出る　滞る　整える　隣　止まる　留まる　泊まる　富　富む　弔い　止める　留める　泊める
伴う　捕える　取扱所　取り扱う　取り替える　取り締まり　取締役　取り締まる　取次店　取り次ぐ　取り計らう　取引所

〔な〕

長生き　仲買　流す　半ば　流れ込む　流れる　慰め　嘆く　情け　夏休み　七つ　斜め　斜めに
何　並み　悩ます　慣らす　並べる　慣れる

〔に〕

苦い　逃がす　憎い　憎む　憎らしい　逃げる　濁す　濁らす　濁る　荷造り　鈍い

〔ぬ〕
抜く　抜ける　塗り替える
〔ね〕
願い　願い出る　値下げ　粘る　眠らす　眠る
〔の〕
残す　残り　残る　望み　延ばす　伸ばす　延びる　伸びる　延べ　伸べる　上る　乗り降り　乗換
駅　乗り換える　乗組員
〔は〕
場合　化かす　計らう　図る　測る　計る　量る　励ます　励む　化ける　運ぶ　恥　始まる　初め
始め　始める　恥じる　恥ずかしい　裸　果たし合い　果たす　働き　働く　果てる　話　話す　放
す　放つ　離れる　省く　早起き　早まる　早める　払い　払い下げ　払い下げる　払う　春めく
晴れ　晴れやかだ　番付
〔ひ〕
冷える　控える　光　光る　率いる　引受人　引き受ける　引き下げる　引き継ぐ　潜む　潜める
額　浸す　浸る　日付　一つ　日延べ　響き　響く　冷やす　冷ややかだ　平たい　翻す　翻る　拾

う　広まる　広める

〔ふ〕

歩合　封切り　深まる　深める　含む　含める　再び　二つ　太る　踏切　降らす　振替　振出人　振り出す　降る　古い　奮う　震う　震える　古めかしい　震わす

〔へ〕

隔たる　隔てる　別だ　減らす　減る

〔ほ〕

葬る　朗らかだ　誇り　誇る　施す　誉れ　滅びる　滅ぼす

〔ま〕

舞　舞う　負かす　任す　曲がる　巻　紛らす　紛らわしい　紛れる　巻く　負ける　曲げる　混ざる　交ざる　交える　交じる　混じる　交わる　交ぜる　混ぜる　待合室　待ち遠しい　全く　祭り　政　惑う　惑わす　免れる　迷う　迷わす　丸める　回す　回る

〔み〕

見送り　身代わり　詔　見込み　短い　満たす　乱す　乱れる　導く　満ちる　三つ　見積書　醜い　実り　実る

〔む〕
向かい　向かい合う　向かい合わせ　向かう　向き　向く　報いる　向こう　六つ　群がる　群れる
蒸らす　蒸れる
〔め〕
恵み　恵む　巡らす　巡る　珍しい
〔も〕
設ける　申し合わせ　申し合わせる　申し込み　申込書　申し込む　燃える　用いる　最も　基　基づく　求める　物語　物知り　燃やす　催し　催す　漏らす　漏る　漏れる
〔や〕
役割　屋敷　養う　休み　休む　休める　八つ　雇　雇い主　雇う　宿る　破る　病　山登り　病む
柔らかい　和らぐ　和らげる
〔ゆ〕
夕立　譲り渡す　譲る　豊かだ　指さす　許す　揺れる
〔よ〕
横たえる　横たわる　装い　装う　四つ　呼び出す　読み書き　読み物　読む　寄り集まる　喜ばし

い　喜ばす　喜び　喜ぶ　弱まる　弱める　弱る

〔り〕

両替

〔わ〕

若い　沸かす　分かれる　別れる　分ける　災い　煩い　煩う　煩わしい　煩わす　笑う　…割（2割）割合　割り　当てる　割引　割り引く

七、基礎学習語彙表（品詞別）　　請最好把這些語彙牢記

㈠ 名　詞

あいさつ　あいだ（間）　あかり　あかんぼう　あき　あさ（朝）　あさって　あし（足）　あじ（味）　あした　あす　あせ（汗）　あたま　あと（跡）　あと（後）　あな（穴）　あに（兄）　あね（姉）　あぶら　あめ（雨）　アメリカ　あり　アルミニウム　あんしん（安心）　あんない（案内）　いえ（家）　いか（以下）　いき（息）　いくら　いけ（池）　いし（石）　いしゃ（医者）　いじょう（以上）　いす　いた（板）　イチゴ　いちがつ（一月）　いちど（一度）　いちねん（一年）　いっしょ　いと（糸）　いど（井戸）　いとこ　いなか　いぬ（犬）　いのち（命）　いみ（意味）　イモ　いもうと　いろ（色）　インキ　うえ（上）　ウサギ　ウシ　うしろ　うそ　うた（歌）　うち（家）　うち（内）　うで（腕）　うま　うみ（海）　うら　うわぎ

（上着）　うん（運）　うんどう　え（絵）　え（柄）　えいが（映画）　えき（駅）　えいご（英語）　えだ（枝）
えん（円）　えんとつ　えんぴつ　えんりょ　おおぜい　おかあさん　おくさん　おじいさん　おじぎ
おと（音）　おとうと　おとうさん　おとこ　おととい（一昨日）　おととし　おとな　おばあさん　お
ばさん　おもちゃ　おもて　おや（親）　おわり（終）　おん（恩）　おんがく（音楽）　おんな
かい（会）　かい（貝）　かいがん　かいしゃ（会社）　がいとう（外套）　かいもの　カエル　かお　かが
み　カキ（柿）　かぎ（鍵）　がくせい（学生）　かげ（蔭）　かげ（影）　かご　かさ（傘）　かし（菓子）　ガ
ス　かぜ（風・風邪）　かぞく（家族）　かた（方）　かた（肩）　かたち　がっこう（学校）　かど　かね
（金）　かね（鐘）　かばん　かべ　かま（釜）　かみ（神）　かみ（紙）　かようび　から（空）　ガラス　か
らだ　かわ（川）　かわ（側）　かわ（皮）　かわり（代）　かんさつ（観察）　かんしゃ（感謝）　かんしん
（感心）　き（木）　き（気）　きいろ　きかい（機械）　きけん　きし（岸）　きしゃ（汽車）　きず（傷）　き
せつ（季節）　きせん（汽船）　きそく　きた（北）　きって（切手）　きっぷ（切符）　きぬ（絹）　きのう
きもち　きもの　きゃく（客）　ぎゅうにゅう　きょう　きょうかい（教会）　きょうかしょ（教科書）
きょうそう　きょうだい（兄弟・姉妹）　きょねん　きらい（嫌）　きれ（切）　きん（金）　ぎん（銀）　ぎ
んこう　きんじょ（近所）　きんようび　くうき（空気）　くがつ（九月）　くぎ（釘）　くし（櫛）　くさ
（草）　くすり　くせ（癖）　くだもの　くち（口）　くちびる（唇）　くつ　くつした　くに（国）　くび

（首）　くみ（組）　くも（雲）　くるま　ぐんじん（軍人）　け（毛）　けいこ　けいさつしょ　げき（劇）
けさ（今朝）　けしき　げた　けっこん（結婚）　けっせき（欠席）　げつようび　けむり　けんきゅう
（研究）　げんかん（玄関）　げんき（元気）　こ（子）　こうば（工場）　こうばん（交番）　こえ（声）　コー
ヒー　ごがつ（五月）　ごご（午後）　こころ　こし（腰）　ごぜん（午前）　コップ　こと（事）　ことし
ことば　こども　こな（粉）　ごはん　ごみ　こめ（米）　ごめん　ごらん　ころ　こんげつ（今月）　こ
んど（今度）　こんばん（今晩）

さい（歳）　さいご（最後）　さいしょ（最初）　さいふ　ざいもく　ざいりょう　さいわい（幸）　さか
（坂）　さかな　さき　さじ　さつ（札）　ざっし　さとう（砂糖）　さら　サル　さんがつ（三月）　さん
ぽ（散歩）　じ（字）　しあい（試合）　しお（塩）　しがつ（四月）　じかん（時間）　しけん（試験）　しごと
しぜん　した（下）　した（舌）　しちがつ（七月）　じっさい（実際）　しっぱい　しつれい　しつもん
じてんしゃ（自転車）　じどうしゃ　しなもの　しばい　じびき（字引き）　じぶん（自分）　しま（島）
じまん　しゃしん　シャツ　じゃま　じゆう（自由）　じゅういちがつ（十一月）　じゅうがつ（十月）
じゅうにがつ（十二月）　しゅじん（主人）　しゅっぱつ（出発）　しゅるい（種類）　じゅんさ
しょうがつ（正月）　しょうじき（正直）　じょうず（上手）　じょうたい（状態）　しょうち（承知）　しょ
うばい　じょうぶ　しょうゆ　しょくじ（食事）　しょくどう（食堂）　しょくぶつ（植物）　しるし（印）

しんせつ(親切) しんだい(寝台) しんぱい (心配) しんぶん(新聞) しんるい(親類) ず(図) すいどう(水道) すいようび すな(砂) ズボン すみ(隅) すみ(炭) せいかつ せいしつ(性質) せいと(生徒) せかい(世界) せき(席) せきたん せっけん せつめい せなか(背中) せん(線) ぜん(膳) せんげつ せんしゅ(選手) せんせい(先生) せんそう ぜんたい せんたく(洗濯) ぜんぶ(全部) そうじ そんだん そこ(底) そつぎょう そで そと そば(側) そら(空) そん(損)

た(田) たいくつ たいそう(体操) だいたい(大体) だいどころ たいよう たらい たがい(互) たけ(竹) たな たに(谷) たね(種) たばこ たま(玉) たまご ため(為) だめ たんす ち(血) ちえ ちかく(近) ちから ちきゅう ちくおんき ちず(地図) ちち(父) ちち(乳) ちゃ(ちゃいろ) ちゃわん ちゅうおう(中央) ちゅうがっこう ちゅうしん チョウ(蝶) ちょうし(調子) ちょうじょう(頂上) チョッキ ちり(地理) ついたち つえ(杖) つき(月) つぎ(次) つくえ つごう(都合) つち(土) つな(綱) つね(常) つぶ(粒) つぼみ つま(妻) つみ(罪) つめ(爪) つもり つゆ(露) て(手) ていしゃじょう ていりゅうじょ テーブル てがみ てき(敵) てきとう(適当) てつ(鉄) てっきょう(鉄橋) てつどう(鉄道) テニス てぬぐい てぶくろ てら(寺) てん(天) てん(点) てんき(天気) でんき(電気) でんしゃ てんじょう(天井)

テント　でんぽう（電報）　てんらんかい（展覧会）　でんわ　と（戸）　ど（度）　とい（問）　どう（銅）
どんぶつ　とおく（遠）　とおり（通）　とかい（都会）　とき（時）　とけい　ところ（所）　とし（年）　と
だな　とち（土地）　とちゅう　となり　ともだち　どようび　とり（鳥）　ナイフ　ないよう（内容）
なか（中）　なか（仲）　ナシ（梨）　なつ（夏）　なべ（鍋）　なまえ　なみ（波）　なみだ　なわ（縄）　にい
さん（兄）　におい　にがつ（二月）　にく（肉）　にし（西）　にちようび　にっぽん（日本）　にほん（日
本）　にもつ（荷物）　にわ（庭）　ニワトリ（鶏）　にんぎょう（人形）　にんげん　ね（根）　ネクタイ
ねこ　ネズミ　ねだん　ねつ（熱）　ねっしん（熱心）　ねどこ（寝床）　の（野）　のうぎょう（農業）　の
こぎり　のち（後）　のど　のりかえ
は（刃）　は（歯）　は（葉）　はい（灰）　ばい（倍）　ばか　はがき　バケツ　はこ（箱）　はさみ　はし
（端）　はし（橋）　はし（箸）　はじ（恥）　はじめ（初）　ばしょ（場所）　はしら（柱）　はず　バス　はた
（旗）　バター　はたけ（畑）　はたち（二十歳）　ハチ（蜂）　はちがつ（八月）　はったつ（発達）　はつめ
い（発明）　はな（花）　はな（鼻）　はなし（話）　バナナ　はね（羽）　はは（母）　はば（幅）　はやし（林）
バラ　はり（針）　はる（春）　はん（半）　パン　ばん（晩）　ばん（番）　ハンカチ（ハンケチ）　はんたい
はんぶん（半分）　ひ（日）　ひ（火）　ピアノ　ビール　ひがし（東）　ひきだし　ひげ　ひこうき　ひざ
ひだり　ひつよう（必要）　ひと（人）　ひとり　ひま（暇）　ひも　ひょう（表）　びょういん（病院）

びょうき　ひょうし（表紙）　ひょうじゅん（標準）　ひる（昼）　びん（瓶）　ピン　びんぼう　ふうとう
ふえ（笛）　ふく（服）　ふくしゅう（復習）　ふくろ（袋）　ふし（節）　ぶじ（無事）　ふしぎ　ふじさん
（富士山）　ふた　ふだ（札）　ブタ（豚）　ふたり（二人）　ふつう（普通）　ぶつり（物理）　ふで（筆）　ブ
ドウ　ふとん　ふね　ぶぶん（部分）　ふべん（不便）　ふゆ（冬）　フランス　ふろ　ぶん（文）　ぶん
しょう（文章）　へいき（平気）　べいこく（米国）　へいわ（平和）　ページ　へた（下手）　へや（部屋）
ベル　ペン　へん（変）　へんか（変化）　べんきょう　へんじ（返事）　べんじょ　べんとう　べんり
（便利）　ほうき　ほうこう（方向）　ほうこく（報告）　ぼうし　ほうほう（方法）　ほうもん（訪問）　ほ
か　ポケット　ほこり（埃）　ほし（星）　ボタン　ほね（骨）　ほん（本）
まいあさ（毎朝）　まいにち（毎日）　まいばん（毎晩）　まえ（前）　まく（幕）　まじめ　まち（町）　マッ
チ　まど　まま（そのまま）　マメ（豆）　まんが　まんねんひつ　み（実）　みかん　みぎ　みず（水）
みずうみ（湖）　みせ（店）　みち（道）　みどり（緑）　みなと（港）　みなみ（南）　みみ（耳）　みらい（未
来）　むかえ（迎）　むかし　ムギ（麦）　むこう（向）　むし（虫）　むすこ　むすめ　むだ　むね（胸）
むら（村）　むらさき　め（目）　め（芽）　めいし（名刺）　めいよ（名誉）　めいれい（命令）　メートル
めがね　もうふ（毛布）　もくようび　もくてき　もと（元）　もの　もの（者）　もはん（模範）　もめん
モモ（桃）　もり（森）　もん（門）

やおや　やかん　やきゅう（野球）　やく（役）　やくそく（約束）　やくめ　やさい　やすみ（休）　やね（屋根）　やま（山）　ゆ（湯）　ゆうがた　ゆうき（勇気）　ゆうはん　ゆうびん（ゆうびんきょく）　ゆうべ（夕）　ゆうめい（有名）　ゆか（床）　ゆき（雪）　ゆび（指）　ゆびわ　ゆめ　ようじ（用事）　ようふくよく（欲）　よこ（横）　よしゅう（予習）　よる（夜）　よろこび

らいげつ（来月）　らいねん（来年）　らく（楽）　ラジオ　ランプ　りかい（理解）　りく（陸）　りこう（利口）　りゆう（理由）　りゅうこう（流行）　りよう（利用）　りょうしん（両親）　りょうほう（両方）

りょかん（旅館）　りょこう（旅行）　りんご　るす　れい（礼）　れい（例）　れいぎ（礼儀）　れきし（歴史）　れつ（列）　れんしゅう（練習）　ろうか（廊下）　ろくがつ（六月）　わ（輪）　わけ（訳）

㈡　代名詞

あそこ　あちら　あなた　あれ　いつ（何時）　ここ　こちら　これ　そこ　そちら　それ　だれ　どこ　どちら　どれ　なに（何）　ぼく（僕）　みな（皆）　みんな　わたくし（私）　わたし（私）

㈢　数　詞

いくつ　いち（一）　いちばん　いつつ（五）　いっぱい（一杯）　く（九）　ご（五）　ここのつ（九）　ごじゅう（五十）　さん（三）　さんじゅう（三十）　し（四）　しち（七）　じゅう（十）　せん（千）　とお（十）　ななつ（七）　に（二）　にじゅう（二十）　はち（八）　ひとつ（一）　ひゃく（百）　ふたつ（二）　まん（万）

みっつ（三）　むっつ（六）　やっつ（八）　よっつ（四）　ろく（六）

㈣　動　詞

⑴　五段

あう（会）　あう（合）　あがる（上）　あく（開）　あそぶ　あたる　あつまる（集）　あまる（余）　あむ（編）　あやまる（謝）　あらう（洗）　あらそう（争）　あらわす（表）　ある（有）　あるく　いう　いく（行）　いそぐ　いたす　いただく　いらっしゃる　いる（要）　いわう（祝）　うかぶ　うごかす　うごく　うしなう　うたう　うたがう（疑）　うつ（打）　うつる（移）　うむ（産・生）　うる（売）　えらぶ（選）　おう（追）　おく（置）　おくる（送）　おこす（起）　おこる（起）　おこる（怒）　おす（押）　おっしゃる　おとす（落）　おどる（踊）　おどろく　おもう（思）　およぐ　おる（折）　おる（織）　おろす（降）　おわる

かう（買）　かう（飼）　かえす（返）　かえる（帰）　かがやく　かかる（掛）　かく（書）　かくす（隠）　かこむ（囲）　かさなる　かざる（飾）　かす（貸）　かたむく（傾）　かつ（勝）　かぶる　かむ（嚙）　かよう（通）　かる（刈）　かわかす　かわく　かわる（変）　きく（聞）　きまる（決）　きらう（嫌）　きる（切）　くだく　くださる　くむ（汲）　くもる　くらす　くるしむ　けす（消）　ける（蹴）　こおる（凍）　こぐ（漕）　こす（越）　ことわる（断）　こまる（困）　ころす（殺）　ころぶ　こわす　さがす　さがる　さく

（咲）　さけ（酒）　さす　さそう　さわぐ　さわる　しかる（叱）　しく（敷）　しげる（茂）　したがう
しぬ（死）　しばる　しまう　しまる（閉）　しめる（湿）　しる　すう（吸）　すく（空）　すく（好）　すす
む　すべる（滑）　すむ（住）　すむ（済）　すわる　そだつ　そろう
たおす　だす（出）　たたかう　たたく　たたむ　たつ（立）　たのしむ　たのむ（頼）　だまる　ためす
ちがう　つかう　つかむ　つく（着）　つく（気がつく）　つくる　つづく　つつしむ（慎）　つつむ（包）
つなぐ　つむ（積む）　つもる（積）　つる（釣）　てつだう　てらす（照）　てる（照）　とおる　とく（解）
とどく　とぶ　とまる（泊）　とまる（止・留）　とりあつかう　とる（取）
なおす（直）　なおる（直）　なく（泣・鳴）　なくす（無）　ならう　ならす（鳴）　ならぶ　なる　なる
（鳴）　にぎる　ぬう（縫）　ぬく（抜）　ぬすむ　ぬる（塗）　ねがう（願）　ねむる　ねらう　のこる（残）
のぞむ（望）　のぼる（上・登）　のむ　のる（乗）
はいる（入）　はかる　はく（履）　はげむ　はじまる（始）　はしる　はずす　はたらく　はなす（放・
離）　はなす（話）　はぶく（省）　はやる　はらう　はる（張）　ひかる（光）　ひく（引）　ひやす（冷）
ひらく（開）　ひろう（拾）　ひろがる（広）　ふく（吹）　ふく（拭）　ふとる　ふむ（踏）　ふる（降）　ふる
（振）　へる（減）　ほる（掘）
まいる（参）　まがる（曲）　まく（巻）　まちがう　まつ（待）　みがく　むく（向）　むすぶ　もうす（申）

もつ（持）　もらう

やしなう　やすむ　やとう（雇）　やぶる（破）　やむ（止）　やる　ゆく（行）　ゆるす　よぶ（呼）　よむ（読）　よる（因）　よる（寄）　よろこぶ

わかす（沸）　わかる　わく（沸）　わたす（わたる）　わらう　わる（割）

(2)　上一段

あきる（飽）　いきる（生）　いる（居）　おきる（起）　おちる（落）　おりる

かりる（値）　かんじる（感）　かんずる　きる（着）

すぎる　たりる　できる　とじる（閉）

にる（似）　にる（煮）　のびる（延・伸）

みる　もちいる（用）

(3)　下一段

あきらめる　あける（開）　あげる　あたえる（与）　あつめる（集）　あてる（当）　あらためる（改）

あらわれる（現）　あわてる　いれる（入）　うける（受）　うまれる　おくれる（遅）　おしえる　おそれる　おぼえる　おれる（折）　かえる（代・換）　かえる（変）　かくれる　かける（掛）　かさねる　かぞえる　かたずける　かれる　かんがえる（考）　きえる（消）　きこえる　きめる（決）　きれる（切）　く

だける　くらべる　くれる(暮)　くわえる(加)　こしかける　こたえる(答)　こわれる
さげる(下)　しめる(閉)　しらせる(知)　しらべる(調)　すてる(捨)　そだてる　そろえる
たおれる　たすける(助)　たてる(立)　たべる　つかまえる　つかれる(疲)　つける(気をつける)
つたえる　つづける　つとめる(勤)　つれる(連)　でかける　でる(出)　とける(溶)　とめる(止・留)　とりかえる
ながれる　なげる(投)　ならべる　なれる(慣)　にげる　ねる(寝)　のせる(乗)
はえる(生)　はじめる(始)　はなせる(話)　はなれる(放・離)　はめる　はれる(晴)　ひえる(冷)
ひろげる　ふえる　ふるえる　ほめる
まける(負)　まげる(曲)　まちがえる　みえる　みせる(見)　みつける　むかえる(迎)　もえる　もとめる
やせる　やける(焼)　やぶれる(破)　やめる(止)　ゆれる　よける　よごれる　よせる(寄)
わかれる(別)　わすれる

(4)　カ行變格

くる(来)

(5)　サ行變格

する（為）　やくす（訳）

（五）　形容詞

あおい（青）　あかい（赤）　あかるい（明）　あさい（浅）　あたたかい　あたらしい　あつい（厚）　あつい（暑）　あつい（熱）　あぶない　あまい　いい（善）　いさましい　いそがしい　いたい（痛）　うすい（薄）　うつくしい（美）　うまい　うれしい　えらい　おいしい　おおい（多）　おおきい（大）　おかしい　おしい（惜）　おそい　おそろしい　おとなしい　おもい（重）　おもしろい

かしこい（賢）　かたい（堅）　かなしい　からい　かるい（軽）　かわいい　きたない　きびしい　くらい（暗）　くるしい（苦）　くろい　こい（濃）　こまかい

さびしい　さむい　しろい（白）　すくない（少）　すずしい　せまい

たかい（高）　ただしい　たのしい（楽）　ちいさい　ちかい（近）　つまらない　つめたい　つよい　とおい

ない　ながい（長）　にがい（苦）　ねむい

はずかしい　はやい（早・速）　ひくい（低）　ひどい　ひとしい（等）　ひろい（広）　ふかい（深）　ふとい　ふるい（古）　ほしい　ほそい（細）

まずい　まずしい　みじかい（短）　むずかしい　めずらしい

やかましい　やさしい　やすい(安)　やすい(易)　ゆるい　よい(良)　よろしい　よわい(弱)
わかい　わるい

(六)　形容動詞　(語尾省略)

おなじ(同)　かわいそう　きれい　ざんねん　しずか　すき(好)　すなお　そまつ　たいせつ　たしか(確)　ていねい　ほんとう　なめらか　やわらか　ゆかい　りっぱ

(七)　連體詞

あの　ある(或)　あんな　おおきな　この　こんな　その　そんな　どの　どんな

(八)　副　詞

あまり　いかが　いちばん　いっしょうけんめい　いっそう　いつも　いろいろ　かえって　かならず　かなり　きっと　けっして　こう　さっき　しっかり　しばらく　じゅうぶん　ずいぶん　すぐ
すこし　すっかり　ずっと　ぜひ(是非)　そう　だいじょうぶ　たいてい(大抵)　たいへん　だいぶ
たくさん　ただ　ただいま　たとえ　たぶん　だんだん　ちょうど　ちょっと　ついに　つまり　どう　どうか　どうして　とうぜん　どうぞ　とうとう　どうも　ときどき　とくべつ　とにかく　なかなか　なぜ　なるべく　なんでも　はっきり　ひじょうに　びっくり　ほとんど　まことに　まず
また　まだ　まったく　もう　もし　もっと　もっとも　やく(約)　やはり　ゆっくり　ようやく

よく(良)　よほど

㈨　接續詞

けれども　しかし　すると　そうして　そして　それで　だから　また(は)

㈩　感動詞

いいえ　いや　はい　もしもし

(十一)　助動詞

う　させる　せる　た　だ　たい　たがる　です　ない　ぬ　ます　ようだ　らしい　られる　れる

(十二)　助　詞

か　が　から　くらい　さ　さえ　し　しか　だけ　たり　て　で　では　ても　でも　と　な　なが
ら　など　なら　に　には　ね　の　ので　は　ば　ばかり　へ　ほど　まで　も　や　よ　より
を

(十三)　接頭語

いく(幾)　お(御)　ご(御)　なん(何)　まい(毎)

(十四)　接尾語　(包含助數詞)

か(日)　かい(階)　がつ(月)　けん(軒)　さつ(冊)　さま(様)　じ(時)　そく(足)　だい(台)　たち

ちゅう(中)　にくい　にち(日)　にん(人)　ねん(年)　はい(杯)　ひき(匹)　びょう(秒)　ふん(分)

ほん(本)　まい(枚)　や(屋・家)

(十五)　連語和熟語

ありがとう　いらっしゃい　いけない　おはよう　かもしれない　ください　ございます　こんにちは　さよなら　だろう　なさい　なくなる(無)　まにあう

譯 者 簡 介

蘇 正 志

學　歷：

日本早稻田大學文學研究科日本文學專攻

日本亞細亞法學研究科法律學專攻法學博士

日本筑波大學文藝言語研究科語言學專攻

日本亞細亞大學法學研究科法律學專攻法學碩士

日本筑波大學地域研究科日本語教育專攻國際學碩士

經　歷：

日本亞細亞大學國際關係研究員

私立東吳大學日本語文學系副教授

現　任：

國立臺中技術學院應用日語系兼任副教授

國家圖書館出版品預行編目資料

現代日本口語文法 / 王瑜著；蘇正志譯.
--初版.-- 臺北市 : 鴻儒堂，民85
面 ； 公分
ISBN 978-957-8986-60-2(平裝)
1.日本語言－文法
803.16　　89011923

現代日本口語文法

定價：450元

1996年（民85年） 4月初版一刷
2010年（民99年） 10月初版三刷
本出版社經行政院新聞局核准登記
登記證字號：局版臺業字1292號

著　者：王　瑜
譯　者：蘇　正　志
發 行 所：鴻 儒 堂 出 版 社
發 行 人：黃　成　業
地　址：台北市中正區10047開封街一段19號2樓
電　話：02-2311-3810・02-2311-3823
傳　真：02-2361-2334
郵政劃撥：01553001
E-mail：hjt903@ms25.hinet.net

法律顧問：蕭雄淋律師
凡有缺頁、倒裝者，請向本社調換
本書經日本學術選書授權在台灣出版發行

鴻儒堂出版社設有網頁，歡迎多加利用
網址：http://www.hjtbook.com.tw